mtb

Umwelthinweis:
Dieses Buch wurde auf chlor- und säurefreiem Papier gedruckt.

Anna Gold

Das Leben ist kein Esohof

Roman

mtb

MIRA® TASCHENBUCH
Band 25871
1. Auflage: Oktober 2015

MIRA® TASCHENBÜCHER
erscheinen in der HarperCollins Germany GmbH,
Valentinskamp 24, 20354 Hamburg
Geschäftsführer: Thomas Beckmann

Originalausgabe

Konzeption/Reihengestaltung: fredebold&partner GmbH, Köln
Umschlaggestaltung: pecher und soiron, Köln, www.christinahucke.de
Redaktion: Bettina Lahrs und Christiane Branscheid
Titelabbildung: Dollar Photo Club
Autorenfoto: © Andreas Bradler
Satz: GGP Media GmbH, Pößneck
Druck und Bindearbeiten: CPI books GmbH, Leck – Germany
Printed in Germany
Dieses Buch wurde auf FSC®-zertifiziertem Papier gedruckt.
ISBN 978-3-95649-228-0

www.mira-taschenbuch.de

Das Leben ist kein Esohof
… denn es ist ein Egohof

Diana Fey/Anna Gold (Pseud.)

Wie sehr doch der Zustand den Verstand blockiert,
erkannte ich erst, als es mich aus dem alarmgesicherten
achten Stock einer Großstadt
auf den Achtsamkeitshof einer kleinen Gemeinde verschlug …

IM HIER UND JETZT

Süßer die Klangschalen nie klingen …

Klirrrrr …

Warum ausgerechnet dieses Geräusch?

Klirrrrr …

Dieses mir so bekannte Klimpern. Warum ausgerechnet jetzt? Meine Gedanken stellen sofort einen Bezug zum Klirren meiner Mutter her. Nicht etwa, weil Mutter so tollpatschig ist und ständig Dinge fallen lässt – im Gegenteil. Sie ist der Inbegriff von Vorsicht und Fürsorge. Seit meinem dritten Lebensjahr trägt sie den pompösen Familienschmuck mit einer Behutsamkeit wie ein Archäologe seine antike Ausbeute. Auch heute, sechsundzwanzig Jahre später, ziert er ihr Dekolleté und lässt es erstrahlen wie das von Mr T. Deshalb ist jede ihrer Bewegungen, wie vorsichtig sie auch sein mag, begleitet von einem leisen Klirren.

Klirrr … klong …

In diesem Moment jedoch befinden sich Mutter und der Schmuck mehr als fünfhundert Kilometer von mir entfernt. Das klangvolle glockenähnliche Geräusch, das aus dem Nebenraum kommt, hat einen ganz anderen Ursprung.

Rrrrriiiiiing …

Und jetzt klingelt auch noch mein Handy. Auf dem Display erscheint das strahlende Antlitz meiner Mutter. Gedankenübertragung? Oder das Schicksal, an das ich neuerdings glaube? Ich weiß es nicht. Was ich aber weiß, ist, dass ich mich viel zu lange nicht bei ihr gemeldet habe und den Anruf jetzt nicht einfach ignorieren kann. Aber trotzdem: Warum ausgerechnet jetzt? Zähneknirschend drücke ich auf die grüne Taste und rufe ohne eine Begrüßung: „Mama, gerade ist es *ganz* schlecht!“

Ganz schlecht? Noch während ich es ausspreche, fällt mir auf, wie unpassend dieser Gesprächseinstieg ist. Seit jeher will meine Mutter nur mein Bestes.

„Ach, Sissi, mein liebes Kind. Ist alles in Ordnung bei dir?"

Jetzt muss ich gut überlegen, was ich ihr sage. Ordnung existiert in meinem Leben nicht mehr.

„Ja, Mama, alles bestens. Ich kann nur gerade nicht gut telefonieren", versuche ich sie zu beruhigen.

Vermutlich, weil ich diese Ausrede seit zwei Monaten überstrapaziere, geht meine Mutter einfach darüber hinweg.

„Sissi, kann es sein, dass bei dir irgendetwas nicht mit rechten Dingen zugeht?"

Absolut.

„Gerade ist es *ganz* schlecht", wiederhole ich dennoch. Dieser Moment ist tatsächlich extrem unpassend.

Erneut ertönt ein *Klong* von nebenan.

Meine Mutter ignoriert meine wiederholten Einwürfe vollkommen und spricht einfach weiter.

„Dann sag mir doch wenigstens, wo du gerade bist."

Fieberhaft suche ich nach der richtigen Formulierung, mit der ich es schaffen kann, die wesentlichsten Punkte zu verschweigen. Es ist zu Mutters eigenem Schutz. Sie ist ein ängstlicher Mensch und sie weiß, dass auch ich große Probleme damit habe, Risiken einzugehen. Eigentlich bin ich sehr rational gestrickt und habe es gern, wenn alles in geregelten Bahnen verläuft. Doch zurzeit wohne ich auf einem abgeschiedenen sogenannten „Achtsamkeitshof", teile mir das Haus mit Esoterikern und den Hof mit einer Pferdeherde und einem Huhn, das angeblich die Fähigkeit besitzt, das Wetter vorherzusagen, ich habe aber eher das Gefühl, dass es die Vogelgrippe noch nicht ganz überstanden hat.

Es würde Mutter einen Herzkasper bescheren, wenn sie wüsste, *wie* und *wo* ich neuerdings lebe. Sie hat Angst vor allem, ganz egal, ob es sich dabei um mikroskopisch kleine Viren, mittelgroßes Federvieh oder riesige Pferde handelt. Letztere laufen hier übrigens frei herum. Anfangs hat es mich eine Wahnsinnsüberwindung gekostet, sie jeden Morgen aufs Neue dazu zu bringen, den Weg zu meinem Auto freizugeben, damit ich irgendwie zur Arbeit gelangen konnte.

Meine Arbeit. Der Grund, warum ich überhaupt hier bin.

„Sissi?“

Mutters Ängste übersteigen meine bei Weitem. Nicht einmal für die paar Meter zum Bäcker verlässt sie ihre sicheren vier Wände und bezahlt stattdessen lieber einen weit entfernten Lebensmittel-Lieferdienst.

„Sissi, dein Verhalten macht mir Angst.“

Wie gut, dass sie mich nur *hört*. Bis auf das Telefon trage ich nämlich … nichts.

„Mama, es ist alles in Ordnung, ich rufe dich nachher …“

„Du bist nicht allein, oder?“

Ich hätte es wissen müssen, ihr kann ich nichts vormachen, sie durchschaut mich immer. Und ja, natürlich bin ich nicht allein. Um mich herum wimmelt es von spirituellen Wesen und einer nackten … ach, lassen wir das. Ich seufze ins Telefon. Mir ist kalt. Klirrend kalt. Da mich gerade weder Worte noch Wolle wärmen, überzieht mich eine Gänsehaut. Prompt erklingt wieder der Glockenton aus dem Nachbarzimmer, gefolgt von einer tiefen Stimme, die zu mir herüberruft: „Alles ist bereit für dich. Leg dich hin und genieße deine Therapie.“

„Therapie??? Mein Gott, Sissi!“, schreit Mutter.

„Ich erkläre dir alles nachher“, sage ich und lege schnell auf.

Ich habe keine Ahnung, wie ich meiner Mutter meine Situation erklären soll. Seit meinem dritten Lebensjahr ist das Wichtigste in ihrem Leben unsere Sicherheit.

Seit ich hier bin, ist nichts mehr sicher.

In meinen verrücktesten Fantasien hätte ich mir nicht vorstellen können, einmal auf einem Hof wie diesem zu landen. Viel zu weit entfernt ist dieser Ort von meinem abgesicherten Frankfurter Leben – materiell wie spirituell.

Apropos spirituell: In diesem Moment tritt Klangschalenmeister Sam durch die Wohnzimmertür und kommt auf mich zu. Er sieht aus wie ein griechischer Gott. Ein weißes Gewand verdeckt nur die nötigsten Stellen seiner goldbraunen Haut. Um seinen Hals hängt eine Lederkette mit klimpernden Glöckchen, die mich unentwegt an meine Mutter erinnert. Sams Augen sind so durchdringend wie die eines Falken, bestärkend und beängstigend zugleich. In der einen Hand hält er eine Klangschale, in der anderen einen Klöppel, mit dem er den sanften Gong-Ton erzeugt. Und ich stehe wenige Meter von ihm entfernt – vollkommen nackt. Sam kommt näher und näher, bis er direkt vor mir steht und mir mit seiner rauchigen Stimme sanft ins Ohr raunt: „Vergiss nun die materielle Welt, wir reisen in eine andere Dimension."

Ich lege das Telefon zur Seite. Okay, ich bin bereit … von mir aus auch für eine andere Dimension. Seit ich hier bin, habe ich es ohnehin aufgegeben, mich auf irgendetwas vorzubereiten.

Das begann schon, als ich zum ersten Mal in das oberbayrische Tuckenthal kam und kurz darauf auf dem Achtsamkeitshof landete. Ich war völlig überrumpelt von diesem Ort, an dem Haustürschlösser und Alarmanlagen genauso irrelevant sind wie ein geregeltes monatliches Einkommen oder eine gesetzliche Krankenversicherung. Dinge, die für mich lebensnotwendig waren, naja, eigentlich noch sind.

„Deinen ‚Sicherheitszahn' ziehe ich dir ganz einfach heraus. Lass dich durch die sanften Klänge von mir führen, und lass endlich los …", hatte Sam mir vor Kurzem erklärt. Mit Loslassen hatte er tatsächlich alles gemeint, auch meine Kleidung, die nun fein säuberlich gefaltet über einem Stuhl hängt. Natürlich ist mir das alles furchtbar unangenehm, und natürlich wird mir jeder Außenstehende den absoluten Sockenschuss unterstellen. Die Tatsache, dass ich mich in Sam verliebt habe, macht es auch nicht besser. Aber wenn ich bisher etwas auf diesem Hof gelernt habe, dann, dass man dem Leben eine Chance geben muss, ganz egal, welche Absurditäten es für einen auch parat halten mag. Seit ich so denke, fühle ich mich lebendiger denn je.

Oder die Lebendigkeit meines neuen Zuhauses ist auf mich übergegangen. Nun bin ich Teil einer spirituellen Wohn- und Lebensgemeinschaft, und Sam, der keinen festen Wohnsitz hat, zu meinem Bedauern auch nicht hier, zieht mich an wie ein Magnet. Und das, obwohl dieser Mensch von den Spenden seiner spirituellen Mitmenschen lebt, bis auf seine Klangschalen keinerlei Besitztümer hat und auf seine Zukunft pfeift (er benutzte ein anderes Wort als „pfeift", aber das möchte ich an dieser Stelle lieber nicht wiederholen).

Wie bitte soll ich das meiner Mutter erklären?

Was der Frau, die mir einst das Leben schenkte, allerdings den Rest geben wird, ist, dass Sam mich nun auch noch von meiner anerzogenen Sicherheits-Sucht befreien will. Und dass ich zur Krönung der Klangschalentherapie mit ihm vom Hausdach des Achtsamkeitshofs springen werde, macht die Sache auch nicht besser.

VERLIEBT, VERLOBT … VERLOREN

Aller Anfang ist schwer verdaulich …

Die Idee, meiner Heimat Frankfurt den Rücken zu kehren, ist nicht auf meinem Mist gewachsen. Im Gegenteil. Wenn es nach mir gegangen wäre, hätte ich niemals etwas an meinem Leben geändert.

Ich wohnte im Stadtteil Hausen in einem Plattenbau im Niddatal, mit Blick auf – nein, nicht den Fluss – den Plattenbau gegenüber. Und zwar den, in dem meine Mutter lebte. Wir konnten uns jeden Abend und jeden Morgen zuwinken, und das taten wir auch. Einerseits, weil Mutter sich von mir ähnlich schwer lösen konnte wie von ihrem Schmuck. Andererseits, weil *ich* mich in ihrer Nähe stets geborgen und eben sicher fühlte.

Dann, vor vier Jahren, trat Olaf in mein Leben. Ganz plötzlich und unerwartet an einem regnerischen Nachmittag. Ich hörte ein Geräusch im Hausflur, sah durch meinen Tür-Spion, und da stand er vor der Wohnungstür gegenüber und klingelte ins Leere. Sehr korrekt sah er aus, im Anzug, mit Aktenkoffer in der Hand, und trotzdem öffnete ihm niemand die Tür. Er tat mir leid, wie er dort so verloren stand, und so ergab es sich, dass ich meine Tür öffnete und er wenig später strahlend und vielversprechend auf meinem Sofa landete. Olaf erzählte so überzeugend von den Vorzügen seiner Versicherung und der Notwendigkeit einer finanziellen Absicherung, als wäre er bei meiner Mutter in die Lehre gegangen. Ich hatte plötzlich das Gefühl, diesen Versicherungs-Vertrauensmann, so stand es auf seiner Visitenkarte, schon ewig zu kennen.

Aus diesem Gefühl von Verbundenheit und Vertrauen wurde schließlich Liebe – meine große Liebe.

Bereits drei Jahre später waren wir verlobt. Alles schien perfekt. Ich war neunundzwanzig Jahre alt und hatte in Olaf die ideale Besetzung des Mannes gefunden, von dem mich nur noch der Tod scheiden würde.

Zumindest dachte ich das. Wenn wir über unser Kennenlernen sprachen, versicherte mir Olaf immer, dass er das Gleiche gefühlt hätte. Heute bin ich mir da nicht mehr so sicher. Nun ja, was ist schon sicher? Nicht einmal Alcatraz, soweit ich weiß. So sah es dann auch mit unserem Versprechen auf baldige Vermählung aus.

Ich erinnere mich noch genau an den Morgen, als mein neues Leben begann und meine Beziehung scheiterte. Ich erwachte „atemlos“ aus einer Art Albtraum. Als ich langsam zu mir kam, musste ich feststellen, dass ich einen fiesen Schnupfen hatte. Kaum hatte ich mich aufgesetzt, gesellten sich Hals- und Kopfschmerzen, Schwindel und Fieber hinzu. Klarer Fall von Influenza.

Bei meinen Absicherungen allerdings fast ein Ding der Unmöglichkeit. Seit jeher putschte ich meine Abwehrkräfte mit allem, was die Apotheke hergab. Dazu hielt ich stets Abstand zu jedem potenziellen Erreger. Gut, ich arbeitete zwar in einem Krankenhaus, was natürlich ein gewisses Risiko barg, allerdings war ich im abgegrenzten Verwaltungstrakt untergebracht und konnte mir problemlos die Hände desinfizieren, wenn es notwendig war.

Sorgfältig überdachte ich die vergangenen drei Tage. Mutter war kerngesund, meinen Verlobten hatte ich seit geraumer Zeit nicht gesehen, und bei der Arbeit war auch niemand krank gewesen. Sehr merkwürdig.

Aber mit solchen Überlegungen konnte ich jetzt keine Zeit verlieren. Ich musste mich sputen, um nicht zu spät ins Büro zu kommen. Fehlzeiten, selbst durch Krankheit, konnte und wollte ich mir nicht erlauben. Ich hielt zu meinem Beruf, in guten wie in schlechten Tagen. Keine Grippe konnte daran etwas ändern.

Diese Rechnung hatte ich allerdings ohne Sven gemacht, der wie jeden Morgen mit seiner Frühstückszigarette vor der Eingangstür hin und her patrouillierte, als ich das Krankenhaus erreichte. Sven war ein Sachbearbeiter unserer Krankenhausverwaltung. Ich hatte keine Ahnung, welche Sachen er genau bearbeitete, aber sein ehrenamtliches Engagement war mir durchaus bekannt. Sven war Geldeintreiber für Geburtstagsgeschenke, Organisator der Weihnachtsfeier und seit heute wohl auch Seuchenbeauftragter.

„Himmel, Lisa, was machst du denn hier?“, fragte er mich, als ich mich am Eingang noch einmal heftig schnäuzte.

„Was wohl?“, raunte ich verschnupft zurück. „Wenn ich mich auf meinen Job verlassen kann, dann gilt das umgekehrt genauso.“

Anstatt sich über mein Engagement zu freuen, wich ihm die Farbe aus dem Gesicht. „Tut mir leid, aber … äh … nun ja …“, er musste sich wohl erst einmal einen Grund überlegen und zog noch einmal an seiner Zigarette. Ich nutzte die Pause zum abermaligen Schnäuzen. „… aber so krank hast du hier nichts verloren!“

Er verschränkte seine Arme und erweckte den Eindruck, als müsse er heute unbedingt den Bösen spielen. Auf meinen fragenden Blick hin sah er bloß auf mich herab wie auf ein lebloses Nagetier, das die Katze von draußen angeschleppt hatte. Vielleicht sah ich dem Tod heute tatsächlich ähnlicher, als mir lieb war, trotzdem konnte ich doch im Moment nicht fehlen.

„Ich kann doch im Moment nicht fehlen“, wiederholte ich meine Gedanken, während in meinem Kopf das Bild einer langjährigen Kollegin aufpoppte, der man kürzlich aus finanzieller Veranlassung gekündigt hatte. Hinter vorgehaltener Hand hieß der Grund jedoch „zu viele Fehltage“. Dabei war die arme Frau wirklich krank gewesen. Drei kurze Tage. Ein Schauder lief mir über den Rücken.

„Wenn du krank bist, dann … ja, dann bist du krank. Ich … ähm … kläre das mit Herrn Brock. Geh … äh … mal lieber heim und schlafe dich gesund“, sagte Sven und scheuchte mich, mit einem Arm fuchtelnd, davon.

So schnell sollte aus meiner Beschäftigungsbereitschaft eine Beschäftigungssperre werden? Prompt bekam ich Panik. Was, wenn ich nun wegen eines Atemwegsinfekts auf der Abschussliste landete, man mir wegen Krankheit kündigte? So schnell durfte ich nicht aufgeben. Also drehte ich mich noch einmal schwungvoll herum.

„Tut mir leid, Sven", sagte ich so energisch, wie mir das trotz Erkältung möglich war. „Aber ich *muss* doch an die Arbeit."

„Nein, nein, das … äh … musst du nicht", sagte Sven. „In deinem Zustand schadest du anderen nur. Bitte geh jetzt!"

„Nein!"

„Doch, Lisa, geh lieber! Bitte, o… oder muss ich erst den Sicherheitsdienst rufen?"

Den Sicherheitsdienst? War das ein Scherz? Außerdem: *Ich* war der Sicherheitsdienst, wenn auch auf andere Art und Weise.

Svens Blick, so beschämt er auch sein mochte, zeigte mir dennoch, dass er darüber nicht weiter diskutieren und seine Drohung wahr machen würde. Außerdem war ich ja wirklich krank und von daher tatsächlich eine Gefahr für meine Kollegen. Ich seufzte laut auf, kapitulierte und machte kehrt.

Kaum um die nächste Ecke, griff ich nach meinem Handy und rief meine Kollegin Karin an. Mobil, denn vor neun war sie nie an ihrem Arbeitsplatz. Vielleicht könnte sie ein gutes Wort bezüglich meines unverschuldeten Fehlens für mich einlegen. Es klingelte eine gefühlte Ewigkeit, dann erklang endlich … Kaufhausmusik?

„Karin, wo bist du denn?", fragte ich verwirrt.

„Ich bin krank und soll mich schonen", entgegnete Karin, auch wenn ihre gut gelaunte Stimme nebst Kaufhausgedudel Derartiges nicht vermuten ließ.

„Ich auch", murmelte ich. „Die Grippe."

„Ich habe Herpes", konterte Karin, als wäre das ein Krankheits-Contest. „Ist bei mir voll ins Auge gegangen. Jetzt soll ich mich mal zwei Tage lang ausruhen."

„Im Kaufhaus?", dachte ich laut.

„Ja, und? Ich bin doch nicht an den Füßen krank!", stellte Karin klar.

Da kam ich mir auf einmal selbst vor wie der Klassenstreber, der sich immer brav an alle Regeln hält. Aber so war ich nun einmal. Gleichzeitig krankfeiern und konsumieren war für mich ein zu großes berufliches Risiko. Andererseits war ich zu Letzterem momentan auch nicht in der Lage. Obwohl auch meine Füße völlig unbeschadet waren, wussten Kopfschmerzen und Schwindel jegliche Lust auf Shopping-Aktionen zu verhindern.

Aber was nun? Arbeiten durfte ich nicht und zurück nach Hause … wollte ich nicht. An diesem nebligen Frühlingstag würde Licht in meiner Wohnung meine Mutter magisch anziehen. Innerhalb weniger Minuten würde sie vor der Tür stehen, um mich zu bemuttern, so wie sie es schon mein Leben lang getan hatte. Allerdings war sie beim Thema Krankheit noch extremer.

Bewaffnet mit Biobomben und Mundschutz würde sie der Krankheit den Krieg erklären und parallel Gott und die Welt verfluchen, die es wagten, mir einige Tage meines kostbaren Lebens zu nehmen. Statt Aspirin würde eine kalte Dusche als Kopfschmerzmittel herhalten müssen. Und danach würde mir Mutter Eukalyptusöl einflößen und Quark, Zwiebeln und Meerrettich auf meinen Nacken schmieren, oder umgekehrt. Hauptsache, keine Nebenwirkungen von chemischen Arzneimitteln. Vor denen graute es ihr nämlich noch mehr als vor der Grippe an sich.

Am anderen Ende der Leitung hörte ich jetzt nur noch das Kaufhausgedudel, also legte ich kommentarlos auf.

Was ich in diesem Moment wirklich brauchte, waren echte Schmerzmittel. Und Ruhe. Der einzige Mensch, der mir beides bieten konnte, war mein Verlobter.

Ich rief auf seinem Handy an, schließlich arbeitete Olaf im Außendienst und war meist schon frühmorgens unterwegs. Er ging nicht ran. Sicherlich hatte er bereits einen Termin im Dienste der Versicherungen. Ich beschloss, dennoch zu ihm nach Hause zu gehen, mir ein Aspirin samt Nebenwirkungen zu genehmigen und die Stille zu genießen.

Es mag komisch klingen, dass wir nach vier Jahren Beziehung – und trotz Verlobung – noch nicht zusammengezogen waren. Aber Olaf hatte am Tage unserer Verlobung verkündet: „Bis zur Hochzeit genießen wir den Luxus zweier Wohnungen."

Diesen Luxus würde ich nun endlich mal in Anspruch nehmen.

Ich stieg in die S-Bahn und fuhr nach Sachsenhausen. Die Haltestelle war nur ein paar Meter von Olafs Wohnung entfernt. Schon von Weitem konnte ich sehen, dass Licht brannte. Allerdings kein elektrisches, sondern ... Kerzenlicht? In der Adventszeit hätte ich das vielleicht noch verstanden, aber es war mittlerweile April. Da ich davon ausging, dass ernsthafte Einbrecher keine Kerzen entzündeten, musste Olaf wohl daheim sein. Doch warum ging er dann nicht an sein Telefon? Ein ungutes Gefühl breitete sich in meiner Magengegend aus und ließ mir Tränen in die Augen steigen, während ich mich dem flackernden Lichtschein näherte.

Dank des Tränenschleiers vor meinen Augen und Olafs blickdichten Vorhängen konnte ich nichts erkennen, zumindest nichts Genaues. Ein paar langsame Bewegungen zeichneten sich schemenhaft ab und sie passten durchaus ganz gut zu meinen Befürchtungen.

Ich versuchte mir einzureden, dass ich mir keine Sorgen machen musste. Aber sosehr ich auch versuchte, die Gedanken in meinem Kopf zu boykottieren, ich konnte an nichts anderes denken, als dass mein Verlobter mich vermutlich gerade betrog.

Beherzt drückte ich auf den Klingelknopf. Durch das Oberlicht in der Tür konnte ich sehen, dass die Bewegungen stoppten, doch Olaf öffnete nicht. Also kramte ich den Haustürschlüssel aus meiner Handtasche und schloss zitternd auf.

Noch während ich die Klinke herunterdrückte, rief ich ein lautes „Olaaaaaf?“ in den Flur. Nur zur Absicherung. Es rumpelte im Wohnzimmer. Wie angewurzelt blieb ich stehen und gab noch ein ohrenbetäubendes „Olaaaaf“ von mir. Ich klang wohl wie ein schlecht informierter Tourist auf dem Kölner Karneval.

Nur wenige Augenblicke später verstärkte sich dieser Eindruck noch. Einen kurzen Moment hätte ich beinahe laut losgelacht, doch dann siegte das Entsetzen.

Vor mir stand mein Verlobter. Anders, als für Olaf um diese Uhrzeit üblich, steckte er aber nicht in seinem anthrazitfarbenen Anzug. Obwohl. Bei genauerer Betrachtung konnte man das, was er jetzt trug, vielleicht auch als anthrazitfarbenen Anzug bezeichnen. Allerdings war es ein äußerst kurz geschnittenes und körperbetontes Modell.

Wie eine zweite Haut klebte der Einteiler an Olafs Körper. Neben den dünnen Spaghettiträgern blitzten seine Brustwarzen hervor, und im Schritt war das Teil so eng geschnitten, dass es mehr hervorhob, als es versteckte. Mein Zukünftiger sah aus, als stecke er in einer Mischung aus Tour-de-France-Trikot und Dessous.

„Ich mache Morgenübungen", meinte Olaf, während ich noch überlegte, ob er neuerdings als Gogo-Tänzer für den Christopher-Street-Day probte.

„Du machst was?", fragte ich verwirrt. Normalerweise verkaufte mein Verlobter um diese Zeit Versicherungen.

„Ich praktiziere seit einer Woche Yoga", antwortete er so, als hätte er bloß die Butter durch Margarine ersetzt.

Während ich ihn daraufhin noch irritierter anstarrte, blieb er ganz gelassen. Und freundlich.

Äußerst befremdlich, denn ich kannte Olaf als gestressten und hektisch umherhuschenden Morgenmuffel. Jetzt war er die Entspannung in Person. Lange Zeit zum Wundern blieb mir nicht, denn zu meinem weiteren Verblüffen gesellte sich just in diesem Moment eine Frau in unsere illustre Runde, die absolut nicht dem Ideal einer gängigen Geliebten entsprach.

Sie war klitzeklein, ungefähr siebzig Jahre alt und steckte in einem … Kuh-Kostüm?

Also doch Karneval?

Nein, denn auf den zweiten Blick entpuppte sich das Kuh-Kostüm als schwarz-weiß gebatikter Pyjama, der weder eng noch erotisch geschnitten war. Es handelte sich wohl um ein orientalisches Modell. Sicher urgemütlich. Ganz wie seine betagte Trägerin. Ich blickte auf ihre langen grauen Haare, die ihr in leichten Wellen bis über den kaum vorhandenen Hintern fielen.

Zweifelsohne ein entspanntes Bild. Aber es passte in keinster Weise zu meinen Gedanken und Befürchtungen, die jetzt Karussell fuhren und die Kopfschmerzen dadurch noch verstärkten.

Was hatte Olaf gesagt? Yoga? War er neuerdings als Meditationslehrer, Masseur oder gar Nebenverdienst-Callboy beschäftigt, um irgendeinen Engpass zu überbrücken? War sie seine steinreiche Kundin? Hatte er sich deshalb schon seit einer Woche bei mir rargemacht? Und wenn ja, warum hatte er mir seine Geldsorgen nicht einfach anvertraut? Gemeinsam hätten wir sicherlich eine ... nun ja ... sachlichere Lösung gefunden.

Während ich überlegte, was ich zu dieser Situation sagen sollte, schaute die alte Frau fragend zu Olaf und spielte mit ihren Henna-bemalten Händen an ihren endlos langen Strähnen. Mich ignorierte sie völlig. Unfassbar!

Ich dachte: „Olaf, wenn du finanzielle Probleme hast, dann sag mir das doch", gefolgt von: „Verehrte Dame, dass Sie in Ihrem Alter die Dienste eines jungen Mannes in Notlage in Anspruch nehmen, gehört sich nun wirklich nicht."

Kaum wollte ich das aussprechen, ergriff die Alte das Wort – selbstverständlich an Olaf gewandt: „Ist es okay, wenn ich dir jetzt nur den ‚Morgengruß aus der Mitte' in Rechnung stelle?"

Grundgütiger! Er bekam also kein Geld, nein, er zahlte auch noch dafür. Was auch immer ‚dafür' sein sollte.

Olaf nickte nervös und ich beschloss, nun das Wort zu ergreifen.

„Ich möchte jetzt auf der Stelle wissen ...", sagte ich, als mich die Frau unterbrach.

„Dein *Lingam* mach ich dir dann morgen, ja?"

„Sie machen ihm dann morgen was?", fragte ich schockiert.

„Lingam", sagte sie und lächelte mich herzallerliebst an. „Seine Penismassage."

Bevor ich schreien konnte, rief mein Verlobter: „Aaaaaach, Uschi, das ist doch selbstverständlich!"

Er schubste mich ins Wohnzimmer, schnappte sich einhundert Euro und schoss zurück in den Flur. Dort hörte ich ihn sagen: „Hier, mach dir mit deinem Mann einen besinnlichen Morgen. Und grüß ihn von mir, ich freue mich schon auf seinen Kurs am nächsten Dienstag."

Jetzt verstand ich nur noch Bahnhof, während die alte Lustgreisin Olafs Wohnung mit einem freundlichen „Alles Liebe!" verließ.

Alles Liebe?

Kaum stand Olaf wieder vor mir, schrie ich ihn an: „Warum massiert dir eine hundertjährige Uschi frühmorgens den … den …"

Meine Güte, ich war viel zu verklemmt, um das Wort in den Mund zu nehmen, zeigte dafür umso vorwurfsvoller mit dem Finger auf Olafs gut sichtbares Gemächt.

„Lingam", sagte Olaf, „ist nicht das, was du denkst."

Mich hätte ja zu gern interessiert, was man bei einer männlichen Geschlechtsteilmassage schon falsch verstehen konnte.

War das jetzt der Moment zum Wegrennen? Oder zum erneuten Schreien? Das war mir schon zuvor wegen meiner Heiserkeit nicht wirklich gelungen.

„Ach, Lisa", seufzte Olaf und sah mir mitleidig in die Augen. „Eigentlich ganz gut, dass du da bist. Wir müssen sowieso reden. Setz dich bitte."

Irgendwie war mir schon klar gewesen, dass sein bedauernder Blick nicht meinen Beschwerden galt.

„Ich stehe lieber", konterte ich angespannt. Zwar war ich völlig schlapp, gleichzeitig aber auch voll auf hundertachtzig. Ich atmete heftig ein und aus, durch den Mund wohlgemerkt, denn meine Nase hatte bereits so dichtgemacht, wie ich es mir innerlich für meine Ohren wünschte (was würde wohl auf eine Penismassage folgen?).

Da fiel mir auf, dass Olaf all seine Kakteen entsorgt hatte. Komisch, er war doch immer so stolz auf seine stacheligen Gewächse gewesen. Nun ja, er war auch immer stolz auf unsere Schäferstündchen gewesen, die – O-Ton – alles waren, was ein Mann wie er brauchte. Die Kakteen waren nicht nur weg, nein, die Plätze waren bereits neu besetzt. Mit unzähligen brennenden Kerzen, deren Licht ich schon von draußen gesehen hatte. Es schnürte mir die Kehle zu, dass er seine Lieblinge einfach so ausgewechselt hatte. Während ich mich innerlich bereits auf die unvermeidlichen schlechten Neuigkeiten vorbereitete, zündete mein Verlobter in aller Seelenruhe ein Räucherstäbchen an. Auf der Verpackung stand in Großbuchstaben: „INNERE HARMONIE“ – es roch wie verbrannter Reis.

Kaum, dass alles entzündet war, machte es sich Olaf in der Mitte des Wohnzimmers gemütlich. Im Schneidersitz, und nicht etwa auf dem Sofa, sondern auf dem Boden. Dem mit Handtüchern bedeckten Boden. Andächtig betrachtete er die Wand. Dort hatte das Porträt eines schlafenden Buddhas seinen Ski fahrenden Papa abgelöst.

„Also“, begann mein Verlobter seinen Monolog, „ich habe in den letzten Tagen einiges erkannt.“

Das hatte ich in den letzten Minuten auch – und ich hoffte sehr, dass es nicht noch mehr werden würde. Obwohl es mich an der Stelle auch nicht weiter gewundert hätte, wenn noch ein kostümiertes Kamel aus der Küche gekommen wäre.

„Lisa“, er versuchte mir in die Augen zu sehen, auch wenn es ihm offensichtlich nicht leichtfiel, „so, wie es war, konnte es nicht weitergehen. Deshalb habe ich etwas Neues ausprobiert. Ich habe Tantra für mich entdeckt und endlich …“

TANTRA? War das nicht so etwas wie Kamasutra? Sexuelle Praktiken, die ich weder denken noch aussprechen, geschweige denn anwenden würde? Und das mit einer urzeitlichen Uschi? Mein Blick sprach wohl Bände, weshalb Olaf einwarf: „Tantra hat mit gängigem Sex nur wenig zu tun.“

Das hatte ich mir bereits gedacht.

„Es geht dabei mehr um die Liebe zu sich selbst. Sich selbst zu spüren.“

Sich selbst zu *spüren*?

Entweder sprach Olaf gerade von Selbstbefriedigung oder ich stand auf dem Schlauch. Schnell kramte ich ein Taschentuch hervor und schnäuzte mich. Olaf sprach derweil ungehemmt weiter: „Durch Tantra bin ich in mein eigentliches Sein gelangt. Und da habe ich erkannt, dass …“, jetzt richtete er sich auf und kam langsam auf mich zu.

Ich trat demonstrativ einen Schritt zurück. Warum konnte sich mein Verlobter nicht in meine Lage versetzen? Er hatte mich immerhin betrogen. Irgendwie. Ging er nun allen Ernstes davon aus, ein harmonisches Räucherstäbchen könne es wieder richten?

„Also ich habe erkannt, dass wir beide absolut nicht miteinander harmonieren. Das hätte ich schon früher merken müssen, aber erst jetzt sehe ich es klar – dank der entflammten Liebe zu mir selbst. Lisa, es tut mir so leid, aber das mit uns macht keinen Sinn. Verzeih mir. Ich musste erst nach innen gehen, um das zu erkennen."

Wenn schon vorher nicht, konnte ich ihm jetzt überhaupt nicht mehr folgen. Lediglich eines blieb hängen, ach was, brannte sich in meinen schmerzenden Kopf: Mein Verlobter wollte sich von mir trennen.

Es zerriss mich innerlich. Unser einjähriges Versprechen auf baldige Vermählung war dahin. Unsere Vier-Jahres-Beziehung vorbei.

„Du hast eine Andere, nicht wahr?", fragte ich vorwurfsvoll. Und verzweifelt. Eine Andere war schließlich immer *der* Trennungsgrund. Dazu hatte ich das Vergnügen, seine Massage-Mutti persönlich kennenzulernen.

„Im Gegenteil! Ich habe mich selbst kennengelernt … mich selbst gefunden", entgegnete Olaf strahlend und streichelte sich dabei so liebevoll über seine Arme, als hätte er sich fürwahr frisch verliebt.

„Keine Andere?", fragte ich, noch einmal mit Blick in den Flur, aus dem gerade erst eine Greisin marschiert war, die frühmorgens von Olaf freudestrahlend für einen sogenannten Morgengruß bezahlt wurde. Geschmäcker sind nun mal verschieden, was mir schon Olafs zweite Haut zeigte. Und vielleicht war „Morgengruß" ein Deckname für „Orgasmus".

„Nein, nur mich", antwortete Olaf und warf einen schmachtenden Blick in den länglichen Spiegel neben dem liegenden Buddha.

Wie bitte?

Er strich sich seine Haare hinters Ohr und lächelte sein Spiegelbild hingebungsvoll an.

„Im Moment gibt es für mich nur einen Menschen, und das bin ich selbst. Selbstliebe nennt man das."

Um das zu unterstreichen, umarmte er sich selbst, was in seinem Auf… äh Anzug zusätzlich lächerlich aussah.

Soso, Olaf hatte sich in sich selbst verliebt, betrog mich quasi mit sich selbst. Das klang zu bekloppt, um wahr zu sein. Und als er sich zur Krönung auch noch einen zärtlichen Kuss auf den Oberarm hauchte und mir zuflüsterte: „Freu dich, nun frei für Neues zu sein", beschloss ich, mich in meiner neuen Freiheit erst einmal auf den Boden plumpsen zu lassen, allein schon, um das zu verdauen.

Prompt landete ich mit dem Po auf einer Tube Massageöl, deren öliger, warmer Inhalt sich sofort seinen Weg durch meine Stoffhose und meinen Slip auf meine Haut bahnte und …

Arrrggghhhh! Das war zu viel. Ich rannte aus Olafs Wohnung, direkt in die nächste S-Bahn. Zum Glück ging mir mein Mantel bis über die Knie und verbarg das feuchte Dilemma zwischen meinen Schenkeln, das einen penetranten Duft nach Zitronengras verströmte.

Mit einer Hand umklammerte ich zitternd die Haltestange, mit der anderen ein Taschentuch, mit dem ich versuchte, unauffällig meine Tränen zu trocknen, bevor noch jemand mein Geheule bemerkte.

„Na na, mein hübsches Mädchen", sprach ein älterer Herr auf dem Sitz gegenüber, klopfte mit seinem Gehstock auf den Boden und lächelte mich auffordernd an.

„Wer wird denn an einem so schönen Morgen weinen?"

IM HIER UND JETZT

Warte nie, bis du Zeit hast!
(Deutsches Sprichwort)

Meine Tränen verraten mich immer, ich war noch nie gut darin, sie zu verbergen.

„Wein ruhig alles heraus", vernehme ich Sams Stimme.

Wie peinlich! Nun versuche ich erst recht, mir das Weinen zu verkneifen. Irgendwie macht das aber alles nur noch schlimmer. Meine Nase fängt jetzt auch noch an zu laufen.

Am liebsten würde ich es ihr gleichtun und davonlaufen. Die Erinnerung an Olaf und die damit verbundenen Gefühle haben mich völlig überrumpelt. Dennoch versuche ich, regungslos liegen zu bleiben und normal zu wirken.

Normal ist in diesem Fall ein sehr weit gefasster Begriff, schließlich liege ich seit ungefähr fünf Minuten splitterfasernackt auf einem rustikalen Eichenholz-Esstisch, der dem esoterischen Egon gehört.

Egon ist einer der ersten Esoteriker Oberbayerns. Aber was noch viel wichtiger ist: Er war es, der mich zu diesem Hof geführt hat. Ohne Egon wäre ich nicht hier. Als ich ihn das erste Mal traf, stand ich völlig verloren ... in der „Frohnatur", dem hiesigen Bioladen. Hier und heute liege ich ein wenig verfroren auf seinem Esstisch.

Zum Glück hat Sam die Tischdecke durch ein einigermaßen weiches und wärmendes Fell ersetzt. Gut, es ist vermutlich ein altes Teddybärenfell vom Trödelmarkt, aber besser als nichts. Auf meinem Bauch liegen ein paar metallene kalte Pötte, auch bekannt als Klangschalen oder „Tore in eine andere Dimension", wie Sam sie nennt. Was an dieser Situation ist also schon normal?

„Emotionen sind Teil der Therapie und ganz normal. Manche Menschen stöhnen auch."

Stöhnen? Klar. Das werde ich hundertprozentig nicht tun.

„Denk nicht darüber nach und stöhne einfach, so oft und so laut du willst.“

Ich hatte gehofft, die Tatsache, seiner Aufforderung nicht nachzukommen, genüge, um mein Desinteresse an dieser Gefühlsäußerung zu bekunden.

„Selbstverständlich darfst du auch schreien, wenn dir danach ist.“

Danach ist mir ständig, ich tue es aber trotzdem nicht. Verdammt, ich habe mich im Griff! So gut, dass ich jetzt völlig reglos liegen bleibe und darauf spekuliere, dass Sam mich bereits in einer anderen Dimension wähnt. Einer, in der verbales Kommunizieren, ganz egal ob gesprochen oder gestöhnt, nicht mehr vonnöten ist.

Schlecht spekuliert, denn schon setzt Sam mit leiser, tiefer Stimme zum erneuten Sprechen an: „Natürlich kannst du mich auch küssen.“

Überrascht öffne ich die Augen. Der schöne Klangschalenmeister hat sich ganz nah über mich gebeugt und sieht mich mit seinem alles durchdringenden Blick an. Gerade noch waren meine Gedanken beim Öl von Olaf, jetzt spricht Sam vom Küssen.

Ganz ehrlich, am liebsten würde ich nichts anderes tun, als diesen sündhaft schönen Magnet-Mann zu küssen. Hemmungslos, wild, alles um mich herum vergessend.

Aber halt! Das geht doch nicht. Wir befinden uns schließlich mitten in meiner Therapie. DER Therapie wohlgemerkt. Meiner Erlösung aus der Sicherheitssklaverei.

Als würde ihm das jetzt auch einfallen, lässt Sam ein zartes Gonggeräusch ertönen.

„Na, dann schließe bitte wieder deine Augen. Ich werde jetzt intensivere Klänge erzeugen und damit all deine Zellen in Schwingung versetzen.“

„Alle?“, rutscht es mir heraus.

„Alle, die es brauchen“, sagt Sam und lächelt mich an. Er ist so unglaublich attraktiv, dass ich verzückt zurücklächeln muss. Da beugt er sich erneut über mich. Sein Gesicht kommt meinem ganz nah, und das Knistern zwischen uns gleicht einem Feuerwerk. Wenn Sam mich jetzt küsst, werde ich mich nicht mehr dagegen wehren. Im Gegenteil. Ich schließe meine Augen, öffne meinen Mund und erwarte Sams sinnliche …

Rummmmmms …

Im Wohnzimmer scheint gerade ein Elefant umgefallen zu sein.

„´tschuldigung!“, ruft Solaria durch die geschlossene Zimmertür. „Ich habe den Zimmerbrunnen umgestoßen. Sam, hilf mir mal bitte!“

Solaria. Sie ist die dritte im Bunde und wohnt mit dem esoterischen Egon und mir auf dem Achtsamkeitshof. „Wohnen“ wird ihr allerdings nicht gerecht. Solaria regiert diesen Hof. Das darf sie, denn er gehört ihr auch. Gleich zu Beginn meines Einzugs erklärte sie mir sehr ernst, dass sie hier die Besitzerin und damit auch die Bestimmerin sei. Ich musste bei dieser Formulierung sofort an das Verhalten von Kleinkindern im Kindergarten denken, doch wie sich herausstellte, ist diese Betitelung absolut zutreffend.

Solaria bestimmt über die Bewohner und Besucher ihres Achtsamkeitshofs, wann, wie und wo sie will. Dabei sind ihrer Fantasie keine Grenzen gesetzt. Ob aus einem wetternden Huhn eine Wetterhenne, aus meinem Parkplatz einen Pferdefriedhof oder aus mir eine spirituelle Schülerin: Solaria macht einfach, was ihr gefällt, und alle anderen müssen mitmachen. Um ehrlich zu sein, habe ich schon damit gerechnet, dass ihr früher oder später noch etwas einfällt, um Sam aus meiner Therapiestunde zu holen und für sich zu beanspruchen.

„Klar, bin schon unterwegs!“, antwortet dieser auch sofort in fügsamem Tonfall und verlässt flugs und unter leisem Glöckchenklang den Raum. Mich lässt er mit den noch immer leicht bimmelnden Pötten auf meinem nackten Bauch zurück.

So, und da liege ich nun wie eine aufgebahrte Pharaonentochter, fühle mich allerdings wesentlich lebendiger. Das kann an Sams Klangschalen liegen … oder an ihm selbst. Er sieht eben nicht nur unverschämt gut aus, sondern ist zudem auch noch charmant und klug. Ja, und hilfsbereit, wie ich gerade wieder erleben darf. Außerdem riecht er gut. Er ist höchstwahrscheinlich der wohlriechendste Wohnungslose dieser Welt. Was mich aber am meisten anzieht, ist das Gefühl von Vertrautheit, das Sam in mir weckt. Eine ähnliche Vertrautheit hatte ich damals auch bei Olaf gefühlt, als er mir von all seinen Versicherungen erzählte.

Doch damals war ich noch ein anderer Mensch. An einem anderen Ort. Jetzt, wo ich so viel Lebendigkeit in mir spüre, mache ich sicherlich nicht noch einmal den gleichen Fehler und verliebe mich in den Falschen.

Andererseits kann man das nie wissen. Wenn man Pech hat, verfolgen einen solche Fehlentscheidungen ein Leben lang, wie meine Kollegin Karin immer wieder betonte, als sie noch meine Kollegin war. Aber zum Glück kann ich genauso wenig in die Zukunft sehen wie Solarias Wetterhenne. Ich könnte ja doch nichts daran ändern.

Bei meiner Vergangenheit sehe ich das anders. Die ist nicht immer optimal verlaufen, und vielleicht wäre es mit Olaf und mir anders ausgegangen, hätte ich damals schon etwas über Krafttiere oder sich überlappende Energiefelder gewusst. Jetzt blicke ich auf diese Vergangenheit wie auf eine unter Alkoholeinfluss entstandene Tätowierung. Und mein Mitbewohner Egon geht sogar noch weiter (in die Vergangenheit).

„Lisa, Liebes, du musst dringend deine Kindheit aufarbeiten", hat er mich erst neulich wieder ermahnt. „Besonders, bevor du dich von diesem Schmutzer behandeln lässt."

Schmutzer ist Egons Schimpfwort für Sam. Was genau er damit sagen will, weiß ich auch nicht, aber eins ist klar: Die beiden mögen sich nicht. Laut Solaria sind sie Kontrahenten. Vielleicht hat sie damit sogar recht.

Während Sam nur seine Klangschalen im Angebot hat (mehr passt auch nicht in seinen Rucksack, der schließlich alles beinhaltet, was Sam besitzt), bietet Egon einen ganzen Fundus an metaphysischen Kommunikations- und Therapiemöglichkeiten an. Meditatives Töpfern von heiligen Figuren, heilsame Reisen zu kraftvollen Orten, Krafttierabende oder rituelle Redekreise – um nur ein paar davon zu nennen. Auch wenn Sam von seiner Klangschalentherapie absolut überzeugt ist und auch gute Erfolge verbucht, ist Egon ihm doch weitaus überlegen.

Und auf privater Ebene? *Same, same, but different!* Eigentlich das Gleiche, nur andersherum. Egon vermittelt ein wenig den Eindruck eines grauhaarigen Harry Potter, dem jeglicher Zauber aufgrund seiner Unsicherheit abhandengekommen ist. Hinter Sams Schönheit und Selbstbewusstsein verblasst er völlig.

Für mich scheint allein schon ihre Unterschiedlichkeit sehr ausgleichend zu sein. Dennoch hat Egon vor einer Stunde schon wieder versucht, mir wegen Sam ins Gewissen zu reden: „Bitte Lisa, werde erst eine Frau …"

Eine Frau *werden*? Bald kann ich drei Jahrzehnte in einem weiblichen Körper vorweisen. Die sollten eigentlich ausreichen, um mich als Frau zu bezeichnen.

Zum Glück wurde Egons verbale Entgleisung von Sam unterbrochen: „Ach Egi, entspann dich, dein Esstisch wird schon keinen Schaden nehmen."

Außerdem stört es mich, dass Egon andauernd auf meiner Kindheit herumreitet. Schließlich bin ich sehr, sehr behütet aufgewachsen. Auch wenn meine Mutter diese Aufgabe allein bewältigen musste, nachdem mein Vater seiner Krankheit erlegen war. Er war damals Mitte dreißig. Ich war drei. Darauf aber nahm der Krebs keine Rücksicht. Kurz vor seinem Tod nahm mein Vater all seine Kräfte zusammen, griff ein letztes Mal nach der Hand meiner Mutter und flüsterte ihr folgende Worte ins Ohr: „Du trägst nun die alleinige Verantwortung für unsere Prinzessin. Trage Elisabeth auf Händen, hörst du? Und trage auch den Schmuck meiner Ahnen, so stolz wie eine Königin."

Zugegeben, niemand kann belegen, ob das wirklich Vaters Worte waren oder ob meine Mutter nicht am Ende noch ein paar Märchenschlösser dazu gebaut hat. Trotzdem kann man ohne Übertreibung sagen, dass die zwei letzten Wünsche meines Vaters erfüllt wurden. Tagtäglich. Und bis heute.

Sonst würde Mutter sich nicht noch immer im siebten Stock mit all ihrem Schmuck verschanzen. Sonst wäre ich nicht erst mit vierundzwanzig und schweren Herzens von daheim ausgezogen.

Als meine Mutter sich unmittelbar nach der Beerdigung meines Vaters in eine klimpernde Kinder-Klette verwandelte, die mich keine zwei Sekunden aus den Augen ließ, dachten unsere Mitmenschen noch, es handle sich lediglich um eine Phase, um Mutters Art der Trauerbewältigung. Doch es war keine Phase. Mutter hatte sich verwandelt. Aus Angst um den wertvollen Familienschmuck und das wehrlose Töchterchen schlüpfte sie unverzüglich und unabänderlich in die Rolle einer alleinerziehenden Alarmanlage, die ihre Wohnung nur noch im absoluten Ausnahmefall verließ. Unser beider Leben drehte sich fortan ausschließlich um das eine: unsere Sicherheit.

Und damit lag es auf der Hand: Die Sucht nach Sicherheit wurde mir anerzogen. Wenn es in der Folge etwas aus meiner Kindheit aufzuarbeiten gilt, dann das. Und nichts anderes ist es, was Sam jetzt, in diesen Minuten, durch seine Therapieform versucht (wenn Solaria ihn nicht davon abhalten würde). Im Gegensatz zu Egon bin ich Sam also sehr dankbar.

„Tausend Dank, mein Schatz!", vernehme ich Solarias Stimme aus dem Wohnzimmer, gefolgt von einem schmatzenden Geräusch. Sie hat Sam offensichtlich einen Kuss für den wieder aufgestellten Zimmerbrunnen gegeben.

Küsse gelten bei ihr – neben guten Energien – als Zahlungsmittel. Das ist Gewöhnungssache. Was mich viel mehr stört, ist, dass Solaria dabei keinerlei Kleidung trägt. Gut, das tue ich zwar in diesem Moment auch nicht, allerdings nur ausnahmsweise, während es für Solaria Alltag ist. Sie ist Nudistin.

Als der esoterische Egon mich zum ersten Mal auf diesen Hof führte, kam uns Solaria, wie von der Natur geschaffen, auf einem Pferd, ohne Sattel und Zaumzeug entgegen. Bei diesem Anblick beschloss ich, sofort wieder umzudrehen und diesen Achtsamkeitshof samt seiner gewöhnungsbedürftigen Bewohner augenblicklich aus meinem Leben und meinem Gedächtnis zu streichen. Beinahe hätte ich diesen Entschluss umgesetzt, doch dann kreuzte Sam meinen Weg und ließ meine guten Vorsätze in sich zusammenfallen.

Hach, Sam …

„Ich bräuchte nachher noch deine Hilfe. Könntest du heute hier übernachten?", fragt Solaria und Sam antwortet ganz selbstverständlich: „Selbstverständlich".

Er ist zu gut.

„Du bist zu gut", flötet Solaria, während sie Sam mit einem weiteren schmatzenden Kuss be … *nein* entlohnt.

Dass ich hier mal genauso nackt herumliege wie die Hausherrin, hätte ich niemals für möglich gehalten. Trotzdem tue ich es, obwohl ich es immer noch unmöglich finde.

„Es geht leider nicht anders", hatte Sam erklärt.

Apropos. Nackt und ohne Sam, dafür mit kalten Klangschalen auf dem Bauch, friere ich mir doch allmählich den Allerwertesten ab. Der tote Teddy unter meinem Rücken hilft da auch nicht mehr viel.

Sam macht allerdings nicht den Eindruck, als hätte er es eilig, Solaria abzuwimmeln. Sie unterhalten sich noch immer angeregt im Wohnzimmer. Verdammt! Wenn ich mir jetzt wieder eine Grippe einfange, dann wird das nichts mehr mit dem gezogenen Sicherheitszahn. Das zumindest weiß ich ganz sicher. Schließlich war es auch eine Grippe, die mich vor mehr als einem Vierteljahr aus meinem abgesicherten hessischen Leben riss.

DAS KARMA DER KRONJUWELEN

Lieber unauffällig und unbeschadet
als überhangen und überfallen …

An dem Morgen, als die Grippe meinen Körper quälte, mein Kollege mich in Quarantäne schickte und mein Geliebter mit sich selbst fremdging, schleppte ich meine müden Glieder letztendlich doch zu dem Menschen, auf dessen Qualitäten ich seit jeher zählen konnte. Gleichzeitig war das auch der Mensch, den ich im Laufe meiner vierjährigen Beziehung zunehmend vernachlässigt hatte: meine Mutter.

Bis zu meinem Auszug vor fünf Jahren waren wir ein eingespieltes Team gewesen. Ich übernahm den passiven Teil, Mama managte den Rest. Und obwohl ich auf ebenso passive Weise an meine eigenen vier Wände und meinen festen Freund gekommen war, sorgten diese doch dafür, dass ich mich stark von Mutter entfernte. Jetzt, da mein Zukünftiger der Vergangenheit angehörte, jetzt, wo ich kraftlos und krank war, kam ich wieder zu ihr gekrochen. Ich fühlte mich deshalb zusätzlich schlecht, klingelte aber trotzdem.

Einen Moment später ertönte ein klirrendes Geräusch wie das eines umkippenden Goldtopfs, die Wohnungstür öffnete sich und Mutter stand vor mir. Strahlend, wie eh und je. Obwohl sie so gut wie nie vor die Tür ging, war sie überaus gepflegt und stets gut gekleidet. Ihr weizenblondes Haar trug sie seit jeher hochgesteckt wie eine Gräfin und ihre fünfundfünfzig Jahre sah man ihrem hübschen Gesicht auch nicht an. Sicherlich hätte sie längst einen neuen Märchenprinzen gefunden, wenn sie nicht an den Stellen mit Vorurteilen aufwarten würde, an denen andere Menschen mit Vertrauen glänzten.

Apropos Glanz: Der pompöse Familienschmuck trug sicher den Mammut-Anteil an Mutters Single-Dasein. Denn davon abgesehen, dass sie Männer in erster Linie für potenzielle Schmuckdiebe hielt, wirkten ihre Goldbehänge befremdlich und abschreckend auf jedes männliche Wesen, das älter als ein Jahr war und nicht aus der Juweliersparte kam.

Auch für mich ergab ihre Ausstattung erst einen Sinn, als ich zum ersten Mal „Das A-Team“ im Fernsehen sah. In meiner kindlichen Logik waren die Ähnlichkeiten zwischen Mutter und Mr T enorm.

Genau wie ihm, graute es ihr vor dem Reisen. Während Mr T sich jedoch nicht davor drücken konnte und deshalb jedes Mal sediert werden musste, trat Mutter erst gar keine Reisen an.

Auch waren sie beide sehr fürsorglich. Mr T bezeichnete sich selbst als „Held der Kinder“ im Allgemeinen, während Mutter mich im Besonderen nicht aus ihren Adleraugen ließ.

Ja, und was mir am wesentlichsten erschien: Beide hatten ein Faible für ausladenden Schmuck. Während Mr T sich dabei auf das gesamte Dekolleté ausfüllende Ketten beschränkte, ergänzte Mutter das Arrangement noch zusätzlich durch beeindruckende Ohr- und Fingerringe sowie zahlreiche Armbänder.

Damals war ich mir sicher, dass das schon alles so seine Richtigkeit habe. Mehr als zwanzig Jahre später war ich mir ziemlich sicher, dass es sich, zumindest von Mutters Seite aus, um eine satte Neurose handelte. Der Zwang zum Behängnis war ihr zum Verhängnis geworden. Ihr einstiges Versprechen am Sterbebett meines Vaters hatte sie auf ewig versklavt. Pathetisch – aber wahr.

Insgeheim hoffte ich daher schon länger, dass mir dieser verfluchte Funkelkram niemals unter ebenso strikter Trage-Pflicht vererbt werden würde.

„Sissi! Ist dir auch niemand gefolgt?“, stellte Mutter mit einem nervösen Blick den Flur hinunter ihre Standardfrage, bevor sie mich in die Wohnung ließ.

Ich verneinte, trat ein und schloss die Tür hinter mir ab. Mutter zuliebe schob ich außerdem die beiden Ketten vor. Auch wenn man es hätte annehmen können, Letztere trugen keinen Anteil am Klirren.

„Sissi, Kind, wie siehst du denn aus? Bist du etwa krank?“

Ich krächzte ihr ein knappes „Ja-ha“ entgegen. Was mich dann allerdings nahezu umhaute, war, dass Mutter sich nicht so verhielt, wie ich es von ihr gewohnt war.

Anstatt auf Gott und alle Krankheitserreger dieser Welt zu schimpfen, blieb sie ganz ruhig, nahm mich liebevoll in den Arm und geleitete mich fürsorglich zur Couch – einfach so, vor allen Dingen aber ohne Mundschutz.

Im ersten Moment war ich einfach nur froh darüber. Ich wollte bemitleidet und bemuttert werden und mich vollkommen krank und verlassen fühlen. Aber andererseits ... hatte Mutter gar keine Angst, sich anzustecken?

„Sissi, du bist mein Kind. Du kannst mir gar nicht schaden.“

Irritiert sah ich sie aus tränenden Augen an und erzählte ihr schließlich, was an diesem Morgen bereits geschehen war.

Letztendlich kam ich zu dem Schluss, dass sie es vermutlich einfach genoss, nach vier langen Jahren der Sissi-Abstinenz endlich wieder in ihrer Mutterrolle aufzugehen. Und so schlüpfte ich ganz brav in meine passive Tochterrolle und verbrachte zwei Tage in vollendeter Umsorgung auf Mamas Couch. Dann war ich so weit aufgepäppelt, dass es mich wieder zur Arbeit zog.

Zu meinem beruflichen Werdegang gibt es nicht viel zu sagen. Nach der mittleren Reife ergriff ich die für mich „sicherste“ Berufsausbildung – eine im öffentlichen Dienst. Ich ließ mich zur Verwaltungsfachangestellten ausbilden, denn das, so dachte ich, verhieß ein geregeltes Einkommen bis zu meinem Lebensende.

Zu meinen Aufgaben im abgetrennten Verwaltungstrakt eines öffentlichen Krankenhauses zählten das Schreiben von Arztbriefen, die Betreuung des Krankenblattarchivs und sonstige Schreib-Arbeiten, die absolut keine Eigeninitiative oder Kreativität verlangten.

Anscheinend tat ich das so vorbildlich temperamentlos, dass man mich nach meiner Ausbildung anstandslos übernahm und sechs Jahre später sogar freiwillig beförderte.

An dem Tag, als ich mich mit Olaf verlobte, blickte ich auf exakt dreizehn loyale Dienstjahre zurück, die trotz Aufstieg in der Vergütungsgruppe an Monotonie kaum zu übertreffen waren.

Ein halbes Jahr danach wurde unser Krankenhaus aus staatlichen Einsparungsgründen privatisiert, und während man das anfangs noch wohlwollend als „große Chance" betitelte, sorgte der Wechsel von der staatlichen Einrichtung zur GmbH doch in allererster Linie für eines: Chaos.

So auch an diesem heutigen Freitagmorgen, zwei Tage nachdem mir der Eintritt ins Krankenhaus wegen Krankheit verwehrt worden war. Es war kurz nach neun, ich hatte mir gerade eine Tasse Kaffee gegönnt, als meine äußerst direkte Kollegin Karin die Idee bekam, unserem Vorgesetzten die Gretchenfrage zu stellen: „Äh, Chef, müssen Lisa und ich uns eigentlich noch Gedanken darüber machen, wie wir in Zukunft unsere Brötchen verdienen?"

Vor Schreck hätte ich fast meinen Kaffee gegen den Monitor gespuckt. Auch unserem Chef, Herrn Brock, entglitten sämtliche Gesichtszüge. Nach einer kurzen Pause antwortete er: „So, Frau Hof, wir beide fahren jetzt mal zur Bäckerei und versorgen unsere Belegschaft mit frischen Brötchen." Die Verwirrung war komplett, aber mich erwartete noch mehr.

In der Warteschlange beim Bäcker verblüffte mich mein Chef ein weiteres Mal: „Wenn Sie erst in drei Stunden wieder ins Büro kommen, reicht das vollkommen", teilte er mir mit. „Überraschen Sie doch Ihre Mutter mit einem zweiten Frühstück."

Zwar hatte ich mich inzwischen an die etwas chaotischen Zustände im Betrieb gewöhnt, aber dass mir Arbeitszeit geschenkt wurde, war mir in meinen gesamten vierzehn Jahren Berufsleben noch nie passiert.

Völlig überrumpelt murmelte ich ein schüchternes „Danke". Herr Brock klopfte mir daraufhin ebenso unerwartet auf die Schulter, was mich schier zusammenzucken ließ.

An diesem Morgen, in der Schlange beim Bäcker, erkannte ich es: Überraschungen waren nichts für mich, ich bevorzugte Kontinuität – vorhersehbare, steife, langweilige Kontinuität.

Kurz darauf saß ich also nicht wie geplant an meinem Arbeitsplatz, sondern erneut in Mutters Wohnzimmer, während diese mehr erschrocken als erfreut auf den Aufdruck der Brötchentüte starrte und mir damit bestätigte, dass auch Sie kein Fan von Überraschungen war.

„Sissi, bist du etwa allen Ernstes heute Morgen in Griesheim gewesen?", fragte sie in einem Tonfall, als hätte ich ihr ein Okapi aus dem Kongo mitgebracht.

Ich nickte, denn die Griesheimer Backstube war für ihre besonders leckeren Brötchen bekannt. Dafür hätte ich sogar eine extra S-Bahn-Fahrt auf mich genommen. Etwas, das Mutter niemals tat. Erst recht nicht nach Griesheim. Vor diesem Stadtteil gruselte sie sich wie vor einer spukenden Geisterstadt. Die Straßenbahn setzte sie hingegen keiner Geisterbahn gleich, sondern – noch schlimmer – einem mit Keimen und Kriminellen gefüllten Kessel.

Bis ich Olaf kennenlernte, hatte ich keine andere Wahl, als aus Mutters ängstlichen Werten meine Wahrheit zu machen. Dann begleitete ich meinen damaligen Verlobten das erste Mal nach Hause und lernte die Vorzüge des öffentlichen Viren- und Verbrecher-Verkehrs selbst kennen.

„Zum Glück hab ich immer genügend davon im Hause", holte mich Mutter aus meinen Gedanken und hielt mir ihr Desinfektionsmittel unter die Nase. „Hier, desinfizier dir schnell die Hände."

Prompt traf ein kalter Sprühstoß meine Finger. Während ich das Antiseptikum auf meiner Haut verteilte, schüttete Mutter die Brötchen mit spitzen Fingern in einen Brotkorb und entsorgte die Tüte im Mülleimer. Erst mit dem Entkeimen ihrer eigenen Hände entspannte sie sich wieder.

Mutters Bakterienpanik hatte ich zum Glück nicht geerbt. Bei mir weckte der Geruch von Desinfektionsmittel vielmehr heimelige Erinnerungen an meine Kindheitstage, ähnlich dem Duft frisch gebackener Plätzchen.

„Geht es dir gut?", fragte sie mich.

„Du tickst nicht mehr richtig!", wäre eher angebracht gewesen. Immerhin hatte ich sie vier lange Jahre durch einen Versicherungsvertreter ersetzt. Kaum, dass der mich verließ, stand ich krank und im Kleinkind-Jammer-Modus vor ihrer Tür. Und jetzt verbrachte ich auch noch meine eigentliche Arbeitszeit auf ihrer Couch. Ich war entwicklungsgestört, eindeutig.

Trotzdem nickte ich schief grinsend.

„Und warum hast du dir heute schon wieder freigenommen, Sissi?"

Um noch etwas klarzustellen: Sissi ist nicht mein wirklicher Name.

„Das habe ich nicht. Ich wurde freigestellt", antwortete ich leise.

„Großer Gott!", platzte es panisch aus Mutter heraus. „Ist denn alles in Ordnung bei der Arbeit?"

Ordnung war etwas, das mein Arbeitgeber gut hätte gebrauchen können. Nach der Übernahme hatte es eine Kündigungswelle gegeben. Ein Domino-Day ohne Ende, der willkürlich Alt und Jung, Groß und Klein traf.

„Spätestens nach der Kündigungswelle wird alles wieder in geregelten Bahnen laufen", hatte es geheißen. In Wahrheit war „nach der Kündigungswelle" bloß „vor der Kündigungswelle". Kollegen, die sich auf schnellstem Wege gewaltsam in die Aufgabenbereiche ihrer entlassenen Vorgänger eingearbeitet hatten, waren plötzlich die nächsten Kündigungskandidaten. Ein wahres Wunder, dass mein Arbeitsplatz bisher verschont wurde.

„Hallo? Alles in Ordnung?", hakte Mutter abermals nach, und ich nickte noch einmal schief grinsend. Damit war ich schon zuvor ganz gut gefahren. Und auch jetzt erfüllte es seinen Zweck.

„Schön, dass alles in Ordnung ist", lächelte Mutter, was ihr Gesicht fast ebenso strahlen ließ wie ihr Collier.

Ich konnte nicht zurückstrahlen. Mit meiner Arbeit hatte ich mich von Olaf ablenken wollen, doch jetzt saß ich wieder hier und musste feststellen: Ich vermisste ihn. Sehr. Und gleichzeitig hasste ich ihn, weil er mich mal eben aus seinem Leben radiert hatte wie ein schlecht gezeichnetes Strichmännchen.

Nachdem ich seine Wohnung so abrupt wie aufgelöst verlassen hatte, war statt seiner selbst nur eine SMS gefolgt, in der er mir „aus vollstem Herzen alles erdenklich Gute und Liebe für ein erfülltes und langes Leben“ gewünscht hatte. Dann sandte er mir noch eine weitere Nachricht mit der mehr sachlichen als herzlichen Information, er habe „all meine Sachen bereits in einen Karton verpackt und werde sie in den nächsten Tagen an mich senden“.

Bei dem Gedanken daran schluchzte ich auf.

„Ach Kind, meinst du nicht, dass es nur eine Phase ist?“, fragte Mutter, die mein Schluchzen sofort richtig interpretierte. „Vielleicht wird sich Olaf schneller selbst finden als gedacht und dich dann um eine zweite Chance bitten.“

Die Hoffnung hatte ich bis gestern auch noch gehabt. Doch dann musste ich ja unbedingt Olaf unter dem *sachlichen* Vorwand anrufen, meine Sachen persönlich bei ihm abholen zu wollen.

Ich hatte geplant, mich dafür so richtig in Schale zu schmeißen. Allein schon, um Olaf vor Augen zu führen, was ihm entgangen war … und entgehen würde, sofern wir nicht wieder zueinanderfänden. Bereits am Telefon hatte ich mir Mühe gegeben, besonders cool und sexy zu klingen. Olaf hingegen antwortete nur leicht lethargisch, aber freundlich auf meine Fragen, viel freundlicher, als er es in den vergangenen vier Jahren je gewesen war. Doch trotz aller Freundlichkeit machte er mir auch felsenfest klar, dass ein Wiedersehen in unserem Fall keine Freude wäre.

Im Gegenzug musste ich mich überhaupt nicht verstellen, als ich ihm deutlich machte, dass ich seine freundlichen, aber verwirrenden Aussagen nicht wirklich verstand. Er habe auch nichts anderes erwartet, frohlockte mein Verflossener, mit meinen niedrigen Schwingungen fehlte es mir an Verständnis für solche Dinge. Als ich darauf ziemlich empört reagierte, beruhigte er mich in blumigem Ton: „Für dein blockiertes Bewusstsein kannst du doch nichts, mein Liebes.“

Mein Liebes?

Bevor ich erneut falsche Hoffnung schöpfte, ergänzte er noch schnell, sich auch deshalb von mir trennen zu müssen. In seinem neuartigen Bewusstsein könne er mit jemandem, der so *materiell*, so *unspirituell* und so wenig *geerdet* sei, keine *ernsthafte* Beziehung führen. Erschwerend käme noch hinzu, dass ich zu *andersartige Energien* verströme.

Bevor ich überhaupt noch irgendetwas einwerfen konnte, musste er auch schon auflegen, um sich wieder seiner selbst anzunehmen, seit zehn Minuten wartete sein abnehmendes Mond-Müsli auf ihn.

Spätestens da musste ich es mir eingestehen: Dieser Mensch am anderen Ende der Leitung war nicht mehr mein Olaf, nein, dieser Mensch war ... ach, keine Ahnung, in was für einen hochschwingenden, spirituellen Spezialisten ihn die hundertjährige Hexe verwandelt hatte. Auf jeden Fall schien es Olaf wirklich ernst damit, sich endgültig lösen zu wollen. Für immer und warum auch immer.

„Vielleicht kommt ihr schneller wieder zusammen, als du denkst“, versuchte Mutter mich aufzubauen. Sie wusste ja nicht, dass Olaf mich durch eine spirituelle Beziehung zu sich selbst ersetzt hatte.

Ich schüttelte traurig den Kopf. Falsche Hoffnung war das Letzte, was ich in diesem Moment brauchte, und Mutter schien das tatsächlich zu spüren, vielleicht schwang auch sie weit über mir.

„Komm an mein Herz!“, liebevoll drückte sie mich an ihre Brust, und ich fühlte mich so geborgen und geliebt wie ein Kind. Allerdings nur kurz, denn Mutter holte mich umgehend zurück in die Realität: „Eine so hübsche Frau wie du wird nicht lange allein bleiben.“

Den Satz hatte man auf der Beerdigung meines Vaters auch zu Mutter gesagt. Sechsundzwanzig lange Jahre lag das nun zurück. Ein Jammer, dass eine Frau, die so viel zu geben hatte, ein solch einsames Dasein fristete.

Offenbar gingen unsere Gedanken schon wieder in die gleiche Richtung, denn Mutter setzte plötzlich eine ganz bekümmerte

Miene auf und meinte: „Weißt du, ich lebe dieses einsiedlerische Dasein ja nur, weil mein Schmuck zu wertvoll für die Welt da draußen ist."

Während sie einen anklagenden Blick auf das Porträt meines Vaters warf, ließ ich meinen Blick durch das Wohnzimmer gleiten, das vor fünf Jahren noch mein Zuhause gewesen war. Sicherlich wäre es das noch länger geblieben, hätten wir nicht das Angebot bekommen, die Wohnung meiner allein lebenden Großtante im Nachbar-Hochhaus zu übernehmen. Nach dem dritten Wohnungsbrand war sie zu ihrer eigenen Sicherheit ins Altersheim verlegt worden.

Es schnürte mir den Hals zu, wenn ich daran dachte, was einmal aus Mutter werden würde. So leid es mir auch tat, aber ich war nicht der Mensch, der sie später einmal pflegen würde. Nicht, weil ich nicht wollte, sondern weil ich nicht konnte. Wo sollte ich die Zeit hernehmen? Wo das Geld? Das, was ich bei meinem Vollzeitjob verdiente, reichte gerade einmal für meinen eigenen Lebensunterhalt aus. Und dann kam auch noch hinzu, dass ich der unfähigste aller Pfleger war. Da Mutter mir zeit meines Lebens sämtliche Aufgaben abgenommen hatte, verfügte ich über wenig Eigeninitiative. Und über noch weniger Talent. Ich konnte nur ein Gericht kochen (Linsensuppe). Und das Wechseln einer Glühbirne zählte neben dem Aufstellen einer bereits aufgebauten Ikea-Kommode und dem Anschließen meines Fernsehers (dank Kabelempfang auch keine Glanzleistung) bereits zu meinen ganz großen Kunststücken.

Mein spiritueller Ex und Mutters spätere unsichere Existenz – konnte ich nicht einmal an etwas Positives denken? Ich versuchte es und lenkte meine Gedanken auf meinen festen Job (war er das denn noch?) und meine eigene Wohnung (stand mir dort auch ein vereinsamtes Dasein bevor?). Verflixt, ich wollte keine Trübsal blasen. Bevor Mutter erneut meine Gefühlslage erspürte, lenkte ich meinen bedrückten Blick schnell auf den gedeckten Frühstückstisch. Ergriffen ließ ich ihn über Marmelade, Käse, Honig, Brötchen und Butter, Teller, Tassen, Teekanne und die Tageszeitung schweifen, die bereits fein auseinandergefaltet war. Mama hatte mal wieder an alles gedacht.

„In der *BILD* stand heute Morgen, dass in Griesheim eine arme alleinstehende Frau überfallen wurde", meinte Mutter, meinem Blick folgend, „dabei war sie doch schon arm."

Seit ich mit Olaf zusammen war, führte Mutter eine Beziehung zur *BILD*-Tagespresse. Während andere Mütter regelmäßig über ihren unerfüllten Enkelwunsch klagten, bekam ich nur ab und zu Sensationsmeldungen aus der Zeitung zugespielt. Ich hatte wirklich Glück. Daran sollte ich denken.

„Wie kann man nur eine arme, alleinstehende Frau überfallen?!", schluchzte Mutter und brach plötzlich in Tränen aus. Da konnte auch ich mich nicht mehr länger zurückhalten. Gemeinsam schluchzten wir vor uns hin, bis Mutter sich energisch die Tränen aus dem Gesicht wischte und mir tief in die Augen sah.

„Sissi, wir müssen positiv denken! Ich werde nicht überfallen. Und du wirst schon noch den Richtigen finden. Nur bitte geh niemals wieder solch ein Risiko ein!"

Vorwurfsvoll zeigte sie auf die Griesheimer Brötchen.

Ich seufzte. Um einen neuen Mann zu finden, müsste ich auf die Suche und damit tatsächlich neue Risiken eingehen. Aber Mutter konnte sich trösten, ich war für so etwas viel zu passiv. Vor Olaf hatte ich meine Wohnung nur für den kurzen, ereignislosen Fußweg zur Arbeit verlassen. Und ein vielversprechender Kandidat war mir dabei nie über den Weg gelaufen.

In den letzten vier Jahren war ich dann schon etwas mobiler geworden, doch das hatte ich bloß Olaf zu verdanken.

Olaf – Olaf – Olaf!

Kein Wunder, dass ich mich ohne ihn nicht nur allein fühlte, sondern auch unbeweglich … und unsicher. Ich konnte meinen Ex wohl kaum darum bitten, mir mit seinem neuen Bewusstsein aus meiner Unbeweglichkeit zu verhelfen. Und mir bei der Gelegenheit gleich noch bei der Suche nach einem potenziellen Nachfolger behilflich zu sein. Auch wenn er in seinem momentanen Zustand vielleicht sogar zugestimmt hätte, war es doch realistischer, allein zu bleiben und zukünftig auch noch mein Essen übers Internet zu ordern (meinen Internet-Anschluss verdankte ich übrigens auch Olaf).

So gesehen war ich die ideale Kandidatin für eine Online-Partnerbörse ... beziehungsweise *wäre* es gewesen, wenn ich nicht damals neben dem *A-Team* auch noch *Aktenzeichen XY ... ungelöst* gesehen hätte. Auf Heiratsschwindler oder anderweitige Psychopathen hatte ich definitiv keine Lust.

Realistischer war es, mich darauf einzustellen, so wie meine Großtante und meine Mutter zu enden. Nur ohne Wohnungsbrand. Ohne BILD-Zeitung. Und hoffentlich auch ohne Schmuck.

„Oje Sissi, ein Unwetter braut sich zusammen", rief Mutter plötzlich und zeigte aus dem Fenster.

„Sissi" war der furchtbarste Spitzname für einen noch schlimmeren Namen. Immer wenn Mutter mich so nannte, schaute mein inneres Auge einen alten Romy-Schneider-Film, und ich dachte an „Fraaaanz", an „Sissssssi", an wehende Wallekleider, an Perücken bis zum Popo und an das ganz große Drama. Seit meinem zehnten Lebensjahr bestand ich daher auf die einzige für mich akzeptable Abkürzung: „Lisa". Bis auf Mutter hielten sich alle daran.

„Ach Eberhardt...", seufzte Mutter, während sie das Bild meines Vaters geraderückte. Das machte sie immer, wenn er ihr besonders fehlte.

Ich beschloss, noch vor Regeneinbruch im Büro zu sein und somit die eingeräumten drei Stunden auf eine halbe zu verkürzen. Langsam erhob ich mich, schlurfte in den Flur und schlüpfte dort in meine Schuhe und meinen Mantel. Da, plötzlich, erklang ein ganz neues Klirr-Geräusch. Mutter stieß zusätzlich einen spitzen Schrei aus.

„Mama?", hastig lief ich zurück ins Wohnzimmer.

Der Bilderrahmen mit dem Foto meines Vaters war auf den Boden gestürzt, das Glas zersprungen, und die Scherben lagen wie gefrorene Blitze über den Boden verteilt. In diesem Moment zuckte der erste Gewitterblitz über den Himmel und verstärkte diesen Eindruck noch.

„Großer Gott! Eberhardt!“, schrie Mutter.

Schnell half ich ihr, die Scherben aufzusammeln, und redete beruhigend auf sie ein: „Ach Mama, halb so wild. Scherben bringen doch Glück.“

Kurz darauf schritt ich den mit grünen Desinfektionsbehältern gesäumten Gang der Krankenhausverwaltung entlang und freute mich, vor Einsetzen des monsunartigen Regenschauers im Trockenen angekommen zu sein. Ich sah durch das Fenster im Gang und bekam das Gefühl, dass der Himmel heute wohl mal Grund zum Heulen hatte. Offensichtlich nicht nur der, denn als ich die triste Tür zu meinem betonfarbenen Büro öffnete, kam mir ein verheulter Zombie auf wackligen Beinen entgegen.

„Karin?“ Ich blickte in die geröteten und schwarz-verschmierten Augen meiner Kollegin und machte mir eine innere Notiz, bei Gelegenheit *Augen-Herpes* zu googeln. Diese Krankheit schien fataler als die Grippe zu sein.

„Lisa-ha-ha …“

Karin tupfte sich die Tränen von den Wangen, verteilte damit aber bloß ihre Wimperntusche großflächig über ihr gesamtes Gesicht. Absurderweise lachte sie, auch wenn man bei ihrem Anblick das Gegenteil erwartet hätte.

„Alles klar?“, fragte ich verunsichert.

„Es geht“, antwortete Karin, lachte noch einmal heftig auf und verfiel dann in ein hysterisches Schluchzen. „Es geht? Ha ha, es muss ja gehen … weitergehen! Und es kann auch nur besser werden … ist ja überall besser … ich meine, hast du mal gesehen, wo wir hier eigentlich arbeiten? Hi hi hi.“

Sie war so aufgelöst, dass ich kaum ein Wort verstand.

„Ach, Frau Hof, schön, dass Sie schon da sind. Folgen Sie mir doch bitte gleich in mein Büro“, begrüßte mich Herr Brock, der gerade mit großen Schritten aus dem Kopierraum kam. Er war fast so überschwänglich und unnatürlich freundlich wie Olaf. Ungewöhnlicherweise gab er mir zur Begrüßung die Hand, obwohl unsere gemeinsame Brötchen-Besorgung noch nicht einmal eine Stunde zurücklag. Ich spürte, wie er zitterte. Zudem sprach er zwar zu mir, starrte dabei jedoch unentwegt auf ein Blatt Papier, das er in seiner anderen Hand hielt.

Chaos – wie immer! Oder? Ich schaute mich um.

Meine Kollegin sah aus wie das personifizierte Grauen,
mein Chef konnte mir nicht in die Augen schauen,
und die Brötchen, so kross und frisch,
ruhten unangerührt auf dem Tisch.

Oh mein Gott, ich reimte!

Herr Brock winkte mich freundlich in sein Büro. Zombie-Karin zeigte mir das Kopf-ab-Zeichen, indem sie mit ihrem Zeigefinger horizontal an ihrem Hals entlangfuhr. Dabei kicherte sie wie Chucky, die Mörderpuppe. Gruselig.

Und doch ahnte ich, was mir meine Kollegin sagen wollte,
die Kündigungswelle, die immer noch rollte,
war gerade dabei, uns beide zu erfassen,
nur ihr Lachen wollte dazu nicht passen.

Mit einem nach innen gerichteten „Ruhe!" versuchte ich meiner dämlichen Reimerei ein Ende zu bereiten. Da fiel es mir wie Schuppen von den Augen. Ich war nie abergläubisch gewesen, überhaupt nicht. Aber bisher waren Reime meinerseits immer mit irgendeiner Art von „Sturz" verbunden gewesen.

Zum Beispiel, als ich acht Jahre alt war und auf Großtante Mathildes (die Großtante mit dem Wohnungsbrand) siebzigstem Geburtstag eine selbst gereimte Rede aufsagte. Ich war gerade bei der Strophe „… oh wie schön geschmückt die Teller, da essen wir doch gleich noch schneller …", als Großtante Mathilde kollabierte und unter der festlich geschmückten Tafel landete. Das Geburtstagskind kam ins Krankenhaus, Mutter nahm mich in die Arme und redete beruhigend auf mich ein. Es lag an einer Fischgräte – nicht an meiner gereimten Rede …

Vier Jahre später wiederholte sich das Phänomen. In der Schule stand ich vorne an der Tafel und war gerade dabei, das Frühlingsgedicht „Er ist's" von Eduard Mörike zu rezitieren. „Frühling lässt sein blaues Band, wieder flattern durch die Lüfte, süße wohlbekannte Düfte streifen ahnungsvoll das La…". Weiter kam ich nicht, denn unser Mitschüler Mirko stimmte plötzlich laut „Ahhhh“ schreiend mit ein, dann fiel er vom Stuhl. „Mirko schläft!“, kreischte Christiane, die neben ihm saß. Aber Mirko schlief nicht, er war in Ohnmacht gefallen. Ein Diabetes-Schock, wie sich wenig später herausstellte. Ausgelöst durch ein simples Snickers – oder doch durch meinen Vers?

Damals beschloss ich, niemals wieder zu reimen. Und nicht abergläubisch zu sein. Auch wenn das ein wenig paradox klang, hatte ich bis heute das ganz gut durchgehalten.

Nun allerdings versuchte ich, der gedichteten Sache zwanghaft etwas Gutes abzugewinnen. Das Einzige, was mir einfiel, war, dass im Falle eines „Sturzes“ die Retter direkt mit einem Krankenhausbett zu uns kommen könnten.

Kaum hatte ich Platz genommen, ließ Herr Brock einen Schwall reinsten Behördendeutschs auf mich niederplätschern: „Im Zuge der allgemeinen Neustrukturierung sehen wir uns auch weiterhin gezwungen, den Kostenblock zu minimieren. So …“

Was jetzt geschah, hatte verdächtige Ähnlichkeit mit meinem drei Tage zurückliegenden Erlebnis in Olafs Wohnung. Ich bekam kaum mit, was mein Chef mir erzählte, meine Gefühle spielten verrückt und doch sah ich bereits genau vor mir, wo dieses Gespräch hinführen würde.

„Bitte nicht!“, murmelte ich in mich hinein und hoffte, dass ich falsch lag.

Doch da brachte es mein Chef auch schon auf den Punkt, besser gesagt auf meinen persönlichen *Tief*punkt: „In Ihrem Fall ist eine Entlassung nun leider doch unumgänglich. Es tut uns sehr leid, gerade auf eine solch treue und engagierte Mitarbeiterin, wie Sie es sind, verzichten zu müssen. Doch die Folgen der Privatisierung zwingen uns zu diesem für uns so bedauerlichen Schritt …“

Ich hätte es früher merken müssen. Nicht erst, als Herr Brock von der Ich- zur Wir-Form gewechselt, nicht, als Karin das Kopf-ab-Zeichen gemacht, nicht, als ich einen Vormittag for free bekommen hatte. Sondern schon, als mich der selbsternannte Seuchenbeauftragte Sven nach Hause geschickt hatte.

Hinter meinen Augen begann es zu pochen. War das zu viel für meinen Kopf? Ach was, mein gesamter Körper würde gleich schlappmachen. Verständlich. Ich war noch entkräftet von der Grippe, von meinem Verlobten frisch verlassen, litt mehr unter Mutters Einsamkeit als sie selbst, und jetzt war ich auch noch …

„Da Sie noch über eine beachtliche Anzahl von Urlaubstagen verfügen, können Sie auch schon …"

Für mich und mein Sicherheitsdenken brach in diesen Sekunden eine Welt zusammen.

„Ich muss hier raus!", unterbrach ich meinen ehemaligen Vorgesetzten und stürzte aus seinem Büro.

Wozu um alles in der Welt hatte ich den sichersten Job Deutschlands ergriffen? Wofür hatte ich mich mit unwirtlichem Verwaltungswissen, langweiligen Gesetzestexten und sinnlosen Satzungen bereichert? Doch nur, weil mir all das stumpfsinnige Sicherheit versprochen hatte. Sicherheit, ohne die ich aufgeschmissen war. Und das wiederum passte zu meinen Reimen. In gewisser Weise war ich nämlich gestürzt, anders als Großtante Mathilde und Mitschüler Mirko, aber doch …

Unsinniger Aberglaube!

An so etwas wollte ich – verflixt noch mal – nicht glauben. Es konnte nur reiner Zufall gewesen sein.

Schwungvoll riss ich die Tür auf, machte einen Schritt nach draußen und stolperte über etwas, das mitten im Weg lag. Ich schlug der Länge nach auf das Linoleum. Jetzt war ich wirklich gefallen.

„Hi hi hi", kicherte es hinter mir. Ich drehte den Kopf und erkannte, dass ich über Karin gestolpert war, die vor der Tür unseres Chefs kauerte. Unter normalen Umständen hätte ich sie vermutlich gefragt, was genau sie da tat, aber normale Umstände waren das hier ganz bestimmt nicht.

Schließlich hatte ich meinen Job verloren. Die Sicherung meiner Existenz. Und so wie es schien, war Karin Ähnliches widerfahren, denn neben all den anderen Anzeichen befanden sich ihre vier Topfpflanzen nicht mehr auf der Fensterbank, sondern in einem Umzugskarton. Man hatte uns beide gefeuert, das war nicht zum Lachen.

„Hi hi ha ha!“

„Das ist nicht lustig!“, schimpfte ich.

„Doch, eigentlich schon“, kicherte Karin.

Langsam erhob ich mich und starrte auf die Tür zum Büro meines Vorgesetzten. Die war schon wieder verschlossen. Ich hatte nicht einmal gemerkt, dass jemand an mir vorbei hineingegangen war. Jetzt presste Karin ein Ohr ans Türblatt und lauschte angestrengt.

„Nun ist Erna dran. Hi hi. Der hat er letzte Woche noch gesagt, dass ihr Job sicher sei bis zum Lebensende. Ich glaube, sie prügelt ihn gerade krankenhausreif. Zum Glück sitzt er ja an der Quelle … ha ha ha …“

Ich hatte wahrhaftig und unwiderruflich meinen Job verloren.

„Lisa? Alles okay?“

Ich schüttelte den Kopf. Mein Herz raste. Ich konnte mich gar nicht mehr beruhigen. Das vermeintlich sicher verklebte Kartenhaus meines Lebens war vollkommen in sich zusammengestürzt. Mein letzter Strohhalm war aus dem Glas gefallen. Was sollte ich ohne Existenzgrundlage bloß tun?

Karin erhob sich, strich ihren Rock glatt, sah lässig auf ihre Armbanduhr und meinte dann salopp: „Noch nicht mal elf. Lass uns zusammen zur Arbeitsagentur gehen.“

Das klang wie eine Einladung zum Kaffeekränzchen. Ich blickte Karin entgeistert an.

„Mensch Lisa, jetzt mach dich doch mal locker. Wir finden schon was anderes. Etwas viel Besseres.“

Karin bestimmt. Sie war Anfang zwanzig, Quereinsteigerin und erst seit vier Monaten hier angestellt. Mit Karin war frischer Wind in unseren staubig-steifen Büroalltag gekommen. Sie hatte Erfahrung in unzähligen Jobsparten und erledigte ihre Aufgaben viel schneller und effizienter als ihre aus unerklärlichen Gründen gekündigte Vorgängerin. Auch ich hatte mir bei Karin so einiges abgeschaut. Mit ihren Qualitäten hatte sie die nächste Anstellung schon so gut wie in der Tasche.

In meinem Fall war ich da nicht so sicher. Ich hatte nie über den Tellerrand dieser Krankenhausverwaltung geschaut. Schon aus diesem Grund konnte es für mich nur einen Job als Verwaltungsangestellte geben. Offene Stellen im öffentlichen Dienst waren jedoch seit Jahren rar. Der ein oder andere Azubi wurde noch übernommen, aber tendenziell bauten sie zunehmend ab. Gelinde gesagt, sah es für mich düster aus. Sehr düster.

„Tschüss, Verwaltungs-Vergangenheit", sagte Karin verschwörerisch und zwinkerte mir zu. Als ich darauf nicht reagierte, fing sie erneut an zu kichern, packte mich am Ärmel und befahl: „Los, Lisa, auf jetzt!"

Ich ließ mich von ihr aus unserem Büro ziehen. Es gab ja doch kein Zurück, und warum sollten wir uns dann nicht gleich auf die Suche nach einer neuen Zukunft begeben?

Trotzdem kam ich noch nicht ganz mit der Kündigung klar. Ich schämte mich und wäre am liebsten sang- und klanglos verschwunden. Karin aber verkündete lautstark unseren Rauswurf. Und zwar im gesamten Gebäude.

„Wir sind gefeuert, jetzt wird gefeiert" singend zog sie mich durch sämtliche Stockwerke. Zu meinem malträtierten Kopf gesellte sich in der Folge auch noch eine Vergewaltigung meiner Augen (Unfallambulanz) und meiner Ohren (Kinderambulanz).

Kurz bevor es mir endgültig zu viel wurde, hielt Karin an. Vorm Krankenhauskiosk.

„Mensch Lisa, wir haben ja noch gar nicht angestoßen."

Ich hatte beim besten Willen keine Ahnung, worauf ich in diesem Moment auch noch anstoßen sollte. Doch gegen Karins Euphorie hatte ich keine Chance.

„Ach Mist, es gibt bloß Eierlikör", schimpfte sie nach einer kurzen Inspektion des Sortiments, kaufte aber trotzdem eine Flasche, hob sie kurz an, rief: „Auf uns!" und nahm einen großen Schluck.

Dann begaben wir uns zur Arbeitsagentur: Karin, ich und die Flasche Eierlikör, an der Karin hin und wieder nippte, um ihren Kündigungs-Kummer zu betäuben. Mich belebte hingegen die frische Luft, die der starke Regenschauer hinterlassen hatte. Obwohl mir Belebung in dieser Situation nicht wirklich viel brachte, schließlich hatte ich den Job meines Lebens verloren. Vielleicht war Betäubung doch nicht so verkehrt …

„Bähhh, das ist Eierli-Kotze!“, rief Karin und warf die noch zu zwei Dritteln gefüllte Flasche zielsicher in einen Glascontainer. Aus dem Container drang lautes Klirren, ich dachte sofort an meine Mutter und ein eiskalter Schauer lief mir über den Rücken. Wie sollte ich dieser sorgengeplagten, sicherheitsfanatischen Frau bloß beibringen, dass ich meinen Job verloren hatte, ohne dass sie einen Herzinfarkt bekam? Gerade, wo ich mich heute noch selbst in scheinbarer Sicherheit gewiegt hatte?

Scheinbare Sicherheit? Welch Widerspruch! Wie naiv war ich eigentlich, nur im Ansatz anzunehmen, mein ehemals staatlicher Verwaltungs-Job sei nach der Privatisierung noch sicher?

„Hi hi hi …“

Karin kicherte, als stünden wir im Spielwarenladen vor den Scherzartikeln. Dabei standen wir vor der Arbeitsagentur. Hier sollte sich nun entscheiden, wer unser zukünftiger Arbeitgeber werden würde. Wenn überhaupt.

Wir betraten das Foyer und konnten erstaunlicherweise sofort die erste Etappe, das Anmeldungsgespräch, hinter uns bringen. Doch dann wurde es unangenehm.

„Nehmen Sie bitte noch ein Weilchen im Wartesaal Platz“, forderte uns die Dame am Empfang auf.

„Ich kann auch ‚Sitz‘ … und ‚Pfötchen‘ …“, lachte Karin und da hielt ich ihr den Mund zu.

Das „Weilchen“ im Wartesaal zog sich, und meine Aufregung stieg. Worauf hatte ich mich hier so spontan und unvorbereitet eingelassen?

„Ki hi hi!“

Außerdem hoffte ich, dass Kicher-Karin und ich nicht den gleichen Berater bekämen. Ich war mir sicher, dass ihr Zustand sich nicht unbedingt positiv auf unser beider Eindruck von Seriosität auswirken würde.

„Weißt du, was das Beste daran ist, gleichzeitig Single und joblos zu sein?“, fragte Karin, die für ihre vermutlich recht hohe Promillezahl noch erstaunlich deutlich sprechen konnte. Ich schüttelte den Kopf, weil ich sowohl dem einen als auch dem anderen nichts Gutes abgewinnen konnte.

„Du bist frei!“, schrie Karin und stieß einen Arm in die Höhe, als würde Free Willy sogleich über uns hinweggleiten.

Ich vergrub meinen Kopf in den Händen. „... kannst gehen, wohin du willst. Und ...“

Zum Glück wurde sie von einer Mitarbeiterin der Agentur unterbrochen, die meinen Namen rief und mir einen Grund zur Flucht lieferte.

Ich klopfte Karin noch einmal auf die starke Schulter und folgte dann der Dame, die sich mir als meine Betreuerin vorstellte. Sie geleitete mich in ein kleines, unscheinbares Büro und wies mir einen unbequemen Stuhl zu.

Kaum hatte ich Platz genommen, leierte ich ihr die Sätze herunter, die Karin und ich auch schon vor ihrer Kollegin zum Besten gegeben hatten. Da war es allerdings lediglich um trockene Fakten gegangen, also um die Gegenwart. Nun ging es um die Zukunft – meine berufliche Zukunft.

Trotzdem konnte ich mich nicht zu mehr Enthusiasmus bewegen, der Schock war einfach noch zu frisch.

„Na, dann schauen wir doch mal“, sagte Frau Kurz, so der Name meiner Betreuerin, und lenkte ihren Blick auf den Monitor. Auch ich betrachtete nun ehrfürchtig ihren Computer, als sei er die Kugel einer Wahrsagerin.

Unermüdlich scrollte Frau Kurz über ihren Bildschirm. Nach einigen Minuten ohne jeglichen Kommentar ließ ich meinen Blick von ihrem Computer zum Kalender schweifen. Heute war Freitag – Freitag, der dreizehnte April.

Oje!

Ich hatte immer gedacht, ich sei nicht abergläubisch, aber ...

... heute Morgen, auf dem Weg in die Bäckerei, rannte eine schwarze Katze über die Straße. Ich hätte darauf noch nicht einmal reagiert, mein Ex-Chef allerdings schon: „Schauen Sie lieber als ‚Ausgleich' nach einem Schornsteinfeger, Frau Hof." Blöd, wie ich war, sah ich mich tatsächlich um, erspähte aber nur einen Gas-Wasser-Installateur.

... kurz darauf zersprang Papas Bild in tausend Scherben. Gut, es war kein Spiegel gewesen, aber das Foto war damals mit Mamas Spiegelreflexkamera aufgenommen worden. Das zählte mit Sicherheit auch.

... heute war Freitag, der dreizehnte, und wahrscheinlich war es jetzt auch kein Wunder mehr, dass ich an solch einem Tag meinen Job verlor.

Mir wurde abwechselnd heiß und kalt. Ich spürte, wie sich mein Puls beschleunigte und meine Atmung lauter wurde.

Stop! Das waren alles Zufälle. Die Aufteilung der Kalendertage stammte von den alten Ägyptern, und die hatten auch geglaubt, dass Tote ihren Körper nach dem Ableben noch einmal benötigen. Ich arbeitete jetzt lang genug in einem Krankenhaus, um bestätigen zu können, dass dies niemals passierte.

Also: Aberglaube, Osterhase, Pharaonenfluch – alles Schwachsinn!

Da machte ich nicht mit, sonst hätte ich mich ja auch gleich zu Olaf auf den Boden setzen und an meiner Erdverbindung arbeiten können.

Ich verfluchte meine unguten Gefühle in der Folge also nicht, sondern versuchte, diese mit meinem rationalen Denken zu überdecken.

„Alles in Ordnung bei Ihnen?", fragte Frau Kurz.

„Ja", murmelte ich. Eigentlich hätte meiner Betreuerin schon klar sein müssen, dass bei einer frisch Gekündigten, die zeit ihres Lebens bloß diesen einen Job ausgeübt hatte, überhaupt nichts in Ordnung war ... oder sein konnte. Vielleicht sah das bei ihrer sonstigen Kundschaft anders aus, denn mich beäugte sie nun dermaßen argwöhnisch, als sei ich ein außer Kontrolle geratener Junkie.

„Sie können aber schon noch sitzen, oder?"

„Ja", wiederholte ich, und auch das war gelogen. Vor Aufregung wäre ich nämlich am liebsten auf- und abgesprungen.

Stattdessen saß ich vor ihr auf dem Stuhl und hinderte meine Beine daran, sich zu bewegen, indem ich sie übereinanderschlug. Nun ja. Ein Bein konnte ich damit blockieren, das obere aber zuckte noch immer sehr offensichtlich, weshalb ich flugs meine Hände darauf legte. Frau Kurz schien kurz davor zu sein, den Notschalter zu drücken, also erinnerte ich sie schnell daran, warum ich, naja, wir beide, eigentlich hier waren: „Und, haben Sie schon eine freie Stelle für mich gefunden?“

Sie sah mich an, als hätte ich nach einer Ladung Methadon verlangt. Infolgedessen fügte ich noch hinzu: „Als Verwaltungsfachangestellte natürlich.“

Wenn schon, denn schon. In solch unsicheren Zeiten brauchte ich einen sicheren Job. Auf Lebenszeit.

Frau Kurz schnalzte bloß mit der Zunge und stellte mir schließlich eine Gegenfrage: „Wie wäre es denn mit einer Umschulung? Zur Hotel- und Gastgewerbeassistentin? Rezeptionistinnen werden nämlich gerade wieder händeringend gesucht. Insbesondere hier in …“

Eine Umschulung? War das ihr Ernst?

Mit meinem Verwaltungswunsch hatte ich mich wohl bei Frau Kurz als harmlos entlarvt. Jetzt nahm sie nicht einmal mehr Notiz von meinem schockierten Gesichtsausdruck, den ich entsprechend in Worte umwandeln musste: „Ich bin fast dreißig.“

Da ich deutlich jünger aussah, hoffte ich, das würde ihr als Antwort genügen.

„Ja, und?!“, konterte Frau Kurz. „Für neue Erfahrungen ist man nie zu alt. Erst gestern hatte ich eine Dame mit achtundvierzig Jahren hier, die gerade ihre Lehre zur Friseurin beendet hat.“

Ich nickte bedrückt. Die Tatsache, dass jene umgeschulte Friseurin gestern wieder hier war, sagte doch eigentlich schon alles aus.

„Die Dame wird nun bald als Friseurin in Friedberg tätig sein. Großartig, nicht wahr?“

Meine Betreuerin und ich schienen grundsätzlich gegensätzliche Lebensansichten zu vertreten. Mein Sicherheits-Denken war im Kurz'schen Kosmos wahrscheinlich so etwas wie eine Arbeitsverweigerung. Ich musste mich wohl oder übel darauf gefasst machen, in naher Zukunft eine Umschulung zur Frittenverkäuferin in der Vollzugsanstalt Friedrichshafen anzutreten.

Obwohl ... musste ich das? Ein wenig Mitspracherecht hatte ich sicherlich auch. Und da mir die Zeit davonlief – schließlich befand ich mich in einer staatlichen Einrichtung, in der der Hammer vermutlich freitags schon um zwölf fiel – versuchte ich es auf die eindringliche Art.

„Ich kann nur eine Stelle als Verwaltungsfachangestellte antreten. Wirklich."

„Das sehe ich nicht so."

„Doch, wirklich, ich ..."

Ein Totschlag-Argument ihrerseits torpedierte meine weiteren Bemühungen: „Sie sind kinderlos und demnach auch flexibel. Oder etwa nicht?"

Kinderlos: ja.

Flexibel: nein, nein und nochmals nein!

Während ich vor einigen Stunden noch angenommen hatte, schlimmer könne es ohnehin nicht mehr kommen, merkte ich nun, wie weit sich mein Schlamassel-Spektrum noch steigern konnte.

„Hören Sie", klärte ich Frau Kurz in einem Ton auf, der stark an Verzweiflung grenzte, „ich brauche einen sicheren Job. Wenn er nicht so gut bezahlt ist, ist das kein Problem. Mir geht es um einen sicheren Arbeitsplatz. Nach Möglichkeit auf Lebenszeit. So etwas finde ich nur im öffentlichen Dienst. Als Verwaltungsfachangestellte."

So, da war es raus. Und so war es ja auch. Ich konnte mich unmöglich auf unsichere Jobs bewerben. Mein ganzes Leben war auf eine abgesicherte Zukunft ausgerichtet. Auch wenn ich mir zugegebenerweise dafür eine ungünstige Zeit ausgesucht hatte. Staatliche Stellen wurden gestrichen, Krankenhäuser privatisiert und ... okay, das modernde Arbeitsamt war einer noch moderneren Arbeitsagentur gewichen. Trotzdem fragte ich mich, warum ich bei einer hippiemäßigen Scheiß-drauf-ich-mach-jeden-Job-Betreuerin landen musste? Vielleicht, weil …

„Ach herrje, heute ist ja Freitag, der dreizehnte!", rief Frau Kurz mit entsetztem Blick auf den Kalender.

Bevor ich etwas entgegnen konnte, wanderten ihre Augen zu mir und sie sah mich an, als sei ich das personifizierte Unglück. Das war zu diesem Zeitpunkt nicht einmal komplett abwegig, aber gut, an so etwas glaubte ich zum *Glück* nicht. Ich erwartete also weitere Schelte, sie aber sagte:

„Nun, da will ich mal nicht so sein. Nicht heute. Schließlich sind wir alle unterschiedlicher Natur und so."

Ich schenkte Frau Kurz und dem Kalender nacheinander einen anerkennend dankbaren Blick. Ein Hoch auf Cleopatra und ihre Kollegen an der Kalenderfront!

„Gut, Frau Hof, dann schauen wir doch mal, was der öffentliche Sektor für Sie parat hält."

Schon scrollte sich meine Betreuerin durch die Angebote. Die Angebote? Nun ja. Frau Kurz jedenfalls schüttelte beim Scrollen den Kopf, als handelte es sich um eine Genickübung. Dazu wiederholte sie in Endlosschleife: „Nichts".

„Es muss ja nicht einmal in Frankfurt sein", entgegnete ich. Schließlich war ich kinderlos. Und um Flexibilität bemüht.

„Es gibt in ganz Hessen nichts."

Oha. Damit hatte ich nicht gerechnet.

„Nichts in Rheinland-Pfalz … nichts in Thüringen … nichts in Nordrhein-Westfalen … nichts in Niedersachsen … nichts in Baden-Württemberg …"

Gedanklich überflog ich die Deutschlandkarte. An Hessen grenzte nur noch ein Bundesland, und zwar …

„Bayern … eine", rief Frau Kurz so euphorisch, als habe sie den Jackpot geknackt.

„Tatsächlich?", fragte ich. Aschaffenburg oder Würzburg, das konnte auch noch ohne Umzug klappen, die Strecke konnte man gut pendeln.

„Oberbayern", entgegnete Frau Kurz, „nahe der österreichischen Grenze."

Herrschaftszeiten!

„Wäre Ihnen das ein sicherer Job wirklich wert?", fragte sie so besorgt, als habe sie nicht Bayern, sondern Bangladesch gesagt.

„Ist die Stelle denn sicher?", fragte ich mit Nachdruck.

„So sicher wie das dortige Amen der Kirche", kicherte Frau Kurz und bekreuzigte sich.

Ich fand das nicht lustig. Beknackte Klischees, daran glaubte ich genauso wenig wie an das Schicksal.

„Gesucht wird eine Verwaltungsfachangestellte für die örtliche Gemeinde … unbefristeter Vertrag … Entgeltgruppe fünf. Nun ja, das kennen Sie ja alles. Hach … Der Ort hat ja einen lustigen Namen: Tuckenthal."

Tuckenthal?

„Ich tuck' äh druck' es Ihnen mal aus. Bewerben Sie sich so schnell wie möglich."

Dankbar streckte ich meine Hände nach meiner zukünftigen Existenzsicherung aus. Bevor mir Frau Kurz das Blatt jedoch aushändigte, fügte sie noch weniger humorvoll hinzu: „Wenn das nicht klappen sollte, müssen wir wirklich über eine Umschulung nachdenken. So leid es mir auch tut."

Ich riss ihr das Papier aus den Händen. Dort lag sie also: Meine letzte Hoffnung auf ein sicheres Leben.

In Tuckenthal.

IM HIER UND JETZT

Die Wurzel des Öls

Hast du dir mein warmes Sonnenwurzel-Öl ausgeborgt?"

Bitte was?!

Verwirrt öffne ich die Augen.

„Wieso fragst du?", vernehme ich Egons Stimme aus dem Flur.

„Ich kann es nicht finden", antwortet Solaria. „Dabei brauche ich es ganz dringend ... muss mein Wurzelchakra aktivieren."

„Wenn's darum geht. Atme doch einfach Licht durch deinen After."

„Ich massiere aber lieber meinen Damm ... mit meinem Sonnenwurzel-Öl. Das habe ich mir extra von Don Heiko sexuell energetisieren lassen."

„Verstehe."

Und wegen so einem Scheiß bin ich jetzt aufgewacht. Dabei grenzt es an ein Wunder, dass ich trotz der Kälte, ohne Kleidung und ohne stattfindende Klangschalentherapie überhaupt in eine Art Trance gefallen bin. Naja, wahrscheinlich war es eher eine Kältestarre, jedenfalls habe ich nichts Besonderes erfahren – oder erfühlt –, während ich geistig weggetreten war. Wer weiß, wie lange ich hier schon liege. Mit eiskalten Pötten auf dem blanken Bauch. Und ohne Sam. Verdammt, mir ist so kalt!

„Wenn man selbst im Sommer kalte Füße hat, dann weist das auf ein blockiertes Wurzelchakra hin. Spätestens da geht gar nichts mehr", schallt Solarias Stimme durch den Flur.

„Damit habe ich keine Probleme", entgegnet Egon, während ich allmählich Abschied von meinen Füßen nehme, die sich inzwischen wie Eisklötze anfühlen.

„Damit quälen sich mehr Menschen, als du denkst. Schau, es haben sich bereits siebzehn Schüler für mein morgiges ‚Wurzelchakra-Wärme-Seminar' angemeldet. Die lechzen bestimmt schon nach der Sexualenergie, mit der sie mein energetisiertes Sonnenwurzel-Öl beglücken wird. Die Männer jedenfalls sind dann immer sofort erregt. Ich sag dir, ein Tröpfchen aufs Ohrläppchen reicht schon aus, um wahre Wunder zu bewirken."

Wenn Sam nicht bald kommt, brauche ich ein *warmes* Wunder. Wo ist der eigentlich?

„Behandelt Sam noch Lisa?", fragt Egon.

„Er ist in den Geräteschuppen gegangen, ihm fehlt noch irgendein Utensil", antwortet Solaria. „Ach Sammy, da bist du ja. Was willst du denn mit der Bohrmaschine?"

„Kann ich sie mir für Lisa ausleihen?"

„Nimm, was du brauchst!", lacht Solaria.

Ich selbst bräuchte ja – nicht erst an diesem Punkt – Ohropax. Sam will mir den Sicherheitszahn ziehen, nicht füllen. Hätte er sich statt einer Bohrmaschine nicht lieber warmes Öl ausleihen können?

„Ach, ist der Schmutzer schon fertig?", fragt eine Männerstimme direkt neben meinem Ohr.

Fast wäre ich vor Schock vom Esstisch gefallen, und mit all den schweren Klangschalen wäre das sicherlich nicht gut ausgegangen. Allein schon die Situation, einem erzkonservativen Sanitäter zu erklären, weshalb man gerade nackt und unterkühlt vom Esstisch geplumpst ist, während die Mitbewohner über warm eingeölte Genitalien debattieren, stellt sich für mich als besonders schwieriges Unterfangen dar. In dieser Beziehung bin ich nicht so frei wie meine Mitmenschen.

„Ich nehme mal an, dass ihr schon fertig seid", wiederholt Egon, während er behutsam die Pötte von meinem Bauch nimmt und schließlich eine dicke Decke über mich legt.

Ahhh, tut das gut.

„Danke", murmele ich leise, und er nickt mir wohlwollend zu. Egon ist wirklich ein Schatz.

„Wie lange liegst du denn schon hier?", fragt er mich in besorgtem Tonfall. „Du bist ja schon fast blau."

Ich blicke in sein gutherziges Harry-Potter-Gesicht und durch die Harry-Potter-Brille in ein melancholisch grünes Augenmeer.

Egons Herzenswärme und seine Güte erinnern mich in diesem Moment noch mehr an meine Mutter als Sams Glöckchenklang.

„Ich weiß es nicht", sage ich leise.

Egon schüttelt verständnislos den Kopf, dann verlässt er den Raum, um kurz darauf wiederzukommen. Behutsam schiebt er ein erwärmtes Kirschkernkissen unter die Decke und platziert es auf meinen eiskalten Füßen.

Ich könnte ihn küssen!

Bevor hier allerdings Missverständnisse entstehen: Die Beziehung zwischen mir und Egon ist wie jene zwischen Vater und Kind. Nicht nur aufgrund unseres großen Altersunterschiedes. Nein, da ist noch ein Punkt, der eigentlich auch dagegen sprechen sollte, dass Egon und Sam Konkurrenten sind. Egon ist nämlich schwul.

„Zum Glück machst du energetisch gesehen noch einen ganz passablen Eindruck", sagt mein Harry-Potter-Held und dreht die Heizung hoch. Auf die Idee hätte man ja auch mal früher kommen können.

„Danke, Egon", antworte ich. „Aber die Therapie ist eigentlich noch nicht …"

„Kann's weitergehen?", unterbricht mich Sam.

Der plötzlich aufgetauchte Klangschalenmeister steht erwartungsvoll am Ende des Esstischs und lächelt mich an. Ich habe ihn gar nicht kommen hören. Trotzdem schön, dass er schon da ist. *Schon* ist gut.

„Du kannst sie doch nicht so lange hier liegen lassen!", schimpft Egon.

„Egi", seufzt Sam, „du bekommst deinen Esstisch schneller zurück, als du denkst."

Damit schiebt er Egon ins Wohnzimmer und schließt die Tür.

Schön, wie sie sich alle um mich kümmern. Schon schwelge ich in Erinnerungen an meine behütete Kindheit im Frankfurter Hochhaus und kuschel mich zufrieden in Egons Decke.

Sam kommt langsam auf mich zu. Seine Glöckchenkette bimmelt leise und vertrauenerweckend vor sich hin. Dieser Mann ist so zauberhaft schön, dass ich sofort zu strahlen beginne.

Tja, entweder zeigt die Therapie bereits erste Wirkung oder die Fürsorge meiner Mitmenschen beschert mir einen derartigen Glücksgefühlsrausch. Tatsächlich könnte ich jetzt für immer auf dem toten Teddy und Egons Esstisch liegen, mit einer wärmenden Decke und dem schönen Sam … in Aktion. „Die muss ich dir jetzt leider wieder abnehmen“, sagt Sam und zieht mir vorsichtig Egons Decke vom Körper. Dann stellt er seine kühlen Klangschalen auf meiner gerade erst wieder erwärmten Körpermitte ab.

Da muss ich jetzt wohl durch. Den Sicherheitszahn gezogen zu bekommen ist nun mal kein Zuckerschlecken, egal wie sanft der Therapeut auch vorgehen mag. Ich habe ja großes Glück, dass Sam auch noch so anziehend auf mich wirkt, schön, charmant und obendrein ein vertrauter Frankfurter ist. Ganz ehrlich, ich bin total verliebt und es wäre so schön, wenn wir heute noch ganz lange …

„Sahaaaam“, flötet Solaria durch die geschlossene Tür, „denkst du bitte daran, dass ich noch deine Hilfe brauche? In spätestens einer halben Stunde.“

Gut, dann eben nur für eine halbe Stunde.

„Unter Zeitdruck geht bei uns gar nichts“, hatte Solaria an meinem ersten Arbeitstag gesagt. Das weiß ich noch so genau, weil ich nicht zu spät ins Amt kommen wollte, es dank einer endlosen Badezimmer-Session von Solaria aber trotzdem tat.

„Klappt das denn in einer halben Stunde überhaupt?“, frage ich Sam unsicher, während mein Körper schon wieder zu zittern beginnt.

„Zeit und Raum gibt es für uns gleich nicht mehr“, sagt Sam und da sehe ich die Bohrmaschine in seiner Hand.

Anscheinend geht es mir nun wirklich an die Wurzel.

BERUF(UNG)S-BOTSCHAFTEN

Lieber stumpfe Sicherheiten als spontane Schnapsideen …

Tuckenthal war meine letzte Hoffnung. Meine letzte Hoffnung auf Sicherheit bis zum Lebensende. So schnell ich konnte, eilte ich nach Hause, die Stellenausschreibung fest umklammert, wie ein Schimpansenjunges seine Mutter umklammert.

Kaum daheim angekommen, setzte ich mich sofort an den Computer und bewarb mich online. Kein Papier, kein Postschalter – schneller ging es nicht.

Am liebsten hätte ich auch Mutter die Sache mit der Kündigung via E-Mail erklärt. Das war leider nicht möglich. Mutter war weder im Besitz einer E-Mail-Adresse noch im Besitz eines Computers (vermutlich ihre Art, sich vor Computer-Viren zu schützen).

Ich schaute auf mein Telefon, rief Mutter aber trotzdem nicht mehr an. Nicht an diesem dreizehnten Freitag, dem Tag, an dem Papas Porträt in tausend Scherben zersprungen war.

Erst spät in der Nacht fand ich in den Schlaf. Sehr spät. Eigentlich schon wieder früh. Gegen sieben siegte die Müdigkeit und ich sank in die Kissen. Allerdings nicht lange, denn kurz darauf klingelte mich das Telefon schon wieder heraus.

Tuckenthal? Nein – Mutter. Besorgt wie eh und je.

„Sissi, bei dir ist *nicht* alles in Ordnung! Das spüre ich doch."

Ihre Intuition war einfach untrüglich. Da sie es sowieso schon spürte, musste ich mit der Sprache rausrücken und ihr meine Joblosigkeit beichten. Das aber wollte ich auf keinen Fall am Telefon tun.

„Ich bin gleich bei dir", rief ich und legte schnell auf. Dann zog ich mich an und lief die zweihundert Meter zu meinem ehemaligen Zuhause.

Klimper Klimper … vernahm ich bei jeder von Mutters Bewegungen hinter der Wohnungstür. Dann drehte sie den Schlüssel im Schloss und riss erwartungsvoll die Tür auf.

„Sissi, ist dir auch niemand gefolgt?"

Kopfschüttelnd ging ich schnurstracks ins Wohnzimmer und machte erst vor meinem Vater halt. Sein Porträt hing jetzt ohne Bilderrahmen an der Wand. Angeheftet mit vier Reißzwecken, was sich irgendwie schmerzhaft anfühlte. Eine Weile starrte ich es an, dann ließ ich mich seufzend aufs Sofa sinken und wartete auf Mutter, die sich höchstwahrscheinlich noch desinfizierte.

Kaum saß auch sie, beichtete ich ihr das, was am Tage zuvor in meiner – ehemaligen – Krankenhausverwaltung passiert war.

„Oh Gott, oh Gott, oh Gott!", entgegnete Mutter.

Damit hatte ich gerechnet.

„Es geht noch weiter", sagte ich, erwähnte die Arbeitsagentur, berichtete von den Bemühungen meiner Betreuerin und beendete meine Ausführungen mit meinen beruflichen Chancen … in Oberbayern.

„Sissi, da kann ich nur hoffen, dass du den Job in Bayern bekommst."

Damit hatte ich *nicht* gerechnet. Nein, ich war sogar davon ausgegangen, dass Mutter mich auf Knien um eine Umschulung in ihrem Umkreis anflehen würde. Sie brauchte mich doch … zumindest wissentlich in ihrer Nähe. Oder etwa nicht?

Prompt rutschte Mutter klimpernd an mich heran, umklammerte meine Hände und ergänzte: „Eine feste Existenzgrundlage wiegt schwerer als jede Entfernung, Sissi."

Wie konnte ich ihr Sicherheitsdenken nur derart unterschätzen?

„Du siehst also auch keinen anderen Ausweg als den eines Umzugs?", fragte ich weinerlich. „Aber dann wäre ich doch so weit weg von dir."

„Das wärst du, Sissi."

Mutter schluchzte bei diesen Worten laut auf und nahm ihnen dadurch ihre Härte. Ich tat es ihr gleich.

Meine arme, arme Mama. Sie demonstrierte mal wieder Stärke, dachte mal wieder zuerst an mein Wohl. Die Frau, die mir einst das Leben geschenkt und ihres ganz auf unsere Sicherheit ausgerichtet hatte, hatte nun wirklich allen Grund, mir entsetzlich leidzutun. Ich fühlte mich schuldig und ... zugleich hilflos. Furchtbar. Aber das gemeinsame Weinen tat schon einmal gut.

Auf diese Weise vergingen noch einige Minuten, bis Mutter in einem einfachen Satz das resümierte, was mir während der letzten Tage so plötzlich klar geworden war: „Die Dinge ändern sich, mein Kind."

„Ja, das tun sie", schluchzte ich.

„Und deshalb müssen wir uns auch verändern, Sissi."

Wir?

Nun gut. Wenn Mutter mich ab sofort Lisa nennen könnte, wäre das schon mehr als genug Veränderung. Gerade wollte ich ihr den Vorschlag unterbreiten, da entgegnete sie: „Auch deine Namensvetterin verließ einst ihr heimisches Nest – für die Veränderung. Und sie fand ihr Glück beim fernen Franz."

Ein ferner Franz wartete in Tuckenthal sicher nicht auf mich. Im Internet hatte ich mich bereits über das kleine Dorf am Rande der Alpen informiert. Mehr weibliche Rinder als menschliche Einwohner – das brachte es so ziemlich auf den Punkt. Von Prunk und Prinzen schien es folglich weit entfernt zu sein. Außerdem hing ohnehin alles von der dortigen Reaktion auf meine Bewerbung ab.

„Allein schon mit deinem Namen wirst du in Bayern punkten. Ich bin mir sicher, dass sie dich nehmen, Sissi", sagte Mutter und klang trotz aller Trostlosigkeit auch ein wenig stolz.

Zu meiner vollkommenen Verblüffung erhielt ich tatsächlich schon am Mittwoch darauf Post aus Tuckenthal. Just als ich mich über Umschulungsmöglichkeiten informierte, flatterte der Brief durch den Briefschlitz. Und er enthielt erfreuliche Neuigkeiten. Sofort rannte ich zu Mutter hinüber.

„Ich habe eine Einladung zum Vorstellungsgespräch!", kreischte ich, den Briefumschlag in der Hand, als mir Mutter unter dezentem Geklimper die Tür öffnete.

Noch nie hatte ich ihr „Sissi, ist dir auch niemand gefolgt?" unterbrochen oder gar ignoriert. Diesmal hatte ich es sogar überkreischt. Ich war so aufgeregt wie ein flügges Küken.

Mutter hatte bereits nach dem Desinfektionsmittel gegriffen und stand nun vor mir, so betroffen wie ein Pastor nach der Beichte. Ehe ich mich versah, traf ein kalter Sprühstoß meine Finger.

„Hier Kind, desinfizier…"

„Mama, pass doch auf! Der Umschlag!", unterbrach ich sie zum zweiten Mal.

Wahrscheinlich hatte sie den Brief absichtlich eingesprüht – zur Sicherheit. Wo es viele Kühe gab, da war schließlich auch viel … BSE?

Nein, Kuh-Krankheiten waren das Letzte, an das ich jetzt denken wollte. Einerseits, weil ich mich gerade viel zu sehr über meine berufliche Zukunft freute, beziehungsweise darüber, dass ich überhaupt eine hatte, andererseits, weil ich schon seit zehn Jahren keine Kühe mehr aß und auch nicht vorhatte, sie anderweitig an mich heranzulassen.

Kaum hatte sie mögliche BSE-Erreger erledigt, riskierte Mutter einen Blick auf das Einladungsschreiben. Gequält lächelnd gab sie es mir zurück.

„Ach, Sissi, nun tust du es deiner Namensvetterin gleich. Du verlässt die Heimat."

„Aber nicht für den fernen Franz", entgegnete ich. „Es ist nur ein Vorstellungsgespräch."

Und selbst das war schon ein Problem, denn für jenes Vorstellungsgespräch nahm ich eine Entfernung auf mich, die ich zum letzten Mal auf der Abschlussfahrt meiner Schule zurückgelegt hatte. Allerdings in die entgegengesetzte Richtung. Damals, auf Fehmarn, hatte ich es vor Heimweh kaum ausgehalten.

„Nimm das Auto. Höchste Zeit, dass es mal wieder bewegt wird", schlug Mutter vor.

Das Auto: ein in die Jahre gekommener Ford Ka, Baujahr 1996. Erster seiner Baureihe. Als einziges Extra ausgestattet mit einer vollumfassenden Alarmanlage. Seit zwei Jahrzehnten stand er abseits der Stadt auf einem wind- und personengeschützten Parkplatz und erweckte den Eindruck, er sei eine denkmalgeschützte Skulptur. Doch wehe, man kam ihm zu nahe. Die

Alarmanlage nahm ihre Aufgabe sehr ernst. Bei der geringsten Bewegung oder Berührung heulte sie wie am Spieß. Ich konnte das so genau sagen, weil es schon unendlich oft vorgekommen war, dass die ohrenbetäubende Sirene nur deshalb aufheulte, weil eine sanfte Brise über den Parkplatz wehte.

Wenn ich also nicht gerade seine Sirene zum Schweigen brachte, bewegte ich unser abgesichertes Auto einmal im Jahr quer durch Frankfurt – zur Inspektion. Und manchmal auch zum TÜV. So konnten wir stets sicher sein, dass es uns im Fall der Fälle treue Dienste leisten würde. In zwanzig Jahren hatte es allerdings nicht einen einzigen Fall gegeben. Nie steckten wir in Schwierigkeiten. Nie zog es uns in eine andere Stadt, nie an einen anderen Ort. Warum auch, bei unserem gewohnten Einsiedler-Dasein? Und nun das: Fünfhundert Kilometer im klapprigen Ka in ein katholisches Kuhkaff …

„Sollte ich nicht lieber doch den Zug …?"

„Sissi, nein!", rief Mutter so energisch, dass ihr Ausruf schon den gedanklichen ICE entkeimte. „Du bist noch nie im Leben umgestiegen!"

Mir war nicht ganz klar, ob sie mit Umsteigen den Wechsel verschiedener Züge oder den Wechsel vom Auto zum Zug meinte. Vielleicht wollte sie auch nicht wahrhaben, dass ich keine bakteriellen Probleme mit der Bahn oder Reisen im Allgemeinen hatte. Ihr zuliebe gab ich aber trotzdem nach.

„Okay, ich nehme den Ka."

Mutter atmete erleichtert auf.

„Und das wirst du auch brauchen." Mit diesen Worten reichte sie mir die angebrochene Flasche Desinfektionsmittel. „Leg es am besten ins Handschuhfach. Dann hast du es immer griffbereit."

Am selben Tag machte ich mich auf den Weg, um unser Fahrzeug von dem Parkplatz zu holen, mit dem es seit einer Ewigkeit eine Einheit bildete. Natürlich nur, um sicherzugehen, dass es in der Lage war, mich in einer Woche nach Bayern zu befördern. Da wir es schon seit längerer Zeit nicht bewegt hatten, bildete sich bereits Moos unter, neben und auf dem Auto. Behutsam versuchte ich, das zarte Grün von der Karosserie zu wischen, da heulte der Ka auch schon auf, als würde ich ein Messer hineinbohren. Mein Gott, das Teil war wirklich lauter als ein Rockkonzert. Obwohl ich das gar nicht beurteilen konnte. Ich war nie auf einem Rockkonzert gewesen.

Schnell steckte ich den Schlüssel ins Schloss, öffnete die Tür, entriegelte die Alarmanlage mit einem separaten Schlüssel und startete die Zündung. Dieses Ritual war ich ja bereits gewohnt. Die Sirene verstummte, und der Ford sprang an, als wäre nichts gewesen.

Naja, es war ja auch nichts. Fast zwei Jahrzehnte lang. Kein Wunder, dass der Tacho nur tausendfünfhundert Kilometer anzeigte. In einer Woche würden es tausend mehr sein.

Sieben Tage können extrem langsam vergehen, wenn man nichts zu tun hat, als einzig auf den Termin eines Vorstellungsgesprächs zu warten.

Um nicht vor Langeweile einzugehen, nutzte ich die Zeit und wappnete mich gegen jegliche Eventualitäten. Ich bewegte das Auto quer durch die Stadt, bis ich mir sicher war, dass es auch eine Langstrecke meistern würde. Nebenher studierte ich sämtliche Satzungen, Gesetzestexte und Paragrafen und brachte mein veraltetes Verwaltungswissen damit auf den neuesten Stand. Was ich dabei jedoch voll und ganz außer Acht gelassen hatte, waren Vorkehrungsmaßnahmen auf den Ort des Vorstellungsgesprächs, insbesondere verbaler Natur. Und es fiel mir erst am Tag des Gesprächs auf.

Kurz hinter München, als ich, um mein treues Auto zu betanken, hielt, zum ersten Mal am Horizont die eindrucksvollen Alpen erspähte und ehrfürchtig in die Berge blinzelte, knatterte es. Das kam nicht von einem Fahrzeug. Nein, jemand neben mir hatte einen fahren lassen.

Entsetzt blickte ich meinen Tanknachbarn an. Es handelte sich um einen älteren Herrn – in Tracht. Er nickte mir so bejahend zu, als sei so etwas hier gang und gäbe. Bevor ich meinen Blick von ihm abwandte, meinte er salopp: „Wenn's Oaschal brummt, is's Heazal g'sund!"

Kein Anstand. Und dann dieser Dialekt. Hoffentlich hielt sich das bei den folgenden Generationen in Grenzen, sonst würde ich wirklich Schwierigkeiten bekommen. Kaum hatte ich das gedacht, wurde am Auto hinter mir ein Fenster heruntergekurbelt und ein Kinderstimmchen schrie: „Bringts mia a Brez'n mit?"

„Herrgott, so lass doch bitte zumindest meine Generation des Hochdeutschen mächtig sein", betete ich in mich hinein. Doch auch diese Hoffnung wurde schnell zunichtegemacht. Beim Zahlen im Tankshop sagte die Kassiererin zwar kein Wort, doch sämtliche Kunden sprachen ein Kauderwelsch, von dem ich nur Bruchteile verstand.

Mit derartigen Dialektproblemen hatte ich nicht gerechnet. Trotz Rosenheim-Cops, Michael Mittermaier und Weißblauen Geschichten war ich auf eine vollkommen neue Sprache nicht vorbereitet gewesen. Aber gut. Noch war ich nicht am Ziel, und vielleicht war das gerade der Konvoi einer einsamen Trachtenvereinigung gewesen, die nur einmal im Jahr von ihrer gottverlassene Einsiedler-Alm herabstieg, um eine atemberaubende Autofahrt gen Hauptstadt zu unternehmen. Bestimmt. Schließlich trennten mich von Tuckenthal noch satte … Oje!

Nur noch zwanzig Kilometer? Ich blickte auf die Uhr. Mich trennte eine knappe Stunde von meinem Vorstellungsgespräch. Die Aufregung stieg.

Fünfzehn Minuten später passierte ich das Ortsschild von Tuckenthal. Daneben hingen Plakate mit Wörtern, die ich nicht verstand. Eine Zwei-Meter-mal-zwei-Meter-Einladung zum „Kesselfleisch und Lüngerlessen", die seit letztem November noch nicht abgehängt worden war, versuchte ich gekonnt zu ignorieren. Gar nicht so leicht, wenn links und rechts potenzielles Kesselfleisch in Form von Kühen graste. Doch gerade die träge Ruhe, mit der die Rindviecher auf ihrer Weide standen, ließ eine entspannte Atmosphäre entstehen.

Ich sah zurück über die sanft geschwungene Hügelkette, die mich hierher geführt hatte, und konnte nicht fassen, wo ich gelandet war. Überragt vom Panorama der Alpen, umgeben von saftigen Wiesen und Feldern, auf denen friedliche Grasfresser wiederkäuend ihre Tage verbrachten und plätschernde Flüsse und Bäche die Luft mit sanftem Rauschen erfüllten, schien es mich in ein kleines Paradies verschlagen zu haben. Ich seufzte einmal tief auf und spürte, wie Gelassenheit meinen Körper erfüllte.

War das jener Urlaub, nach dem sich Großstädter wie meine Wenigkeit das ganze Jahr über sehnten? Ich wusste es nicht, aber ich spürte schon, dass sich meine Anspannung allmählich verabschiedete.

Bedächtig betrachtete ich die vereinzelten, idyllisch mit Holz und Blumenmustern verzierten Bauernhäuser, an denen ich vorbeifuhr. Als ich an einer roten Ampel halten musste, sah ich zu meiner Linken einen efeuumrankten, urgemütlichen Biergarten, der jetzt im April bereits geöffnet hatte. Ich überlegte, dort später noch einzukehren, um mir eine Apfelsaftschorle zu genehmigen. Ja, und um die Gegend noch ein wenig zu inhalieren.

Aus dem gleichen Grund stellte ich jetzt auch das Radio ab. Der Moderator berichtete gerade über einen in die Luft geflogenen Kuhstall. Grund: Flatulenzen. Das schien hier ein ernstes Thema zu sein, doch damit wollte ich mir diesen wunderbaren Moment nicht verderben.

Erfüllt von Entspannung und Erholung konnte ich zum ersten Mal seit zwei Wochen meinen Ex-Verlobten und meine Ex-Verwaltung hinter mir lassen, im wahrsten Sinne des Wortes.

Eine Gruppe Kinder lief über die Straße und winkte mir fröhlich zu. Die konnten sich glücklich schätzen, in solch einem Paradies aufzuwachsen. Ja, in diesem Moment wollte auch ich Tuckenthal zu meinem Zuhause machen.

Gedanklich richtete ich meine Wohnung in einem der Bauernhäuser ein, hängte frisch gewaschene Wäsche auf die Leine am Balkon und spähte über die schönen Holz-Schnitzereien hinweg auf das atemberaubende Alpenpanorama. Es duftete nach frisch gemähter Wiese. Herrlich! Ich stellte mir vor, wie mein Wasserkocher pfiff. Gleich würde ich einen köstlichen Tee trinken, aus den Kräutern, die ich von meiner letzten Bergwanderung mitgebracht hatte. Bei meinem Ausflug in die nahen Alpen hatte ich mir zwar auch Muskelkater und einen Sonnenbrand eingefangen, dennoch fühlte ich mich wie ein Glückspilz. Denn ich wohnte in einem Paradies, in dem andere höchstens mal die Ferien verbrachten.

Was bitte dachte ich denn da? Ich hatte noch nicht einmal das Vorstellungsgespräch hinter mich gebracht und damit noch nicht einmal eine Zusage auf einen Job bekommen und schmiedete bereits eifrigst Zukunftspläne? An einem Ort, von dem ich nicht mehr wusste, als sich aus dem Namen und einer Durchfahrt erfahren ließ?

Wo war mein stetes Sicherheitsdenken geblieben?

Apropos Sicherheit, anstatt zu philosophieren, sollte ich schleunigst zum Gemeindeamt fahren und sehen, was es mit der sicheren Anstellung auf sich hatte. Lieber zu früh als zu spät. Das war generell meine Devise.

Allerdings nicht die meiner eventuellen Vorgesetzten, wie sich sogleich zeigte.

„'s is no net holbe zwoa", nuschelte mir ein Mann salopp entgegen und schob mich wieder Richtung Ausgang.

Dabei hatte es mich so viel Mut und Vorbereitung gekostet, locker-lässig in die holden Hallen zu treten. Mehrmals hatte ich mein Gesicht und meine Gestik im Rückspiegel gecheckt, so lange, bis ich sicher war, souverän und seriös genug zu wirken, um einen guten Eindruck zu hinterlassen. Und dann nahm den keiner wahr. Bloß weil es „no net holbe zwoa" war. Gut, dann würde ich eben fünf Minuten vor der Türe warten. Ich war ja neuerdings flexibel.

Während ich draußen wartete, betrachtete ich das Gebäude: Holde Hallen? Tse, kleines Knusperhäuschen traf es eher. Die glorreiche Gemeinde hatte ihren Sitz in einem putzigen alten Steinhaus, ganz am äußeren Rande Tuckenthals gelegen und wieder so schön in Natur und Nostalgie eingebettet, dass es tiefe romantische Gefühle in mir weckte. Und auch ein wenig Ehrfurcht. Und dann zogen sich die Minuten hin, und meine Ehrfurcht wich ersten Zweifeln. Ich fühlte mich wie ein Teenager, der sich ein zweites Mal ganz hinten in die Schlange stellte, in der Hoffnung, den Türsteher beim zweiten Versuch problemlos passieren zu können. Eigentlich konnte es nur peinlicher werden.

Um mir nicht völlig dumm vorzukommen, holte ich mein Handy hervor und schaute angestrengt auf das Display, tippte ein wenig darauf herum, schob Apps hin und her und imitierte damit eine schwer beschäftigte Businessfrau. Ich riskierte einen kurzen Blick in meine Umgebung, bloß um sicherzugehen, dass mein wichtiges Getue auch irgendwo ankam.

Es kam an.

„Oioioi“, oder so ähnlich, tönte es mir äußerst guttural entgegen. Dieser verdächtig nach Urlaut klingende Ausruf kam von einem Mann, der etwa fünfzehn Meter vor mir stand, ungefähr in meinem Alter und mit auffallend männlicher Statur. Die Art Body-Builder-Schrank auf Beinen, die man in Frankfurt immer mal wieder in der S-Bahn auf ihrem Weg vom oder zum Fitnessstudio antraf und von denen man automatisch annahm, mit Zunahme der Muskelmasse habe sich jene des Hirns verringert. Albern, ahnungslos, aufgeblasen … aber irgendwie auch sehr adonisch. Auf die Entfernung sah er ganz gut aus, auch wenn eine äußerst unschöne grün-gummierte Latzhose seinen Anblick verschandelte. Links und rechts bauschten die Fetzen eines Holzfällerhemdes heraus. Wahrscheinlich hatte er das Hemd bei seiner letzten Verwandlung in Hulk gesprengt.

Da sich neben uns beiden kein anderer Mensch auf der Straße befand, sprach er offensichtlich zu mir.

„Nua … na, was … wua ham … hua … vasteest?“

Ich verstand kein Wort, dafür wurde mir einmal mehr klar, was für ein Dilemma die Sache mit dem Dialekt doch war.

Nach einiger Zeit zuckte ich also mit den Schultern, und er fing daraufhin an zu gestikulieren. Diese Darbietung sah angesichts seiner gut gebauten Gestalt zwar nicht schlecht aus, doch zur besseren Verständigung trug auch sie nicht bei. Ich zuckte erneut mit den Schultern und da zeigte er auf mein Auto und sagte langsam und betont: *„Dei-ner?“*

Ich nickte. Gut, dass ihm spätestens mit Blick auf mein Nummernschild aufging, dass ich ortsfremd war.

Zeit für die hessisch-bayrische Friedenspfeife!

Freundlich lächelnd ging ich auf ihn zu. Er war wirklich attraktiv ... wenn auch plötzlich etwas ... aufgebracht?

„Lisa, alles klar?“, rief es von irgendwo her. Ich schaute auf mein Handy. Dort leuchtete Karins Kontaktbild auf. In meiner Wichtigtuerei hatte ich aus Versehen ihre Nummer angewählt.

„Oh, das war ein Versehen“, rief ich.

„Egal, schön, dass du dich meldest“, antwortete Karin.

„Verseh’n? Pah! Gauner san’s!“, antwortete der Muskelmann schroff.

„Bei wem bist du denn bitte?“, lachte Karin, während ich perplex in seine ebenso schöne wie spannungsgeladene Visage schaute.

„Ich bin in Bayern. Beruflich“, antwortete ich.

Da wurde der Muskelmann noch zorniger und rief: „Oaschkriacha ... un ihr Saupreiß’n mocht’s a noch mit!“

„Ja, man hört’s“, lachte Karin und konnte sich nicht mehr einkriegen – im positiven Sinne. Der Muskelmann konnte sich auch nicht mehr einkriegen – im negativen Sinne: „Preißischa Schlauschädl! I hob die Schmoasfliang satt!“

Er warf einmal seine Hände in die Höhe, dann stieg er in seinen Traktor. Ein Hauch von dem, was Schmeißfliegen wirklich anzog, stieg mir in die Nase. Es roch bestialisch.

„Hast du etwa schon ein Vorstellungsgespräch?“, fragte Karin, nachdem sie ihren Lachanfall beendet hatte.

„Ja“, sagte ich, und da fiel mir siedend heiß ein, dass es in einer Minute auch schon so weit war.

„Oh, das freut mich. Halt mich auf dem Laufenden“, sagte Karin und beendete damit das Gespräch.

Ich hatte inzwischen den Ursprung des Gestanks entdeckt. Am Traktor des schimpfenden Muskelmannes hing ein Güllewagen, aus dem bräunliche Soße tropfte. Nun, wo viele Kühe, da auch viel ...

Der wutgeladene Schrank auf zwei Beinen startete seinen Motor und fuhr haarscharf an mir vorbei. Und da war es auch schon passiert: Scheiße – wortwörtlich und wahrhaftig …

Ein Klecks Kuhgülle löste sich bei der rasanten Fahrt vom Gülleanhänger, flog ein Stück durch die entspannte Atmosphäre und klatschte schließlich zielsicher auf mein Kleid, wo er sich sofort ausbreitete. Der untere Teil meines Business-Dresses, der meine Oberschenkel laut Verkäuferin perfekt kaschierte, roch nun wie das Hinterteil einer Kuh.

Sofort griff ich nach meinen Taschentüchern und versuchte angeekelt zu entfernen, was noch zu entfernen war, als es auch noch höllisch laut krachte.

Ich konnte es nicht fassen. Meister Proper war so knapp an meinem Auto vorbeigefahren, dass sein Anhänger mit dem Heck meines Wagens kollidiert war. Die Stoßstange wurde jetzt von einer Schramme im Postkarten-Format geziert, und mein überempfindlicher kleiner Ka heulte schmerzerfüllt auf.

Diedeu – diedeu – diedeu – diedeu – diedeu …

Während die Alarmanlage laut ihre Pein herausbrüllte, öffnete der Typ die Tür seines Fahrerhäuschens. Allerdings nicht in der Absicht, den Schaden zu begutachten, den er angerichtet hatte, oder sich zu entschuldigen. Nein, der geladene Schrank zog es ein weiteres Mal vor, mich zu beschimpfen. Auch wenn er diesmal auf eine deutlichere Aussprache bedacht zu sein schien, war ich nicht ganz sicher, ob ich ihn richtig verstand:

„Es is scho schlimm gnug, wos unsa Landsleid dun. Ihr Saupreiß'n müssts eich ned aa no eimischn. Mia braang eich ned. Gehts z'ruck, vo wos herkimmts!"

Mit wütendem Blick sah er mich an. Eins war klar: Der wollte mich hier nicht haben. So viel hatte ich durchaus verstanden.

Warum allerdings, das verstand ich nicht. Schließlich hatte ich ihm nichts getan.

Mein Schock war so groß, dass ich kein Wort herausbrachte. Es hatte mir schlichtweg die Sprache verschlagen. Dafür sirente mein Auto umso lauter. Ich musste handeln.

Schnell öffnete ich die Fahrertür und entriegelte die Alarmanlage. Der muskulöse Miesepeter schloss sich währenddessen wieder in die Fahrerkabine seiner rollenden Stinkbombe ein und fuhr auf die Ampel zu, ohne mich eines weiteren Blickes zu würdigen. Wahrscheinlich hatte der Tölpel in seinem Testosteronwahn noch nicht einmal mitbekommen, was er mir und meinem Auto angetan hatte. Ich wäre am liebsten auf ihn losgegangen, so sehr rumorte die Rage in mir. Etwas, das ich so nicht von mir kannte. Auf der anderen Seite war mir ein derartig durchgedrehter Depp in meinem bisherigen Leben auch noch nicht untergekommen.

Ich war ja auch zu blöd gewesen. Die Schönheit dieses Mannes hatte mich total geblendet. Was im Umkehrschluss bedeutete, dass die Schönheit Tuckenthals vielleicht … nun ja.

Ich konnte es nicht ändern. Als Wechselgarderobe lagen auf meiner Rückbank nur ein Paar Jeans und ein Strickpullover. Außerdem war es für einen Garderobenwechsel ohnehin zu spät. Mein Vorstellungsgespräch hatte laut Uhr bereits begonnen. Also öffnete ich das Handschuhfach, in dem Mutters Desinfektionsspray auf seinen Einsatz wartete, sprühte eine doppelte Ladung auf den Fleck (irgendwie stank er daraufhin noch mehr) und eilte flugs in die Verwaltung. Diesmal mit zerzaustem Haar, aufgebrachter Miene und der gedanklichen Sicherheit, dass das nichts mehr werden konnte.

Eine halbe Stunde später trat ich wieder ins Sonnenlicht. Ich hatte mich geirrt. Und meine Einstellung hatte sich schon wieder geändert. Nach meinem verstörenden Tankstellen- und dem unschönen Traktor-Erlebnis hatte ich damit gerechnet, in der Gemeinde den nächsten Bläh-Boys mit unklaren Artikulationsformen ausgeliefert zu sein. Völlig überraschend lief es aber ganz anders:

Kaum, dass ich erneut im Gebäude stand, wurde ich von einer streng wirkenden Frau in Empfang genommen, deren rostfarbene Dauerwelle mir sofort ins Auge stach.

Ich grüßte, noch leicht in Rage: „Da bin ich schon wieder. Und ja, ich weiß, dass man mich riecht."

Sie betonte gleichgültig: „Okay."

Ich war trotz unangenehmer Luft um eine lockere Atmosphäre bemüht und versuchte mich an ein wenig Smalltalk: „Tuckenthal, lustiger Name.“

Betont unlustig konterte sie: „Was ist daran lustig?“

Wahrscheinlich hatte sie das in ihrem Leben schon zu oft gehört. Wir hüllten uns in Schweigen, bis wir an einem Besprechungszimmer ankamen, in das sie mich hineinschickte und an einem Tisch platzierte.

Viel Zeit für neue Aufregung blieb mir nicht, denn schon kam ein Herr zu uns in den Raum gerauscht. Und zwar der, der mich zuvor noch wegen „no net holbe zwoa“ des Hauses verwiesen hatte. Er nahm Platz, sprach zwei, drei Sätze in bemühtem Hochdeutsch (über die Tätigkeiten der ausgeschriebenen Stelle, insofern ich ihn richtig verstand). Dann reichte er mir – trotz meines unangenehmen Geruchs – freundlich die Hand, sagte „Pfiat Eana“ und verließ den Raum. Ich hatte keine Ahnung, was das zu bedeuten hatte, und schaute Hilfe suchend zu der Rostigen, die sich in unangenehmes Schweigen hüllte ... und das auch weiterhin knallhart durchzog.

Geschlagene drei Minuten (über ihrem roten Kopf hing eine weiße Uhr) saßen wir uns sprachlos gegenüber, bis die Rostige plötzlich mir nichts, dir nichts einen Arbeitsvertrag hervorzauberte, mir diesen unter die Nase schob und ein mehr barsches als behagliches „Willkommen in Tuckenthal“ von sich gab.

Wie jetzt? War das etwa kein Vorstellungsgespräch – sondern ein ... ein Einstellungsgespräch? Trotz bayrischer Sprachbarriere? Trotz Kuhkacke am Kleid?

Ich wusste nicht, was ich sagen sollte oder ob das am Ende bloß blanker Zynismus war, also fragte ich kurz und knapp: „Echt jetzt?“

„Echt jetzt.“ Die Rostige nickte und ergänzte: „Nenn mich Rosi.“ Wie passend!

Völlig verblüfft bat ich um ein paar Stunden Bedenkzeit (das wiederum verblüffte Rosi), nahm den Arbeitsvertrag und beschloss, die Gegend augenblicklich nach einer neuen Bleibe abzuklappern.

Kaum, dass ich im Auto saß, gab ich einen lauten Schrei der Erleichterung von mir. Dann fuhr ich in eine Seitenstraße, schlüpfte aus meinem vollgekackten Kleid, warf mich in Pullover und Jeans und suchte nach meiner alten Glücks-Kassette. Ja, unser Auto war aufgrund seines Alters mit einem Kassettenrekorder gesegnet. Ich freute mich, als „Self Control" von Laura Branigan erklang, und drehte die Lautstärke so weit nach oben, dass die Boxen vibrierten.

A safe night, I'm living in the forest of my dream
I know the night is not as it would seem
I must believe in something, so I'll make myself believe it
That this night will never go
Oh-oh-oh, oh-oh-oh, oh-oh-oh, oh-oh-oh
Oh-oh-oh, oh-oh-oh, oh-oh-oh, oh-oh-oh

Okay, das war zwar mehr etwas für die Nacht als den Nachmittag – ich sang aber trotzdem lautstark und schief mit, während ich das Auto durch die Straßen steuerte.

Unendlich viele Glücksgefühle überkamen mich, und das lag nicht nur an der Musik. Ich hatte endlich wieder die Kontrolle über mein sicheres Leben in der Hand – oder auf dem Beifahrersitz, dort lag nämlich der Arbeitsvertrag. Ja, ich hatte es geschafft, meine Existenz war gesichert.

Warum ich dann nicht gleich unterschrieben und stattdessen um Bedenkzeit gebeten hatte, wusste ich selber nicht. Vielleicht war ich so überwältigt. Oder ich konnte mich noch nicht endgültig von Mutter lösen. Oder weil ich diesem eigenartigen inneren Gefühl nachgab, das mich dazu nötigte, den Arbeitsvertrag erst dann zu unterschreiben, wenn mir auch ein Dach über dem Kopf sicher wäre. Nach der beruflichen Hürde sollte dies aber eigentlich das kleinere Übel darstellen, dessen war ich mir sicher.

IM HIER UND JETZT

Ich bin nicht auf die Welt gekommen, um das Leben zu genießen, sondern um anderen Menschen Freude zu bereiten.
(Franz Lehár)

Nun ist es so weit, jetzt kommt Leben in meine Therapie. Ich erhalte gleich einen warmen Stirnguss.

Laut Egon gehört ein Stirnguss zwar ausschließlich zum Ayurveda und hat nichts mit einer Klangschalentherapie zu tun, aber ich sehe das nicht so eng. Schließlich hat Sam sofort zugegeben, dass es sich um eine eigens auf meine Sicherheitssucht zugeschnittene Erfindung von ihm handelt, die zwei verschiedene Therapieformen miteinander verbindet. Das klingt spektakulär, auch vor dem Hintergrund, dass Sam durch seinen geringen Besitz nur begrenzte Behandlungsmöglichkeiten hat, also seine Klangschalen und die Sachen, die ihm an seinem jeweiligen Aufenthaltsort zur Verfügung gestellt werden.

Um es in Sams Worten zu sagen, wird die Verbindung von „Schwingung und Fluss“ zur „sofortigen Beendigung der Sicherheitssklaverei“ angewandt.

Das klingt wiederum komplizierter, als es ist, daher hier noch einmal im Detail: Durch die Schwingungen der Klangschalen will Sam zuerst meine Anspannungen und Versteifungen lösen. Ich selbst empfinde mich zu diesem Zeitpunkt zwar weder als angespannt noch als steif, und wenn doch, dann nur aufgrund meiner Nacktheit und der Kälte des Raumes (keine Ahnung, warum Sam die Heizung gleich wieder auf null gedreht hat), doch will ich seiner Therapie unbedingt eine Chance geben. Anschließend soll dann der Stirnguss folgen, der dafür sorgt, dass sich meine Nerven auf magische Weise beruhigen und mein sicherheitsbezogenes Denken mitsamt der Flüssigkeit aus meinem Kopfe gleitet. So in etwa erklärt mir Sam das Prozedere. Leider versteh ich ihn dabei nicht so gut, denn er malträtiert währenddessen eine kaputte, da verformte Klangschale mit dem Bohrer und der Bemerkung: „Lieber solch ein Ende als keines …“

Bevor ich mir dazu weitere Gedanken machen kann, geht es auch schon los, denn wir haben ja nur eine halbe Stunde Zeit („Besten Dank, Bestimmerin!“).

Mein Körper ist mit unzähligen Klangschalen bedeckt. Ich sehe aus wie ein japanisches Frühstücksbrett. Das Anschlagen aller Schalen soll mich in Sekundenschnelle in Schwingung versetzen. Das dauert jedoch etwas länger, denn metallene Töne lösen bei mir in allererster Linie Heimweh aus. Aber Sam ist geduldig, nimmt seine Glöckchenkette ab und schlägt immer wieder sanft mit seinem Klöppel gegen die Schalen.

Irgendwann, nach etwa fünf Minuten, vibriert tatsächlich jede Zelle meines Körpers. Meine gerade erst wieder geweckten Gedanken an Mutter und das schlimme Schicksal verfliegen. Ich selbst bekomme ebenfalls das seichte Gefühl zu fliegen oder in einem luftleeren Raum zu schweben. Laut Sam ist das der Startschuss für „die andere Dimension“. Er nimmt mir die schwingenden Schalen vom Körper. Dann greift er zu der Klangschale, in die er kurz zuvor das Loch gebohrt hat, und bittet mich, die Augen zu schließen.

Ich tue genau das, und es passiert … nichts.

Dann jedoch, als ich meine Augen gerade wieder öffnen will, wird meine Stirn urplötzlich von einer warmen, dicklichen Flüssigkeit getroffen. Ein starker Schwindel überkommt mich. Sam murmelt beschwichtigend, das werde gleich wieder vergehen, sein Stirnguss brauche ein bisschen Zeit, um meine Blockaden aufzulösen. Er behält recht, der Schwindel vergeht, und ich genieße die Wärme auf meiner Stirn, die in gleichmäßig langsamer Bewegung in mein Haar hinab rinnt. Sam bewegt die Schale behutsam von links nach rechts, sodass meine gesamte Stirn von der warmen Flüssigkeit benetzt wird. Es ist herrlich! Ich entspanne mich mehr denn je. Und obwohl meine Augen geschlossen sind, meine ich Farben und Muster zu sehen. So erholt und glücklich habe ich mich schon lange Zeit nicht mehr gefühlt. Ich wünsche mir insgeheim, dass die Zeit stehen bleibt, ich für immer Flüssigkeit auf und Glück im Kopfe trage.

An dieser Stelle kann ich Sams warmen Stirnguss einem jeden nur *wärmstens* empfehlen. Wahrscheinlich sind Sam und Egon Konkurrenten im heilerischen Sinne, da muss ich aber dringend noch einmal mit Egon sprechen. Denn meiner Meinung nach ist Sams Schalen-und-Stirnguss-Idee der absolute Hammer. Ich fühle mich göttlich. Und jetzt, da der Strahl allmählich versiegt, werde ich fast schon ein wenig wehmütig. Schade, dass es vorbei ist, schade, dass ...

Und da spüre ich plötzlich Sams warme Lippen auf meinen.

Oh mein Gott!

Sam küsst mich so leidenschaftlich, als würde es kein Morgen geben.

Wahnsinn! Und was für ein Timing – wir haben nur eine halbe Stunde Zeit, von der bestimmt schon die Hälfte vergangen ist. Aber das ist mir jetzt auch egal.

Überhaupt: Egal – mein neues Lieblingswort.

Ich schlinge meine Arme um Sam und vertiefe den Kuss mit einer Leidenschaft, die ich nicht einmal meinen erotischsten Fantasien zugetraut hätte. Sam streicht die Flüssigkeit durch mein Haar. Ich spüre seine starken Hände an meinem Hals hinabgleiten, über meine Schultern, bis zu meinen Hüften. Behutsam richtet er mich auf, und wie durch ein Wunder fällt dabei sein weißes Gewand von seinem göttlichen Körper. Jetzt ist Sam genauso nackt wie ich.

Zufall? Schicksal? Scheißegal!

Mein Klangschalenmeister ist ein Wahnsinnsmann – und ich bin absolut egalisiert, elektrisiert, erregt und ... enthemmt. So kenne ich mich gar nicht, aber es fühlt sich unglaublich gut und ... ja ... an allererster Stelle „geil" an. Ich will mit diesem Mann jetzt, auf der Stelle und auf Egons Esstisch schlafen, als ...

„Saaaaammm!"

Solaria muss mich hassen ... oder Sam lieben. Wahrscheinlich beides.

„Gl…gl…gleich“, gurgelt Sam, während seine Lippen noch immer auf meinen liegen und seine Hände weiterhin meinen Hintern liebkosen.

Allmählich vertreibt mein Denken meinen Trieb. Was tun wir hier? Was tue *ich* hier?

Hilfe!

Schnell schiebe ich Sam zur Seite, greife nach Egons Decke und wickel mich darin ein.

„Tut mir leid, es hat mich einfach so überkommen“, sagt Sam und schenkt mir einen entschuldigenden Blick aus seinen schönen Augen.

„Ach … äh … ist schon okay“, stammele ich, noch immer entsetzt über mich selbst. Schließlich war ich auch nicht gerade unbeteiligt. „Wir haben wohl beide … oh!“

Gerade noch lobte ich Sams Methoden,
jetzt schau ich nur noch auf den Boden,
dort neben Sams schmächtiger Tasche,
steht eine unscheinbare Flasche,
auf einmal wird mir alles klar,
das Öl der Bestimmerin ist … *in meinem Haar!*

Und wenn das jetzt wirklich ein Reim war, befürchte ich auch noch einen Sturz, denn leider glaube ich neuerdings an solche Sachen.

DER PREIS IST (SC)HEISS(E)!

Spätestens an dem Punkt, wo man nicht mehr weiß,
wer man ist, braucht man sich auch nicht mehr zu fragen,
wo man ist …

Fassungslos starrte ich in die oberbayrische Tageszeitung, die ich mir bei der örtlichen Metzgerei besorgt hatte. Der Mietpreis einer Einzimmerwohnung betrug mehr als zwei Drittel meines zukünftigen Monatsgehalts. Dabei befand sie sich nicht in München-Mitte, sondern im Nachbardorf von Tuckenthal.

Warum waren die Immobilien hier dermaßen teuer? Wer konnte sich das leisten? Auf dem Land, wohlgemerkt.

Anscheinend all diejenigen, die in den Häusern ihrer Eltern wohnten oder eben nicht im öffentlichen Dienst beschäftigt waren.

Ich seufzte, dann startete ich den Motor, schließlich konnte ich nicht ewig den einzigen Parkplatz vor der Metzgerei blockieren.

Langsam fuhr ich durch den Ort. Schön wäre es gewesen. Fast hätte ich mir hier eine neue Existenz aufgebaut, mit einem sicheren Gehalt bis an mein Lebensende.

Ich hatte sogar schon spekuliert, Mutter nach Tuckenthal zu holen. Ob sie sich in Frankfurt oder am Fuße der Alpen verbarrikadierte, würde an ihrem Umstand nicht viel ändern, außer, dass sie näher an König Ludwig und seinen Märchenschlössern wäre und ich eben näher an ihr. So hätte sie schöne Gedanken und ich kein schlechtes Gewissen.

„Als das Bild deines Vaters hinunterfiel, wurde mir klar, dass ich es akzeptieren muss“, hatte sie bei meinem gestrigen Besuch geseufzt.

Und ich hatte irritiert nachgefragt: „Was musst du akzeptieren?“

„Dass ein Kapitel zu Ende geht." Während sie dies aussprach, nahm sie eine ihrer goldenen Ketten ab. Ich war erschrocken, weil Mutter und die Goldketten mein Leben lang eine zusammengehörige Einheit gebildet hatten. „Ich muss dich loslassen, Sissi, so schwer es mir auch fällt."

Es fiel ihr unglaublich schwer. Mir auch. Ich wollte Mutter nicht allein lassen. Kein Wunder, dass ich ihr daraufhin weinend um den Hals fiel und sie bat, nicht vorschnell zu handeln.

„Du hast ja recht, Sissi, warten wir erst einmal dein Vorstellungsgespräch ab."

Die Ampel vor mir sprang auf Rot. Eine Kleinkinderschar lief Hand in Hand über die Straße, dirigiert von drei engagierten Kindergärtnerinnen. Ich blickte auf meine Armbanduhr. Zwanzig nach zwei. Gestern um diese Zeit war ich zu Mutter hinübergelaufen, jetzt … war mein Vorstellungsgespräch gelaufen. Perfekt gelaufen. Doch ein Leben in Tuckenthal konnte ich mir beim besten Willen nicht leisten. Auch nicht, wenn Mutter einen Teil dazu beisteuerte. Auf lange Sicht würden uns die hiesigen Mietkosten in den sicheren Ruin treiben, Mutter müsste ihren Schmuck verkaufen und damit den letzten Wunsch meines verstorbenen Vaters verwerfen – und das nur wegen meines bayrischen Neuanfangs.

Bekümmert blickte ich auf den Arbeitsvertrag, der noch immer friedlich auf dem Beifahrersitz ruhte, nahm ihn in die Hand, überflog die obersten Zeilen, und ließ meine sichere Zukunft schließlich seufzend auf die Rückbank flattern. Ich schaute aus dem Fenster. Die Gegend war ein Traum. Ja, genau. Vielleicht war das alles bloß ein Traum gewesen. Nicht mehr und nicht weniger.

Ein paar Sonnenstrahlen fanden ihren Weg durch das Schiebedach meines Autos und bedachten meinen Kopf mit wohliger Wärme. Warum musste ich ausgerechnet an einem warmen Frühlingstag in Tuckenthal aufkreuzen? Ob es hier auch so schön war, wenn es regnete?

Einige der Kinder winkten mir wunschlos glücklich zu. Und ich? Saß traurig in meinem Auto wie ein Kaninchen in seinem

Käfig. Warum? Ja, warum konnte ich mich nicht wenigstens kurz an diesem schönen Ort erfreuen? Warum verspürte ich stattdessen so etwas wie Heimweh? Nach einer Gegend, von der ich wusste, dass sie unerreichbar war. Nun gut … eher unbezahlbar. Zumindest für jemanden wie mich. Jemand, der immer nur auf sichere …

Ach, verdammt, ich beschloss, meinen Kopf auszuschalten. Sonst würde ich noch zu einer totalen …

F-R-O-H-N-A-T-U-R zeichnete sich links neben mir in goldenen Lettern auf hellblauem Grunde ab und zog meine Aufmerksamkeit auf sich. „Ihr regionaler Biohändler" stand in locker geschwungener Schreibschrift darunter.

Mein leidendes Gehirn und mein leerer Bauch würden sich bestimmt über einen ökologisch hergestellten Snack freuen, dachte ich. Und so parkte ich das Auto in einer Seitenstraße und betrat den kleinen Laden. Gleich beim Eintreten wehten mir der Duft von Lavendel, Holz und eine dezente Note Käse entgegen. Die „Frohnatur" war überschaubar. Ehe ich mich versah, hatte ich den kleinen Laden komplett durchquert und fand mich vor einer Käsetheke wieder, unmittelbar neben der Kasse. Ich griff nach einem leuchtenden Amaranth-Honig-Schoko-Glückskeks-Riegel.

„Sie wollen doch sicher einmal unseren neuen Pferdemilch-Käse probieren?", fragte mich die freundliche Verkäuferin.

Nein. Wollte ich eigentlich genauso wenig wie die kopfschüttelnde Frau neben mir. Doch der Blick der Verkäuferin hatte etwas sehr Flehendes, und bevor ich überhaupt antworten konnte, streckte sie mir auch schon ein mit weißer Paste bestrichenes Stückchen Brot entgegen. Gequält lächelnd griff ich danach und machte mich auf den Geschmack von – tja, Stuten? – gefasst. Mund auf und durch.

Okay, nach Pferd schmeckte das nun nicht, wobei ich ja auch keine Ahnung hatte, wie Pferd schmeckte, aber so richtig lecker fand ich es auch nicht gerade.

„Etwas ganz Besonderes, nicht wahr?", fragte die Verkäuferin mit einem hoffnungsvollen Blick.

Ich nahm an, der schlaksige Mann neben ihr, dessen Augen gezielt auf mich gerichtet waren, war Chef der „Frohnatur“. Höchstwahrscheinlich würde er die arme Frau entlassen, wenn nicht wenigstens ein Kunde ihre versehentlich getätigte Bestellung begrüßte.

„Ja, aber wirklich“, sagte ich und bedachte die beiden mit einem würdigenden Lächeln. „So etwas Leckeres habe ich noch nie gegessen.“ Die Verkäuferin zwinkerte mir dankbar zu, ich zwinkerte lieber nicht zurück, denn das sah bei mir immer aus, als hätte ich Nervengift inhaliert. Meine gespielte Euphorie sollte ja nicht gleich wieder auffliegen. Obwohl die gar nicht mehr so gespielt war, denn irgendwie schien mir der Käse tatsächlich gutzutun. Vielleicht war ich im Moment auch anspruchslos, da ich seit heute Morgen nichts mehr gegessen hatte.

„Na, dann probier ich doch auch mal“, sagte plötzlich die Dame neben mir, die zuvor noch ein schroffes „Nein, danke!“ verkündet hatte.

„Wie viel Gromm hätten’s denn gern?“, fragte mich der Schlaksige. Ich bestellte brav einhundert Gramm, obwohl ich keine Ahnung hatte, ob der Käse ohne Kühlung bis heute Abend durchhalten würde. Aber darum ging es ja auch nicht. Andererseits schien es, als würde das Fohlenzeug tatsächlich Fröhlichkeit in mir erzeugen. Milde lächelnd nahm ich die kleine Papiertüte mit Pferde-Käse entgegen, legte den Riegel zurück ins Regal und drehte mich in die entgegengesetzte Richtung.

Oha!

Eine Überschrift auf dem Schwarzen Brett zog mich an wie das Licht die Motten: „Günstig“ in Verbindung mit „Mieten“. Ich schwebte praktisch auf das Schwarze Brett zu. Dort hing ein handgeschriebenes Inserat.

Günstige Mietgelegenheit & ein gutes Miteinander!
Bist Du weiblich?
Bist Du achtsam?

Kannst Du Dir vorstellen, mit Menschen zusammenzuleben, deren oberstes Ziel ein friedliches Miteinander ist?
Wenn Du all diese Fragen mit Ja beantworten kannst und auch beim Hinspüren Hingabe empfindest, könnte unsere achtsame Wohngemeinschaft genau das Richtige für Dich sein.
Für wenig Geld nebst guten Energien bieten wir Dir:
Ein gemütliches Zimmer in einem frisch sanierten Bauernhaus in der energetisch kraftvollen Lage Tuckenthals. Gewürzt mit einem tiefen, spirituellen Miteinander, das unser Leben positiv bereichert und Dich in Deinem täglichen Tun bestärkt.
Bei uns wohnst Du nicht – bei uns lebst Du!
Möchtest Du das? Dann ruf uns an.
Egon und Solaria freuen sich auf Dich.

Ja! Ja!! Ja!!!

Tatsächlich konnte ich alle drei Fragen bejahen: Ich war weiblich, allein schon durch Mutters projizierte Ängste ziemlich achtsam und für ein friedliches Miteinander war ich auf jeden Fall. Perfekt!

Fast perfekt. Denn da stand ja noch was von Energien und einem *spirituellen* Miteinander. Verdrängte, unschöne Erinnerungen an meinen kürzlich Verflossenen tauchten aus meinem Hinterkopf auf.

War das so etwas wie ein schlechtes Omen?

Quatsch, an solche Dinge glaubte ich nicht! Warum nur musste ich mir das immer wieder selbst sagen? Ich wusste es auch nicht. Stattdessen blickte ich noch einmal auf das Inserat. Der Rest klang doch ganz passabel, ja geradezu einladend, aber … Was aber? Hier stand was von einer günstigen Mietgelegenheit, und die musste ich verdammt noch mal nutzen.

Schnell holte ich mein Handy aus der Tasche, als mein Blick auf den Boden fiel. Neben mir standen grasgrüne Füße, deren Zehen hin und her wackelten. Ein bizarres Bild. So bizarr, dass es meine Neugier weckte und ich genauer hinsah.

Verrückt. Das waren keine Füße. Zumindest keine nackten Füße. Nein, das waren ... Schuhe! Wirklich. Jeder Zeh war extra eingepackt.

Ein Froschkostüm? Fasching? Im April? Hier in ... in der Frohnatur?

Irgendwie kam mir das alles doch sehr bekannt vor. Die Gedanken an Olaf versuchten schon wieder, sich an die Oberfläche zu kämpfen. Aber nein, das war bloß ein Zufall, mehr nicht. Das hier hatte bestimmt einen anderen Grund. Mein Blick wanderte nach oben. Ab der Wade ging das gräserne Grün in ein ausgewaschenes Ockergrün über. Immerhin bis zum Hals nur unterbrochen von ornamentalen goldenen Stickereien – in Dreiecksform. Und einem dunkelgrünen Gürtel.

Kermit? In einem dreieckigen Karateanzug?

„Das ist eine Kurta, ein traditionelles indisches Kleidungsstück", sprach der Karateanzug, zum Glück nicht mit Kermits Stimme, aber dafür so, als könne er meine Gedanken lesen. Überrascht schaute ich in ein freundliches Gesicht.

„Grüß Gott, ich bin Egon."

„Hallo ... Lisa", sagte ich schüchtern und senkte den Blick. Wieder landete ich bei den Froschfüßen.

„Ich gebe jedem Zeh ein eigenes Zuhause", meinte Egon, meinem Blick folgend. „Meine Füße danken mir das."

Was sollte ich dazu sagen? Nichts. Brauchte ich auch nicht, denn Egon war noch nicht fertig. „Sechs Kilometer bin ich zu Fuß zur Frohnatur gelaufen und es fühlt sich an wie wenige Meter."

Mit einer Hand griff er nach seiner Wade und streckte mir salopp einen grünen Fuß entgegen. Für sein Alter – ich schätzte ihn auf Mitte sechzig – war er durchaus sehr gelenkig.

„Diese Schuhe sind ein Segen."

Prompt fiel mir seine Kette auf. Ein schlichtes Stoffband, in dessen Mitte ein goldenes Dreieck als Anhänger hin und her baumelte. Egon setzte sogleich seinen Fuß ab und nahm den Anhänger in die Hand.

„Die Dreifaltigkeit!", sagte er.

„Aha", entgegnete ich. Er sah eigentlich nicht so aus, wie ich mir einen typischen bayrischen Katholiken vorstellte.

„Nun, das ist aber auch nicht so wichtig", entgegnete Egon freundlich. „Ich nehme mal an, du bist nicht von hier?"

„Ja", sagte ich leise, „ich … komme aus … äh, Hessen. Frankfurt. Hier bin ich … also heute … hier bin ich … zum ersten Mal."

Ich fragte mich, ob mir die Pferdemilch neben zunehmendem Wohlgefühl einen abnehmenden Wortschatz bescherte. Pferde waren ja generell sehr ruhige Tiere.

„Schön. Da hat es dich prompt an einen Kraftort verschlagen", entgegnete Egon.

„Äh, Kraftort?", fragte ich und zweifelte so langsam auch an meinem Verstand.

„Ja, Kraftort!", antwortete Egon und da nickte ich einfach, auch wenn ich keine Ahnung von einem Kraftort hatte. Es klang zumindest besser als Kuhkaff.

„Dann hast du dich wohl auf Sinnsuche begeben, was?", wollte Egon wissen.

Auf Sinnsuche?

„Äh … nein. Auf Wohnungssuche. Ich … ich hatte ein … ein Vorstellungsgespräch. Gerade eben. Und jetzt … also jetzt … jetzt suche ich … also ich suche … eine Wohnung."

Himmel – warum drückte ich ihm nicht gleich mein ganzes Leben aufs Ohr? Der Kerl musste mich doch für total bescheuert halten. Eingeschüchtert zeigte ich auf das Inserat.

„Ach, du interessierst dich für unsere vier Wände?", fragte Egon.

Unsere? *Seine?*

„Sie vermieten?", fragte ich total perplex. Ich konnte diesen Mann beim besten Willen nicht duzen. Er hätte – Gott hab ihn selig – mein Vater sein können.

„Kann man so sagen. Zumindest habe ich das Inserat gerade an die Wand gehängt", lachte Egon. „Aber bitte: kein Sie, nenn mich Egon."

„Esoterischer Egon", ergänzte die Pferdemilch-Käse-Verkäuferin.

„Einer der ersten Esoteriker Oberbayerns“, ergänzte der Schlaksige.

„Ist ja gut“, sagte Egon und strich sich verschämt die grauen Haare nach hinten. Er hatte ungemeine Ähnlichkeit mit Harry Potter, fiel mir in diesem Moment auf. Nur ergraut. Und grün.

„Bloß nicht so bescheiden“, konterte die Verkäuferin. „Durch Egons Redekreis habe ich endlich erkannt, worauf es im Leben wirklich ankommt.“

Interessant. Und worauf kam es im Leben wirklich an? Das sagte sie nicht, steckte sich stattdessen schnell ein Stück Käse in den Mund.

„Ich koche auch nur mit Wasser“, gab Egon bescheiden zurück, und seine dürre Gestalt schien das zu bestätigen.

„Wusstest du, dass der Begriff Esoterik in seiner Ursprünglichkeit nicht mehr bedeutet als: ‚dem inneren Bereich zugewandt‘?“

Ich verstand nicht so recht, was er mir damit sagen wollte, und blickte ihn fragend an. Und der dem inneren Bereich zugewandte Egon sah mir daraufhin durch seine runden Brillengläser ganz tief in die Augen.

Das war mir noch unangenehmer als das Schulterklopfen meines Ex-Chefs. Ich spürte, wie mir die Schamesröte ins Gesicht stieg, und wusste nicht, wo ich hinsehen sollte. Definitiv nicht noch einmal auf seine Kermitfüße. Und seine Kurta funkelte noch einschüchternder als Mutters Ketten. Prompt wurde mir auch noch heiß.

„Warm …“, holte mich Egon aus meiner inneren Hitze, „… wären es dreihundert Euro. Reiner Energieausgleich.“

Dreihundert Euro? Wow, das war ja geradezu spottbillig. Und beinhaltete sicherlich einen Haken. Aber auch Hoffnung. Hoffnung auf eine Wohnung und die Möglichkeit, mir hier doch noch eine Existenz zu sichern. Juhuuuu!

„Juhuuuu?“, Egon sah mich belustigt an.

Das hatte ich doch jetzt nicht allen Ernstes laut gedacht? Mist. So euphorisch kannte ich mich selbst auch noch nicht. Schon gar nicht vor diesem älteren, esoterischen Fremden. Mit Froschfüßen. Im Funkelanzug.

Stop! Hier ging es um eine günstige Mietgelegenheit, dieses Ziel sollte ich nicht aus den Augen verlieren.

Also allerhöchste Zeit, meine sprachlichen Fehltritte mit gespielter Intelligenz und Schlagfertigkeit auszugleichen. Ich gab alles.

„Ich … also, ähm … nun … äh …“

Das war's wohl.

„Willst du dir die Wohnung denn mal anschauen?“, fragte Egon.

Und ob ich wollte. Allerdings beschränkte ich mich jetzt mal lieber auf nonverbale Kommunikation und nickte einfach nur. Wahrscheinlich machte ich damit jedem Headbanger Konkurrenz.

„Na, dann los“, lachte Egon amüsiert.

Ich bezahlte meinen Pferdemilchkäse. Danach schlenderten wir gemeinsam aus der Frohnatur. Und anstatt mir ernsthaft Gedanken über mich selbst zu machen (ich lief hier schließlich mit einem mir völlig Fremden durch eine noch fremdere Gegend), wunderte ich mich nur über Egons nicht vorhandenen Dialekt:

„Du bist aber auch kein gebürtiger … also …“

„Kein gebürtiger Bayer?“, fragte Egon.

Ich nickte und Egon schüttelte den Kopf. „Nein, ursprünglich komme ich aus Hannover.“

„Ich komme aus Frankfurt“, rief ich hocherfreut.

Keine Ahnung, warum. Aber es war tatsächlich der erste korrekte Satz, den Egon von mir zu hören bekam. Vielleicht lächelte er auch deshalb.

„Ich weiß, Lisa. Das hast du mir schon einmal gesagt. Und das passt auch perfekt. Komm, ich zeige dir unseren Hof. Wo steht denn dein Auto?“

Kurz darauf fuhr ich mit dem fremden froschbefußten Mann, der anscheinend ein Faible für Frankfurter hatte, durch das idyllische Tuckenthal.

„Hier noch einmal um die Ecke, dann siehst du ihn auch schon. Er steht ein wenig abseits …"

Abseits? Mutter wäre vor Angst gestorben, bei einem so abgelegenen einsamen Haus. Ich aber hatte keine andere Wahl. Schließlich ging es um meine zukünftige Bleibe.

Vielleicht. Eventuell.

Nein, hoffentlich! Denn das, was da plötzlich vor meinen Augen auftauchte, war unfassbar … umwerfend … unglaublich.

„Hof" war so ziemlich die unpassendste Bezeichnung (auch wenn das zugleich mein Nachname war, so wertete ich es dennoch nicht auf). Vor dem eindrucksvollen Alpenpanorama schien das herrschaftliche Anwesen einem Gemälde aus König Ludwigs Märchenschloss entsprungen zu sein. Grüne Fensterläden vor hübscher Holzfassade, üppig gefüllte Blumenkästen und schönste Holzschnitzereien verzierten es aufs Kitschigste (nicht, dass es das nötig gehabt hätte). Ein Haus wie von einem bayrischen Werbeplakat.

Auf der Wiese davor grasten Pferde, so friedlich, als hätten sie nie etwas Böses zu befürchten. Die absolute Entspannungs-Atmosphäre.

„Lass mich kurz das Hoftor öffnen", sagte Egon und stieg aus dem Auto, während ich das Fenster hinunterkurbelte und den Frühlingsduft inhalierte. Ganz in der Nähe vernahm ich einen plätschernden Bach, begleitet vom Zwitschern fröhlicher Vögel.

Das musste ein Traum sein. Für dreihundert warm? Fast schon zu schön, um wahr zu sein.

„Was sagen deine Antennen?", wollte Egon wissen, nachdem er wieder zu mir ins Auto gestiegen war.

„Traumhaft schön", wiederholte ich meine Gedanken, während ich das Auto langsam über den Hof steuerte und in einer Ecke abstellte.

„Ja, durchaus. Eine Energiesammlung sondergleichen, deren innere Schönheit mehr und mehr nach außen dringt. Nicht wahr?"

Wenn es hier auch noch eine innere Schönheit im Sinne einer schönen Wohnung gab, dann wollte ich auf der Stelle einziehen.

„Für dich sind es also positive Energien, ja?"

Da ich bei dem Preis ohnehin etwas ganz anderes erwartet hatte, war ich durchaus positiv überrascht.

Ich nickte und atmete noch einmal tief ein. Egon sprach noch immer. Allerdings schien er allmählich zum Ende zu kommen: „Entschuldigung, Lisa. Du hast ja recht. Mein Gerede ist jetzt sicher störend für deine Antennen. Also, lass den Ort in aller Ruhe auf dich wirken."

„Okay", sagte ich und wollte gerade aus dem Auto steigen, doch da bedeutete mir Egon, die Augen zu schließen: „Pst! Spür erst mal in Ruhe hin."

Mit diesem für mich ebenso unverständlichen Satz schloss zumindest er seine Augen, breitete seine Hände wie eine Tulpe nach oben auseinander und atmete hörbar tief ein und aus.

Ich konnte es dagegen kaum noch erwarten, endlich die innere Schönheit zu begutachten. Stattdessen saßen wir noch ein paar weitere Minuten laut atmend im Auto. Dann, endlich, öffnete Egon seine Augen. Ich nahm an, dass wir nun hineingehen würden, doch da begann er aufs Neue zu erzählen … von anderen Sternen, oder so ähnlich. Ich kapierte überhaupt nichts, wollte aber meinen eventuellen Vermieter auch nicht durch meine Unwissenheit und Ungeduld verprellen.

„… Sonnenstürme sind ja heutzutage keine Seltenheit mehr, aber gerade hier musst du dich davor schützen. Es ist, als suche die primäre kosmische Strahlung ausgerechnet unseren Achtsamkeitshof in regelmäßigen Abständen heim."

Er griff nach seinem Anhänger und hielt ihn mir unter die Nase: „Unsere Triangulation wird das wohl noch verstärken. Aber was soll's."

Egon lächelte. Ich verstand überhaupt nichts. Dazu wurde es mir allmählich zu warm im Auto. Also öffnete ich die Tür – so behutsam und wenig ungeduldig wie möglich.

„Ah, gut, du bist also bereit", sprach Egon, und da konnten wir endlich aussteigen.

Ich ging ein kleines Stück, blieb stehen und hoffte, dass Egon die Führung übernahm. Schließlich war ich sowohl orts- als auch hausfremd. Stattdessen blieb mein potenzieller Vermieter nun auch stehen. Hinter mir. Ich drehte mich fragend zu ihm um, und er … begann aufs Neue zu sinnieren:

„Drei Menschen. Aus Frankfurt, Hannover und München. Verbinde diese Orte auf der Landkarte und heraus kommt das!“

Erneut griff er nach seinem Dreiecksanhänger.

„Und so soll es auch sein: Der männliche Part oben, die beiden weiblichen darunter.“

Hoffentlich meinte er damit nicht das, was mir in dem Moment in sexueller Hinsicht durch den Kopf geisterte.

„Auf! Auf!“, sprach Egon und ich hoffte noch viel inbrünstiger, dass er damit die pompöse Treppe meinte, die sich vor uns auftat und zu einer Haustür führte.

Da plötzlich wieherte es neben mir und ich sprang erschrocken zur Seite.

„Da ist ja schon unsere dritte im Bunde“, gluckste Egon verzückt.

Meinte er das Pferd?

Ich sah an dem Tier hoch und bekam den Mund nicht mehr zu. Nicht, weil das wiehernde Pferd so nah neben mir stand, wie es noch kein Tier zuvor getan hatte, sondern weil die Dame, die auf dem Pferd saß … also … ganz … also … nackt war. Vollkommen nackt. Splitterfasernackt.

Ein lockeres „Hi!“ verließ die Lippen der Entblößten und sie lächelte mir freundlich zu.

„Ja … hi … hallo!“, sagte ich betont lässig. *Lässig* gelang mir nicht einmal annähernd, denn während meines Gestammels starrte ich unentwegt auf die Pferdehufe, zu denen sich just Egons Froschfüße gesellten.

Wo um alles in der Welt war ich nur gelandet?

„Willkommen auf dem Achtsamkeitshof! Ich heiße Solaria“, sagte die Nackte und blinzelte mir schamlos zu.

„Möchtest du dir jetzt vielleicht das Innere ansehen?“, fragte Egon.

Das WAS?

Verwirrt schaute ich ihn an.

„Das Zimmer?", fragte er.

„Äh … ja, gerne", sagte ich und versuchte, Solarias Blinzeln zu erwidern. Es sah aber wohl mehr danach aus, als würde ich ein Niesen unterdrücken. Neben einem lauten Schrei des Entsetzens.

„Durch das Nacktreiten geht Solaria eine tiefere Verbindung mit Mutter Erde ein", unternahm Egon einen Erklärungsversuch, als wir die Treppe hinaufgingen. Gut, dass ihm mein Schock aufgefallen war.

„Ursprünglich hieß sie mal Simone. Und wenn sie singt, geht die Sonne auf." Das machte es auch nicht besser. Ehrlich gesagt hatte ich schon zu viel gehört und gesehen. Aber gut. Jetzt war ich schon einmal hier und konnte mir die „innere Schönheit" auch noch geben. Damit würde ich diesen Tag in Tuckenthal sicher nie vergessen.

„Geh hinein", sagte Egon und da fiel auch mir auf, dass die Haustür sperrangelweit offen stand. Mutter würde … unwichtig, denn ich wollte hier ohnehin nicht einziehen.

Langsam betrat ich das Innere. Der Duft von frischem Holz stieg mir in die Nase und entgegen meiner Vorahnung bekam ich ein wohliges Gefühl, als ich das Wohnzimmer sah. Frisch renoviert präsentierte es sich in hellen, freundlichen Farben. Eichenparkett, weiße Möbel, Salzkristalllampen. Einige Buddha-Statuen und ein großer Zimmerbrunnen gaben ihm neben den hellen großen Fenstern, dem schönen Balkon und einem riesigen, weiß gekachelten Kamin einen heimeligen Wohlfühlcharakter. Am liebsten hätte ich mich sogleich in die wollene Decke gewickelt, auf dem kuscheligen Teppich Platz genommen, dem Knistern des Kamins gelauscht und einen leckeren Tee getrunken. Stattdessen sprang die splitterfasernackte Solaria an mir vorbei, wickelte sich in die wollene Decke und alles Wohlfühlen fiel mit einem Mal von mir ab wie Urlaubsbräune nach einem Peeling.

„Du kommst nicht aus Tuckenthal", meinte sie, während ich auf ihre Brüste starrte, die über die Wolldecke lugten wie zwei neugierige Kinder.

„Äh, nein, aus Frankfurt“, antwortete ich beschämt.

„Frankfurt ist doch eine schöne Stadt“, entgegnete Solaria.

„Ja ... schon ... aber“, ich wusste nicht, wo ich hinsehen sollte, „aber ... ich ... äh ... habe dort meine Arbeit verloren ... und ... äh ... keine neue gefunden.“

„Wie jetzt? Es hat dich aus beruflichen Gründen von Frankfurt nach Tuckenthal verschlagen?“, fragte Solaria ungläubig, und es kam mir so vor, als schüttelten auch ihre Brüste den Kopf.

Ein leises „Ja“ verließ meinen Mund. Ich wusste nicht, ob mich Solarias Nacktheit oder ihre dominante Art dermaßen einschüchterte.

„Lisa hat Pferdekäse gekauft“, entgegnete Egon.

Kaum dass ich mich selbst fragte, wozu er das denn jetzt ansprach, fiel mir auf, dass ich – verwirrt, wie ich war – die Käsetüte mitgenommen hatte. Ja, und dass ich mich seit Bekanntschaft mit der Barbusigen daran klammerte wie an einen vorbeischwimmenden Baumstumpf.

„Äh ...“, war alles, was ich dazu sagen konnte.

„Interessant. Das probieren wir doch mal“, meinte hingegen Solaria.

Ich streckte die Tüte in Richtung ihrer wippenden Oberweite. Sie griff danach, verschwand und kam mit einem Brettchen und zwei beschmierten Broten zurück.

„Egon wird das nicht probieren. Er ist Veganer“, sagte sie, während sie in ein Brot biss, mir aber keines anbot (kein Problem, mir war der Appetit ohnehin vergangen).

Ich nickte. Jeder, wie er's mag.

„Finde ich jetzt gar nicht einmal so schlecht“, entgegnete sie nach kurzer Zeit des Kauens. „Obwohl Pferdemilch in erster Linie für Fohlen bestimmt ist.“

Und ich in erster Linie nicht für diesen Ort.

Ich beschloss, das fohlenfreundliche, freizügige Feld sofort zu verlassen, und erhob mich.

„Stell dich bitte mal vor die weiße Wand!“, befahl Solaria daraufhin.

Okay … Ich hatte natürlich kein Problem, mich vor meinem Weggang noch einmal vor die weiße Wand zu stellen, auch wenn ich den Grund dafür schon gerne erfahren hätte.

„Gut, und warum?", hörte ich meine Neugierde fragen.

„Weil ich mir deine Aura ansehen möchte. Bleib ganz gerade und locker stehen. Keine Angst, das tut nicht weh", erklärte Solaria.

Meine Aura? Nun gut. Ich nickte und tat, wie mir befohlen, stellte mich zwischen die weiße Wand und die im besten Alter befindliche barbusige Barbie (hatte ich schon Solarias Popolange, blond-grau gelockte Mähne und ihre kristallblauen Augen erwähnt?).

Mehrere ungemütliche Sekunden vergingen, in denen ich mich an nichts klammern konnte als an die zu erwartende Erleichterung, die mich nach Verlassen dieses Hauses überkommen würde.

„Ein paar Themen, aber ansonsten gefällt mir deine Aura ganz gut", erlöste mich Solaria. „Also, von mir aus kannst du gerne hier einziehen."

Hier einziehen? Um Himmels willen! So günstig und schön die Wohnung auch war, das hier war einfach zu viel. Beziehungsweise zu wenig, sofern es um Bekleidung ging.

Mag sein, dass ich prüde war. Aber ich dachte dabei auch an Mutter, die mich hier niemals besuchen könnte, ohne folgenschwere Schäden davonzutragen.

Aus Angst davor, dass ich etwas Falsches sagen und dadurch alles nur noch spiritueller, ergo schlimmer, werden würde, beschloss ich, einfach kommentarlos abzuhauen. Wo war noch mal der Ausgang? Hier nicht, das war das Bad. Nett. Sehr nett. Und hier? Die Küche. Oh, sehr hübsch. Und hell. Ein großes Plakat am Kühlschrank verkündete: „Wir essen unsere Freunde nicht – wenn du es trotzdem tun willst, dann beiß dir doch in deinen eigenen Arsch!"

Äußerst direkt, aber da ich selbst Vegetarierin war, fand ich es gar nicht einmal so unsympathisch. Trotzdem, Solarias Fleisch war mir zuwider, egal wie heiß der Mietpreis auch … hoppla, holla … heiß???

Vor mir baute sich gerade das auf, was man getrost „Man of the year" nennen konnte. Ein großer, unglaublich gut aussehender, braun gebrannter Sunnyboy in lässiger Used-Jeans und schlichtem schwarzem T-Shirt. Seine braun-blonden Strähnen und die ebenfalls braunen Augen fielen ihm lässig in die Stirn. Also, die Haare, nicht die Augen – ich konnte überhaupt nicht mehr klar denken.

„Hallo!", begrüßte er mich.

Wow, war der hübsch! Um seinen Mund bildeten sich ein paar Lachfalten.

„Ich …", sagte ich und dachte „Traummann!"

„Ich Traummann?", fragte er amüsiert. „So männlich siehst du gar nicht aus."

„Nein, ich sagte: Ich trau mich an …", entgegnete ich, um eine Wortkorrektur bemüht, die mir absolut nicht gelingen wollte, vielleicht auch, weil mein gesamtes Blut in meine Wangen geschossen war.

„Sam, das ist Lisa", sagte Egon, der sich wie aus dem Nichts zu uns gesellt hatte.

„Schön", sagte Sam.

„Schön", dachte auch ich. Wunderschön. Tausendschön. Unendlich und unfassbar schön.

„Komm, Lisa, ich zeig dir dein Zimmer", holte mich Egon aus meinen Schwärmereien.

„Ach, Lisa zieht hier ein?", fragte Sam und machte Anstalten, uns zu folgen. Ich fühlte mich wie elektrisiert und antwortete: „Wahrscheinlich."

„Und das, obwohl du noch nicht einmal dein Zimmer gesehen hast?", fragte mich Egon.

Scheißegal, Hauptsache in der Nähe dieses Supermannes. Ich hoffte sehr, in diesem Moment wirklich nur gedacht zu haben.

Egon öffnete die Tür zu meinem *wahrscheinlichen* Zimmer: Es war bescheiden, klein, mit einem ebenso kleinen Fensterchen und unspektakulärem Blick auf ein frisch bepflanztes Feld. Von einem leichten Ammoniak-Geruch abgesehen (und das, obwohl das Fenster offen stand) war es eigentlich ganz nett. Ein Bett und ein Schrank, in hellem Holz gehalten, waren inbegriffen. Ebenso ein kleiner brauner Teppich und ein weißer Schreibtisch, auf dem eine Salzkristalllampe stand. Vor dem Bett ruhte ein übergroßer Holzkasten, dessen Bedeutung mir nicht ganz einleuchtete, aus dem allerdings der beißende Geruch zu kommen schien. Winzig, aber gemütlich, dachte ich mir gerade, als der Holzkasten zu gackern begann. Das war meine erste Begegnung mit Jörg, der wettervorhersagenden Henne, der bis dato mein Zimmer gehört hatte.

„Komm, Jörg", sagte Solaria und nahm das Huhn auf den Arm. „Unsere Wetterhenne wird dann natürlich umziehen, wahrscheinlich in die Scheune. Im Moment päppeln wir sie noch auf."

Schon wieder schaute ich auf ihre bloße Brust. Auf Solarias wohlgemerkt, denn die der Henne war mit einem gesellschaftsfähigen Federkleid bedeckt.

Trotzdem: Wer hielt denn bitte eine Henne im Haus? Mit Namen Jörg?

„Ein spiritueller Schüler hat sie gerettet und hierher gebracht. Sie sollte unschädlich gemacht werden, dabei war sie völlig unschuldig. Ihre meteorologischen Fähigkeiten hat natürlich keiner bemerkt. Deshalb habe ich sie nach dem unschuldigen Meteorologen benannt."

Nach Kachelmann? Grundgütiger!

Ich nickte so neutral wie möglich.

Solarias Oberweite nickte zurück. Daran musste ich mich noch irgendwie gewöhnen. An die Nacktheit. Und an das Huhn. Für einen Mitbewohner wie Sam brachte ich derartige Opfer aber liebend gern. Schon jetzt konnte ich mich kaum an ihm sattsehen. Und auch er sah mich an und sagte: „Ich bin Klangschalenmeister."

Das *klang* zusätzlich belastend, war mir jedoch angesichts seiner Anziehungskraft egal. Selbst als Egon mir noch ins Ohr flüsterte: „Und pass auf, er ist auch ein Schmutzer", zuckte ich nur mit den Schultern.

Da allerdings fiel mir zum ersten Mal auf, dass die beiden trotz achtsamen Daseins nicht die allerdicksten Freunde zu sein schienen.

„Komm, ich zeig's dir", sprach Sam, zog mich in ein anderes Zimmer und zeigte dort so stolz auf ein paar metallene Pötte wie manch einer auf seinen Porsche. Zur Demonstration nahm er ein kleines dickes Stöckchen und klopfte damit gegen die Schalen. Dezente Gong-Geräusche ertönten. Als wäre das eine Art Lockruf, erschien augenblicklich Solaria.

„Das versetzt sämtliche meiner Zellen in tiefste Schwingungen", sprach sie, in vollster Wonne schwelgend, während die Wolldecke nun zum Glück auch ihre Brüste bedeckte.

Als ich daraufhin entgeistert im Wechsel von ihr zu Sam schaute, ergänzte sie: „Schließlich ist Sam mein Bruder."

„Im Geiste", meinte Sam und die Verwirrung war komplett.

War sie ja ohnehin schon. Dank Sam, der mich die ganze Zeit über anlächelte.

„Du kommsch aus Hesse, odä?", fragte er mich. Und so erfuhr ich, dass Sam ebenfalls aus Frankfurt stammte. Was für ein Zufall! Oder musste ich jetzt vielleicht doch so langsam an das Schicksal glauben? Nein, auf keinen Fall, das würde nicht passieren!

„Warum haben wir uns nicht schon damals getroffen?", fragte ich ihn, was natürlich auch ein bisschen albern war, schließlich ist Frankfurt kein Dorf.

„Da war ich noch ganz anders", sagte Sam. „Sei froh, dass du mich hier und heute kennenlernst ..."

Das war ich. Absolut. Ein Glücksrausch durchfuhr mich. Und ich verstand, warum mir Sam auf Anhieb so vertraut gewesen war: Wir hatten dieselben Wurzeln.

Ein großartiges Gefühl von Geborgenheit erfüllte mich, wie ich es bisher nur bei Mutter – und Olaf – kannte. Und das ausgerechnet hier, in Tuckenthal, auf ...

„... auf dem besten Achtsamkeitshof der Welt!", beendete Sam seine Ausführungen.

„Das ist er", sagte Solaria zufrieden, und ihre Decke rutschte ein Stückchen nach unten.

Und da lächelten wir alle. Solaria, Sam und ich. Aus unterschiedlichsten Gründen. Mir zumindest war in diesem Moment etwas klar geworden: Für Sam hatte sich mein weiter Weg zum Achtsamkeitshof in Tuckenthal gelohnt. Er war hier in Bayern so etwas wie mein … Verbündeter?

Und während er mich so liebevoll anlächelte, malte ich mir insgeheim aus, was noch aus uns beiden werden könnte. Meine Gedanken waren in diesen Sekunden nicht nur äußerst flexibel, sondern auch drauf und dran „Ja, ich will!“ zu schreien, und so griff ich geistesgegenwärtig zum Kuli in Buddhaform, riss Solaria den Mietvertrag aus der Hand und unterschrieb. So, und nur so, waren Sam und ich vereint. Auf dem Papier. Und in unserem neuen Zuhause.

„Zeit, dass du alles über deine Mitbewohner erfährst“, sprach Solaria, rief Egon herbei und dieser leierte in Kürze seinen Lebenslauf herunter, von dem leider nur das Folgende bei mir hängen blieb:

Egon, 66, einst Vermessungsingenieur, der vor vielen Jahren seinen Sinn im Sinnieren – oder so ähnlich – gesucht hatte und seitdem verlorene Herzen durch verschiedenste Heilarbeiten auf vielversprechendere Wege brachte. Laut Solaria sollte ich ihn unter keinen Umständen auf die Triangulation ansprechen (etwas, das ich sicherlich problemlos einhalten konnte).

Danach folgte der Lebenslauf der Hausbesitzerin:

Simone alias Solaria, teilte mir neben ihrem selbst gebastelten Namen – *hüstel* – auch nur ihr biologisches Alter mit, das zufällig exakt meinem Alter, 29, entsprach (ich tippte aber darauf, dass ihr biographisches Alter die vierzig bereits überschritten hatte). Solaria „re-inkarnierte“ als *armes* Münchner Madl aus einem strengen, *reichen* Elternhaus. Nun allerdings war sie die stolze Besitzerin des Achtsamkeitshofes, den sie heute und in der Hauptsache dazu nutzte, sich nach einer unterdrückten Kindheit endlich „richtig auszuleben“. Dazu musste wohl nichts weiter gesagt werden.

Dann kamen wir endlich zu Schönling Sam, 36 – und damit nahm das Übel auch schon seinen Lauf.

Da er von sich aus nicht mehr als seinen Klangschalengebrauch preisgab, fragte ich ihn mit hoffnungsvollem Blick: „Wo ist eigentlich dein Zimmer?“

„Ich habe kein Zimmer“, antwortete Sam zufrieden. „Alles, was ich habe, passt in meinen Rucksack.“

Als ich nicht weiter auf seine Antwort reagierte, ergänzte Solaria: „Sam ist der schnuckeligste Obdachlose Oberbayerns, was?“

Was?

Augenblicklich verging mir das Lächeln. Denn das war kein Scherz. Das war die Realität.

Sams Zehntagebart und die Risse und Flicken auf seiner Jeans hatte ich als modische Aufmachung interpretiert, in Wahrheit waren sie stumme Zeugen seiner Armut. Und die zog einiges nach sich: Verarmung, fehlende Verantwortung, Verschmutzung (war es das, was Egon unter „Schmutzer“ verstand?) und ... ja, Viren – all das schoss mir durch den Kopf. Und all das verkehrte in diesen vier Wänden, in die ich mich just einquartiert hatte.

„Ich brauche die Freiheit“, entgegnete Sam, als sei das Erklärung genug.

Jörg gackerte einvernehmlich und hinterließ einen Klecks Hühnerkacke im Flur.

„Hast du, äh, keinen Beruf?“, fragte ich.

„Nein, nur eine Art Berufung, durch meine Klangschalen“, erklärte Sam glücklich und ich erstarrte. Eine sichere Existenzgrundlage war für ihn extraterrestrisch, also nicht von dieser Welt. Für mich war genau das meine Welt.

Wie konnte ich mich nur in solch kurzer Zeit derartig impulsiv verlieben, dass ich all das, was mein Leben ausmachte, ausblendete? Ich war erschrocken über mich selbst.

„Hier Lisa, dein Schlüssel zum Glück“, jauchzte Solaria und reichte mir statt einem Schlüssel ein rostiges Hufeisen. Während der (eigentlich eliminierte) Aberglaube in mir daraufhin ein lautes „Nichts wie raus hier!“ schrie, schaute ich hilflos zu Egon. Und als würde mich dieser schon wieder wortlos verstehen, fragte er: „Du brauchst doch keinen Schlüssel, oder?“

Seine Formulierung war nicht ganz korrekt, ansonsten aber doch in etwa genau das, was ich dachte.

„Doch, sicher“, sagte ich und dachte: „So *sicher* wie das Amen der Kirche.“

Zeitgleich fiel mir auf, dass ich zu all dem noch nicht einmal überprüft hatte, ob meine Zimmertür überhaupt abschließbar war.

„Alles in Ordnung?“, wollte Egon wissen.

In Ordnung? Allmächtiger!

„Ja“, antwortete ich, grinste künstlich und fuhr so cool wie möglich fort: „Ich bin bloß im Balkonbesteigen genauso wenig geübt wie im Bergsteigen. Deshalb ja, natürlich brauche ich einen Schlüssel.“

„Gut“, sprach Egon, „der hängt vorne am Brett, neben der Haustür. Es ist der dritte in der dritten Reihe, der mit dem roten Faden der Liebe.“

Erleichtert wollte ich aufatmen, doch Egon war noch nicht fertig:

„Aber eigentlich brauchst du den nicht. Unsere Türen stehen nämlich immer offen. Tag und Nacht.“

„Ja, aber … das Hoftor?“, stammelte ich, mich selbst fragend, warum sie denn dann bitte ein Hoftor hatten, das bei jeder Durchfahrt penibel geöffnet und geschlossen wurde.

„Na, das Hoftor schließen wir selbstverständlich. Aber nur wegen der Pferde“, entgegnete Solaria.

„*Nur* wegen der Pferde?“, fragte ich und hoffte, mich *nur* verhört zu haben.

„Ja, hast du nicht gesehen, dass sie frei herumlaufen? Das Tor ist zu ihrem eigenen Schutz“, antwortete Solaria, und bevor ich wegen freilaufender Pferde erneut an meine Schutzlosigkeit und meine schaudernde Mutter denken konnte, schrie der nicht vorhandene Aberglaube in mir: „Du hast deinem Unglück die Tür geöffnet.“

Der nach innen gewandte Egon sah mir interessiert ins Gesicht. Ich wandte meine Augen in Richtung Ausgang … nein, eigentlich mehr in Richtung Sam, welcher mich so liebevoll anlächelte, dass mir trotz Schauder ganz warm ums Herz wurde. Solaria begann indes zu singen, es klang nicht wie eine aufgehende Sonne, nein es klang wie eine eingehende Katze:

„De-her Acht-sam-keits-hof und un-ser-e Her-zen sind offen für al-les und je-den ...“.

Das nahm sich auch ihre Wolldecke zu Herzen und fiel prompt von ihrem Körper.

Auf diese Weise kam ich zu meiner neuen, nun ja, spirituellen Familie, fernab von Frankfurt und meinem alten hessischen Leben, und merkte, dass es schon jetzt an der Verständigung haperte.

Und das größte meiner Probleme war: Wie sollte ich das meiner armen, sorgengeplagten Mutter erklären?

IM HIER UND JETZT

Freiheit ist, sich nicht entschuldigen zu müssen.
(aus „Im Auftrag des Teufels“)

Von Solarias sexuell energetisiertem Sonnenwurzel-Öl hätte bereits ein Tröpfchen auf dem Ohrläppchen genügt, um sexuell erregt zu werden. Ich spreche bewusst im Konjunktiv, weil es dieses Öl nicht mehr gibt. Sam hat mir die komplette Flasche über den Kopf gekippt. Wenn das Zeug wirklich so etwas wie ein Aphrodisiakum darstellen soll, dann ist es ohnehin nicht das Beste, denn mit dem bloßen Ertönen von Solarias Stimme ist meine erotische Anwandlung auch schon wieder passé.

„Ich hatte keine Ahnung, ich hab einfach nach irgendeiner Ölflasche gegriffen“, beteuert Sam, zuckt mit den Schultern und lächelt mich milde an. Ich glaube ihm und muss auch ein wenig lachen. Allerdings glaube ich auch, dass ihm das Lachen spätestens dann vergehen wird, wenn er der ehemaligen Eigentümerin des Öls gegenübertreten muss. Noch immer sucht Solaria nach ihrem Sonnenwurzel-Öl wie nach dem heiligen Gral.

„Sie braucht das Öl nicht nur für sich“, flüstere ich Sam zu. „Sie hat morgen ein Seminar und wollte es auf die Ohrläppchen ihrer Schüler tröpfeln.“

Etwas, das mich sehr an Sam fasziniert, ist die Tatsache, dass er sich durch nichts – durch aber auch rein gar nichts – aus der Ruhe bringen lässt.

„Sam!“, ruft Solaria in dem Moment von draußen und für mich fühlt sich das an wie dieser Moment im Film, wenn das Mädchen beim Baden im offenen Meer zum ersten Mal die übergroße Haifischflosse erspäht, die schnurstracks auf ihren Freund zuschwimmt.

„Ich komme sofort“, flötet Sam durch die verschlossene Tür, dann sieht er sich im Zimmer um. Ein Gewinnergrinsen breitet sich auf seinem Gesicht aus. Er kommt langsam auf mich zu, presst seinen Zeigefinger erst an seinen, dann an meinen Mund, und greift schließlich zielsicher hinter mich in Richtung Fensterbank. Verdutzt drehe ich mich um. Auf der Fensterbank steht eine Glasflasche mit ranzigem Sesamöl. Stand. Denn schon hat Sam sie sich geschnappt und … nein … das kann er doch nicht allen Ernstes … doch, er kann.

Sam, das schöne Scheusal, füllt das ranzige Öl ungeniert in Solarias Sonnenwurzel-Öl-Flasche um. So keck und cool wie ein nackter Barkeeper, der mir gerade einen Drink mixt. Während ich ein schlechtes Gewissen bekomme, zwinkert er mir auch noch schelmisch zu. Unglaublich sexy, dieser Typ. Selbst in dieser Situation. Immerhin ist das Betrug, nicht nur an Solaria, sondern auch an ihren unschuldigen Schülern.

„Kannst du das Sesamöl bitte noch sexuell energetisieren?", höre ich mich allen Ernstes fragen. Glaube ich jetzt neuerdings auch an so etwas? Oder ist mein schlechtes Gewissen spirituell geworden?

„Nein", erwidert Sam, „das kann nur Don Heiko. Und der kommt erst in zwei Tagen."

„Saaaaam!" Solaria wird allmählich ungeduldig.

Sam schraubt seelenruhig beide Flaschen zu und stellt die jetzt leere Sesamölflasche zurück auf die Fensterbank. Wieder ein sexy Zwinkern in meine Richtung. Mir wird ganz mulmig. Er hingegen löst seine Probleme auf so verdammt entspannte und irgendwie auch erotische Weise, dass ich es fast schon wieder ein wenig bereue, ihn vorhin von mir gestoßen zu haben. Obschon es ein denkbar schlechter Zeitpunkt für den Beginn unserer Beziehung gewesen wäre. Schließlich war Sam eigentlich damit beschäftigt, mir meinen Sicherheitszahn herauszuziehen, auf sanfte Weise und unter Zeitdruck.

Der schöne Klangschalenmeister wirft sich seinen Mantel über – so nonchalant wie jemand, der sich tatsächlich niemals um irgendetwas sorgen muss.

Darum beneide ich ihn ja: um seine Entspanntheit. Um seine dauerhaft gute Laune. Um seine nicht vorhandenen Ängste. Um seine Sorglosigkeit eben. Sam scheint überhaupt nichts zu jucken, auch wenn er sich gerade am Hinterkopf kratzt, was wiederum sehr sexy ist … *hach* …

Hoffnungslos verliebt sehe ich ihm hinterher, während er mit dem Fake-Wurzel-Öl aus dem Zimmer schreitet, über den wieder aufgestellten Zimmerbrunnen stolpert und es gleich darauf – ach du Sch… – so klirrt wie damals, als Vaters Bild zerbrach.

ELISABETH IM ESOLAND

Bei all dem Ying und Yang:
Wenn es in der Hölle heiß ist, ist es dann im Himmel kalt?

Dass Liebe blind macht, war die eine Sache. Dass sie auch blöd macht, konnte ich mit meinem unterschriebenen Mietvertrag sogar schriftlich belegen.

Binnen weniger Stunden hatte sich mein Leben komplett geändert. Und ich konnte davon ausgehen, dass mich noch weitaus mehr erwarten würde.

Entsprechend panisch griff ich nach dem roten Faden der Liebe, an dem mein unbrauchbarer Haustürschlüssel baumelte, und rannte unter den irritierten Blicken meiner spirituellen Mitbewohner durch die allzeit offene Haustür nach draußen.

Nur noch weg von hier. Für heute zumindest. Und wohin? Gute Frage. Erst einmal zu meinem Auto, vorbei an einem mahnend herabhängenden Plakat mit der Aufschrift „Achtsamkeit". Und tatsächlich, jetzt, um einiges achtsamer, sah ich drei, vier Pferde, die hier frei herumliefen. Wieso war mir das zuvor nicht aufgefallen? Richtig. Da hatte all meine Achtsamkeit der hüllenlosen Hofbesitzerin gegolten.

Meine Güte, waren das große Tiere. Nicht auszudenken, wie es sich anfühlte, wenn einem eines auf den Fuß trat – natürlich unachtsamerweise. Ich hatte bis dato null Erfahrung mit Pferden gesammelt, entsprechend groß war mein Respekt.

„Ihre Angst vor mir ist wesentlich größer als meine Angst vor ihnen", sagte ich zu mir selbst, während ich unsicher an ihnen vorbeiging.

Kaum dass ich endlich in meinem sicheren Auto saß, überkam mich Erleichterung, und in diesem Moment konnte ich endlich wieder klar denken: Wer bitteschön zwang mich denn dazu, in diese Eso-Tier-Anstalt einzuziehen? Ich lebte in einem freien Land, wo es sicherlich auch bei Mietverträgen ein vierzehntägiges Widerrufsrecht gab. Ich beschloss, die Sache wieder abzublasen, bevor sie überhaupt beginnen konnte. Obschon es ein Jammer war, wenn ich dabei an Sam dachte. Auf der anderen Seite: Vielleicht würde ich ja in der Nähe eine, sagen wir mal „normalere" WG finden, zum Beispiel eine Studenten-WG. Dort könnte ich wiederum ein normales Leben führen, und ab und zu, wenn meine Nerven stark genug wären, würde ich Egon in seinem spirituellen Zuhause besuchen kommen. Das wollte ich mir auf jeden Fall vornehmen, denn Egon war mir sehr sympathisch. Ja, und mit Sam würde ich es genauso machen. Falls dieser überhaupt regelmäßig vor Ort wäre. Grundlos zog er seine Obdachlosigkeit sicher auch nicht einer Solaria-Wohngemeinschaft vor. Solaria hingegen würde ich bei jedem Aufeinandertreffen einfach nur freundlich zunicken. Ich hatte jetzt schon erkannt, dass man sich bei ihr besser an die Zwei-Regeln-Regelung hielt (Regel Nummer eins: Solaria hat immer recht. Regel Nummer zwei: Hat Solaria einmal nicht recht, tritt automatisch Regel Nummer eins in Kraft.) Kaum an Solaria gedacht, bekam ich schon wieder Skrupel. Wie sollte ich ihr meine vorzeitige Wohnungskündigung bloß erklären? Tja, da musste ich jetzt durch. Am besten schnell und schmerzhaft. Also wagte ich mich erneut aus meinem schützenden Auto und huschte über den Hof zurück. Unachtsamerweise direkt in eine Gruppe Pferde.

Na toll!

Da stand ich nun, umgeben von Beinen, Beinen und Beinen, die mir einmal mehr verdeutlichten, wie klein ich mit meinen ein Meter fünfundsechzig doch war. Mir wurde ganz mulmig, denn: konnten Pferde nicht austreten … äh … ausschlagen oder so ähnlich?

„Du hast Angst, nicht wahr?", vernahm ich plötzlich Egons Stimme. Er hatte schon wieder den Nagel auf den Kopf getroffen.

Ich drehte mich vorsichtig um die eigene Achse und erspähte seine Froschfüße zwischen vier Pferdehufen.

„Angst? Ich?", fragte ich trotzdem so wenig ängstlich wie möglich.

Behutsam tippte Egon mit seinem Zeigefinger auf einen Pferdepopo, der daraufhin brav den Weg frei machte.

„Ich meine, Angst, hier einzuziehen“, entgegnete er, während er durch sanftes Antippen weitere Pferde zum Weggehen animierte.

Entweder konnte der Mann wirklich Gedanken lesen, oder ich war einfach zu leicht zu durchschauen.

„Kann sein“, sagte ich und schämte mich ein wenig.

„Aber das ist doch ganz normal“, entgegnete Egon, „Wir müssen ziemlich exotisch auf dich wirken.“

Wir müssen ziemlich ... wie bitte? Hatte er gerade „erotisch auf dich wirken“ gesagt?

Um mich herum schnaubten und stampften Pferde, und ich hoffte, mich nur verhört zu haben. Wenn überhaupt, wirkte einzig Sam erotisch auf mich. Obwohl? Nein, eher vertraut, mit einer Messerspitze mädchenhafter Schwärmereien wegen seines unglaublich guten Aussehens. Im Ernst: Der junge Brad Pitt war nichts gegen Sam. Egon hatte hingegen etwas Mütterliches an sich, Solaria – so nackt sie auch war – etwas Stiefmütterliches.

„Für mich war es auch nicht immer einfach, das kannst du mir glauben“, Egon griff nach meiner Hand und führte mich zu zwei Baumstümpfen, die neben einem großen Heuhaufen standen. Wir setzten uns, Egon zupfte ein wenig am Heu herum und erzählte mir schließlich, dass er schon immer auf Männer stand.

„Ach so!“, sagte ich, denn das erklärte natürlich einiges. Vor allen Dingen, warum eine dauerhaft entkleidete WG-Partnerin für ihn kein Problem war.

Dann jedoch ergänzte Egon, dass er seine Homosexualität nahezu drei Jahrzehnte für sich behalten musste.

„Wie bitte?“, das konnte ich kaum glauben. Vielleicht auch, weil er mir mit seinem auffallend anderen Äußeren umso freier erschien.

„Das war damals eine andere Zeit. Homosexualität war verpönt“, seufzte Egon. „Also fügte ich mich dem gesellschaftlichen Druck und schlüpfte in die Rolle von jemandem, der ich nicht war. Mich und meine Bedürfnisse sperrte ich lange Zeit in einen Käfig."

Ich schluckte bei dem Gedanken, dass Egon demnach die Hälfte seines Lebens wie eingesperrt verbracht hatte. Dass er nicht er selbst gewesen war, bloß, um es anderen recht zu machen. Eine Verschwendung wertvoller Lebenszeit, würde Mutter sagen, und da schluckte ich erneut.

Denn: Wie sahen meine bis dato gelebten drei Jahrzehnte eigentlich aus? Gut, mein Leben war zwar von Sicherheit und der Angst vor deren Verlust geprägt, aber deshalb war ich doch trotzdem frei gewesen, oder etwa nicht?

Zum Glück redete Egon in diesem Moment weiter und verhinderte dadurch, dass Zweifel in mir aufkeimen konnten. Er erzählte mir, dass er damals lange Jahre in einer angeblich toleranten Kommune gelebt hatte. Und dann, als er endlich den Mut gefunden hatte, seine Neigung preiszugeben, hatten seine Mitbewohner nicht nur nicht positiv auf sein Outing reagiert. Im Gegenteil, sie hatten es überhaupt nicht geduldet.

„Die Kommune befand sich aber nicht in Tuckenthal, oder?", rutschte es mir in Gedanken an den intoleranten Trottel auf dem Traktor heraus, dem allein schon wegen eines ortsfremden Nummernschildes der Kragen geplatzt war. Im selben Moment hätte ich mir am liebsten auf den Mund geschlagen. Schließlich ging es hier gerade um etwas ganz anderes.

„Doch, ganz hier in der Nähe", antwortete Egon bedacht.

„Irgendwann schlugen sie mir vor, Globuli gegen mein Geschlechtsproblem einzunehmen. Da wusste ich, dass es für mich an der Zeit war zu gehen."

„Wohin?", wollte ich wissen.

„Das wusste ich auch nicht. Ich hatte keine Ahnung, keinen Plan, was als Nächstes kommen würde. Ich ließ mich einfach von meinem Schicksal leiten."

Und so war es Solaria gewesen, die Egon schließlich bei sich aufgenommen hatte, als dieser kurz davor war, jegliche Hoffnung zu begraben. Bei ihr auf dem Achtsamkeitshof durfte er zum ersten Mal der Mensch sein, der er war und der er sein wollte. Endlich konnte sich Egon frei entfalten.

„Was ich dir damit sagen will“, wieder sah er mir ganz tief in die Augen, „urteile und handele nicht vorschnell. Manches mag jetzt noch verrückt auf dich wirken, aber das Schicksal hat uns nicht grundlos zusammengeführt.“

Wenn er den letzten Satz mit dem Schicksal weggelassen hätte, hätte ich ihm sofort recht gegeben.

Womöglich war das hier wirklich eine Chance. Eine Chance auf ein anderes Leben. Eines, das ich bisher nicht kannte.

Aber Schicksal? Versuchte ich nicht seit dem schrecklichen Tag in Olafs Wohnung, mich genau dagegen zu wappnen? Und hatte die metaphysische Veränderung meines Verlobten nicht dazu geführt, dass ich solchen Dingen wie Spiritualität, Schwingungen und zur Schau gestellten Schambereichen gegenüber misstrauisch, ja fast schon feindselig eingestellt war?

Ich konnte nicht anders, als widerwillig den Kopf zu schütteln. Egon neigte seinen zur Seite wie ein Hundewelpe, der nicht verstand, was Herrchen von ihm wollte.

Ich knickte ein. Dieser liebe Mensch hatte mir gerade seine Lebensgeschichte erzählt. Hatte mir offen und ehrlich seine wahren Gefühle und Probleme anvertraut. Also beschloss ich, dass auch er die Wahrheit verdient hatte und ich ihm ruhig von meinen tatsächlichen Bedenken erzählen konnte.

„Egon, ich denke, ich passe nicht zu diesem …“

… splitterfasernackten Miteinander.

„… spirituellen Miteinander.“

„Ja, du denkst das, aber eigentlich wäre hier *Fühlen* angebrachter …“

„Nein wirklich“, beharrte ich.

Bestimmt gab es Menschen, die nichts lieber taten, als den ganzen Tag entblößte Brüste und erleuchtete Buddhas zu bewundern. Kurz musste ich an Olafs Buddha-Bild denken, das so sang- und klanglos das Porträt seines Papas abgelöst hatte, und die geschlechtsteilmassierende Mutti, die mich … Stopp! Ich gehörte de facto nicht zu dieser Sorte Mensch.

„Lisa, es hat einen Grund, dass du hier gelandet bist."

Klar, der Grund hieß: Geiz ist geil. Offenbar sah Egon mir an, was ich gerade gedacht hatte, denn er fuhr eindringlich fort: „Der Grund hat nichts mit dem günstigen Mietpreis zu tun."

Dann musste ich wohl eine Frau mit Blößenwahn sein. Trotzdem wollte ich hier nicht einziehen.

„Nimm es mir nicht übel, aber ich finde, dass du etwas zu sehr mit dem Kopf lebst."

Ich hatte keine Ahnung, was er meinte, und sah ihn fragend an.

„Du denkst zu viel, Lisa."

Ich seufzte. Und dachte schon wieder: Die nächste Universität befand sich in München, vierzig Kilometer von Tuckenthal entfernt. Letzteres verfügte noch nicht einmal über einen Bahnanschluss. Die Idee mit der Studenten-WG musste ich daher schon im Vorfeld begraben. In der Folge war die Wahrscheinlichkeit, eine günstigere Wohnmöglichkeit als den Achtsamkeitshof zu finden, nahezu ausgeschlossen, das hatte mir ja bereits der Blick in die Zeitung verraten.

Die verrückten Fakten waren also wie folgt:

Wenn ich die Sicherheit eines festen Jobs in der Verwaltung wollte, musste ich mich damit abfinden, auf einem unsicheren esoterischen Achtsamkeitshof zu leben. Eine absolut paradoxe Situation.

„Solaria hat diese Kopfsache bereits hinter sich gebracht. Auch deshalb vermietet sie nicht wegen des Geldes. Ihr geht es einzig um die Bereicherung unseres spirituellen Miteinanders. Und wenn sie bereit ist, dir das Zimmer zu geben, dann ist sie sich sicher, dass du diese Bereicherung sein wirst."

Ich glaubte ihm das sogar, aber ich war mir sicher, dass freilaufende Vögel und Pferde, schwingende, klingende Schalen, spirituelles Spüren nebst blankem Busen und Po keine Bereicherung für mich waren.

Egon lächelte mich wohlwollend an.

Mit ihm hatte ich überhaupt kein Problem. Er schien ein sehr netter froschbefußter, Kurta tragender, grauhaariger Mann in Grün zu sein.

Auch Sam war nicht das Problem. Er entsprach – von seinem unorthodoxen Lebensentwurf einmal abgesehen – sogar ganz und gar meinem Geschmack.

Und Solaria ... gut, ich kannte sie erst wenige Stunden, doch in denen hatten sich neben ihrem Körper auch Bereiche ihres Charakters entblättert, die mir einfach zuwider waren. Schon zu Schulzeiten graute es mir vor den Bestimmertypen, die mich erst verunsicherten und dann herumscheuchten und denen ich wort- und wehrlos hatte Folge leisten müssen, bis dass der Schulabschluss uns schied.

Wie froh war ich damals, als dieser Gruppenzwang endlich ein Ende hatte und ich selbst entscheiden konnte, mit wem ich mich anfreundete und mit wem ich meine Zeit verbrachte. Auch das war ein Grund, warum ich nicht an das Schicksal glauben wollte. Meine Selbstbestimmtheit war mir wichtig.

„Vertraue doch mal auf dein Schicksal“, entgegnete Egon und fixierte mich mit seinem Blick.

In diesem Moment schepperte es gewaltig. Eine Klangschale war die Treppenstufen an der Eingangstür hinabgestürzt und entfaltete dabei ihr gesamtes Klangpotenzial. Sam stand am oberen Treppenabsatz, sah dem Treiben entspannt zu, und wenn ich es auf die Entfernung wirklich richtig verstand, sagte er tatsächlich: „Schicksal“.

„Schwachsinn ...“, murmelte ich in mich hinein.

Und Egon sprach: „Nimm dir Zeit und Ruhe, Solaria kennenzulernen. Sie hat so viele wunderbare Seiten, die für dich jetzt vielleicht noch verdeckt sind.“

Verdeckt? Von was denn bitte?

In dem Moment trat die Hofbesitzerin persönlich aus der stets offenen Haustür und rief meinen Namen über den Hof.

Als sie mich erblickte, eilte sie hastig die Stufen hinunter, direkt auf mich zu. Panik ergriff mich, und am liebsten wäre ich davongerannt. Ging aber nicht. Egon hielt meine Hand fest.

„Hier“, Solaria schnappte nach Luft und reichte mir das Hufeisen, „das hättest du fast vergessen ... dabei brauchst du es doch ... für die Rückfahrt.“

Ich war mir nicht ganz sicher, was sie mir damit sagen wollte, sie aber drückte mich wie selbstverständlich an ihre nackte Brust: „Glück ist nicht selbstverständlich. Schön, dass du bei uns einziehst."

Das hatte ich jetzt davon, dass ich doch noch einmal aus der kugeligen Sicherheit meines uralten Ford Ka ausgestiegen war, um ihnen allen persönlich zu sagen, dass ich einen Rückzieher machte. Hätte ich nicht einfach davonfahren und meinen Widerruf schriftlich absenden können?

„Du ziehst doch bei uns ein, oder?", fragte Solaria auch prompt und sah mir dabei streng ins Gesicht. Sie bekam es irgendwie hin, dass es nicht wirklich wie eine Frage klang.

Ich nickte verunsichert.

„Das wusste ich schon, als ich dich in der ‚Frohnatur' vor dem Schwarzen Brett stehen sah", freute sich Egon und streichelte mir beschwingt über den Kopf.

Jetzt kam auch noch Sam dazu und wiederholte Solarias Worte: „Schön, dass du hier einziehst."

Und während ein Teil von mir versuchte, sich mit meinem neuen Umstand zu arrangieren, schien ein anderer mich auszulachen.

Wenige Minuten später lief ich zu meinem Auto, griff nach dem Arbeitsvertrag und setzte meine Unterschrift darunter. Ein Blick auf die Uhr – es war fünf vor vier. In Windeseile fuhr ich zurück zum Gemeindehaus Tuckenthal. Ohne große Kommentare drückte ich der Rostigen das Papier in die Hand und wollte ihr gerade einen schönen Feierabend wünschen, als sie aus ihrer Schweigsamkeit erwachte: „Sieh an, Elisabeth, das hätte ich jetzt nicht erwartet."

Da konnte ich ihr nur beipflichten und antwortete ergeben: „Gegen das Schicksal ist man machtlos."

„An so etwas glaube ich nicht", hielt Rosi dagegen und ich schloss sie augenblicklich in mein Herz.

Bevor ich mich auf den langen Heimweg begab, fuhr ich noch einmal zum Achtsamkeitshof, um mich von meinen neuen spirituellen Bekanntschaften zu verabschieden. Vorerst. In ein paar Wochen würde ich nämlich hier einziehen. Hier leben. Hier …

„Spritz mir mal den Fleck vom Po!“, sagte die nackte Solaria zum schönen Sam und streckte ihm neben ihrem Hintern einen Schlauch entgegen, mit dem sie kurz zuvor noch ein Pferd geduscht hatte. Konnte ich mich wirklich an so etwas gewöhnen?

Ich öffnete gerade das Hoftor, als ein Traktor laut knatternd an mir vorbeifuhr und ich für einen Moment bekannte bayrische Urlaute vernahm. War das etwa der aufgebrachte Adonis, der muskulöse Miesepeter, der intolerante Trottel … von heute Mittag?

Ach Quatsch. Warum sollte es hier keine weiteren missgelaunten Landwirte geben? Und selbst wenn er es war, hatte er mich nicht gesehen, denn zum Glück dämmerte es bereits. Also: Alles gut.

Ich sah dem Traktor nach. Er fuhr die Straße hinunter und mein Blick fiel auf den weiter unten befindlichen Nachbarhof. Der war mir schon am Nachmittag aufgefallen. Dort, inmitten einer kleinen grünen Oase, stand ein ganz entzückendes Holzhäuschen. Nicht so eindrucksvoll wie der höher gelegene, herrschaftliche Achtsamkeitshof, in den ich bald schon einziehen würde. Und doch, trotz seiner geringen Größe, etwas ganz und gar Besonderes. Auch jetzt blickte ich beeindruckt ins Tal auf das kleine, zuckersüß verzierte Schmuckstück, das da so unschuldig und liebevoll in die Landschaft gebettet lag wie ein schlafendes Baby.

Bereits vorhin, als Egon das Hoftor öffnete, hatte es mich überkommen. Ich hatte nicht anders gekonnt, als mit meinem Handy ein Bild davon zu machen. Gleichzeitig entstand diese Vorstellung in meinem Kopf, die jetzt, hier in der Dämmerung, noch deutlicher wurde. Sollte ich jemals im Lotto gewinnen, würde ich dieses Häuslein erwerben und mein restliches Leben dort verbringen. Ganz sicher. Mein selbst angebautes Gemüse käme selbstverständlich aus dem putzigen kleinen Vorgarten, in dem es sogar eine Kräuterschnecke gäbe. Und wenn ich – alt und gebrechlich – nicht mehr in der Lage zum autarken Eigenanbau wäre, würde ich auf der hölzernen Terrasse den Blumen beim Blühen zusehen, in einem gemütlichen Schaukelstuhl, mit einer kuscheligen Decke über den Beinen.

Dass ich noch nie im Leben Lotto gespielt hatte und auch nicht vorhatte, zeitnah damit anzufangen, machte diesen urigen Traum leider utopisch.

Zudem bereitete mir die Realität schon genug Kopfzerbrechen. Während der fünfstündigen Fahrt in mein baldiges Ex-Zuhause wollte mir partout keine Lösung einfallen, wie ich DAS meiner Mutter erklären sollte. Und mit DAS meinte ich nicht die Wetterhenne oder Egons Froschfüße, freilaufende Fluchttiere, die mehr als eine halbe Tonne wogen, oder die nudistische Vermieterin. Sie würden auf Mutter völlig harmlos wirken, wenn sie von der allzeit offenen Haustür wüsste. Und natürlich von der Tatsache, dass ihre Tochter sich unsterblich in einen Landstreicher verliebt hatte. Einen Heimatlosen, der mit seinen scheppernden Schalen andere Frauen in Schwingungen versetzte und das auch noch als seine Berufung ansah.

Kurz bevor ich von der Autobahn abfuhr, kam mir plötzlich die zündende Idee.

Ich musste DAS Mutter doch gar nicht erzählen! Wer zwang mich denn dazu? Was sie nicht wusste, bescherte ihr auch keine …

Scheiße!

Fast wäre ich meinem Vordermann in den Kofferraum gefahren. Ich trat abrupt mit viel Kraft auf die Bremse und konnte gerade noch einen Unfall verhindern.

Um Himmels willen! Ich musste mich dringend auf meine Umgebung konzentrieren. Mein nunmehr aufmerksamer Blick in den rechten Rückspiegel streifte den Fußraum des Beifahrersitzes. Dort, auf dem Boden, lag das Hufeisen, das mir kurz vor meiner Abfahrt von der atemlosen Solaria in die Hand gedrückt worden war. Glück für den Rückweg, schoss es mir durch den Kopf.

Nein. Ich wollte noch immer nicht an solchen Humbug glauben, und dieses Hufeisen würde mich auch nicht dazu bringen.

Natürlich, mein Leben glich momentan einer Achterbahnfahrt und ich hatte keine Ahnung, wie es dazu hatte kommen können. Aber für manche Dinge gab es eben einfach keinen Grund. Ich würde mich jedenfalls auf keinen Fall von diesem Aberglauben infizieren lassen.

Wenig später parkte ich das Auto auf seinem angestammten Parkplatz und fuhr mit der S-Bahn nach Hause. Es war bereits so spät, dass ich mich nicht traute, Mutter noch mit einem Anruf zu belästigen. Zwar drang ein schwacher Lichtschein aus ihrer Wohnung, aber ich wollte trotzdem lieber bis morgen warten.

Das hatte natürlich noch einen zweiten Grund: Bevor ich mich den prüfenden Fragen und Blicken meiner Mutter stellte, musste ich mir eine gut durchdachte und wohl recherchierte Ersatzgeschichte zum Achtsamkeitshof überlegen.

Ich hatte bereits darüber nachgedacht, ihr zu erzählen, dass ich kostengünstig ein gut gesichertes Zimmer in einem erzkonservativen Kloster bekommen hätte, dessen barmherzige Schwestern mich gerne bei sich aufnahmen. Am besten, ich schmückte noch ein wenig aus. Eine dicke, die Klostergebäude umfassende Mauer und ein tiefer Wassergraben mit dazugehöriger Zugbrücke wären doch vielleicht nicht so schlecht. Die Brücke würde natürlich nachts hochgezogen und damit wäre meine neue Bleibe gänzlich geschützt und von der Außenwelt abgeschottet. Ich selbst würde mich ausschließlich an meiner neuen Arbeitsstelle und nach achtzehn Uhr innerhalb der Klostermauern aufhalten. Nach dem Desaster mit Olaf würde ich ohnehin allen Männern abschwören (ganz besonders den Obdachlosen), und so könnte sich Mutter in Frankfurt sorgenfrei entspannen, während sie ihre Sissi sicher in Bayern aufbewahrt wüsste.

Kaum dass ich den Computer hochgefahren hatte, um nach einem burgähnlichen Gebäude zu suchen, das ich ihr als Kloster verkaufen könnte, vernahm ich ein zartes, gedämpftes Klirren und es klingelte an meiner Tür.

„Mama, du musst doch nicht so spät …“

„Sissi! Wie war es? Erzähl mir alles“, unterbrach mich Mutter ohne einen Gruß und ohne auf mich einzugehen.

Irgendwie hatte ich das Gefühl, sie hätte die Menge an Schmuck etwas verringert, ihr Geklimper wirkte ein wenig dezenter.

Schweren Schrittes ging Mutter voran und ließ sich zielsicher auf mein Sofa fallen.

„Nun erzähl schon, mein Kind!"

Mir war klar, dass ich sie nicht dazu bringen konnte, dieses Gespräch auf den kommenden Tag zu verlegen, also erzählte ich.

Von dem erstklassigen ersten Eindruck Tuckenthals, von meinem vielversprechenden Vorstellungsgespräch und dem schwierigen Wohnungsmarkt. Natürlich druckste ich bei Letzterem ein wenig herum, speziell, als es darum ging, ob ich denn bereits eine „Feste Bleibe" in Aussicht hatte.

„Nun lass dir doch nicht jeden Satz aus der Nase ziehen, Sissi. Ich möchte alles wissen."

Und ich wollte nichts sagen.

„Da gibt es nicht viel zu sagen", log ich in der Folge. „Ich … ähm … ich ziehe in eine kleine Wohnung."

„Du hast schon eine Wohnung gefunden???"

Na prima. Nun war Mutter Feuer und Flamme.

„Ähm, also … ja …", stammelte ich und drehte mein Handy unsicher in meinen Händen. Dabei poppte das Bild des zuckersüßen Häuschens auf, das ich fotografiert hatte.

„Och, wie romantisch. Ist es das?", fragte Mutter.

„Äh … ja."

Gerührt sah sie mir in die Augen, während mir mein schlechtes Gewissen für diese Lüge einen Stich ins Herz versetzte. Ich musste schnell woanders hinsehen, um mich nicht zu verraten. Dabei fiel mein Blick auf das Hufeisen, das vor mir auf dem Tisch lag. Mutter folgte meinem Blick, griff nach dem Hufeisen und sprach:

„Mensch Sissi, da hast du ja eine richtige Glückssträhne … bekommst einen neuen, sicheren Beruf … ziehst von diesem Hochhaus in ein uriges, bayrisches Häusl … ach, da koch ich uns zur Feier des Tages doch mal etwas Feines."

Freudestrahlend legte sie mir das Hufeisen in den Schoß und eilte beschwingt in meine kleine Küche. Ich seufzte und warf den rostigen Pferdeschuh resigniert in eine Ecke.

„So ein Pech, es ist gar nichts zum Kochen da, Sissi!"

Mir war wegen meiner Schwindelei ohnehin schon ganz schlecht geworden.

„Ich habe auch gar keinen Hunger", sagte ich, um zumindest etwas Wahrheit in diesen verlogenen Wahnsinn zu bringen.

„Och, dann erzähl doch bitte noch ein bisschen von Bayern …"

Abermals nahm Mutter neben mir Platz und umklammerte erwartungsvoll ihr Collier.

Und ich erzählte aufs Neue: von der Alpenkulisse. Von den friedlichen Kühen. Von dem bayrischen Dialekt. Von dem kleinen Steinhaus, in dem sich die Gemeindeverwaltung befand. Ja, ich erwähnte sogar die „Frohnatur", natürlich ohne meine dortige esoterische Bekanntschaft.

„Ich bin so stolz auf dich, mein Kind!", rief Mutter voller Begeisterung. In diesem Fall wäre Eigenlob angebrachter gewesen. Schließlich hatte sie extra den aus ihrer Sicht waghalsigen Weg durch die Dunkelheit auf sich genommen, am späten Abend, um sich meine geschönten Tageserlebnisse anzuhören.

„Das hast du wirklich gut gemacht, Sissi." Ich hatte an diesem Tag wirklich nicht sehr viel „Gutes" geleistet. Im Gegenteil. Trotzdem lobte mich meine Mutter, als hätte ich soeben den Nobelpreis heimgeholt. Und nun war sie auch noch so gerührt von meinen Erzählungen und der wunderbaren Nachricht, dass ihre Tochter in Zukunft sicher und geborgen in einem gemütlichen Nest in Oberbayern leben würde, dass ihr die Tränen in die Augen stiegen. Fest schloss sie mich in ihre Arme. Auch mir kamen daraufhin die Tränen, nicht vor Rührung, sondern wegen schmerzhafter Gewissensbisse.

„Schön, dass du heute an solch einem tollen Ort warst", sagte Mutter und wusste doch gar nichts von diesem tollen Ort.

Dass ich sie anlog und ihr bewusst sehr wichtige Details verschwieg, war schlimm. Dabei – und das musste ich mir wirklich gedanklich einimpfen – war es nur zu ihrer eigenen Sicherheit.

„Ach Sissi, liebes Kind, so weine doch nicht. Weinst du etwa wegen mir? Bitte nicht. Ich komme schon zurecht. Solange ich weiß, dass es dir an nichts fehlt, geht es auch mir gut."

Unbewusst machte sie alles nur noch schlimmer. Ich wischte mir die Tränen aus dem Gesicht und versuchte mich abzulenken, indem ich an meine „sichere" Zukunft dachte. Die hatte ja auch einige Vorteile, von meinem Leben auf dem Achtsamkeitshof einmal abgesehen. Ich konnte zum Beispiel bergsteigen gehen. Vielleicht sogar mit Sam. Obwohl das wiederum nicht zu den sichersten Freizeitaktivitäten zählte. Ich konnte aber auch …

„Wann ist es denn so weit?", fragte Mutter, und da dankte ich ihr insgeheim, denn in meinem Kopf poppten gerade kleiderlose Reitstunden auf. Nein, niemals würde ich mich freiwillig und nackt auf ein Pferd setzen! Gut, auch Solaria hatte nicht völlig textilfrei auf dem Pferd gesessen. Zwischen ihren Schenkeln und dem Pferderücken hatte ein Waschlappen gelegen. So viel hatte ich sogar bei dem kurzen Blick erkennen können, den ich in dem Moment auf sie geworfen hatte.

„Ich habe zum ersten Juni unterschrieben", antwortete ich. „Also muss ich spätestens Ende Mai umziehen."

„Oh, schon in fünf Wochen."

Allerdings.

„Nun ja, ein Nachmieter für deine Wohnung wird kein Problem sein", seufzte Mutter.

Sie hatte recht. Es gab bereits Wartelisten, was mit an der atemberaubenden Aussicht unserer Wohnanlage lag. Wenn man das gegenüberliegende Hochhaus außer Acht ließ, konnte man die gesamte Frankfurter Skyline überblicken. Zudem war der Mietpreis äußerst moderat.

„Du hast schon das Richtige getan, mein Kind."

Gutmütig tätschelte sie mir die Schulter.

Wenn ich für überhaupt irgendetwas das Richtige getan hatte, dann für meinen Lebenslauf. Dort tauchte bis dato nämlich nur ein Krankenhaus auf.

„Elisabeth Hof ist omnipräsent, nicht ortsgebunden und eine durchaus flexible Arbeitnehmerin", würden zukünftige Arbeitgeber beim Anblick meines neuen Lebenslaufs wohl denken. Obwohl es die auch nicht brauchte, da ich meinen neuen Verwaltungsjob ohne Unterbrechung bis zur Rente würde ausüben dürfen. Bedeutete das im Umkehrschluss, dass ich aufgrund meines geringen Gehaltes ohne Unterbrechung bis zur Rente auf dem Achtsamkeitshof leben musste?

„Schau mal", sprach Mutter und fischte aus dem unendlichen Kettenmeer, das in sanften Wellen auf ihrem Dekolleté ruhte, ein kleines Medaillon. Es war mir bestens bekannt. Wenn man es öffnete, sah man in das nachdenkliche Gesicht meines Vaters. Behutsam öffnete Mutter das Medaillon und statt meines Vaters sah ich … mich, gehüllt in ein unmögliches Schulterpolster-Desaster und dermaßen schmerzverzerrt dreinblickend, als hätte jemand meine Füße in Brand gesteckt.

„Das war das einzige Foto, auf dem die Größe stimmte", entgegnete Mutter entschuldigend, während ich mich noch fragte, ob es überhaupt ein unvorteilhafteres Bild von mir gab. Nun gut, ich wollte nicht oberflächlich sein, denn hinter dieser Aktion steckte eine gewaltige Tiefe.

„Du hast Vati durch mich ersetzt?", fragte ich – mal wieder den Tränen nah.

„Nun, die Dinge ändern sich eben", sagte Mutter, und es klang wie ein Mantra, da sie es am Tage zuvor auch schon gesagt hatte.

„Weißt du, Sissi, mich hat es zeit meines Lebens in die Berge gezogen, aber …", sie machte eine dramatische Pause, „es hat sich einfach nie ergeben."

Weil ihr Erbe Mutter an ihre Frankfurter Wohnung band wie eine Fußfessel.

„Umso schöner, dass es zumindest dich jetzt dorthin verschlägt. Wie deine Namensvetterin verlässt auch du nun deine Heimat."

„Mama! Kaiserin Sissi hat ihre Heimat für die Krone verlassen. Kronen gibt es in Tuckenthal nicht. Nur Kühe", antwortete ich, denn auch an solche Zusammenhänge wollte ich nicht glauben und sah entsprechend kritisch in das Medaillon. Schmerzerfüllt blickte mein jüngeres Ich zurück.

Mutter klappte das Medaillon zu und ließ es zurück in ihr klimperndes Kettenmeer sinken. Da plötzlich kamen mir Sams Klangschalen in den Sinn, und ich freute mich auf ihn, auch wenn ich Mutter schon jetzt vermisste und zudem nicht wusste, wann Sam überhaupt wieder auf dem Achtsamkeitshof sein würde.

Anscheinend verriet mich das Grinsen, das sich mit den Gedanken an Sam auf meinem Gesicht ausbreitete. Mutter, deren Miene mehr einer schizophrenen Mischung aus Vorfreude und Verlustängsten entsprach, meinte:

„Deine Namensvetterin verließ ihre Heimat nicht nur wegen der Krone, sondern auch der Liebe wegen. Ihrer Liebe zum Kaiser."

Da verschluckte ich mich fast, denn Sam war so ziemlich das Gegenteil eines Kaisers.

„Ob Kaiser, Kühe oder Krone … ich habe ein gutes Gefühl!", beendete Mutter schließlich unser unangenehmes Trennungsgespräch. „Und egal, wie weit wir auch voneinander entfernt sind, ich bin immer für dich da. Auf mich kannst du dich immer verlassen."

Verlassen – ja, so fühlte ich mich dann fünf Wochen darauf, am Tag meines Einzugs. Ich hatte mir die günstigste Möbelspedition ausgesucht und musste nun feststellen, dass das ein Fehler gewesen war. Zwei Männer osteuropäischer Herkunft luden meine Möbel lediglich aus, was bedeutete, dass sie sie im Radius weniger Meter um ihren LKW herum abstellten, ohne dabei Rücksicht auf freilaufende Pferde oder freiliegende Pferdeäpfel zu nehmen.

Als sie damit fertig waren, sah es aus, als hätte das bayrische Haus ein paar schwedische Möbel ausgehustet. Es war offensichtlich, dass sie meinten, meinen Umzug damit „erledigt" zu haben. Meine Bitte, mir dabei behilflich zu sein, die Möbel noch die Treppe hinauf in mein Zimmer zu tragen, ignorierten sie. Als ich zu flehen begann, telefonierten sie schließlich mit ihrem Chef und heraus kam: „Kost extra, hundert pro Teil. Is okay? Du bar zahlen? In Voraus. Sonst wir weg."

Oje. Mein Geld war zwar knapp, aber das musste jetzt wohl sein. Leider hatte ich nicht genügend Bargeld, ich musste also noch einmal auf die Bank … Ehe ich mich versah, fuhren sie auch schon davon.

Ich hatte keine andere Wahl. Das, was ich aus eigenen Kräften tragen konnte, schleppte ich die Treppe hinauf, durch die offene Haustür in mein ebenso offenes Zimmer. Zum ersten Mal war ich wirklich froh, ein sehr spartanisch ausgestatteter Mensch zu sein. Ein paar Kleidersäcke, dann war ich auch schon fertig. Im zweifachen Sinne. Puh! Vollkommen außer Puste ließ ich den letzten Sack auf den Fußboden sinken.

Draußen auf dem Hof, zwischen unzähligen Pferden, waren nur noch mein Bett, mein Schrank und eine große Kommode verblieben. Von meinen Mitbewohnern hingegen fehlte jede Spur.

Hilflos lief ich durch mein neues Zuhause und suchte nach Solaria und Egon. Solaria war in ihrem Zimmer, doch ihre Tür war zu (wie war das noch mit ihrem offenen Haus und Herz?). Vielleicht wollte die Hofbesitzerin nicht gestört werden beim Singen, oder was auch immer sie da drin gerade veranstaltete. Das, was aus ihrem Zimmer drang, klang so, als ob sich der Pumuckl fürchterlich aufregte.

Ich stellte mich vor die Tür und rief ihren Namen, so laut ich nur konnte.

Darauf folgte keine weitere Reaktion als gesungenes Gekrächze. Also klopfte ich an die geschlossene Tür. Nichts tat sich. In meiner Not verabschiedete ich mich von meinem Anstand und meinen Ängsten, legte meine Hand auf den Türgriff … und … tja, die Tür war *abgeschlossen*.

Die Frage- und Ausrufezeichen in meinem Kopf tanzten noch Polka zu Solarias Pumuckel-Gejaule, da hörte ich eine Stimme hinter mir:

„Lisa …"

„Egon!"

„Herzlich willkommen. Was ist denn los?"

Ich schilderte ihm, was passiert war. Egon hörte sich alles an, begutachtete die Möbelausstellung im Hof und lief schließlich … davon? Klarer Fall, er konnte meine schweren Schränke nicht allein schleppen. Eigentlich wollte ich ihm so etwas überhaupt nicht zumuten. Dafür aber war es nun wohl zu spät.

Ich setzte mich auf die Treppe vor dem Haus und fragte mich, wann wohl Sam mal wieder hier auftauchen würde. Ein paar Minuten vergingen, dann kam Egon zurück. Mit einem Mann, der mir von Meter zu Meter bekannter vorkam.

Oh nein!

Der miesepetrige Muskelprotz. Der Stinkstiefel. Warum ausgerechnet er? Sollte ich mich ihm zu erkennen geben? Nach dem, was bei unserer letzten Begegnung passiert war, lieber nicht. Und wenn er wüsste, um wessen Möbel es sich handelte, würde er sicherlich lieber dagegenpinkeln, als sie die Treppe hinaufzuschleppen. Es gab nur eine Möglichkeit: Ich musste mich verstecken, für meine Möbel, für meine Sicherheit und für den Miesepeter, den ich nicht durch meine Anwesenheit schon wieder zum Ausrasten bringen wollte.

Aber wo?

Ich lief zurück ins Hausinnere und zielte schnurstracks aufs Badezimmer zu. Wenn an diesem Ort ein Zimmer abschließbar wäre (neben Solarias wohlgemerkt), dann ja wohl das WC. So war es auch. Allerdings war das Badezimmer bereits besetzt. Durch Wetterhenne Jörg.

„Puttputtputt", sagte ich, mich dem Huhn mit langsamen Schritten nähernd. Kaum hatte ich den Fuß über die Türschwelle gesetzt und hastig die Tür hinter mir geschlossen, begann Jörg, mit dem Schnabel auf meinen Schuh zu picken. Erst ganz locker, dann immer fester, immer härter und immer aggressiver. Aus dem Picken wurde ein Hacken. Und nach dem linken traf es auch den rechten Schuh. Das Huhn schien einen Kampfhahn in der Ahnenlinie zu haben. Oder Jörgs Geschlecht war nicht ganz klar (vielleicht doch ein verweiblichter Hahn, der jetzt plötzlich auf die Idee kam, sein Revier zu verteidigen?). Oder Jörg war krank. Vogelgrippe und Tollwut gleichzeitig. Wie auch immer, die Henne war auf hundertachtzig, hüpfte und hackte wie eine Verrückte.

Entsetzt rannte ich aus dem Bad, hörte Egons Stimme und eilte sofort in ein angrenzendes Zimmer, um bloß nicht auch noch ins Sichtfeld des Stinkstiefels zu geraten (wenn ein unscheinbarer Vogel schon auf mich einhackte, was würde dann erst der kräftige Grobian mit mir veranstalten?). In dem Raum stand nichts als ein ausladender Esstisch, vor den Fenstern hingen zwei bodenlange orangefarbene Vorhänge. Ohne groß nachzudenken, lief ich zu einem der Vorhänge und versteckte mich dahinter. Kaum dass der dicke Stoff wie eine Wand vor mir hing, vernahm ich männliche Stöhnlaute.

Sicherlich kamen sie vom Stinkstiefel, der sich gerade mit Egon kaputtschleppte und nicht einmal wusste, für wen. Zu allem Übel würde ich mich hinterher ebenso wenig bei ihm bedanken können. Nur weil ich so wahnsinnige Angst vor seiner unvorhersehbaren Reaktion hatte. Ich schämte mich, verharrte aber trotzdem hinter dem Vorhang wie ein vogelfreier Verbrecher.

Interessanterweise hatte Solarias Singen mit Zunahme des männlichen Stöhnens aufgehört. Auf meine Stimme hatte sie zwar nicht reagiert, aber gut, ich wollte mal nicht so sein, vor allen Dingen nicht am Tage meines Einzugs.

In diesem Moment ging die Tür zu meinem Versteck auf und ich hörte … Sam!?!?!?

Seit wann war der denn hier? Wieso hatte ich ihn noch nicht gesehen?

„Dummdi-dummdi-dumm“, sang Sam gut gelaunt und das Geräusch eines Reißverschlusses ertönte.

„Sammy“, flötete Solaria aus dem Flur, „ich bräuchte dann noch einmal deine Hilfe … wegen der Wetterhenne … könntest du …“

„Ja, später“, unterbrach Sam sie gut gelaunt und ich hörte, wie er sich dem Vorhang näherte.

„Lieber Gott, bitte lass ihn nicht meine Schuhe sehen, meinen Angstschweiß riechen oder mein Herz hören", betete ich in mich hinein.

Da plötzlich erklang ein:

Goooooonnnnnggggg …

Vor Schreck hätte ich fast geschrien, konnte mir aber noch im letzten Moment eine Hand auf den Mund schlagen.

Gooooooonnnnnggggg …

Sam schien voll und ganz mit seinen Klangschalen beschäftigt zu sein. Erleichtert atmete ich auf.

„Bevor ich's vergesse: Daaaanke, Sammy", singsangte Solaria ins Zimmer hinein, und mein Herzschlag beschleunigte sich aufs Neue.

„Jederzeit gerne", sagte Sam.

Schmatz! Schmatz! Schmatz!

„Drei Küsse müssen als Dank genügen. Wenn du mir nachher beim Tragen hilfst, werden es noch mal so viele", lachte Solaria und ich spürte, wie ich ein bisschen eifersüchtig wurde. Von wegen Bruder …

„Nicht nötig", sagte Sam, „das mach ich doch gern."

Das klang zum Glück dermaßen gleichgültig, dass sich meine Eifersucht wieder neutralisierte.

„Mit solcher Bescheidenheit kommst du vielleicht *woanders* durch", sprach Solaria mit kichernder Stimme. „Aber *woanders* zahlt man auch mit Geld, hier auf dem Achtsamkeitshof zahlt man mit Küssen. Basta."

„Und mit guten Energien", ergänzte Egon.

Ich war kurzzeitig etwas abgelenkt. Das mit den Küssen und den guten Energien als Zahlungsmittel musste ich mir unbedingt merken. Meinen Mietvertrag sollte ich dahingehend auch noch einmal überprüfen.

„Allein das macht unsere Gemeinschaft schon zu etwas Besonderem", lachte Solaria.

Egon und Sam lachten mit.

Waren jetzt etwa alle in diesem Zimmer? Wofür gab es ein großes Wohnzimmer?

Tja, früher oder später würden sie mich ohnehin finden. Zudem schien der Muskelmann nicht mehr da zu sein, denn von ihm hörte man keinen Mucks. Also machte es nur Sinn, schnellstmöglich und cool hinter meinem Vorhang hervorzutauchen. Allein schon, um nicht wie jemand rüberzukommen, der sich hinter einem Vorhang versteckte.

Gerade wollte ich heraushüpfen und „Ach, da seid ihr ja!" rufen, als der Ur-Laut des Muskelmannes erschallte. Ich zuckte in meinem Vorhang-Versteck zusammen. Wenn sie kamen, dann wohl doch alle.

Nun standen also doppelt so viele Menschen vor meinem Vorhang, wie es Bewohner auf diesem Hofe gab.

„Stellen wir doch den Schrank hier vor den Vorhang", sprach Egon, und es holperte und polterte verdächtig in meine Richtung. Nun lief es auch noch darauf hinaus, dass man mich zerquetschte.

Zu meiner Rettung sprang ausgerechnet Solaria ein: „Was soll denn der Schrank hier? Kann Lisa ihn nicht gebrauchen?"

„Ja, bitte, quetscht ihn noch in mein Zimmer", bettelte ich innerlich.

„Lisa hat ihre eigenen Möbel mitgebracht", antwortete Egon. „Ihr Zimmer ist zu klein für all das. Deshalb habe ich schon das Bett zu mir genommen."

„Ach so, na dann", sagte Solaria, „stellt ihn hier ab. Am besten dort. Lasst mich nur noch fix den Vorhang abnehmen."

Neeeeiiiinnnnnnn!!!

„So, bitte."

Zum Glück meinte sie den Vorhang links neben mir. Dorthin wechselte nun auch das Gepolter. Ich bedankte mich bei dem Hufeisen, das trotz nicht vorhandenen Aberglaubens seit geraumer Zeit einen festen Platz im Handschuhfach des Ka bekommen hatte, und verharrte weiterhin geräuschlos in meiner Position.

Allmählich wurde es leiser. Ja, es schien, als würde nur noch Egon im Raum sein.

„Dann schau ich mal nach Lisa", sagte er (ich musste ihn beizeiten auf seine Selbstgespräche ansprechen) und ich hörte leiser werdende Schritte. Stille. Meine Chance. Ich zählte noch die obligatorischen zehn Sekunden ab, dann trat ich aus meinem Versteck.

„Griaß di."

Vor mir stand der Muskelmann. Er sah sehr gut aus. Und er sah mich hinter einem Vorhang hervortreten.

Ich spürte, wie mir das Blut ins Gesicht schoss. Das war noch peinlicher, als mit Kuhkacke am Kleid ins Vorstellungsgespräch zu gehen. Apropos, der Stinkstiefel stank heute überhaupt nicht. Obwohl er das bei unserer letzten Begegnung wahrscheinlich auch nicht getan hatte. Heute, aus unmittelbarer Nähe, fiel mir auf, dass er den Duft frischer Kräuter verströmte.

Trotzdem. Spätestens jetzt musste mich dieser Typ doch für total behämmert halten. Auf der anderen Seite schien er mich nicht wiederzuerkennen, denn er rastete überhaupt nicht aus. Das sprach allerdings genauso wenig für mich.

„Hallo", entgegnete ich leise, als Egon sich just zu uns gesellte.

„Ach Lisa, wo kommst du denn auf einmal her?"

Der Muskelmann grinste amüsiert. Klar, er wusste, wo ich herkam, und ich erwartete, dass er irgendetwas wie „Kasperletheater" oder „Klapsmühle" von sich geben würde.

Tatsächlich sagte er: „Ka… ", endete allerdings schon bei der nächsten Silbe: „…al."

Kahl? Ja, dieses Zimmer war spärlich eingerichtet, trotz des neuen Schrankes. Der Zusammenhang zu mir oder meinem Versteck erschloss sich mir dennoch nicht.

„Stimmt", Egon sah beschämt zu mir. „Ich habe euch ja noch gar nicht miteinander bekannt gemacht. Lisa, Karl, Karl, Lisa."

Karl reichte mir seine kräftige Hand, ich spürte lediglich mein pulsierendes Blut, das meinem Gesicht wahrscheinlich schon die dezente Färbung eines Stoppschilds verliehen hatte.

„Es waren übrigens Lisas Möbel, die wir getragen haben. Sie zieht nämlich heute hier ein."

Karl schaute im Wechsel vom Kurta tragenden Egon, heute in einem anderen Grünton, zu mir und dem Vorhang, als wolle er sagen: „Die passt auch perfekt hierher." Ich nutzte die Sekunden, um mich eine erneute Runde wegzuschämen.

„Vielen Dank fürs Tragen", sagte ich anschließend zu Karl, so „normal" es mir möglich war. Karl lächelte mich an und meinte:

„Nix fia unguad. I hob di verwechselt, do boim Omt domols", oh, er kannte mich also doch noch. „Samma uns etz quitt mit deim Eizug heit?"

Ich nickte und bedankte mich aufs Neue, während Karl mich noch einmal anlächelte und sich dann an Egon wandte: „Brauchst mi no?"

Egon schüttelte den Kopf: „Nein, aber vielen Dank, Karl."

„Ja, vielen Dank, Karl", wiederholte ich.

„Bassd scho … ois guade und pfiad eich!", sagte Karl und hob die Hand.

„Pfiati, Karl", sagte Egon und hob ebenfalls seine Hand.

„Fürti, Karl", imitierte ich Egon mit erhobener Hand. Danach zu urteilen, wie belustigt Egon mich jetzt ansah, hatte ich es vermutlich falsch ausgesprochen.

„Ich hoffe, deine Möbel stehen an der richtigen Stelle", unterbrach er meine Gedanken. „Du warst leider unauffindbar."

Zum Glück, dachte ich mir und sagte: „Zu lieb von dir. Vielen Dank."

„Aber dass du dafür ausgerechnet den cholerischen Karl ins Haus holen musstest", schaltete sich da plötzlich Solaria ein. Immerhin war sie angezogen. Sie warf Egon und mir nacheinander einen mürrischen Blick zu, dann wandte sie sich an mich: „Nun ja, herzlich willkommen, Lisa."

Ich starrte wie hypnotisiert auf den Stoff in Arielle-die-Meerjungfrau-Farben, der Solarias Körper formvollendet bedeckte und mich stark an einen schillernden Seidenvorhang erinnerte. Wahrscheinlich starrte ich einen Moment zu lang, denn die Trägerin entgegnete: „Das ist ein echter Sari. Aus Indien. Wenn du magst, kann ich ihn dir gerne mal ausleihen."

Himmel, nein, jetzt bloß nicht wieder ausziehen, dachte ich und sagte: „Er steht dir ganz wunderbar. Wirklich wunderschön. Wie für dich gemacht."

Schlimm, wie ich schleimen musste, aber mir war Solaria einfach angezogen lieber. Viel lieber. Der Sari sah zudem wirklich wundervoll aus. Wie ein schillernder Wasserfall umschmeichelte er ihre schlanke Silhouette. Solaria, ohne Übertreibung eine sehr schöne Frau, sah darin aus wie ein gefeierter Filmstar auf dem roten Teppich (zumindest in Bollywood).

Was aber hatte sie gegen Karl?

„Warum ‚cholerischer' Karl?", fragte ich.

„Weil wir alle letzten Endes *nur* Menschen sind", entgegnete Egon seufzend, während Solaria daraufhin gestresst zum Fenster rannte, um es zu öffnen.

„Karl hat ganz schlechte Energien. Die liegen jetzt in jedem Raum. Tut mir leid, aber ich muss das sofort ausräuchern."

„Ein bisschen Toleranz täte es doch auch", schimpfte Egon schon fast, und ich sah Solaria fragend hinterher. Sie eilte von Zimmer zu Zimmer und hinterließ Geräusche von sich öffnenden Fenstern. Kurz darauf roch es nach verbranntem Kraut.

„Das ist Salbei", erklärte sie mir, während sie mit dem zusammengebundenen, angezündeten Büschel in kurbelnden Hand-Bewegungen von Raum zu Raum schritt.

„Und das … äh … hilft?", fragte ich verunsichert. Roch Karl nicht auch nach frischen Kräutern? Führten die hier etwa einen Kräuter-Krieg?

„Ja. Der Rauch vertreibt Karls negative Energien aus den Räumen und, das ist besonders wichtig, aus unserer Aura. Wir könnten sonst erheblichen Schaden nehmen."

Mit dem Brandgeruch stellten sich mir vielmehr die Nackenhaare auf, nicht nur, weil ich Nichtraucher war. Feuer vertrug sich einfach nicht mit meinem Sicherheitsdenken. Schon gar nicht in meinem Zuhause. Jede Form von Rauch würde ich eher als ungesund, denn reinigend oder gar positiv einstufen. Wenn überhaupt etwas, dann waren nur die geöffneten Fenster an dieser Situation positiv.

Aber gut, ich musste ja nicht alles verstehen. Und bei unserem ersten Treffen hatte Karl in der Tat schlechte Laune gehabt, auch wenn er mich bloß verwechselt hatte (mit wem eigentlich?). Resultierte diese schlechte Laune im Umkehrschluss also gar nicht aus einer verwechselten Lisa, sondern aus Karls schlechten Energien? Und wenn ja, waren diese schlechten Energien dann so schlimm, dass sie unsere Aura (was war das überhaupt?) angriffen und, um das zu verhindern, ein ganzes Haus abgefackelt … *Entschuldigung* … ausgeräuchert werden musste? Hatte Solaria nicht bei meiner Aura auch von „ein paar Themen“ gesprochen, damals, als ich mich hier vorgestellt hatte? Aber hatte sie nicht gleichzeitig gesagt, dass ihr meine Aura gefiel? Würde ich im Umkehrschluss bald schon auf dem Scheiterhaufen landen?

Große Güte, ich war gerade erst eingezogen und bereits restlos überfordert. Schließlich waren es nur Karl und Egon gewesen, die ihre Energien überhaupt eingesetzt hatten, indem sie meine Möbel trugen, während Solaria und Sam durch Abwesenheit geglänzt hatten. Was Sam übrigens auch jetzt wieder tat.

Ich beschloss, in mein Zimmer zu gehen, um das alles sacken zu lassen. Meine Gedanken waren immer dann am klarsten, wenn ich nebenbei einfache Tätigkeiten verrichtete. Früher war das während meiner Arbeit im Krankenhaus gewesen. Jetzt würde ich einfach meine Kleidung in den Schrank räumen.

Schon vom Flur aus sah ich, dass meine Tür offen stand und auch kein Schlüssel im Schlüsselloch steckte. Dafür fand ich den schönen Klangschalenmeister auf meinem Bett sitzend vor. Jeden anderen hätte ich in dieser Situation vertrieben, wenn auch nicht unbedingt mit abgekokeltem Grünzeug. Bei ihm ließ ich Nachsicht walten.

„Herzlich willkommen in Bayern, liebe Lisa. Ich dachte, ich begrüße dich mal in deinen neuen vier Wänden“, sagte Sam freundlich. Er fixierte mich mit seinen braunen Augen, und sein Blick verriet, dass es ihm nicht an Selbstbewusstsein mangelte. Anders als seinen Haaren, die sich nicht für eine Frisur entscheiden konnten und teils lockig, teils glatt, teils abstehend, teils hängend Sams Kopf bevölkerten wie eine hirtenlose Schafsherde. Diese Unstimmigkeit aber machte Sam nur noch schöner. Ich schenkte ihm mein herzallerliebstes Lächeln. Der Mann war aus Zucker – so süß, dass seine Obdachlosigkeit dahinter verblasste wie die Erinnerung an einen schlechten Traum. Auweia, das waren keine mädchenhaften Schwärmereien mehr. Nein, ich war wirklich verknallt.

Und Sam? Mochte er mich auch?

„Schön, dass du hier bist, kleine Frankfurterin."

Er stand auf und hauchte mir einen zärtlichen Kuss auf die Wange, und da konnte auch ich das Knistern zwischen uns spüren.

Gerade wollte ich etwas ebenso Schönes erwidern, als Solaria erst ihren holden Kopf ins Zimmer steckte und dann eine Holzkiste über die Schwelle schob.

„Kannst du mir jetzt bitte helfen, das Huhn auszuquartieren, Sam?"

„Ich helfe auch", sagte ich und griff nach einer Seite der verschlossenen Kiste. Gemeinsam trugen wir Jörgs Haus hinaus in die Dunkelheit.

Mit meinem Einzug zog das Huhn also in die Scheune. Vielleicht war das der Grund für seine Aggressivität mir gegenüber?

Solaria öffnete das gigantische Scheunentor und wir stellten die große Holzkiste in der Mitte der Scheune ab. Dort, wo sie herrlich mit Stroh und Heu ausgelegt war. Kinderfantasien von waghalsigen Sprüngen ins kuschelige Stroh wurden in mir geweckt, jedoch von meinen Ängsten sofort wieder zunichtegemacht. Wenn man sich nicht den Hals brach, piekste einen das Stroh sicher in die Haut. Ein Huhn allerdings konnte es wohl kaum gemütlicher treffen.

Solaria machte gerade Anstalten, die kleine Schiebetür der Holzkiste zu öffnen, als ich panisch zurücksprang.

„Lisa? Alles klar?", fragte sie.

„Das Huhn mag mich nicht", antwortete ich mit leichter Panik in der Stimme.

„Wie kommst du denn darauf?"

„Als ich eben im Bad war, hat es nach mir gepickt!", sagte ich und zeigte auf meine gebeutelten Turnschuhe.

„Ach, das ist doch ganz normal. Das machen Hühner, wenn sie nicht in der freien Natur sind."

Auf Menschen einhacken? Da konnte ich ja von Glück reden, dass das Huhn nun wieder zurück in die Natur entlassen wurde. Insofern man eine Scheune als so was bezeichnen wollte.

„Ihr werdet euch schon noch aneinander gewöhnen. Jörg hat eine ganz feine Energie. Und sie kann das Wetter vorhersagen", sagte Solaria und streichelte dabei über die Kiste.

„Wie macht sie das?", fragte ich und meinte damit vielmehr, trotz schlechter Laune eine feine Energie zu haben.

„Schau dir einfach Jörgs Aura an, dann weißt du, dass es morgen regnet."

Zum Glück klang das nicht wie ein Befehl, und so zog ich es vor, die Scheune zu verlassen und stattdessen die frische Abendluft zu genießen, bevor ich wieder ins Hausinnere ging und mit Sam meinen Einstand feierte. Auf meinem Bett sitzend, tranken wir Tee und sprachen über Frankfurt. Nun ja, ich sprach über Frankfurt und Sam hörte mir zu, denn für ihn lag dieser Lebensabschnitt zu weit zurück. Zwangsläufig fragte ich mich, ob Frankfurt bald auch für mich nur noch in weiter Ferne läge, nicht nur geografisch, sondern auch gedanklich. Nein, ich würde Mutter nicht vergessen, auch wenn mich jetzt und hier in Tuckenthal, mit Sam, ganz andere Gedanken beschäftigten. Dieser Mann gab mir in der neuen Umgebung einfach nur vertrauten Halt. Am liebsten hätte ich die ganze Nacht mit ihm verbracht. Natürlich auf rein platonische Weise. Vorerst zumindest.

Als in der Ferne von der Dorfkirche her die Mitternachtsglocken erklangen, mussten wir uns jedoch voneinander verabschieden.

„Zeit zum Schlafengehen!", rief Solaria durch das Haus, als wären wir bei der Bundeswehr, und Sam marschierte auch sogleich, ohne zu zögern, aus meinem Zimmer.

Ich sah ihm irritiert nach, wie er in den Raum mit dem orangefarbenen Vorhang ging. Wollte er etwa auf dem Esstisch nächtigen?

Ich konnte nicht anders, lief in das Zimmer und musste mit ansehen, wie Sam es sich auf dem harten Holzboden bequem machte. Das tat mir entsetzlich leid, und ich reagierte sofort:

„Egon hat doch jetzt zwei Betten in seinem Zimmer. Vielleicht kannst du bei ihm schlafen?“

Zwar waren Sam und Egon nicht die besten Freunde, aber das hier schien doch eine Notsituation zu sein.

„Nein“, lächelte Sam so anspruchs- wie obdachlos, „ist schon gut.“

Im Zimmer gegenüber stand die splitterfasernackte Solaria, erkannte meine Erschütterung und setzte dem Ganzen noch einen Klecks Egozentrik auf: „Für unsere Energien ist es besser, wenn jeder von uns in seinem eigenen Zimmer schläft.“

„Ja, aber wozu gibt es denn dann Ehebetten?“, fragte ich, um auf Solaria *und* Sam einzugehen.

„Wohl um die Scheidungsrate hoch zu halten“, Solaria kicherte kurz, bevor sie wieder ernst wurde. „Für die Aura ist ein eigenes Schlafzimmer unumgänglich. Körper, Seele und Geist erholen sich besser, wenn dein Energiefeld ungestört ist und nicht im Schlaf von einem anderen Energiefeld überdeckt wird. Deshalb schläft hier jeder in seinem eigenen Raum.“

„Aber Sam braucht doch wenigstens ein Bett!“, deutlicher konnte ich mich nun wirklich nicht ausdrücken.

„Nein, brauche ich nicht“, widersprach Sam zu meiner Verblüffung. „Ich schlafe immer auf dem Boden. Das, was ich brauche, ist ein harter Untergrund.“

Das klang nach Selbstgeißelung. Zum Glück hatte ich nicht einmal eine annähernde Vorstellung davon, wie und wo er sonst seine Nächte verbrachte. Armer, obdachloser Klangschalenmeister. Es tat mir im Herzen weh.

„Und das Sofa im Wohnzimmer?“, unternahm ich einen weiteren Versuch.

„Das Wohnzimmer ist kein Schlafzimmer“, antwortete Solaria. „Im Wohnzimmer halten wir uns nur am Tage auf.“

Das konnte doch nicht ihr Ernst sein.

„Und in diesem Esszimmer …“

„Das ist kein Esszimmer“, unterbrach mich Solaria. „Das ist ein Schlaf- und Behandlungszimmer. Wir wussten nur nicht, wohin mit Egons Esstisch.“

Ich wünschte, sie würde ihre Möbel-Toleranz auch auf Menschen übertragen. Tat sie aber nicht, wie ihre nachfolgende Anweisung noch einmal verdeutlichte: „Gute Nacht, Lisa!"

Sam nickte wie ein ergebener Soldat: „Gute Nacht."

„Gute Nacht", sagte ich und lief in Egons Zimmer. Er war nicht da. Also musste ich mich wohl oder übel fügen.

Traurig schlurfte ich ins Bad und von da in mein Zimmer, wo ich gefühlte fünf Minuten Unterlippe kauend auf meine mit kleinen Kerben versehenen Schuhe starrte. Selbst das Huhn hatte es in seiner Scheune gemütlicher als Sam in seinem Ess-Schlaf-Behandlungszimmer. Ich legte mich in mein Bett. An Schlaf war allerdings nicht zu denken. Noch immer schwirrten mir zu viele Sachen durch den Kopf. Sosehr ich die Dinge auch hin und her wälzte, irgendwie passte das alles nicht recht zusammen.

Ich meine, wozu stand die Haustür für alle Menschen offen, wenn Menschen mit schlechten Energien nicht willkommen waren? Weshalb schloss Solaria ihr Zimmer ab, während ich noch nicht einmal einen Zimmerschlüssel bekam? Warum verwandelte sie ihr Zuhause laut schimpfend in eine stinkende, neblige Räucherkammer wegen etwas Schlechtem, das man weder hören noch riechen noch sehen konnte? Wieso wurde ab Mitternacht jeder von uns isoliert, wenn es doch in der Hauptsache um eine gute Gemeinschaft ging? Warum „durfte" Sam es sich nicht gemütlich machen? Und warum um alles in der Welt hatte dieses Huhn meine Turnschuhe zerlöchert?

Wenn mir mein erster Abend auf dem Achtsamkeitshof etwas klargemacht hatte, dann, dass irgendetwas hier für meinen Geschmack verdammt schieflief.

Mit unguten Gedanken an den Mann, der mir den Kopf verdrehte und seinen auf Eichenholzparkett bettete, schlief ich erst sehr viel später ein.

Am nächsten Morgen sah ich Sam traurig nach, wie er zu Fuß mit seinem Rucksack die Straße entlanglief und bei jedem vorbeifahrenden Auto den Daumen ausstreckte. „Pass gut auf dich auf, schöner Klangschalenmeister", flüsterte ich leise in mich hinein.

Klarer Fall, es hatte mich total erwischt. Ernüchternd war dagegen der Wahrheitsgehalt von Jörgs angeblicher Vorhersage. Statt angesagten Regens, den Solaria aus der Hühner-Aura herausgelesen hatte, sah ich kein Wölkchen am Himmel. Noch ein Grund mehr, Abstand zu diesem esoterischen Hokuspokus zu halten.

„Zeit für die spirituelle Schule!", rief da auf einmal Solaria und warf ein paar Schautafeln vor meine Füße. „Wenn du schon hier wohnst, solltest du dich auch ein bisschen in der Szene auskennen." Tja, das versprach zumindest Ablenkung, an Verstehen wollte ich nach dem gestrigen Erlebnis nicht mehr glauben. Außerdem verspürte ich Solaria gegenüber noch immer eine große Unsicherheit, verbunden mit dem starken Bedürfnis, es ihr recht zu machen, denn nur so würde unser Miteinander auf Dauer funktionieren. Deswegen ging ich auch positiv auf ihre Aufforderung ein, obwohl ich natürlich überhaupt keine Lust auf ihre unlogischen Lehren hatte.

„Oh, das ist … aber lieb. Du nimmst dir jetzt extra die Zeit dafür? Wow. Danke! Das weiß ich wirklich zu schätzen", antwortete ich ihr.

Solaria strahlte wie die Sonne, und ich freute mich, auf diese Weise das Eis von gestern Abend wieder gebrochen zu haben.

„Aber das macht schon zwanzig Euro pro Stunde", fügte sie so plötzlich wie unerwartet hinzu, während sie die erste Schautafel auf die Fensterbank stellte.

Wie jetzt? War das ein Scherz?

„Klar", lachte ich, erkannte aber in ihrem Blick keinerlei Ironie.

Ich sollte also für etwas bezahlen, das ich überhaupt nicht benötigte? Wirklich und wahrhaftig? Waren das etwa versteckte Kosten und die Miete nur deshalb so niedrig? Wieso sprach sie überhaupt von Euro, wenn doch die interne Währung Küsse und gute Energien waren?

Ich musste das unbedingt aufklären.

„Ähm, kann ich in der Währung des Achtsamkeitshofes zahlen?"

Solaria sah mich fragend an.

„Mit guten Energien“, ergänzte ich und schenkte ihr meinen gütigsten Blick.

„Nein Lisa, ich befürchte, so weit bist du noch nicht.“

„Oder mit Küssen, so wie Sam?“

Mist, jetzt wusste sie, dass ich ihr gestriges Gespräch mitbekommen hatte.

Darauf aber ging Solaria zum Glück nicht ein. Stattdessen sagte sie nur: „Küsse sind ausschließlich Sam vorbehalten.“

„Wie bitte?“, hakte ich verdutzt nach.

„Sam hat sich vom Geldthema befreit, deshalb zahlt er mit Küssen.“

„Vom Geldthema befreit“ war ja eine nette Umschreibung für „abgebrannt“, dennoch verfügte auch ich über kein Budget für eine ungewollte Esoteriker-Ausbildung.

„Solaria, das ist leider zu viel Geld für mich“, sagte ich ehrlich. „Die Renovierung meiner Wohnung und der Umzug … “

„Das verstehe ich“, unterbrach sie mich. „Dann schreibe ich die Zeiten einfach auf und du zahlst in Raten. Oder später. Oder wir sehen, ob du das anderweitig ausgleichen kannst.“

Ich wartete noch auf ihr „Ist das in Ordnung für dich, Lisa?“, doch das folgte natürlich nicht. Ich hatte wohl kurzzeitig vergessen, dass ich es mit einer Bestimmerin zu tun hatte. Einer Bestimmerin, die ich auch noch bezahlen musste und die auch prompt auf die Uhr zeigte. Bevor es also noch teurer für mich wurde, ging es auch schon los.

Den Anfang machte die Aura.

Mir, die ich noch nie etwas von einer Aura gehört hatte, erschien das, was Solaria mir nun erklärte, ein wenig wie Anatomieunterricht. Allerdings gab es einen bedeutenden Unterschied: Organe konnte man wegen der darüber liegenden Haut nicht sehen. Die außen liegende Aura hingegen konnte „nur ich“ nicht sehen, und zwar deshalb, weil ich „noch nicht so weit war“.

So jedenfalls begründete es mir Solaria, als ich auch nach dem achten Versuch bloß ihre nackte Silhouette vor einer weißen Wand wahrnahm, anstelle eines bunt schillernden Energiefeldes. Konnte natürlich auch daran liegen, dass es mir nicht leichtfiel, einer entblößten Frau für zwanzig Euro die Stunde durch mein drittes Auge auf die Körpermitte zu starren, auch wenn mir nicht ganz klar war, wo dieses dritte Auge sein sollte. Ich traute mich auch nicht nachzufragen, denn das hätte unseren kostspieligen Unterricht nur unnötig verlängert. Stattdessen hoffte ich wirklich sehr, dass sich zu meiner Erlösung schleunigst eine Aura wie ein bunter Mantel um Solaria legen würde, und kam mir dabei vor wie das kleine Kind in dem Märchen *Des Kaisers neue Kleider*. Die Zeit verging, die Aura kam nicht. Also beschränkten wir uns auf die trockenen Fakten. Die Aura war ein Energiefeld, das sich um den optischen Körper legte. Anhand verschiedener Farben gab die Aura Auskunft über das Gemüt. So weit, so klar (oder unklar, denn ich konnte die Aura schließlich nicht sehen). Dann folgte die Erläuterung zu den verschiedenen Farben, von denen bei mir nur „Grau gleich Angst" und „Grün gleich guter Lehrer" hängen blieben, und ich sah in freudiger Erwartung Egons angekündigtem Unterricht entgegen, denn Egon hüllte sich ausschließlich in Grün.

Als Nächstes kamen die „Chakren" an die Reihe. Solaria erklärte mir jedes einzelne Chakra anhand ihrer Schautafeln. Nicht schwer, nicht unverständlich. Vielleicht, weil es in dieser Theorie nichts zu sehen gab, das ich nicht sehen konnte. Bestimmte Chakren waren einfach bestimmten Körperregionen zugeordnet, jedes hatte seine eigene Farbe und seine eigene Bezeichnung, und fertig.

Gut, der Sinn dahinter war, dass aufgrund von traumatischen Erlebnissen, Krankheiten oder Kränkungen ein Chakra blockiert sein konnte und sich dies wiederum durch bestimmte Verhaltensweisen oder körperliche Merkmale ausdrückte. In letzterem Bereich ging Solaria so richtig ins Detail, und das war für mich doch ein wenig zu detailliert („eine ausgetrocknete Vagina kann auf ein gestörtes Sakralchakra hinweisen"). Meine dezenten Hinweise, den Unterricht für heute vielleicht allmählich zu beenden, überhörte sie gekonnt. Das wiederum könnte auf ein blockiertes Herzchakra hinweisen, würde ich nach meinem neuesten Kenntnisstand sagen.

Erleichtert atmete ich auf, als Egon erschien und mich aus meinem kostspieligen Unterricht erlöste.

„So Lisa, ich erzähle dir jetzt mal etwas über die Triangulation, die Trigonometrie und über die Trinität."

„Was kostet das?", fragte ich vorsichtshalber.

„Natürlich nichts", lachte Egon und ich atmete erleichtert auf. Aber nur so lange, bis ich erkannte, dass Egon – so freundlich er auch war – von Dreiecken besessen zu sein schien.

„Die Triangulation ist die Landvermessung über Dreiecke. So wurden damals Besitztümer geklärt. Mit einer Methode so alt wie die Welt selbst. Toll, nicht wahr?"

Dieser Sache konnte ich nicht so viel abgewinnen. Überhaupt erinnerten mich Dreiecke doch mehr an Mathematik. Jenes Schulfach, das mir am wenigsten lag. Und siehe da, das war dann auch gleich unser nächstes Thema:

„Ich liebe ja rechtwinklige Dreiecke. Und ich sag immer, mit dem richtigen Sinus, dem richtigen Cosinus und dem richtigen Tangens kann gar nichts mehr schiefgehen. *Schiefgehen*, ha ha, kleiner Scherz! Lustig, oder?"

Während Egon von einem dreieckigen Thema zum nächsten kam, wurde er zunehmend beschwingter:

„Hast du schon einmal vom Dramadreieck gehört? Das ist ja mit eine der erquickendsten Dreiecks-Darstellungen. Pass auf, es gibt drei Rollen: die des Opfers, die des Täters und die des Retters. Wie schnell sie die Seiten wechseln, zeigt der Rollentausch. Aus Täter wird Opfer, aus Opfer wird Retter und so weiter. Dieser trinitäre Wechsel ist bemerkenswert … einfach nur bemerkenswert."

Ich war mir fast sicher, dass es hier weniger um Esoterik als um Egons Hobby ging. Und dass er es mit diesem Hobby ein wenig, nun ja, fanatisch nahm, zeigte sich schließlich in seinem dreifaltigen Denken:

„Falls du das noch nicht weißt: Trinität sind Vater, Sohn und Heiliger Geist als Symbol eines Dreiecks. Das Dreieck ist also göttlich. Puh, da werde ich immer ganz ehrfürchtig. Immerhin haben wir es hier mit einem ganz starken, tief bewegenden

Symbol zu tun, das uns wieder einmal zeigt, wie sehr doch alles miteinander verbunden ist. Vater ist Sohn ist Heiliger Geist ist Vater ist Sohn ist … ach einzigartig … wunderbar … dreieckig!“

Mir rauchte der Schädel. Als Egon gerade von der dritten Dreiecks-Dimension berichten wollte, kam Solaria und fragte, ob ich nicht eine Pause gebrauchen könne. Die brauchte ich in der Tat.

„Na, dann komm mit, ich stelle dir meine Pferde vor.“

So hatte ich mir eine Pause zwar nicht vorgestellt, auf der anderen Seite hatte ich aber auch nicht den Mumm zu widersprechen. Das Pferde-Vorstellungsprogramm alias Pause zog sich dann über mehrere Stunden. Nicht nur, weil Solaria vierzehn Pferde besaß, sondern weil sie mich mit jedem Einzelnen so ausführlich bekannt machte, dass ich nicht nur die Ahnenlinie bis zur Uroma zurückverfolgen konnte, sondern auch wusste, wer von ihnen während der letzten drei Jahre welchen Herdenrang besessen hatte und welche Krankheiten in den vergangen zwei Jahren Einzug in die Gruppe gehalten hatten. Wenigstens waren wir an der frischen Luft.

Ein spirituelles Grundprinzip auf dem Achtsamkeitshof waren Nehmen und Geben, die sich immer die Waage halten sollten. Am späten Nachmittag meines ersten Wohntages erwähnte Solaria kurz, dass ich mich ausschließlich auf der Nehmer-Seite befand. Okay, noch hatte ich nicht für ihren Unterricht bezahlt. Als es dämmerte, beschloss ich daher, in die Geber-Funktion zu wechseln und für Egon und Solaria zu kochen. Das verhieß nicht nur eine Stärkung und eine gute Gemeinschaftsgeste, sondern auch eine willkommene Pause vom Unterricht. Die Zutaten für mein Lieblingsgericht (und auch das Einzige, das ich kochen konnte) hatte ich aus Frankfurt mitgebracht. Nun schälte ich die vielen Kartoffeln, kochte die Linsen, zerhackte Kräuter und deckte parallel Egons schönen großen Esstisch. Kaum dass meine selbst gemachte Linsensuppe fertig war, suchte ich nach meinen Mitbewohnern.

Egon war nicht auffindbar, weder im Haus noch auf dem Hof. Solaria fand ich hingegen nackt in ihrem Zimmer vor.

„Ich habe uns ein Einstandsessen gekocht", sagte ich in bester Geberlaune.

„Nein danke, Lisa", antwortete Solaria freundlich, „heute gibt es bei mir nur Lichtnahrung."

„Und Linsen fallen nicht unter Lichtnahrung?", fragte ich ein wenig ratlos.

Solaria schüttelte den Kopf: „Ach Lisalein, Lichtnahrung ist reines Licht."

Sie zeigte auf das Fenster, das wiederum reinste Dunkelheit preisgab.

„Nicht mal einen kleinen Teller?", fragte ich ein wenig traurig und ärgerte mich insgeheim darüber, nicht vor meiner Kochaktion nachgefragt zu haben.

„Nein", sagte Solaria, und da stand ich mit meinem riesigen Linsentopf alleine da.

Kurz darauf, als der Linsentopf auf dem Balkon auf eine Aufwärmrunde wartete, setzte ich mich mit einem Block auf mein Bett und dachte angestrengt nach. Dann machte ich mir viele Notizen und bekam dabei ein wenig Internatsfeeling. Ich war zwar nie auf einem Internat gewesen, aber so viel Unterricht gab es bestimmt nur dort. Natürlich war ein Internat auch kostenpflichtig. Ebenso gab es strikte Schlafenszeiten. Und Essenszeiten. Ja, und getrennte Betten (in Sams Fall: Böden). Auf jeden Fall hatte ich mir unter einem spirituellen Miteinander etwas ganz anderes vorgestellt.

„Man lernt nie aus", erklärte mir Egon beim Frühstück am nächsten Morgen. „Unser Leben ist dafür gemacht, dass wir lernen. Nicht nur von anderen Menschen, durch Bücher oder Filme. Sondern auch aus unseren eigenen Fehlern. Aus unseren Gefühlen. Aus unseren tiefsten, inneren Bedürfnissen. Wir *müssen* lernen. Für unsere Seele. Denn sie ist es, die wissen will – die endlich verstehen will. Nur so kann sie heilen."

Egon war ein großartiger Philosoph. Mein Problem war, dass ich in Momenten, in denen ich wirklich versuchte, ihm konzentriert zuzuhören, immer wieder vom Thema abkam und über ganz andere Dinge nachgrübelte. So auch jetzt, als mir auf seine Lebenslernrede bloß die angedrohte Umschulung der Arbeitsagentur einfiel und ich mich zwangsweise fragte, ob ich am Ende mit dem Achtsamkeitshof nicht das größere Übel gewählt hatte. Mit fast dreißig noch einmal die Schulbank drücken? So wie es schien, tat Egon das mit sechsundsechzig noch. Ich bewunderte ihn für seine Flexibilität.

Gleichzeitig war an meinem neuen Schulbank-Status nicht wirklich zu rütteln. Durch diese spirituelle Schule musste ich wohl gehen. Immerhin gab es neben Sam noch einen Lichtblick am Ende des erleuchteten Lerntunnels: Bis zu meinem ersten Arbeitstag waren es nur noch drei Tage. Sobald ich arbeiten würde, hätte ich bestimmt keine Zeit mehr für überteuerten übersinnlichen Unterricht. Zumindest aber eine gute Ausrede.

Ohren zu und durch, sagte ich mir bis dahin also insgeheim, während Solaria mich in die kostspieligen Geheimnisse des Räucherns und der Radiästhesie, in Reiki und in rituelle Aufrichtungen einweihte oder Egon mir die Zusammenhänge von Geometrie und Esoterik näherzubringen versuchte.

Tatsächlich schienen sich meine beiden Mitbewohner fast einen Wettkampf zu liefern, wer von ihnen mir welche Spiritualitäten vermitteln durfte.

Und dann hatte Solaria auch noch die Idee, mich an sämtlichen Seminaren und Sitzungen, Sprechstunden und sonstigen Veranstaltungen teilnehmen zu lassen. Dafür musste ich zwar nichts zahlen, ich lehnte aber dennoch dankend ab. Das wiederum klang einfacher, als es tatsächlich war. All meinen nicht vorhandenen Mut zusammennehmend, sagte ich: „Tut mir leid, aber das wird jetzt langsam ein bisschen viel für mich."

Und Solaria entgegnete daraufhin:

„Dass wir da nicht schon früher drauf gekommen sind. Von unseren Veranstaltungen profitierst du natürlich am meisten."

„Eine ausgezeichnete Idee", ergänzte auch Egon. „Lisa, so spüre doch mal in Ruhe hin."

Ich spürte gar nichts, dafür fügte ich mich aufs Neue und nahm an Egons rituellem Redekreis teil, bei dem in der Hauptsache Frauen anwesend waren und das lernten, was sie seit Kleinkindalter verlernt hatten: Zuhören. Und – um Egons Worte zu benutzen – aus dem „Herzraum“ zu sprechen. Wir saßen mit fünf Personen unterschiedlichster Altersstufen zusammen. Eine Siebzigjährige war dabei. Und eine Mutter mit Kleinkind, das während der gesamten Dauer selig in ihren Armen schlummerte. Der Raum war in gemütliches Kerzenlicht getaucht, und wenn ich mich recht entsinne, hatte Solaria vorher extra noch alles ausgeräuchert. Seit meinem Einzug tat sie das übrigens täglich mit einer Inbrunst, die meine Mutter beim Desinfizieren auch an den Tag legte, und ich hoffte sehr, dass der Grund dafür nicht meine schlechten Energien waren.

In der Mitte des Kreises lagen einzelne absonderliche Utensilien wie etwa ein dicker Ast, eine Feder, eine schwere Glaskugel und die Skulptur einer dicken nackten Frau. Wer mit seiner Rede an der Reihe war, griff zuerst nach einem dieser Gegenstände, nicht wahllos, sondern ausschließlich den Gegenstand, von dem man sich „angesprochen“ fühlte (wie bitte?). Dieses Stück Material fest umklammernd, sprach man dann einfach aus dem Moment heraus. Und zwar „das, was in einem auftauchte“, um wieder Egons Worte zu nehmen. War er oder sie fertig, legte er den Gegenstand zurück, alle sagten „Hau“ und dann kam der nächste an die Reihe. Keine Wertung, keine Uneinigkeiten und schon gar keine Diskussionen. Nur ein „Hau“ und es ging weiter, und zwar im Uhrzeigersinn. Manche Teilnehmer sprachen mehr, manche weniger, und manche nahmen nur die dicke Frau in die Hand, sagten „Hau“ und legten sie wieder ab. Auch gut.

So verrückt es klingt: Ich fand den rituellen Redekreis irgendwie interessant.

Bei meinem zweiten Redekreis sprach Egon das Thema „Achtsamkeit“ an, und ich lernte die tiefere Bedeutung dieses Wortes kennen, das ich bis dahin für ein Synonym von „Vorsicht“ gehalten hatte. Achtsamkeit bedeutete in Wahrheit so viel mehr, nämlich: „… das Leben intensiv und bewusst zu leben. Ich bin heute Morgen seit Langem mal wieder achtsam spazieren gegangen“, sprach Egon. „Wie jeden Tag plätscherte der Bach zu meiner Rechten und das frisch gemähte Gras lag zu meiner Linken. Heute aber verabschiedete ich meine alltäglichen Gedanken aus meinem Kopf und nahm bewusst nur die Dinge um mich herum wahr, die in diesem Moment da waren. Ganz ohne Emotion, ganz ohne Wertung. Ich spürte den Fluss des Baches, dessen Wasser niemals das Gleiche ist, der uns den Fluss der Bewegung, des Vorankommens zeigt. Daneben auf dem Hügel lag das Gras, abgeschnitten, vielleicht schon tot, würden manche sagen, und doch so lebendig im Duft, dass es eine wahre Wonne war, hindurchzuschreiten. Ja, es erfüllte mich regelrecht mit Leben, während ich das Zirpen der Grillen und das Singen der Vögel um mich herum wahrnahm. Die lebendige Natur ging in mich über. Ich war Teil von ihr. Und ich war dankbar für diesen Moment der Achtsamkeit."

Ich verstand und zerschmolz zugleich. Später wunderte ich mich darüber, überhaupt nicht gedanklich abgedriftet zu sein. Anscheinend tat mir diese Form der Kommunikation sehr gut. In der Folge bat ich Egon, mich künftig bei jedem seiner Redekreise mit einzuplanen.

„Morgen überschneidet sich Egons Redekreis aber mit meiner Engelsprechstunde", sagte Solaria und ich freute mich, einen Grund zu haben, ihrer Engelsprechstunde nicht beiwohnen zu müssen. An Engel glaubte ich nämlich noch weniger als an Aliens.

Keine Chance.

„Spüre doch erst einmal hin", hielt Egon wieder dagegen, und bevor ich das überhaupt machen konnte, meinte er: „Gehe hin und lerne." Und ich ging hin und siehe da: Solarias Engelsprechstunde war das Bekloppteste, was ich bis dahin erlernen *und* erleben durfte.

Da saß ich nun mit zwei Frauen auf dem Holzfußboden, Mavati und Amithra (wie Solaria, und in gewisser Weise auch ich, hatten sie ihre richtigen Namen verdrängt), während die nackte Solaria uns gegenüber auf einem roten Sessel thronte, die Augen schloss und Unverständliches in mystischer Flüstersprache in sich hinein murmelte.

„Nun spürt in euer Innerstes hinein und stellt mir die Fragen, die euch nur die Engel beantworten können“, bat sie uns. „Ich werde euch ihre Antworten mitteilen.“

Ein übersinnliches Messageboard also. Warum auch nicht? Ich wollte keinesfalls zu negativ an die Sache herangehen, denn vielleicht gab es auch hier lehrreiche, tiefgehende, poetische Antworten, die mein Leben bereicherten.

Mavati fragte: „Werde ich eine Beziehung mit meinem Traummann haben? Noch in diesem Jahr? Und ist er blond?“

„Na na na, das sind ja gleich drei Fragen auf einmal!“, rügte Solaria, und das erinnerte mich doch sehr an die Überraschungs-Ei-Werbung aus den Neunzigern. Meine Hoffnung war dahin. Zum Glück nicht die meiner Sitznachbarin.

„Werde ich meinen blonden Traummann noch in diesem Jahr finden?“, fragte Mavati noch einmal, und ich verkniff mir ein Lachen.

Solaria atmete einmal tief ein und wieder aus, dann senkte und hob sie fortlaufend ihren Kopf, bis sie schließlich antwortete: „Ihr seid euch schon einmal begegnet.“

Das war zwar nicht die Antwort auf Mavatis Frage, die aber schrie trotzdem: „Ja! Dann ist es Jens! Liebt er mich auch?“

„Das Universum führt zusammen, was zusammengehört.“

Mavati kreischte wie ein kleines Mädchen und umarmte mich überschwänglich. Das war irgendwie süß. Bis auf diese Tatsache konnte ich der Sprechstunde trotzdem nichts abgewinnen.

Amithra war zum Glück weniger leicht zufriedenzustellen als Mavati:

„Ich übe einen sehr unbefriedigenden Beruf aus. Ja, ich bin wirklich sehr unglücklich mit meiner Arbeit. Und das schon seit Jahren. Werde ich in diesem Jahr endlich einen besseren Job finden?“

Atmen, Kopfsenken, dann antwortete Solaria: „Wenn du innerlich bereit bist, wird das richtige Zeichen dich an dein wahres Ziel führen.“

„Wie jetzt?“, entgegnete auch Amithra, und Solaria atmete und kopfsenkte aufs Neue, bis noch Folgendes aus ihrem Munde kam: „Folge deiner Bestimmung und dein Beruf weicht deiner

Berufung." Also wirklich, das klang mehr nach Abreißkalender-Weisheit als nach einer Antwort aus dem Himmel. Obwohl ich zugegebenerweise keinerlei Erfahrung mit den Antworten heiliger Engel hatte, bis auf die Informationen, die die Bibel preisgab (und ich finde, bei Marias Empfängnis drückte sich der Erzengel deutlicher aus). Würden Engel wirklich so unklar antworten, dann könnten sie es sich auch gleich sparen.

„In diesem Jahr?", fragte Amithra.

„In diesem Leben", antwortete Solaria.

Oha, da hatte sie sich aber ganz schön weit aus dem Fenster gelehnt, dachte ich noch, als Solaria ergänzte: „Aber nur, wenn du den Mantel der Vergangenheit abstreifst und auf die Kraft der Engel vertraust."

Genervt sah ich aus dem Fenster und ... erblickte mein Traumhaus. Es lag da unten im Tal wie eine Trophäe.

„Werde ich in diesem Jahr im Lotto gewinnen und mir mein Traumhaus kaufen können?", hörte ich mich selbst fragen.

Oha, das war jetzt aber frech. Welcher Teufel hatte mich denn da geritten?

Solaria öffnete kurz ein Auge, und das reichte schon, um mir zu zeigen, dass sie meinen Scherz nicht lustig fand.

„Wer nicht aus seinen Träumen erwachen will, der kann sie auch nicht realisieren", antwortete sie barsch, und ich war mir fast sicher, dass diese Antwort nicht vom heiligen Himmel, vermutlich aber aus Solarias blockiertem Herzen kam.

Ab diesem Moment hüllte ich mich in Schweigen, während Solaria die zwei weiteren Teilnehmer im Namen der Engel mit unklaren Angaben und Aufforderungen zuschüttete.

Nach der Engelsprechstunde nahm mich Solaria zur Seite und sagte: „Du bist anscheinend noch nicht so weit."

Ja, diesen Satz hörte ich oft.

Egons Krafttierabend war leider auch nicht nach meinem Geschmack. Ich nahm nur ein einziges Mal teil. Vielleicht, weil es ein wenig zu viel des Poetischen war. Vielleicht aber auch, weil ich an diesem Abend erkannte, dass meine Mutter mein Krafttier war und ich sie sehr vermisste.

Ein wenig verloren saß ich inmitten eines Pulks von Menschen, die mittelalterliche Hemden und Federn im Haar trugen, und hörte mir Dinge an wie „Das Gürteltier als Krafttier hilft uns, unsere Grenzen kennenzulernen“ oder „Dein Krafttier ist das Stachelschwein, denn es weist dich auf Verletzungen hin“.

Egon fand, dass die Schlange mein persönliches Krafttier sei, da sie mich zeit meines Lebens bewachte und beschützte. Sinngemäß stellte ich sofort den Bezug zu meiner Mutter her. Die saß jetzt tochterseelenallein in ihrem Frankfurter Plattenbau wie eine eingepferchte Schlange im Terrarium. Ich bekam ein schlechtes Gewissen, fühlte mich schon allein aus Sympathiegründen schrecklich einsam und hielt mich im Fortlauf des Krafttierabends äußerst bedeckt. Egon meinte anschließend nur, dass ich vielleicht noch nicht so weit sei.

„Vielleicht solltest du erst einmal eine ‚schamanische Reise‘ machen, Lisa?“

Eine Reise? Vielleicht ein Wochenendtrip in die Berge? Kaum, dass ich mich über seinen Vorschlag freute, erfuhr ich, dass die schamanische Reise auf dem Achtsamkeitshof stattfand. Immerhin in Anwesenheit eines echten Schamanen.

Eines *echten* Schamanen? Wow, dachte ich und stellte mir einen urigen Indianer vor, der extra aus den Staaten oder dem Urwald Südamerikas anreisen würde.

„Wo genau kommt dieser Schamane denn her?“, fragte ich.

Die Antwort lautete nicht etwa Peru oder Texas, sondern – tadaaaaa – Thüringen.

Trotz dieser Tatsache war ich noch immer auf den *echten* Schamanen gespannt, aber nur so lange, bis ich erfuhr, dass er „Don Heiko“ hieß.

„Don Heiko beehrt uns im August. Er ist wirklich eine Koryphäe auf seinem Gebiet“, sagte Solaria. Egon nickte und ich fragte mich zynisch, ob dieses *Gebiet* Krafttiere wie Mäuse, Maulwürfe und Meisen abdeckte.

„Für das Mondfest hat Don Heiko schon zugesagt. Was für ein Segen!“, sagte Egon.

Was für ein Mondfest, fragte ich mich.

„Für das Feuerfest im Juli konnten wir ihn leider nicht gewinnen. Don Heiko ist bei unseren Schülern so beliebt, dass ich Wartelisten erstellen muss. Die Nachfrage nach seinen Kräften ist einfach zu groß."

Da fragte man sich doch zwangsläufig, um welche Kräfte es sich handelte, aber auch das sollte ich noch früh genug erfahren.

Während ich auf dem Achtsamkeitshof zunehmend in das spirituelle Leben eingewiesen wurde und sich das auch mit Antritt meiner Arbeitsstelle nicht änderte („Ach Lisa, die ‚Sieben-Säulen-der-fruchtbaren-Samen' gehen doch erst gegen siebzehn Uhr los, das schaffst du doch locker."), war mein Arbeitsleben schon mit Beginn des ersten Tages wie ein Abziehbild meiner vorherigen Tätigkeit im Krankenhaus. Stupide und frei von Kreativität und Spaß. Ich bearbeitete diverse Meldungen (Um-, Ab-, Anmeldungen – alles war dabei), Genehmigungen und noch ein paar Kleinigkeiten, in die ich mich dank der rostfarbenen Rosi schnell eingearbeitet hatte. Entgegen meiner primären Einschätzung war sie wirklich nett. Gut, sie sprach eigentlich nicht besonders viel, aber das, was sie sagte, ergab mehr Sinn als … lassen wir das.

Nur so viel: Mein Leben auf dem Achtsamkeitshof war das Gegenteil meines Arbeitslebens. Bei der Verständigung scheiterte ich jedoch bei beiden, wenn auch auf unterschiedliche Art und Weise.

Rosi war die einzige Kollegin im Amt, die Hochdeutsch sprach, und das kam mir zu Beginn doch sehr entgegen. Außerdem blieb ich optimistisch: Irgendwo hatte ich einmal gehört, dass man eine fremde Sprache am besten live vor Ort erlernt. Da war etwas dran, insofern man mit genügend Lerneifer und einem Dolmetscher ausgestattet war. Ich gab mir Mühe, griff zum Block und kritzelte sämtliche Vokabeln nieder, die mir Rosi zähneknirschend übersetzte:

„Griaß di" = Hallo

„Pfiati" = Tschüss (Du)

„Pfiad eana" = Tschüss (Sie)

„Drobfbiadadschn“ = heruntergekommene Person
„Schlauschädl“ = Besserwisser
„Schmoassfliagn“ = Schmarotzer, Abstauber *und* Schmeißfliege

Sonst tat ich das, was ich schon mein ganzes Leben lang getan hatte: Ich passte mich an die Gegebenheiten an wie ein Chamäleon, von dem ich verrückterweise auch in meiner ersten bayrischen Woche träumte. Es saß friedlich neben mir und schaute mich an.

Als ich aufwachte, saß niemand neben mir. Dazu diese ungewöhnliche nächtliche Stille. Für mich als waschechter Städter war es viel zu ruhig. An Einschlafen war in der Folge nicht mehr zu denken. Durch mein Fenster sah ich in die sternenklare Nacht auf die idyllische Landschaft, die vom Mond in ein kühles Licht getaucht wurde, und beschloss, kurz vor die Haustür zu gehen und die frische Luft zu inhalieren. Ich öffnete die Haustür, die natürlich nur angelehnt war, und trat ans Geländer. Andächtig atmete ich die kühle Luft und fixierte den Sternenhimmel, als ich plötzlich einen kurzen Schmerz an meinem Fuß spürte. Ein Blick nach unten zeigte mir, dass da Wetterhenne Jörg stand und mich zuckenden Kopfes anglotzte. Dieses verdammte Huhn! Schnell flüchtete ich zurück ins Haus, schlich leise an Solarias Zimmertür vorbei ins Wohnzimmer und stolperte dort über Egons Krafttierbuch. Da es sich nun wirklich anbot, beschloss ich, einen kurzen Blick auf „Chamäleon als Traum- oder Krafttier“ zu werfen. Mir fiel die Kinnlade herunter, denn dort stand schwarz auf weiß:

Ein Chamäleon im Traum kann darauf hindeuten, dass du Menschen für Freunde hältst, die keine sind. Diese Menschen, die dich in Notsituationen im Stich lassen, zeigen dir aber nur, dass du dich am besten auf dich selbst verlässt und deine Krise allein meisterst.

Gut, dass es keine (offensichtliche) Krise gab. Aber wer von meinen (neuen) Freunden war der Verräter? Wahrscheinlich Jörg.

Obwohl Jörg ja eigentlich nicht wirklich zu meinen Freunden gezählt werden konnte. Trotzdem durchsuchte ich das Inhaltsverzeichnis und stellte fest: Ein Huhn war nicht einmal gelistet. Als nächsten Verwandten fand ich nur eine Gans, und die stand für Treue und Zuverlässigkeit (immerhin: meinen Füßen blieb Jörg treu).

Während ich wie verrückt blätterte, fiel es mir plötzlich wie Schuppen von den Augen: Oh mein Gott, was tat ich da? Hielt ich allen Ernstes Ausschau nach Krafttieren und glaubte die vagen und wissenschaftlich nicht begründeten Aussagen eines Buches, dessen erster Satz lautete: „Dieses Tier, das da tief in dir sitzt und sich in Träumen oder schamanischen Sitzungen zeigt, gibt dir die Kraft, deine inneren Konflikte zu lösen."

„Dieses Tier, das da tief in dir sitzt, Lisa, ist ein Esel", höhnte mein nicht vorhandener Aberglaube.

Und ich Idiot schlug auch den nach.

Der Esel steht für zwei Themen: Thema Nummer eins ist es, sein Leben fortan mit mehr Genügsamkeit zu leben und außerdem, Thema Nummer zwei, keine Faulheit zuzulassen.

Ich ließ das mal unkommentiert stehen, fühlte mich aber dennoch wie der Protagonist einer Comedy-Show.

„Einer Comedy-Show, von der das Schicksal unter keinen Umständen auch nur eine Folge verpassen will", verkündete mein nicht vorhandener Aberglaube und ich war froh, ebenso wenig an das Schicksal zu glauben.

Zum Glück gab es genug Ablenkung von angeblich falschen Freunden. Und Zeit für Faulheit gab es auch nicht. Weder privat („Heute nimmt Lisa an unserem „Töpfere-dir-deinen-eigenen-Trostspender"-Kurs teil.") noch beruflich. Auch wenn meine Verwaltungstätigkeiten stupide waren, so reichten sie doch immerhin aus, um meinen Arbeitstag auszufüllen – oder mein Vokabelheft. Laut dem kahlköpfigen älteren Herrn vom Vorstellungsgespräch, der jetzt mein Vorgesetzter war und auf den klangvollen Namen Eglmair hörte, führte ich meine dienstlichen

Obliegenheiten seit dem ersten Tage so gewissenhaft und genau aus, als würde ich schon seit einem Jahrzehnt in der bayrischen Verwaltung tätig sein. Wie nett!

Meine Freude währte nicht einmal zehn Sekunden. „Das kann der doch gar nicht beurteilen“, hielt Rosi dagegen, die mir nun wirklich penibel genau auf die Finger schaute. „Wenn du mich fragst, will sich der Eglmair nur bei dir einschleimen.“

„Echt?“, fragte ich und wollte damit vielmehr wissen, was ich noch verbessern konnte.

Rosi aber antwortete: „Der braucht halt seine Spezies.“

Ich war genauso klug wie zuvor, gab mir daraufhin aber noch mehr Mühe, Rosis Genauigkeit entgegenzukommen. Dabei stellte ich fest, dass sie ihre Korrektheit ausschließlich auf die Tätigkeiten, nicht aber auf die Arbeitszeit bezog. Manchmal nämlich verspätete ich mich morgens dank einer Hofbesitzerin, die das Bad blockierte, oder deren Pferde, die mein Fahrzeug blockierten. Das sah Rosi zum Glück locker:

„Der eine kommt früher, der andere später, das ist kein Problem. Hauptsache, am Ende des Tages liegen die Bescheide im roten Körbchen. Und benutze bitte niemals wieder pinkfarbenen Textmarker.“

Denn der passte nicht zum roten Körbchen. Schon klar. Rosi hatte ihre bestimmten beruflichen Regeln. Und die galt es zu befolgen. Kein Problem. Daheim gab es auch Regeln, aber die ergaben größtenteils keinen Sinn, da sie nicht einmal von der Regelbegründerin eingehalten wurden. Wenn es mich nachts auf die Toilette zog, sah ich oftmals Solaria im Wohnzimmer über einem Buch sitzen. Oder sie schloss sich tagsüber urplötzlich in ihrem Zimmer ein. Es war kein Leichtes, zu wissen, mit welchen Regeln es Solaria wirklich ernst war und welche Regeln nur einem euphorischen Affekt entsprungen waren.

Mit Egon kam ich von Tag zu Tag besser aus. Da er stets zu Fuß oder mit dem Bus verkehrte, bot ich ihm in bester Gebermanier die Benutzung meines Autos an. Er lehnte dankend ab. „Gerne“, sagte hingegen Solaria, schlüpfte ohne Kleidung in den kleinen Ka und schon kreischte die alarmierte Alarmanlage empört über ganz Bayern. Ich erklärte der Hofbesitzerin, wie man die Alarmanlage des Kas deaktivierte, und schon brauste sie davon.

„Ich weiß nicht einmal, ob sie einen Führerschein hat …“, kommentierte Egon ihren Abgang, und mir entglitten sämtliche Gesichtszüge.

Der vielleicht fehlende Führerschein hinderte Solaria auch künftig nicht daran, sich ungefragt meines Autos zu bedienen. Da mir noch mein Aussetzer aus der Engelsprechstunde schwer im Magen lag, gab ich mir beste Mühe, dies zu tolerieren, und hoffte vielmehr darauf, dass ein Streifenpolizist beim Anblick einer unverhüllten Fahrerin auch bei deren fehlendem Führerschein beide Augen zudrückte.

Trotz dieser Toleranz *(Toleranz? Tse, das war vielmehr Angst, aus der Wohnung zu fliegen)* lag die Diskrepanz zwischen mir und Solaria auf der Hand.

Bei der Wetterhenne war es nicht anders. Sahen wir uns auf dem Hof, stürmte das Huhn sogleich auf mich zu, und ich ergriff umgehend die Flucht. Ich war mir sicher: Jörg konnte mich nicht leiden.

„Lisa, dein Hühnerproblem ist gar keines“, rief Solaria, während sie aus meinem Fahrzeug stieg und mir beim Fliehen vor dem Vogel zusah. „Ihr beide habt vielmehr ungeklärte Themen aus euren vorherigen Leben. Die müsst ihr lösen. Und das am besten *zusammen*!“

Es hätte mich nicht gewundert, wenn sie uns zu diesem Zweck gemeinsam in die Scheune gesperrt hätte.

„Vertrau doch mal auf dein Schicksal, Lisa“, meinte hingegen Egon. „Dann hast du auch nicht mehr so viel Angst vor der Zukunft.“

Diese Esoteriker schienen einfach aus einem anderen Zeitalter zu stammen. Das zeigte sich schon in ihren Aufstehzeiten. Um fünf Uhr morgens waren Solaria und Egon bereits hellwach. Zu dieser unmöglichen Uhrzeit fand ich sie gut gelaunt im Wohnzimmer vor, wo sie ihren Sonnengruß praktizierten (im Sinne einer Yogaübung). Manchmal machte ich mit (Yoga tut wirklich gut), manchmal auch nicht (Yoga erinnerte mich an Olaf, und herrje, es war mitten in der Nacht).

Mein Leben hatte sich von Grund auf geändert, während meine Mutter noch immer einsam im siebten Stock ihres hessischen Hochbaus hauste und gelangweilt vor sich hin klirrte. Ich vermisste sie sehr. Und sie vermisste mich. Das zeigte sich unter anderem in ihren zahlreichen Anrufen. Leider war es mir mit den zunehmenden spirituellen Verplanungen nicht mehr möglich, täglich mit ihr zu sprechen.

Meist musste ich Mutter abwürgen, und dann noch nicht einmal mit der Wahrheit. Das tat mir entsetzlich leid, aber es schien, als erwischte sie mich stets in den unmöglichsten Momenten. Mal nahm ich an einem rituellen Redekreis teil, bei dem ein Handy nichts verloren hatte („Sorry Mama, mein Akku war gestern leer …"). Mal saß ich in einem Kurs zum Singen und Schwingen selbst gebastelter Pendel für unsere Prana („Sorry Mama, ich bin noch bei der Arbeit. Was? Das im Hintergrund? Ach, das ist der katholische Radiosender. Ja, den hören wir freiwillig."). Oder die Situation war gerade so verrückt, dass ich das klingelnde Handy peinlich berührt in meine Tasche gleiten ließ und so tat, als wäre der Mensch, der mich gerade anrief, nicht annähernd so wichtig wie die esoterische Lebensweisheit, die mir gerade nahegebracht wurde.

Mir tat es entsetzlich leid, Mutter noch immer anlügen zu müssen, aber mit den Dingen, die ich auf dem Achtsamkeitshof erlebte, konnte ich sie einfach nicht guten Gewissens konfrontieren. Ganz abgesehen von den hiesigen Fakten, dass ich zu einer spirituellen Lebensgemeinschaft gehörte, mich vor einem aggressiven Huhn in Acht nehmen musste und in einen Obdachlosen verliebt war, der wahrscheinlich gerade sein Nachtlager auf einer asphaltierten Straße aufschlug.

Meine größte diesbezügliche Angst aber war es, dass Mutter Egon oder Solaria an die Strippe bekäme und auf diese Weise von unserem spirituellen Miteinander erfuhr. Also trug ich mein Handy immer penibel bei mir oder schaltete es lieber gleich aus.

Und dann vergaß ich es in einem hektischen Moment doch einmal. Angeschaltet lag es im Wohnzimmer, während ich einem Kurs über erleuchtete Lichtwesen oder so ähnlich folgte. Jedenfalls befanden wir uns gerade in einer Art Meditation, um Lichtenergie zu empfangen, als meine Ohren den entfernten Klingelton meines Handys, und, nachdem dieser schnell wieder verstummte, Egons Stimme aufschnappten:

„Hallo? … Ach, guten Tag … Ja, das ist Lisas Telefon … Leider nein, sie eignet sich gerade die energetischen Schwingungen lichtvoller Leuchtwesen an … Ich? … Nein, ich bin ihr spiritueller Mitbewohner … Nein, wirklich. Ich heiße Egon … Doch, ehrlich! … Wie? … Ach, nein, im Gegenteil, Lisa ist Teil einer spirituellen Lebensgemeinschaft … Selbstverständlich aus eigenem Antrieb … Wie? … Ach so, das wussten Sie noch gar nicht? … Doch, Lisas Kanäle sind durchaus geöffnet für so etwas. Was verstehen Sie überhaupt unter ‚so etwas'? … Aber nein, wir sind doch keine Sekte … Nein, vielleicht ein bisschen exotisch für Außenstehende, aber sonst … Nein, das ist kein Scherz. Warum sollte ich scherzen? … Natürlich … Nein, so ein Quatsch, wir fliegen doch nicht … Ja, klar, wie Astronauten … Sicher, wir gleiten engelsgleich durchs Leben. Ha ha! … Was haben Sie denn für Vorstellungen? … Im Ernst … Nein, im Hier und Jetzt … Ach, am besten, Sie rufen später wieder … wie? … Ja, gut. Auf Wiedersehen."

Heiliger Esoteriker!

Mir blieb fast das Herz stehen.

Nach dem Kurs eilte ich sofort an mein Handy. Der letzte Anrufer war … nicht Mutter.

Puh!

Es war Karin.

„Beim letzten Mal war es ja schon lustig. Aber jetzt? Himmel, wo bist du denn nur gelandet?", grölte sie mir aus dem Hörer entgegen, als ich sie zurückrief.

Ich beschloss, nach draußen zu gehen, um ihr in Ruhe von meinem bayrischen Beruf und meiner bayrischen Bleibe zu berichten.

In den nachfolgenden zehn Minuten bekam Karin einen Lachanfall nach dem anderen.

„Lass mich mal zusammenfassen", resümierte sie kichernd. „Deine Arbeit ist genauso langweilig wie vorher, dafür lebst du jetzt auf einem Hof mit freilaufenden Esoterikern und fliehst vor einem hysterischen Huhn? Und das hat wirklich nur finanzielle Gründe? Keine psychischen?"

Aus taktischen Gründen hatte ich den attraktiven Obdachlosen und die entblößte Eigentümerin für mich behalten. Obschon es wirklich gut tat, sich endlich einmal *ehrlich* auszusprechen.

Während ich mit Karin telefonierte, lief ich die Straße entlang und blickte auf mein kleines Traumhäuschen unten im Tal. Auf der Wiese davor stand – und das konnte ich ganz genau erkennen – Bauer Karl. In seinem Arm lag eine Katze, die sich beglückt bei ihm einkuschelte, und mit seiner freien Hand streichelte er einer Kuh über den Kopf. Rings um ihn herum standen weitere Kühe auf der Wiese, und es schien, als guckten sie ihn allesamt glücksbeseelt an. Ein Bild, das aus einem Disneybuch hätte stammen können.

Ergriffen blieb ich stehen. Wie Karl so inmitten seiner Tiere stand und den Anschein erweckte, als könne er ihnen kein Haar krümmen, passte überhaupt nicht in den Rahmen, den er sonst mit Schimpfwörtern oder schlechten Energien füllte. Ich war total geplättet. Beim *besten* Willen konnte ich Karl nichts *Schlechtes* abgewinnen. Zumindest nicht in diesem Moment.

Schade, dass es so viele Barrieren zwischen uns gab. Zwar verstand ich Karls Dialekt von Tag zu Tag besser, doch beruflich und privat lebten wir in zwei unterschiedlichen Welten. Auch wenn Karl ein oft gesehener Gast in unserer Gemeindeverwaltung war, so galt sein Erscheinen niemals mir, sondern ausschließlich Herrn Eglmair, dessen Büro er stets direkt ansteuerte, um es ein paar Minuten darauf wutschnaubend und lauthals fluchend wieder zu verlassen (die Schimpfwörter in meinem Vokabelheft stammten allesamt aus Karls Mund). Derartige Ausbrüche würde man bei mir vergeblich suchen, sowohl beruflich als auch privat.

Dafür lebte ich bei den „obgehobane Oierheilign", wie es die Bedienung aus der Bäckerei so nett betonte. Karl gehörte der Fraktion *bäuerlich-bodenständig* an.

Wie gesagt prallten hier zwei Welten aufeinander, weshalb es wohl auch bei unserem ersten Treffen geknallt hatte. Bis heute konnte ich mir Karls Zornausbrüche, genauso wie das Missverständnis bei unserem Kennenlernen, nur mit Solarias Worten über einen „cholerischen Karl" und dessen schlechter Energie erklären, die er ja auch an meinem Arbeitsplatz gerne unter Beweis stellte.

Dieses Bild jedoch, das ich gerade mit meinen eigenen Augen sah, dieses pure Glück zwischen Karl, Kuh und Katze, diese Liebe, diese Ruhe, dieser Frieden zeigte mir einen ganz anderen Menschen.

„Ich bin so froh, nicht mehr in diesem blöden Krankenhaus arbeiten zu müssen", rief es aus meinem Handy. Noch immer geplättet, gab ich nur ein lasches „Hm" von mir.

Karin selbst hatte es natürlich viel besser getroffen. Sie konnte in ihrer Frankfurter Wohnung wohnen bleiben und sich zwischen vier Berufsangeboten im nächsten Umkreis nicht entscheiden. Nach dem kurzen Gespräch mit Egon wollte sie aber auf jeden Fall im Sekretariat der psychiatrischen Privatpraxis für kombinierte Persönlichkeitsstörungen anfangen.

„Dann habe ich täglich was zu lachen. Nicht nur, wenn ich dich anrufe ...", verkündete sie und lachte schon wieder.

Des einen Leid, des anderen ...

Verdammt!

Vollkommen verträumt war ich unvorsichtigerweise in einen Haufen Pferdekacke getreten. Beidfüßig.

„Karin, ich muss auflegen, ich bin gerade ..."

„In einer ganz anderen Welt, ich weiß. Viel Spaß beim Erleuchten", lachte sie und legte auf.

Meine Schuhe waren die allerärmsten leidgeprüften Sündenböcke. Kaum ließ das Huhn mal von ihnen ab, tauchte ich sie in Fäkalien.

Schnell eilte ich zu einer großen Wiese, um das Gras als Schuhbürste zweckzuentfremden. Es klappte nur bedingt. Und es stank wie Sau, was nicht meinen Schuhen, sondern der angrenzenden Wiese zuzuschreiben war. Die hatte man an diesem Tag frisch gegüllt. Während ich akrobatische Drehungen meiner Füße bewerkstelligte und mich auch selbst über meine neuartige Beweglichkeit wunderte (konnte am Yoga liegen), blieb die Kacke an meinen Schuhen haften. Ich wurde ein wenig ungeduldig und schob die Sohlen immer energischer über das Gras. Da plötzlich rutschte ich aus und landete mit dem Hintern in einem großen Klecks Gülle, der sich in der Wiese geirrt zu haben schien.

Ekelhaft!

Vollends verdreckt rannte ich über den Hof, die Treppen hinauf und machte erst vor der Haustür halt, um mir die Schuhe auszuziehen. Von dort lief ich in mein Zimmer und riss mir meine vollbekackten Klamotten, bestehend aus Kleid und Strumpfhose, vom Körper. In meiner hastigen Unachtsamkeit bekleckerte ich beim Ausziehen auch noch meinen BH, also musste dieser nun ebenfalls weichen. Kaum war das geschehen, bemerkte ich, dass auch meine Unterhose etwas abbekommen hatte. Ich bugsierte gerade meinen rechten Fuß aus dem Beinteil des Slips, als mich Solarias Stimme zusammenzucken ließ.

„Ganz wunderbar, Lisa! Du machst erste Fortschritte. Sich am helllichten Tage seiner Kleidung zu entledigen, ist schon einmal der erste richtige Schritt in eine befreite Zukunft."

Bitte was?

Warum musste Solaria ausgerechnet in solch einer Situation ohne Vorwarnung in mein Zimmer schneien? Wer weiß, wie lange sie schon hier stand und mir beim Nackigmachen zusah.

„Nein, ich habe mich …", sagte ich und drehte mich um.

Und da wäre ich am liebsten vor Scham im Erdboden versunken, denn Solaria war nicht allein. Neben ihr stand Sam.

„Entschuldigung, dass wir nicht angeklopft haben", sagte er und lächelte unschuldig.

Scheiß Karma war in diesem Moment mein spontaner Gedanke, und ich fand, das traf es genau …

IM HIER UND JETZT

Denn an sich ist nichts weder gut noch böse;
das Denken macht es erst dazu.
(William Shakespeare, Hamlet)

Damals, als mich Sam zum ersten Mal nackt erblickte, hieß der Grund *Kuhkacke*. Heute, viele Wochen später, heißt der Grund *Klangschale*.

Dass sich an diesem heutigen Tag meiner Klangschalentherapie auch Sam ausziehen, wir in eine hemmungslose Knutschorgie verfallen und zum Schluss auch noch die Fälschung von Solarias wertvollem Sonnenwurzel-Öl zu Bruch gehen würde, all das sind Dinge, mit denen ich nicht gerechnet habe. Zugleich sind es aber auch Dinge, deren Verlauf sich nicht eindeutig als Versehen oder Absicht einstufen lässt. Im Zweifel für den Angeklagten. Ich tippe also auf Versehen, denn Sam macht eigentlich immer einen recht unschuldigen Eindruck.

So auch jetzt, wo die Fälschungs-Flasche von Solarias sexuell energetisiertem Sonnenwurzel-Öl von ihm zu Bruch gebracht wurde, Sam kindlich-keusch auf dem Boden liegt und kontemplativ vor sich hin blinzelt. Neben ihm liegen Scherben in Öl. Daneben steht Solaria in Verdruss. Ich kann erkennen, dass Sam sich beste Mühe gibt, an ihre Menschlichkeit zu appellieren.

„Neeeeeeeiiinnnn!“, schreit Solaria dennoch, und überhaupt nicht menschlich, zurück. „Mein warmes Sonnenwurzel-Ööööööl! Saaam, was hast du nur getaaaaan?“

„Es tut mir unendlich leid, ehrlich“, sagt Sam und das klingt auch wirklich so.

Während Solaria so ganz und gar nicht spirituell an die Decke geht, suche ich meine Klamotten zusammen und empfinde plötzlich so etwas wie … erneutes sexuelles Verlangen?

Auweia und oje! Mein ganzer Körper beginnt zu kribbeln, ich spüre, wie es ganz warm in dem zarten Bereich zwischen meinen Schenkeln wird und mein Bauch zu kitzeln beginnt. Ist das etwa … die sexuelle Energie des Sonnenwurzel-Öls, das sich noch immer in meinen Haaren befindet?

Oh, es wirkt ja doch. Wenn auch mit Zeitverzögerung und Unterbrechungen. Dafür dermaßen intensiv wie eine Ganzkörpermassage durch sechs Personen.

Geil, dass ausgerechnet jetzt auch noch dieses starkgeschlechtliche Geschoss auf dem Boden vor mir liegt, so scheinbar unschuldig, dass ich ihm am liebsten die Show aus dem schönen Körper vögeln würde …

Bitte was? Was denke ich denn hier? Das kann doch alles nicht wahr sein! Drehe ich nun völlig ab?

„Unglaublich … unglaubliiiiiiich!“, brüllt Solaria passenderweise.

Ich kann leider nicht auf sie eingehen. Denn ich habe Verlangen. Sexuelles Verlangen. Nach einem Mann. Einem nackten Mann. Ich bin so unglaublich erregt, dass ich jetzt und hier bereit dafür bin, Sam zu empfangen. Ja, ich will ihn. Und da das anscheinend keiner bemerkt, muss ich selbst zur Tat schreiten.

Langsam lüfte ich Egons Decke, unter der mein nackter wie eingeölter Körper nach sexueller Befriedigung giert. Sam sieht mich und öffnet sofort seinen – hoffentlich ebenso nach Sex schreienden – Mund: „Lisa, geh bitte schnell mal nach draußen.“

Hä?

Drücke ich meine sexuelle Neigung dermaßen unpassend aus? Muss ich mich erst auf ihn legen?

„Lisa, bitte“, sagt Sam erneut. „Ich muss mit Solaria allein reden.“

Na toll, ich will Sex, der Typ will reden. Auch noch mit einer anderen. Vielleicht sind meine Signale auch nicht ganz klar, vielleicht muss ich Sam anderweitig zeigen, dass er ein heißer Feger ist und meine sexuelle Hingabe verdient.

Ich werfe die Decke mit Schwung auf den Boden. Ziel erreicht. Jetzt sieht Sam mit weit geöffneten Augen in meine Richtung. Ja, so etwas sieht Mann nicht alle Tage. Wie von Gott geschaffen stehe ich da und präsentiere ihm das, was ich als göttliches Dreieck bezeichnen würde.

Und Sam? Der schickt mich trotzdem nach draußen: „Lisa, geh jetzt bitte raus."

Ich gehe einen Schritt auf ihn zu und lasse die aufgestellten Knospen meiner Brüste sprechen. Alles ist bereit. Die Bestäubung kann nun geschehen. Ich bin optimistisch, denn die Natur findet immer einen Weg.

Doch wie die meisten Menschen, scheint sich auch Sam von der Natur entfremdet zu haben. Statt in meine Honighöhle einzutauchen, wiederholt er bloß seinen Satz noch einmal, allerdings mit Nachdruck: „Lisa, geh jetzt bitte sofort raus."

Gut, dann geh ich eben raus. In der Hoffnung, dass Sam unserer Verschmelzung auf der Veranda entgegenfiebert und mir alsbald folgt. Ein Grund mehr, so zu gehen, wie Gott mich erschaffen hat. Oder auch nicht, denn nachts ist es wirklich sehr, sehr kalt. Ganz besonders draußen. Langsam wickel ich meinen nach Wollust schreienden Körper wieder in Egons Decke.

„Lisa, geh jetzt!", ruft Sam noch einmal.

Ist ja schon gut!

Ich schreite durch die offene Tür in die sternenklare Nacht.

Die frische Luft tut mir gut, das muss ich schon zugeben. Ich atme mehrmals tief ein und aus, und allmählich beruhigt sich mein kitzelnder Bauch.

Schön, wenn man wieder man selbst wird.

Zum Glück hat Solaria nichts von meiner sexuellen Ekstase mitbekommen. Nein, dafür war die Bestimmerin zu sehr mit ihrer zerbrochenen Flasche beschäftigt. Verständlich. Das ist ja zweifelsohne auch ärgerlich. Diesbezüglich möchte ich mich unbedingt noch einmal selbst bei ihr entschuldigen, auch wenn ich nur passiv an der Sache beteiligt war.

Dafür freue ich mich umso mehr, dass Sam kein Schwerenöter ist, der meine erotische Öl-Anwandlung ausgenutzt hat. Im Gegenteil. Er schickt mich raus an die frische Luft, um wieder zur Vernunft zu kommen. So etwas würden sicherlich nur die wenigstens Männer tun.

Solarias Gewüte wird allmählich leiser. Ihre Rage über das zerflossene Öl scheint sich gelegt zu haben. Wer weiß, auf welchem

Weg Sam das wieder gutgemacht hat. Er ist wirklich ein toller Mensch. Das muss ich ihm unbedingt noch sagen.

Gerade möchte ich wieder ins Haus gehen, Sam dankbar und Solaria duckmäuserisch um den Hals fallen, als ich ein Knattern vernehme. Zwei Lichter nähern sich dem Hof. Ein Fahrzeug. Ein Traktor. Mit einem großen Heuballen auf der Laderampe. So weit, so unspektakulär.

Da plötzlich taucht der Bewegungsmelder den Hof in Helligkeit und ich erkenne Karl im Fahrzeugraum.

Karl, der wirklich kräftigste Kerl dieses kleinen Kuhkaffs. Ein brackl Kerl, wie man hier sagt.

Wie ein starker Stier sitzt der Held von Flora und Fauna hinter dem Steuer und ich spüre, wie meine Erregung aufs Neue ansteigt. Was für ein Wahnsinnsmann er doch ist. Dazu diese Augen, die so viel Herzenswärme ausstrahlen. Meinen Körper überzieht ein Prickeln, als stünde ich in einem warmen Sommerregen. Es kribbelt überall, ganz besonders in meiner Körpermitte, deren Wärme in eine heftige Hitze übergeht. Ich bin schon wieder dermaßen erregt, dass ich nur noch an Erotik denken kann. Nackt sieht Karl gewiss wie ein aus Stein gemeißeltes Kunstwerk aus. Und dieses Kunstwerk möchte ich beklecKern, beschmutzen.

Ich! Will! Es!

Jetzt!

Karl will es bestimmt auch, sonst wäre er nicht hier. Ich renne also dem Traktor hinterher. Der ist gerade damit beschäftigt, den Heuballen abzusetzen.

„Leg das Ding ab, und dann leg dich auf mich!“, rufe ich, aber das geht im Brummen des Traktors unter. „Deine schlechten Energien sind mir total egal. Und die Probleme, die andere mit dir haben, gehen mir auch am Arsch vorbei. Ich will dich! Jetzt!“

Daraufhin protestiert ein kleines Stimmchen aus einer entlegenen Windung meines Hirns: „Ich fass es nicht! Wo ist das Sicherheitsdenken, das Du sonst immer an den Tag legst, Lisa? Verdammt, du sollst Angst haben, dir Gedanken um die Meinung der Leute machen. Oder wenigstens Kondome kaufen. Das hier artet noch in einen Dorfskandal aus. Willst du das etwa?"

„Ja, ich will ES", ist alles, was ich – wenn überhaupt – dazu denken kann.

Schon landet der Heuballen auf dem Boden, und Karl legt den Rückwärtsgang ein. Er schaut nach hinten und ... erblickt mich.

Endlich!

Ich spüre die Erregung. Die knisternde Erotik. Die echte Ekstase.

„Kaaaarl!", rufe ich wie von Sinnen.

„Woas is?", fragt Karl, und das erinnert mich doch kurz an diesen Engel Aloisius, der das auch immer fragte. Aber egal, jedwede Ablenkung kann gegen das, was sich nun zwischen uns abspielt, nicht ankommen.

„Ich will dich!", sage ich noch einmal und werfe Egons Decke ins Heu.

Ich bin bereit.

Karl kann gar nichts mehr sagen, denn schon springe ich in den Fahrerraum und setze mich auf seinen sexy Schoß. Er sieht mich an, als sei ich nicht ganz bei Trost. Ich bin auch untröstlich. Untröstlich triebgesteuert.

„Ich liebe Deinen Ur-Laut. Und deinen tollen Körper", sage ich noch, dann küsse ich Karl. Der kommt mir zwar ein wenig überfordert vor, aber nach kurzer Zeit küsst er mit. Und er küsst gut. Gar nicht wie ein starker Stinkstiefel, sondern wie ein sanfter Engel. Ganz anders als Sam. Viel liebevoller und so zart, dass es meine wilden Fantasien ein wenig mildert. Aber wirklich nur ein wenig, denn kaum öffne ich meine Augen, erblicke ich seinen Bizeps und will nur noch mit diesem Mann ins Bett.

Hemmungslos knutschen wir im Fahrerraum des Traktors, und ich fummele an den Trägern von Karls Latzhose herum, die sich einfach nicht öffnen lassen wollen. Dieses verflixt hässliche Teil scheint auch noch eine hundertprozentige Verhütungsmethode zu sein, denn es besitzt nicht einmal einen Reißverschluss oder Knöpfe im Schritt. Wie soll ich ihm diese furchtbare Latzhose denn nur ausziehen? Auch noch in diesem Fahrerraum, der ohnehin viel zu eng für uns beide ist.

„Lisaaaa!“, schreit Solaria über den ganzen Ort. „Komm mal auf der Stelle hierher!“

Es klingt, als sei ich ein Hund, der auf den Teppich gepinkelt hat.

„Ich koooooommmeeeeeee!“, schreie ich zurück, dann küsse ich Karl so innig, als hätte nie eine Latzhose zwischen uns gestanden.

„Pfui! Lisa! Aus!“, schreit Solaria. Es kann aber auch sein, dass sie „Hui, Lisa, ab ins Haus“ sagt.

Das ändert jedoch nichts an der Aufforderung, Abschied von Karl zu nehmen.

„Lisaaaaa! Ab ins Haus!“

Das sexuelle Rauschen in meinen Ohren wird allmählich von Solarias Anordnung abgelöst. Wie schade. Nun muss ich ihren Befehl befolgen, schließlich ist sie Besitzerin-Bestimmerin, während ich nur eine … eine *um Himmels willen* nackte Irre bin!

Ich sitze tatsächlich splitterfasernackt auf Karls Schoß, mit Öl im Schopf und Schweiß auf der Stirn.

Was tue ich hier, nein, noch schlimmer, was habe ich hier getan?

Karl scheint mit der Situation ebenso überfordert zu sein. Er sieht mich verwirrt an. Ich sehe mindestens genauso verwirrt zurück. Dann springe ich schnell wie der Wind aus dem Fahrzeugraum, zerre Egons Decke vom Heuballen und wickel mich augenblicklich damit ein.

Aua …

Das angehaftete Heu pikst sich wie kleine Nadeln in meine Haut. Immerhin sorgt dieses „Nagelbett“ dafür, dass mein Kopf in kürzester Zeit absolute Klarheit erlangt und sich mir die Sachlage in einem neutralen Licht präsentiert: Einfach nur peinlich.

Betreten schaue ich ins Fahrerhäuschen. Karl lächelt.

Klar, er wird das nun bestimmt breittreten, vielleicht mit bitterbösen Energien versehen und mich in ganz Tuckenthal bloßstellen.

Ich werde nie wieder das Haus verlassen können.

Aber Karls Augen sehen doch so lieb aus. So ganz und gar nicht böse.

Ach verdammt!

Ohne ein Wort des Abschieds eile ich die Treppen hinauf.

Im Flur angekommen, bekomme ich richtig Ärger.

„Es ist alles deine Schuld!“, schreit die Bestimmerin und ich fühle mich auch wirklich so schuldig wie ein kleines Mädchen, das seinen ersten großen Scheiß gebaut hat.

Was soll Karl denn jetzt bitte von mir denken? Nicht, dass er nicht schon zuvor vorher dachte, dass ich einen an der Klatsche habe, aber nun wird er sich darin absolut bestätigt fühlen.

Ich schäme mich und schäme mich und schäme mich …

„Weißt du, was das für mich bedeutet?“, Solaria ist auf hundertachtzig. Ich bekomme wirklich Angst vor ihr.

„Ich kann es mir denken“, sage ich reumütig, auch wenn ich nicht genau weiß, ob sie die Sache mit Karl oder die verschwendete Flüssigkeit auf meinem Kopf meint.

„Sam sagt, ich solle nicht so streng mit dir sein, aber mir ist klar geworden, dass du mehr Unruhe als Harmonie auf den Hof gebracht hast.“

Ich fühle mich augenblicklich an Olaf und das harmonische Räucherstäbchen erinnert. Wird sich Solaria nun auch noch von mir trennen? Wohnungstechnisch, meine ich natürlich.

„Du meinst, es harmoniert nicht mehr zwischen uns?“, frage ich ängstlich. Harmlos gedacht drückt dieser Satz sogar die Wahrheit aus, schließlich gab es nie die große Harmonie zwischen mir und Solaria. Harmonie im esoterischen Sinne jedoch hat seit Olaf einen unangenehmen Nachgeschmack für mich. „Es harmoniert nicht“ heißt „ich trenne mich“. Und genau das sagt Solarias Blick auch aus.

„Es tut mir leid“, sage ich ehrlich.

Solaria ist noch immer sauer, aber langsam wird ihr Ton etwas weniger bebend.

„Wenn Sam mich nicht gebeten hätte, dir noch eine Chance zu geben, ich schwöre, ich würde dich auf der Stelle vor die Tür setzen.“

Sam? Hat der sich etwa für mich geopfert? Wieso, weshalb und warum hat er das getan? Und wo ist der überhaupt?

„Es tut mir leid“, wiederhole ich noch einmal und weiß leider noch immer nicht, für was ich mich entschuldige. Das Öl? Kann ich da überhaupt etwas für? Oder Karl? Ihn kann Solaria doch ohnehin nicht leiden.

„Ich bereue es wirklich sehr, auf Egon gehört zu haben“, resümiert Solaria.

Was hat das jetzt mit Egon zu tun?

„Wieso bereust du das?“, fragt nun auch Egon und legt seinen Arm parteiergreifend um mich. „Das, was jetzt passiert, ist doch wichtig. Für dich. Für Lisa. Für uns alle.“

Egon ist ein echter Schatz, obwohl ich mir nicht sicher bin, ob die Öl-Aktion und die Karl-Küsse wirklich wichtig für uns alle waren.

„Mein morgiges Seminar kann ich ohne Sonnenwurzel-Öl nicht abhalten, Egon. Weißt du, was das bedeutet?“

„Ja“, sagt Egon betont ruhig, „es bedeutet nicht mehr, als dass dein Seminar um zwei Tage verschoben wird. Don Heiko kommt übermorgen auf den Hof, und dann energetisiert er dir eine neue Flasche mit Öl.“

„Es tut mir leid“, werfe ich noch einmal dazwischen. Aller guten Dinge sind drei – das weiß keiner besser als Egon.

„Pst, Lisa“, sagt er dennoch und streichelt mir über den Rücken, was ziemlich unangenehm ist, da auf diese Weise das Heu erneut in meine Haut pikst. Gut, davon kann Egon natürlich nichts wissen und so versuche ich einfach mal, stark zu bleiben, und beiße meine Zähne aufeinander.

„Tschüss, ihr Lieben“, ruft plötzlich Sam aus dem Nebenzimmer und macht Anstalten, den Hof zu verlassen.

„Aber … aber unsere Therapie …“, rufe ich ihm fast schon hysterisch hinterher.

„Beim nächsten Mal, Lisa. Du siehst doch, was jetzt hier los ist. Ich lasse euch für heute Abend besser mal allein.“

Wahrscheinlich hat Solaria ihn wutentbrannt vor die Tür gesetzt. Oder, noch schlimmer, sie wollte mich vor die Tür setzen und statt meiner ist Sam selbstlos eingesprungen. Noch obdachloser geht zwar ohnehin nicht, trotzdem: Was für ein Held!

„Tschüss, Sammy“, sagt Solaria, sich allmählich wieder beruhigend. „Wäre schön, wenn du morgen wieder da bist.“

Ja, das wäre schön.

Außerdem bin ich froh, dass Solaria sukzessive wieder von der Decke auf den Boden kommt. Das kann vielleicht auch daran liegen, dass sie gerade ein Büschel Kräuter anzündet. Leider ist der Blick, den sie mir dabei zuwirft, alles andere als warmherzig. Auch deshalb beschließe ich, mich schnellstmöglich anzuziehen. Kaum sitze ich in meinem Zimmer, kommt mir das Chamäleon aus meinem Traum in den Sinn. Ich erinnere mich an die Warnung aus dem Krafttierbuch und stehe plötzlich erneut vor der Frage, welcher meiner angeblichen Freunde gar keiner ist.

Solaria? Sam? Karl? Oder Egon?

MEHR SCHEIN ALS (SO WEIT) SEIN

Andere warten aufs Christkind,
wir warten auf den keltischen Schamanen …

Zurück in die Zeit, als ich noch relativ neu auf dem Achtsamkeitshof war. Genauer gesagt der Tag, an dem Egon an mein Handy ging und ich beim anschließenden Telefonieren mit Karin in Pferdekacke trat, anschließend in Kuhjauche fiel und beim Umziehen in meinem Zimmer nackt und nach Gülle riechend von Solaria und Sam überrascht wurde.

An diesem Tag bettelte ich innerlich um ein Loch im Boden, das mich verschluckte. Doch statt eines Lochs im Boden hielt Solaria bloß ihre Nasenlöcher in die Höhe und schnüffelte wie ein Spürhund.

„Also, hier riecht es irgendwie nach vegetarischen Fäkalien."

„Ja, also …", entgegnete ich beschämt. „… ich bin in Pferdeäpfel getreten … äh, und dann auch noch in Jauche gefallen … ich wollte mich gerade umziehen."

Gott, war das alles peinlich.

Schnell warf ich mir ein Kleid über. Solaria hörte mir indes gar nicht zu. „Das kommt schon wieder von draußen", rief sie und schloss mein Fenster.

Ach, das *Odeln* – in anderen Bundesländern auch als *Güllen* bekannt. Ein Thema, bei dem ich bereits erste berufliche Erfahrung sammeln durfte. Und zwar die, dass *Kuhkacke* ein genauso großes Tabu war wie *Karl.*

Ich arbeitete nun schon drei Wochen für die Gemeinde Tuckenthal, als Karl an einem warmen Morgen mal wieder einen wütenden Abgang in unserer Verwaltung hinlegte.

Warum er immer wieder in die Verwaltung kam, ins Zimmer meines Vorgesetzten rauschte und anschließend wild fluchend das Feld räumte, wurde mir – auch nach mehrmaligem Nachfragen – von Rosi nur mit Schulterzucken und von meinem Vorgesetzten mit Vogelzeigen begründet.

An diesem Morgen änderte sich das. Während ich „Saumazz = durchtriebene, hinterhältige Person“ in mein Vokabelheft notierte, erwähnte ich Rosi gegenüber, Karl zu kennen und ihn bei Gelegenheit mal auf seine bitterbösen Behördenbesuche anzusprechen. Rosi fiel daraufhin ihr Füllfederhalter aus den Fingern.

„Ihr kennt euch?“, fragte sie mich so, als würde ich kriminelle Kontakte zu einem Kokainkartell pflegen.

„Nicht so gut“, beschwichtigte ich. „Karl wohnt auf dem Nachbarhof. Er hat mir bei meinem Einzug geholfen. Bis auf seine Wutanfälle finde ich ihn eigentlich ganz nett.“

Oh, hätte ich das lieber nicht gesagt. Rosis Augen wurden immer größer. Vielleicht, weil nun auch noch unser Vorgesetzter, Herr Eglmair, neben mir stand und sich zum ersten Mal bewusst Mühe mit seinem nicht vorhandenen Hochdeutsch gab: „Froau Hof, so kommen's doch bittschön amol in moan Büro.“

Plötzlich war ich so aufgeregt, dass ich meinen Herzschlag hörte, und doch wusste ich nicht, was ich gerade verbrochen hatte. Erst recht nicht, als mich Herr Eglmair darüber aufklärte, dass es ein paar Diskrepanzen zwischen Karl und uns gab *(Uns? Was hatte ich denn damit zu tun?)*. Welche Diskrepanzen das waren, erläuterte mir mein Vorgesetzter natürlich nicht, ich musste ihm allerdings im Gegenzug versprechen, loyal zu sein und sämtliche Informationen über Karl an ihn weiterzutragen. Erneut erklärte ich, mit Karl nicht mehr Kontakt zu pflegen als den meines Einzugs und gelegentlichen Grüßens. Herr Eglmair betonte aufs Neue, wie wichtig ihm loyale Mitarbeiter seien. Dann schickte er mich aus seinem Büro.

Grundgütiger! Karls schlechte Energien schienen ganz Tuckenthal in Krisen zu stürzen. Solaria musste ihr Haus ausräuchern. Mein Chef musste Hochdeutsch sprechen. Rosi verschlug es komplett die Sprache – die nächsten Stunden über hüllte sie sich nämlich in eisernes Schweigen. Erst am späten Nachmittag folgten ihre zwei Standardsätze. Mit Standardsatz Nummer eins erinnerte sie mich an die Bescheide fürs rote Körbchen. Kurz danach sprach sie Standardsatz Nummer zwei aus. Der passte überhaupt nicht zu Rosis penibler Genauigkeit, seit meiner Einstellung hörte ich ihn trotzdem mehrmals wöchentlich: „Das kann doch nicht sein, ich kann mich ganz genau daran erinnern, den Vorgang bereits vor Tagen erledigt zu haben."

Herr Eglmair erinnerte sie dann an zehn weitere Vorgänge, die sie auch nicht erledigt hatte (ebenso Standard), und Rosi hielt sich daraufhin bis zum Feierabend schluchzend in der Kaffeeküche auf. Kaum dass unser Vorgesetzter aus der Tür trat, kam sie zurück ins Zimmer. Fragend sah ich sie an, und da seufzte sie einmal laut auf, nahm mich zur Seite und sagte: „Ich geb dir einen Tipp, Elisabeth: Stell deine Ohren bei den Bauern auf Durchzug."

„Warum?"

„Weil uns das Odeln nichts angeht."

„Das Jodeln?", fragte ich verwirrt und dachte an Männer in Trachten, die sich jodelnd auf die Beine schlugen.

„Odeln", korrigierte Rosi. „Das heißt Güllen. Oder Jauchen. Ach, haben Sie etwas vergessen?"

„Allerdings", vor uns stand Herr Eglmair und warf Rosi einen Blick zu, als hätte die ihm gerade ins Gesicht geodelt. „Meine Schlüssel."

Rosi packte daraufhin ihre Sachen und ging, und ich beschloss, mich künftig bei den Themen *Karl* und *Kuhkacke* bedeckt zu halten. Was schon irgendwie lustig war, wenn man bedenkt, dass Karl und Kuhkacke unwiederbringlich mit dem Beginn meiner Anstellung in der Tuckenthaler Gemeinde verbunden waren.

Der Achtsamkeitshof war nun schon seit einem Monat mein neues Zuhause, ich hatte allerhand Esoterisches erlernt, war vielleicht auch ein bisschen poetischer geworden (esoterischer eher nicht) und nach wie vor in Sam verliebt. Heute hatte mich dieser zum ersten Mal – und vollkommen unbeabsichtigt – nackt gesehen und alles, was er dazu sagte, war: „Morgen feiern wir Alban Hefeyn."

Das klang ein wenig wie Kung-Fu.

„Das Mittsommerfest", ergänzte Egon.

„Wir feiern und springen durch das Feuer", machte Solaria die Sache noch deutlicher und fiel in kinderglückliches Gelächter.

Sam lachte auch. Ich bekam nicht mal ein zaghaftes Lächeln hin, so sehr erschreckte es mich, „Feier" und „Feuer" im selben Satz aus Solarias Mund zu hören. In den vier Wochen, die ich nun schon mit ihr unter einem Dach verbrachte, hatte ich erkannt, dass Solaria die Dinge durchaus so meinte und dass Ironie etwas war, was sie nicht benutzte. Und dass sie nebenbei auch gut und gerne gewisse Risiken einging, zeigte nicht nur ihr rasanter Reit-, Räucher- und Fahrstil.

„Muss ich da mitmachen?", fragte ich entsprechend erschrocken, denn Feuer an den Füßen passte überhaupt nicht in mein lebensnotwendiges Sicherheitskonzept.

„Wenn du weiterhin gesund und sauber bleiben willst, deine Fruchtbarkeit und deine Liebe verbessern möchtest, dann schon."

Ich war ja nur schmutzig wegen der Pferdeäpfel, gesund sowieso, fruchtbar bestimmt auch und zum Thema Liebe … ich schaute zu Sam: „Und für so was muss ich durchs Feuer springen?"

„Das ist ein keltischer Brauch", antwortete er. „So feiern wir auf keltische Weise den Sommeranfang."

Einundzwanzigster Juni? Na klar, Sommeranfang.

Solaria nickte und ergänzte: „Don Heiko hat uns das gelehrt. Um den einundzwanzigsten Juni herum wählen wir einen Feuerabend aus. Das wird großartig."

Warum man aus einem *Feier*abend einen *Feuer*abend machen musste, erschloss sich mir dennoch nicht.

„Wenn Don Heiko im August auf den Achtsamkeitshof kommt, kann er dir das alles erklären", meinte Sam. Das war zwar süß, aber im Nachhinein musste mir dann eigentlich auch nichts mehr erklärt werden.

„Ich befürchte, dass er keine Zeit hat, um Lisa etwas beizubringen", meinte Solaria. „Als Koryphäe auf seinem Gebiet ist er immerzu ausgebucht. Ich habe schon jetzt zehn Schüler auf meiner Warteliste."

Das hatte sie bereits mehrfach erwähnt. In regelmäßigen Abständen. Mir war inzwischen klar, dass Don Heiko Materie sexuell energetisieren konnte, dass er Menschen mit sexuellen Problemen half, dass er Krankheiten heilte und generell glücklich machte. Eine Droge auf zwei Beinen sozusagen.

Auf der anderen Seite: Da unterschied ihn nicht viel von Sam.

Hach, Sam!

Wir waren uns zwar in den vergangenen vier Wochen nicht wirklich nähergekommen, aber das lag nur daran, dass Sam in dieser Zeit lediglich drei Mal auf dem Achtsamkeitshof aufgetaucht war. Für jeweils zwei Tage. Hinzu kam, dass er in dieser Zeit auch noch ziemlich ausgebucht war. Mit seiner Klangschalentherapie wohlgemerkt. Mir fiel auf, dass ausschließlich Frauen Sams Behandlung in Anspruch nahmen und der Großteil von ihnen tatsächlich sehr zufrieden aus dem Behandlungszimmer schritt, in welchem Sam folglich schlief *und* arbeitete. Für Letzteres funktionierte er einfach Egons Esstisch in eine Liege um.

An diesem letzten Abend vor dem Feuerfest aßen wir alle von dem Esstisch, auf dem kurz vorher noch eine Frau gelegen hatte und von Sam behandelt wurde. Da man anschließend auch noch ihre schwitzenden Umrisse auf der Tischplatte erkennen konnte, wischte ich den Tisch mehrmals gründlich ab, so oft, bis ich keine Umrisse mehr sah und keine Eifersucht mehr verspürte.

Ich hatte einen zweiten Geberversuch gewagt und Linsensuppe gekocht. Da ich mich vorher abgesichert hatte – bei jedem Einzelnen persönlich –, aßen auch alle mit, und es schmeckte ihnen vorzüglich. „So, Lisa, du schuldest mir ja noch Geld", sagte Solaria plötzlich schmatzend, und vor Schreck hätte ich mich fast an meinen Linsen verschluckt. Sofort erschien mein letzter Kontoauszug vor meinem inneren Auge, und das war kein schönes Bild. Nur zu gern hätte ich ihr einige gute Energien als Alternativzahlung angeboten, aber unter diesen Umständen waren die leider alle verflogen.

Konnte Solaria nicht wenigstens einen Abend lang mal ein wenig echte Harmonie zwischen uns aufkommen lassen? Die Stimmung war doch eben noch richtig gut gewesen.

Gerade als ich Luft holte, um ihr mitzuteilen, dass ich es sehr enttäuschend fand, dass sie ausgerechnet meinen Geberabend dazu nutzte, um ihr Geld einzutreiben, grinste sie mich schadenfroh an.

„Okay, ich glaube, ich muss dich jetzt mal erlösen. Es war eine Lüge“, sagte sie und mir fiel die Kinnlade herunter.

Eine Lüge? Was war eine Lüge?

„Natürlich musst du nicht für meinen Unterricht bezahlen.“

Ich musste *nicht* zahlen? Jetzt verstand ich überhaupt nichts mehr.

„Sieh an, der alte Ernsthaftigkeitstrick“, entgegnete Egon grinsend, was es nicht unbedingt besser machte.

„Genau. Ein einfacher, aber effektvoller Trick“, sagte Solaria.

Einfach? Für sie vielleicht. Effektvoll? Im negativen Sinne, ja. Und Trick war auch nicht gerade die korrekteste Bezeichnung für einen derartig dusseligen Scherz, der mir schlaflose Nächte und unschöne Gespräche mit meinem Kreditinstitut beschert hatte. Meine Mitbewohner ignorierten meine Erschrockenheit geflissentlich, beglückwünschten sich zu dem einfachen, effektvollen Täuschungsmanöver, und Solaria ging noch ein wenig ins Detail: „Die meisten Menschen erkennen den Wert einer Sache erst dann, wenn sie dafür zahlen müssen. Erst wenn es um *ihr* Geld geht, *schenken* sie einem auch ihre volle Aufmerksamkeit. Und der Grund ist einfach: Wenn sie selbst investieren, *wollen* sie auch profitieren und passen beispielsweise in meinem Unterricht viel besser auf. Das, liebe Lisa, wollte ich auch bei dir erreichen.“

Jetzt machte es schon mehr Sinn und im Ansatz war das bestimmt nicht schlecht. Allerdings hätte Solaria es vielleicht in meinem Fall etwas besser durchdenken sollen. Dadurch, dass ich bei jeder Sitzung ängstlich und wehmütig an mein immer leerer werdendes Konto denken musste, hatte das meinem Lernverständnis eher entgegengewirkt. Schließlich waren mittlerweile schon fünfhundert Euro für fünfundzwanzig Unterrichtsstunden zusammengekommen. Aber gut. Ein Riesenstein fiel mir vom Herzen und ich blickte Solaria dankbar über den dampfenden Topf mit Linsensuppe hinweg an.

„Da bin ich ja erleichtert“, stieß ich hervor.

„Gut, dass wir das geklärt haben“, zwitscherte Solaria gut gelaunt, „und nun bist du dran, liebe Lisa. Erzähl uns von deinem aufregenden Frankfurter Leben. Das bist du uns nämlich bis heute schuldig.“

Hm. Mein Frankfurter Leben war von so viel monotoner Normalität geprägt, dass ich bis dato gar nicht auf die Idee gekommen wäre, andere damit zu langweilen. Aber wenn Solaria unbedingt darauf bestand. Immerhin hatte ich gerade sozusagen fünfhundert Euro gespart, da konnte ich im Gegenzug auch ein wenig aus dem Nähkästchen plaudern. Und das tat ich. Ich erzählte von Vaters Tod, von Mutters Schmuck und von unserem sicheren Leben in den beiden Frankfurter Hochhäusern im Niddatal.

Nachdem ich meine Vergangenheit vor den anderen ausgebreitet hatte und in Gedanken noch ein wenig Mutters Rundumversorgung genoss, irritierten mich meine drei Zuhörer, indem sie sich in betroffenes Schweigen hüllten und mir mitleidig ins Gesicht sahen. Unverständlich, schließlich hatte ich mein Leben bis dahin als völlig normal empfunden. Nie und nimmer hätte ich gedacht, dass es Anlass für derartig betretene Mienen werden könnte. Das musste ein Missverständnis sein. Oder wieder irgendetwas Esoterisches, das ich nicht verstand ... und vermutlich auch gar nicht verstehen wollte.

Zu spät!

„Dieser Sicherheitszahn ist ihr Problem“, sagte Solaria leise und Egon nickte ergriffen.

„Da kann ich doch helfen“, schlug Sam vor.

„Hüte dich!“, fuhr Egon ihn unsensibel an. Kurz entstand der Eindruck, der friedliebende Egon wolle Sam zu Brei schlagen. Auch Solaria schaute ziemlich geschockt aus der Wäsche.

Auweia!

Einen Streit wollte ich mit meiner Lebensgeschichte nun wirklich als Allerletztes vom Zaun brechen. Ich musste vom Thema ablenken.

„Erzähl doch mal von deinem Leben“, bat ich Solaria.

„Was möchtest du denn wissen?“, fragte sie zurück, und ich wiederholte einfach ihre Worte: „Nun, jetzt bist du dran. Erzähle mir von deinem Münchner Leben. Das bist du mir nämlich auch bis heute schuldig geblieben.“

Ich lächelte sie an. Und Solaria begann zu erzählen. Von ihrem geld*reichen* Elternhaus und ihrer gefühls*armen* Kindheit. Wie sie als kleine Simone schon in sehr jungen Jahren von Mutter und Vater in ein katholisches Internat *(ach ja?)* abschoben wurde: „Meine Eltern hatten Geld. Viel Geld. Mehr Geld, als sie in ihrem ganzen Leben jemals hätten ausgeben können. Und damit waren sie an einem Punkt angelangt, an dem das Geld über ihr Leben bestimmte. Sie beklagten sich immerzu über die wenige Zeit: ‚Ich habe keine Zeit‘, ‚Schon so spät‘, ‚Mir läuft die Zeit davon‘. Und ich, als ihr einziges Kind, beanspruchte ausgerechnet das für mich, an dem es ihnen doch am allermeisten mangelte. Also musste ich gehen, damit meine Eltern wieder mehr Zeit hatten.“

Die nachfolgenden Jahre waren hart und herzlos für das kleine Mädchen, das sich nichts sehnlicher wünschte als Liebe, Geborgenheit und ein selbstbestimmtes Leben. Nichts davon war ihr vergönnt. Auch nicht nach ihrem Schulabschluss. Da zwangen die Eltern ihre Alleinerbin, in ihre finanziellen Fußstapfen zu treten, getarnt als „Einstieg ins Familienunternehmen – eine Weitergabe von Werten und Weisheit“.

Solaria kämpfte mit den Tränen, als sie davon berichtete, wie viele Jahre sie in der Firma ihres Vaters vergeudet und vor sich hinvegetiert hatte: „Ich war ungeliebt, unglücklich und unzufrieden, eine wandelnde Tote, die bereits so heruntergekühlt war, dass sie die Herzlosigkeit um sich herum nicht mehr wahrnahm.“

Das alles änderte sich viele Jahre später mit dem Tod ihrer Patentante.

„Von heute auf morgen erbte ich einen wunderschönen, abgelegenen Bauernhof. Das war meine Chance auf ein neues Leben.“

Simone ließ ihr altes Leben hinter sich und begann noch einmal von vorn. Auf dem Achtsamkeitshof. Hier durfte sie frei sein. Hier wurde aus der toten Simone die lebendige Solaria, die sich jeglichen Ballasts entledigte, wozu ihrer Meinung nach auch die Kleidung zählte. Und Solaria beschloss, anderen zu helfen, denen es ähnlich erging. Sie be*frei*te Pferde aus *beengter* Haltung wie Zirkus- oder Kirmespferde, holte sie zu sich auf den Hof und ließ sie in freier Herdenhaltung über das Gelände laufen. Das machte die Runde in dem kleinen Ort, der plötzlich um eine nackte Frau und ein gutes Dutzend Pferde reicher war. Menschen, die sich in ihrem Leben ähnlich eingeengt fühlten, kamen auf den Achtsamkeitshof und baten Solaria um (Lebens-)Rat.

„Das waren meine ersten spirituellen Schüler."

Und ein paar davon zogen auch gleich bei ihr ein. So entstand ein Sammelsurium bunter Paradiesvögel, die auf dem Achtsamkeitshof eine spirituelle Lebensgemeinschaft für Offenheit, Freiheit und Selbstbestimmung gründeten.

„Einer davon war ich", lachte Egon und schenkte Solaria einen bewundernden Blick. „Als ich hier einzog, war noch ein bisschen mehr los. Damals lebten wir hier zu acht."

„Zu acht?", fragte ich. „Aber so viele Zimmer gibt es doch gar nicht?!"

Das Haus war zwar groß, aber wenn des Nachts jede Aura ein separates Zimmer für sich beanspruchte, um nicht von einem anderen Energiefeld überdeckt zu werden, war dies bei acht Personen doch gar nicht möglich. Vier … fünf. Ja, maximal fünf Menschen konnten hier energetisch ungestört in den Schlaf finden. Mehr aber nicht.

„Ich meine, wegen der Energiefelder", ergänzte ich, doch es folgte keine Antwort.

Solaria schaute nur nachdenklich auf ihre Füße, und Egon meinte schließlich: „Damals war vieles anders. Tja. Und seit vielen Jahren sind wir nur noch allei… äh, zu zweit, und mit dir, Lisa, ja nun zum Glück wieder zu dritt."

Eigentlich eine Verschwendung. Der Hof war für fünf Menschen ausgelegt. Dazu frisch renoviert. Frisch renoviert?

„Tut mir leid, dass ich jetzt auch noch diese dreiste Frage stellen muss", nötigte ich Solaria, denn meine Neugierde war nicht zu bremsen, „aber das muss doch auch irgendwie alles bezahlt werden. Ich meine Strom, Heizung, Pferdefutter, Renovierung. Wie machst du das?“

Solaria lächelte gequält: „In den Jahren vor dem Achtsamkeitshof habe ich so viel verdient, dass es bis an mein Lebensende reicht. Sparsamkeit vorausgesetzt. Dazu bekomme ich Spenden von meinen spirituellen Schülern ...“

„Und ein wenig Miete von uns beiden“, ergänzte Egon, der wohl merkte, dass Solaria nicht gern über das Geldthema sprach. „Wir kommen über die Runden.“

Ich schaute zu Sam, der wiederum schaute nachdenklich aus dem Fenster.

Es wurde ruhig. Gespenstig ruhig. Beängstigend ruhig. Dabei hatte Solaria so viel Gutes getan, trotz ihrer bewegten Kindheit. All das hatte ich erst heute erfahren und es tauchte diese Frau, die ich für eine merkwürdige Mittvierzigerin gehalten hatte, in solch ein helles Licht, dass der Name Solaria ihr nicht einmal annähernd gerecht wurde. Ich musste meine Bewunderung kundtun. Ein wenig unsicher und ängstlich legte ich meinen Arm um Solarias Schulter.

„Das ... das alles, was du gemacht hast, ist ... ist einfach toll“, stammelte ich verlegen.

Solaria drückte mich daraufhin ganz fest an ihren nackten Busen, und zum ersten Mal machte mir das überhaupt nichts aus. Denn ich kannte ja nun den Grund ihrer nackten Fassade. Ja, fast hätte dieser Moment an Solarias Brust die positive Wendung eingeläutet, aus zwei nicht im Einklang stehenden Individuen so etwas wie beste Freunde modelliert. Einen Monat später wusste ich: So nah wie an diesem Abend sollten wir uns nicht wieder kommen. Und als hätte ich das damals schon gewusst, genoss ich die kurze Minute an Solarias emotional nährender Brust. Dann löste ich den Griff und schaute zu Sam. Der wirkte noch immer sehr in sich gekehrt.

„Möchtest du uns jetzt auch mal von *deinem* Leben berichten?“, holte ich ihn aus seinen Träumereien.

„Nein.“

Oh. Mit so einer Antwort hatte ich nicht gerechnet und schaute entsprechend verdutzt.

Wahrscheinlich fiel Sam mein verwirrter Gesichtsausdruck auf, und er ergänzte: „Ich halte mich nicht gerne in der Vergangenheit auf. Schon gar nicht an einem so schönen Abend. In Gegenwart solch schöner Gesellschaft."

Mit seinem letzten Satz setzte er sich zwischen Solaria und mich, sah im Wechsel von der einen zur anderen, bis er schließlich Solaria einen Kuss auf die Wange drückte.

Ich wollte nicht eifersüchtig sein. Ich wollte es wirklich nicht. War es aber trotzdem.

Dann drehte sich Sam unverhofft zu mir und ich bekam auch einen Kuss, allerdings auf den Mund.

Ich war darüber genauso erschrocken wie Solaria, zu der ich sofort ängstlich hinüberschielte. Sie presste ihre oberen Schneidezähne in ihre Unterlippe und atmete schwer, während ihr Blick an Sam haftete wie Sekundenkleber. Und da war es mir klar: Das, was ich bereits seit längerer Zeit ahnte, schien sich zu bewahrheiten. Solaria hatte nicht nur einen Narren an Sam gefressen, nein, sie war in Sam verliebt. Und ich war es auch. Eine Sache, die beste Freundinnen zu erbitterten Feindinnen machte, sollte keine Blüte an dem zarten Beziehungspflänzchen zwischen ihr und mir lassen. Ich spürte die sich anbahnende Katastrophe.

Und Solaria unternahm zu allem Drama auch noch den Versuch zu lächeln, den Versuch, mich – ihre schärfste Konkurrentin im Kampf um den Klangschalenmeister – anzulächeln. In dieser Situation brachte ihre gute Miene zum bösen Spiel jedoch nichts, wirkte vielmehr plastisch und aufgesetzt. Denn die Wahrheit sah doch so aus, dass man gegen seine Gefühle nichts machen konnte, egal wie *weit* man auch war.

„Letzten Endes sind wir doch alle nur Menschen", sagte Egon, als könne er mal wieder in unsere Köpfe gucken.

Mein Blick – leicht gehetzt vor Angst – haftete noch immer an Solaria. Unsere Blicke trafen sich, und als wolle sie mir meine Angst nehmen, entgegnete sie: „Genau, Egon. Und es ist unsere Aufgabe, das Leben leicht zu nehmen und offen zu sein. Offen für alles, was das Leben uns beschert. Wir müssen leben … und lieben. Wen und wie und warum und wie oft auch immer."

Dann stand sie auf, kam langsam auf mich zu, ging in die Hocke und berührte meine Wange mit der ihrigen, sodass sich mein Körper mit einer Gänsehaut überzog. „Du siehst, darin werde ich immer besser. Und wie du nun auch weißt, teile ich sehr gerne", flüsterte sie mir ins Ohr.

Vor meinen inneren Augen erschien ein halber Sam im Stil eines halben Hähnchens. Fein säuberlich in der Mitte durchtrennt. Ich versuchte, das ekelhafte Bild abzuschütteln. Es gelang mir nicht, denn Egon lieferte Nachschub. In mein anderes Ohr flüsterte er: „Solaria und du, ihr seid sehr wichtig füreinander. Lasst das zwischen euch nicht vom Schmutzer zerstören."

Jetzt fiel mein gedankliches halbes Hähnchen auch noch in den Dreck.

Warum musste der *neutrale* Egon jetzt auch noch den Mann, in den ich mich verliebt hatte, schlecht machen? Hatte das hier wieder mit unsichtbaren schlechten Energien zu tun oder war Egon zu allem Überfluss auch in Sam verliebt? Wie auch immer. Ich für meinen Fall war verliebt. Und Solaria auch, da konnte sie mir noch so oft erklären, dass sie nichts von Monogamie hielt und dafür offen war, den von ihr Auserwählten mit anderen Frauen (und Männern?) zu teilen.

Der wunderschön begonnene, offenherzige Essensabend jedenfalls endete mit strikter, isolierter Bettruhe.

Als wäre das nicht schon schlimm genug, wurde ich am Tag darauf – jepp, am Tag des Feuerfestes – mit einer Art beruflicher Beerdigung und dem Tod konfrontiert *(tatsächlich in der Reihenfolge)*.

Gegen acht Uhr morgens betrat ich unsere Verwaltung und fragte mich unwillkürlich, ob mein ungutes Gefühl noch vom Vorabend herrührte oder sich bereits darauf bezog, dass ich merkte, dass etwas in unserer Verwaltung nicht mit rechten Dingen zuging.

Kurz nach mir knatterte ein Traktor auf den Besucherparkplatz und ein Landwirt betrat die Gemeinde. Ich blickte zu ihm, er schaute an mir vorbei und rief in Richtung der verschlossenen Tür nach meinem Vorgesetzten.

„Kann ich Ihnen helfen?“, fragte ich mit Nachdruck.

„Na, können's ned“, polterte er schroff in den Raum hinein.

Hilflos blickte ich zu Rosi, die den Mann bis dahin ebenso ignoriert hatte. Jetzt aber, wohl aufgrund meines flehenden Blickes, aufstand, die Zimmertür zu Herrn Eglmair öffnete und den Landwirt ohne ein Wort hereinwinkte. Kaum dass er im Zimmer war und die Tür geschlossen wurde, fragte ich: „Was war das denn? Der tat ja, als seien wir Luft.“

„Luft? Ja. Schlechte Luft“, sprach Rosi. Dann fing sie an zu weinen, ohne einen erkennbaren Grund. „Was ist denn los?“, fragte ich vielleicht einen Ticken zu unbeholfen.

„Elisabeth“, seufzte sie, während sie sich mit einem Taschentuch die Tränen von den Wangen tupfte, „heute ist mein letzter Arbeitstag.“

„Wie?“, fragte ich ohne nachzudenken. Letzte Arbeitstage gab es im Amt doch ausschließlich vor dem Urlaub ... oder der Rente. Von Urlaub wusste ich nichts und ihre Rente winkte in einer jahrzehntelangen Entfernung. Mindestens. Ich sah meine Sicherheitssäule erneut hin und her schwanken wie einen betrunkenen Fußballfan. Dabei war meine Existenz gerade mal seit einem Monat wieder neu abgesichert.

„Ich ...“, schluchzte Rosi, „... kann hier ... nicht mehr ... arbeiten.“

Sie konnte auch kaum noch sprechen, so sehr kullerten ihre Tränen. Moment. Was wollte sie mir – untermalt von dramatischen Pausen – eigentlich sagen? Mir brach der Schweiß aus und Rosi noch ein letzter Satz: „Ich ... habe mich ... versetzen lassen.“

Puh, eine Versetzung, keine Kündigung. Trotzdem lief mir ein eiskalter Schauer über meinen schwitzenden Körper. Nach dieser körpereigenen Kneippkur war ich erst einmal platt und nahm den Landwirt, der gerade unser Büro verließ, genauso wenig wahr wie er mich. Ich hatte mich doch so fest darauf eingestellt, Rosi bis zu deren Ruhestand als dauerhafte Kollegin bei mir zu wissen.

Und jetzt? Die Frau, die mich so gut eingearbeitet und mir den bayrischen Dialekt nähergebracht hatte, sammelte mir nichts dir nichts ihre Habseligkeiten ein, langsam und akribisch, so penibel, wie sie sonst nur ihre Arbeit verrichtete.

Das war's. Rosi nahm Reißaus. Aber warum?

Ich konnte sie das nicht fragen, denn ich fühlte mich wie auf einer Beerdigung. Obschon meine letzte Beerdigung mehr als sechsundzwanzig Jahre zurücklag und mir nicht mehr wirklich im Gedächtnis war. Und doch, mit Rosis Weggang starb hier im Amt etwas ab. Ich konnte nicht anders und fing an zu weinen, während Rosi den letzten Bilderrahmen in ihren Karton legte, ihren Pullover vom Drehstuhl nahm und langsam in Richtung Ausgang lief. An der Tür angekommen, drehte sie sich noch einmal in meine Richtung.

„Elisabeth, ich …"

„Warte!", rief ich, lief zu ihr und nahm … erst einmal den Karton aus ihren Händen und dann Rosi herzlich in den Arm. Das hätte ich schon viel früher machen sollen. Die Sache mit der Umarmung, nicht die mit dem Karton. Kaum dass ich ihren Körper an mich drückte, flüsterte Rosi in mein Ohr: „Bitte tu hier nichts anderes als deine Arbeit. Stell deine Ohren immer auf Durchzug. *Immer!* Dann gibt es auch keine Probleme. Versprichst du mir das?"

Ich schluckte. Rosi auch. Dann sah sie mir noch einmal tief in die Augen und sagte: „Versprich es mir, Elisabeth."

Ihr Ton hatte trotz Flüstersprache etwas Mystisch-Verschwörerisches. Ich nickte, woraufhin Rosi ohne eine Verabschiedung von Herrn Eglmair aus der Tür schritt. Ich sollte sie nie wieder sehen und war fortan auf mich allein gestellt. Das alles war schon sehr plötzlich passiert, und zwangsläufig kam mir das Chamäleon in den Sinn. Absoluter Quatsch. Rosi war eine Kollegin, keine Freundin. Und sie hatte mich auch ganz und gar nicht hintergangen. Gut, sie hatte mir nichts von ihrer geplanten Versetzung erzählt, aber sie hatte ja auch sonst nie über ihr Privatleben gesprochen. Stattdessen hatte sie mich gewarnt. Aber wovor?

Ich war an diesem Tag so durch den Wind, dass ich meine Arbeit nicht zeitgemäß erledigte. Herr Eglmair schien das nicht so eng zu sehen. „Sie könna gern Feieromd machn“, rief er mir bemüht dialektfrei aus seinem Zimmer zu.

Das ließ ich mir nicht zweimal sagen.

Als ich daheim ankam, tränenverschmiert und vollkommen aufgelöst, verhinderte eine reflexartige Vollbremsung gerade noch so einen Auffahrunfall.

Es kann gut sein, dass mir Letzterer auch im Normalzustand passiert wäre, denn auf meinem Parkplatz lag ein dort nicht zu erwartender gigantischer Hügel, abgedeckt mit einer Plane.

Ich stellte das Auto an der Hauswand ab, blinzelte mein Hufeisen verbunden an, stieg aus und begutachtete den unbekannten Klumpen aus der Nähe. Es handelte sich eindeutig um einen Klumpen Pferd. Schon noch in einem Stück, aber trotzdem tot. Ein *totes* Pferd, abgedeckt mit einer Plane. Auf *meinem* Parkplatz.

„In Indien habe ich etwas ganz Ähnliches gesehen“, verkündete eine fremde Stimme neben mir. „Allerdings war es da eine Kuh.“

„Bitte was?“ Irritiert drehte ich mich zur Seite. Dort stand eine Frau jenseits der sechzig mit großen gleichgültigen Augen. Sie trug einen lilafarbenen Sari. Solch einen, wie ihn Solaria manchmal in Wasserfallfarben trug. Mit ihrer übertrieben großen Sonnenbrille im ebenso übertrieben langen Haar und den bunten Blumenohrringen erweckte sie den Eindruck eines übrig gebliebenen Siebzigerjahre-Hippies. Andächtig zog sie an ihrer selbst gedrehten Zigarette, während ihr Blick noch immer auf dem toten Pferd ruhte.

„Die haben ihre Heilige Kuh mit Tüchern abgedeckt und später im Ganges versenkt. Wir Touristen sind da einfach vorbeigelaufen und haben dumm aus der Wäsche geschaut.“

So wie wir nun. Mit dem kleinen Unterschied, dass dies nicht Indien war und wir auch keine Touristen waren, die jetzt weiterlaufen konnten. Nein, ich *wohnte* hier. Das Pferd zwar auch, aber das war nun leider tot. Und ein Ganges zum Versenken war auch nicht in der Nähe. Bloß ein klitzekleiner Bach, für den ein Pferdekadaver sicher der Supergau wäre.

Was dachte ich da eigentlich?

„Wird es abgeholt?“, fragte ich die Frau.

„Vom Abdecker?“, fragte sie zurück.

Keine Ahnung von wem, Hauptsache, jemand holte das tote Tier vom Hof, bevor die Verwesung einsetzte und sein Leichengift … igitt, daran mochte ich nicht einmal denken.

„Ich denke, Solaria lässt es so lange hier liegen, bis sich jeder von ihm verabschiedet hat. So macht sie das eigentlich immer“, sagte die lila Frau.

„Jeder?“, fragte ich. Immer? dachte ich. Wie oft passierte so was denn bitte?

„Jeder, der es kannte“, antwortete sie. Bei den vielen spirituellen Schülern, die unseren Hof beehrten, konnte das eine ganze Weile bedeuten. Unabhängig davon war das gerade eine sehr komische Situation für mich. Denn seit dem Ableben meines Vaters war ich dem Tod nicht mehr so nah gekommen wie in diesen Minuten. Dazu die Beerdigungsstimmung in meiner Behörde. Mir wurde schwindelig.

Rinnnnngggggg…

Mein Handy klingelte. Auf dem Display lachte meine Mutter.

„Mamaaaaa!“, rief ich erleichtert ins Telefon. An einem Tag wie heute, in einer Situation wie dieser, kam ihr Anruf wie eine Trost spendende Umarmung.

Mutter aber fiel gleich mit der Tür ins Haus:

„Sissi, ich habe zehn Ketten verkauft, weil … ich weiß irgendwie auch nicht … vielleicht, weil ich so einsam war und … einfach irgendetwas tun wollte … und dann habe ich Vaters Bild abgehängt … weil … weil er doch schon so lange tot ist. Und jetzt … ja, jetzt hängst du an meiner Wand. Ich sehe dich jeden Tag vor mir und bete, dass es dir in Bayern gut geht … weil du doch solch ein tolles Mädchen bist und weil … ach, ich vermisse dich … so sehr …“

Mutter weinte. Ich ließ mich auf die unterste Treppenstufe vor der Haustür sinken.

Warum ausgerechnet jetzt? Hatten meine geschundenen Gefühle in den letzten vierundzwanzig Stunden nicht schon genug gelitten? Waren mein Liebeschaos, der Konkurrenzkampf und die versetzte Kollegin noch nicht genug? Musste ich jetzt auch noch verkraften, dass meine Mutter vor Kummer ihren Schmuck verscherbelte?

Und das alles im Angesicht eines toten Vollbluts. So wie es aussah, handelte es sich bei dem Toten übrigens um eine Stute. Adashina. Rangniedrigste. Sechsundzwanzig Jahre. Kolik im letzten Jahr problemlos überstanden. Seit drei Monaten zunehmender Haarausfall an der Mähne.

Ein Heulanfall von meiner Seite wäre angebracht gewesen, aber das hätte Mutter sofort hierher gelockt. Kennt man doch: Weint das Kind, kommt die Mutter. Und da sich auf dem Achtsamkeitshof zu offenen Türen und obdachlosen Typen nun auch noch tote Pferde gesellten, konnte ich Mutter einen Besuch derzeit unter keinen Umständen zumuten.

Also biss ich die Zähne zusammen.

„Ich vermisse dich auch“, sagte ich betont *normal*.

„Ach herrje, Sissi, was ist denn mit *dir* los?“

„Äh, nichts …“

„Erwische ich dich in einem unpassenden Moment?“

In einem?

Das Schwindelgefühl wurde intensiver. Ich fühlte mich seltsam beschwipst, so, als hätten sich meine Probleme in Promille umgewandelt. Mein Kopf hatte wohl kapituliert.

Oder es hatte mit der Frau in Lila zu tun. Die hatte sich ungefragt neben mich gesetzt und zog dem Duft nach zu urteilen nicht an einer Zigarette, sondern augenscheinlich an einem Joint.

„Ach nichts, Mama, ich … ich bin gerade ein wenig sentimental“, säuselte ich und sah dabei wie paralysiert auf das tote Pferd.

„Soll ich zu dir kommen?“, fragte Mutter, und ich war auf der Stelle wieder stocknüchtern.

Mutter im Angesicht einer polygam-nudistischen Solaria, eines unentschlossenen Obdachlosen, einer Haschisch rauchenden Hippie-Omi und eines verstorbenen Pferdes? Never ever!

„Nein!“, schrie ich.

„Oh“, antwortete Mutter, und ich konnte ihr Entsetzen durch das Telefon spüren.

„Ich … ich meine“, unternahm ich einen Erklärungsversuch, „du kannst schon zu mir kommen … nur momentan ist es … nun ja …“

„Ist denn etwas passiert?“, unterbrach sie mein Gestammel.

Etwas? Wie süß!

„Ja“, sagte ich kleinlaut, „meine Kollegin hat heute gekündigt.“

„Oh, das tut mir aber leid. Mochtet ihr euch denn sehr?“

Mir fiel ein, dass ich Mutter nie von Rosi erzählt hatte.

„Ja, schon“, sagte ich.

„Aber dann komme ich doch erst recht. Du weißt doch, wie gut ich dich trösten kann.“

„Aber, wie … ich meine, wie willst du hierherkommen? Das Auto ist doch bei mir.“

„Na, mit der Bahn.“

Hatte ich mich verhört?

Die Bahn und Mutter waren so etwas wie Obi Wan und Anakin Skywalker. Es hätte eine großartige Reise für sie beide werden können, wenn da nicht die dunkle Macht in Form von Angst gewesen wäre.

„Für dich würde ich das tun“, sprach Mutter und schien es auch wirklich so zu meinen.

„Und dein Schmuck?“, fragte ich.

„Ich lege täglich mehr davon ab“, sagte sie mit einem gewissen Stolz in der Stimme, und das klang für mich fast wie ein Countdown.

Ich musste etwas unternehmen. Mutter zur Not mit ihren eigenen Mitteln in Schach halten. So weh es mir auch tat.

„Mama, ich will ehrlich zu dir sein“, sagte ich. „Im Moment ist es hier ganz schlecht. Ich wohne ja nicht allein in dem Haus, und meine Mitbewohnerin ist krank. Sehr krank.“

Ich schaute zur Frau in Lila. Sie schaute gleichgültig zurück.

„Oh mein Gott, Sissi! Was hat sie denn?“

„Etwas Spezielles“, wollte ich gerade antworten, doch das ging in Mutters Worten unter: „Hast du an deine Sicherheit gedacht? Hast du Vorkehrungsmaßnahmen getroffen?“

„Natürlich, ich trage im Haus ausschließlich Mundschutz."

Es klirrte erleichtert. Und ich ergänzte: „Mach dir bitte keine Sorgen, Mama. Es ist nur für Menschen über fünfzig gefährlich. Das ist auch das Problem. Wenn du jetzt hierherkommen würdest, könnte ich es mir nie verzeihen, dich solch einem Risiko ausgesetzt zu haben."

„Was für eine komische Krankheit ist das denn?", wollte Mutter nun umgehend wissen.

„Eso... äh Esola."

Während Mutter „Ebola???" kreischte, schenkte mir die Frau in Lila einen weiteren gleichgültigen Blick. Dafür gesellte sich just auch noch Egon zu uns und fixierte mich äußerst aufmerksam.

„Nein, Esola. Ein neuartiges Virus. So ähnlich wie die Hühnergrippe, nur spiri... äh spezieller", antwortete ich.

Egon sagte nichts, schüttelte dafür konspirativ seinen Kopf.

„Um Himmels willen, Sissi! Warum hast du mir das denn nicht gleich gesagt?"

Weil ich es mir gerade erst ausgedacht habe.

„Ich wollte dir keine unnötige Angst machen", log ich. „Es ist auch gar nicht so schlimm, insofern man nicht schon die Fünfzig überschritten hat. Je älter man ist, desto länger dauert die Genesung. Wie bei den Masern, verstehst du?"

„Wahrscheinlich stellst du es harmloser dar, als es in Wahrheit ist", sagte Mutter pikiert. „Ist denn schon jemand an Esola gestorben?"

„Nein", sagte ich, doch das ging in dem Satz unter, den die Frau in Lila gerade an Egon richtete: „Es hat Adashina getroffen."

„Himmel, wen hat es getroffen?", wollte Mutter wissen.

„Den Wellensittich", flunkerte ich. „Von ihm kam das Esola-Virus. Wie gesagt, es ist eine neuartige Form der Hühnergrippe."

Ich bekam wirklich Angst vor Egons Reaktion. Schließlich hatte ich mir beste Mühe gegeben, Lüge und Wahrheit miteinander zu vermischen. Gleichzeitig konnte ich froh sein, dass ihre eingeimpfte Virenpanik Mutter bis dato vor dem Kauf eines internetfähigen Gerätes bewahrte. Google & Co. würden meine Esola-Geschichte umgehend auffliegen lassen.

„Ich gebe dir natürlich sofort Bescheid, wenn es Entwarnung an der Esola-Front gibt“, flötete ich ins Telefon. „und dann kommst du mich unverzüglich besuchen, ja?“

„Kommst du denn so allein überhaupt zurecht, mein Schatz?“

„Ja, ich habe doch sehr nette Mitbewohner“, antwortete ich und zwinkerte Egon zu. Der sah nur traurig auf das tote Pferd.

„Ich dachte, die sind krank?“

„Schon, aber … ach Mama, mach dir bitte keine Gedanken. Bald sind hier wieder alle gesund. Und dann kommst du mich besuchen. Darauf freue ich mich schon jetzt. Nun muss ich aber wirklich auflegen.“

„Mach's gut, Sissi. Und lass dich nicht unterkriegen.“

Seufzend ließ ich mein Handy in meine Tasche gleiten.

„Bald sind hier wieder alle gesund?“, fragte Egon in leicht ketzerischem Ton.

„Meine Mutter“, sagte ich und hoffte, das genüge ihm als Antwort. Tat es nicht.

„Deine Angst, sie hierher einzuladen, ist so groß, dass du sie dafür belügen musst?“

„Ich brauche noch etwas Zeit“, antwortete ich. „Quasi, um Mutter vorzubereiten. Sie ist ein hochempfindlicher Mensch. Wenn sie die offene Haustür sieht, das hackende Huhn, das tote Pferd …“

„Die nackte Vermieterin und einen Mann in glitzernder Kurta, ich verstehe schon“, sagte Egon und klopfte mir gutmütig auf die Schulter. „Ich habe dir ja schon einmal gesagt, dass ich mir unseres Exotendaseins durchaus bewusst bin.“

Hatte er das? Ich konnte mich nicht daran erinnern. Aber gut.

„Ich würde dir nie einen Vorwurf machen, Lisa. Ich maße mir auch nicht an, das, was du tust, zu beurteilen. Ich gebe dir nur einen Tipp, aus eigener Erfahrung sozusagen: Lüge einen dir so nahestehenden Menschen lieber nicht an. Denn daran hast du in Zukunft schwer zu tragen.“

Ich nickte bedrückt. Egon war ein wunderbar verständnisvoller Mensch. Ich war mir schon jetzt sicher, dass Mutter ihn trotz

Kurta, Dreiecks-Tick und Froschfüßen mögen würde. Und ganz nebenbei war er ja auch nicht mein Problem.

„Wir sind alle nicht fehlerfrei", betonte er aufs Neue. „Ich denke, dass dir schon aufgefallen ist, dass ich oftmals abends verschwinde."

Das war mir in der Tat aufgefallen. Einmal, als ich Linsensuppe gekocht, ein andermal, als ich jemanden zum Reden gebraucht und einmal, als ich mich nachts ungemein gefürchtet hatte.

„Nun, da gibt es jemanden. Schon seit geraumer Zeit", fuhr er fort.

„Du hast einen Freund?", fragte ich voller Euphorie und Egons Augen leuchteten: „Ja, Stefan heißt er."

„Warum kenne ich Stefan noch nicht?", rutschte es mir heraus.

„Nun, Solaria kennt ihn auch noch nicht", antwortete Egon. „Das ist ein ähnlicher Fall, wie du ihn gerade mit deiner Mutter erlebst. Ich warte noch auf den richtigen Augenblick, um Stefan und Solaria miteinander bekannt zu machen."

Jetzt war ich aber baff. Egon und ich hatten das gleiche Problem. Nun ja, fast.

„Wenn Solaria erfährt, dass es einen Mann in meinem Leben gibt, wird sie um unsere Wohngemeinschaft bangen. Dabei hat mir Stefan sogar angeboten, zu uns auf den Achtsamkeitshof zu ziehen."

„Ja, warum tut er das nicht einfach?"

Das klang doch nach *der* Lösung. Noch ein Mieter mehr, ein glücklicher Egon, mehr Raumausnutzung sowie ausgleichende männliche und weibliche Energien im Verhältnis 2:2.

Letzteres hatte ich doch jetzt nicht allen Ernstes wirklich gedacht?

„Weil es mir mit Solaria wie dir mit deiner Mutter geht. Ich sag mal so, in den letzten Jahren ist sie doch sehr, hm … neurotisch geworden. Du hast es vielleicht gemerkt, ihr Räuchern hat zwanghafte Züge angenommen …"

„Und die getrennten Schlafzimmer", warf ich ein.

„Ja, das auch. Ich denke mal, dass Solaria bei all ihrer Hilfsbereitschaft ihr eigenes Trauma – ihre nicht aufgearbeitete Kindheit – in den Hintergrund gedrängt hat. Und jetzt, in zunehmendem Alter, macht sich das einfach bemerkbar. So illoyal das auch klingen mag, aber ich befürchte, dass dies sogar der Grund ist, weshalb es nur noch so wenige Hofbewohner gibt. Wer macht das denn auf Dauer schon mit? Ganz ehrlich, manchmal fühle ich mich hier wie in einem Internat."

„Ach Egon", sagte ich und legte meinen Kopf auf seine Schulter. Der Mann sprach mir einfach immerzu aus der Seele.

„Ich lebe schon so viele Jahre mit Solaria zusammen, dass ich ganz gewiss sagen kann, diese Frau hat ein großes Herz. Doch wie wir alle hat auch sie ihre Themen. Ich habe mir aber fest vorgenommen, spätestens auf dem Mondfest mit Solaria und Stefan Klarschiff zu machen. Auf Dauer ist das doch wirklich nur kindisch."

Egons Worte stimmten mich nachdenklich. In meinem Fall war *kindisch* okay, denn schließlich handelte es sich um meine Mutter. Vielleicht war Solaria für Egon im Laufe der Jahre aber auch zu einer Art Mutter geworden, schließlich spendete sie ihm Trost, Nähe und ein Dach über dem Kopf. Zweifelsohne steckte Egon gerade in einem schwierigen Abnabelungsprozess. Schon fiel es mir wie Schuppen von den Augen.

„Warum hast du eigentlich nach einer Mitbewohnerin gesucht?", fragte ich ihn.

„Das hatte mehrere Gründe. Das Haus ist zu groß für zwei, eigentlich auch zu groß für drei. Eine monatliche Mietzahlung mehr deckt zumindest die gestiegenen Kosten. Ja, und in der Hauptsache natürlich für Solaria. Eine weibliche Energie spiegelt ihre Probleme, Ängste und Sorgen besser als ein Mann wie ich. Quasi eine Reflexionstherapie."

„Nicht etwa, damit du durch eine würdige Nachfolgerin die Möglichkeit bekommst, dich aus der Zwangsgemeinschaft zu befreien?", konterte ich und staunte dabei selbst über meine neuartige Direktheit.

„Doch", seufzte Egon. „und als ich schon kurz davor war, die Hoffnung aufzugeben, stand plötzlich diese junge Frau aus Frankfurt in der Frohnatur. Und sie war genau das, was ich mir die ganze Zeit über gewünscht hatte …"

Wie nett!

„… und wenn der Schmutzer nicht wie so oft dazwischengefunkt hätte, wäre es auch sicher harmonischer zwischen dir und Solaria verlaufen."

Wenn der Schmutzer nicht *dazwischengefunkt* hätte, wäre ich nie eingezogen. Aber das tat in diesem Moment auch nichts zur Sache. Obwohl?

„Was ist ein Schmutzer und warum nennst du Sam so? Was hast du eigentlich gegen ihn?", fragte ich.

„Könnt ihr mal bitte nach dem Holz sehen?", rief in dem Moment Solaria. Sie stand direkt hinter uns. Allerdings nicht so nah, dass sie unser Gespräch hätte mit anhören können. „Ich will nur sichergehen, dass es für heute Abend ausreicht."

„Ach herrje, schon so spät", rief Egon mit einem Blick auf die Uhr. „Ich wollte doch vor dem Feuerfest noch mal schnell zu Ste… äh zum Steuerberater."

Er nahm die froschbefußten Beine in die Hand und rannte so schnell er nur konnte zum wenige Meter entfernten Bushäuschen. Gerade noch rechtzeitig, um von dem ankommenden Bus aufgesammelt zu werden.

„Wo ist denn das Holz?", fragte ich.

„Es reicht", sagte die Frau in Lila. „Danke", murmelte ich zurück.

In der nächsten Stunde half ich Solaria bei den weiteren Vorbereitungen für das Feuerfest. Im Grunde war das nicht besonders viel. Sämtliche Baumstümpfe wurden als Sitzgelegenheit um die große Feuerstelle herum platziert und eine zweite, längliche Feuerstelle wurde auf der Zufahrtsstraße errichtet.

„Hier laufen wir dann durch", freute sich Solaria.

Zu meiner eigenen Sicherheit schwor ich mir, dort nicht durchzulaufen.

„Sogar die Pferde laufen da problemlos durch."

Sofern sie noch lebten. Fast reflexartig zeigte ich auf Adashina.

„Adashina hat es leider nicht geschafft. Der Tierarzt musste sie heute Vormittag erlösen. Ihre Seele hat sich aber bereits ein neues Zuhause gesucht. Das hat sie mir schon zugeflüstert. Schön, nicht wahr?"

„Ja, schön. Und ihr Körper?"

„Der ist jetzt nur noch eine leere Hülle."

Es tut mir leid, das an dieser Stelle so klar sagen zu müssen, aber warum konnten diese esoterischen Menschen nicht *einmal* Klartext reden? Das war *anstrengend*!

„Wie lange bleibt die leere Hülle denn noch hier liegen?"

Auf meinem Parkplatz wohlgemerkt, was auch kein Problem gewesen wäre, wenn es sich nicht um die ungünstige Konstellation einer Leiche im Hochsommer gehandelt hätte. Ich hatte nichts gegen Adashina. Sie war zu Lebzeiten ein sehr liebes Pferd gewesen. Aber jetzt war sie tot und im ... *Himmel*, war ich denn die Einzige, die kein verwesendes Pferd in ihrem Gemeinschaftsgarten gebrauchen konnte?

„So lange, bis sich all ihre Freunde von ihr verabschiedet haben."

„Von einer leeren Hülle?"

Leider ging diese Frage im Tumult der ersten Gruppe von ankommenden spirituellen Schülern unter. Von allen Seiten drückten, herzten, küssten und freuten sich Menschen mit überlang gezüchteten Haaren, Frauen in Bohemian-Kleidchen und Männer in bestickten Tuniken. Menschen, wie ich sie selten gesehen hatte. Und noch viel seltener erleben durfte. Eine derartige Gute-Laune-Gruppe war mir nie zuvor untergekommen. Einige trugen riesige Musikinstrumente auf ihrem Rücken. Andere Salatschüsseln oder gläserne Wasserflaschen mit glitzernden Steinen darin. Sie sollten das Wasser, in dem sie schwammen, energetisieren, wie man mir glücksbeseelt und voller Überzeugung mitteilte. Und mitten in diesem Tumult sah ich dann auch wieder Sam. Er stand einfach nur da, in Jeans und T-Shirt – was ihn unter den bunten Paradiesvögeln zu einem Exoten machte – und beobachtete die Menschen um sich herum. Langsam schaute ich an mir herunter. Ich trug noch immer meine Sachen von der Arbeit. Eine braune Stoffhose und eine taubenblaue Bluse. Lediglich meine Absatzschuhe hatte ich durch meine zerhackten

Turnschuhe ersetzt, die Stoffhose entsprechend umgekrempelt und wirkte dadurch zumindest untenrum nicht mehr ganz so spießig. Das jedenfalls hatte Solaria mir vorhin gesagt, als ich auch nach wiederholtem Drängen kein Interesse gezeigt hatte, ihren Sari zu tragen. Den trug sie nun selbst, und sie sah wunderschön darin aus. Umzingelt von einer Schar spiritueller Schüler warf sie lachend das lange Haar in den Nacken. Die offensichtliche Bewunderung, die ihr von allen Seiten, von Jung und Alt, entgegengebracht wurde, war überwältigend. Ich denke, in einem Moment wie diesem wurde das viele Gute honoriert, das Solaria getan hatte. Auch Sam schaute zu ihr. Verriet sein Blick Interesse? Begierde? Liebe? Ich konnte nichts daraus deuten. Dann jedoch trafen sich unsere Blicke – und Sam lächelte. Wie paralysiert zog mich dieser Mann an, und so ging ich langsam auf ihn zu. Kaum, dass ich vor ihm stand, quetschte sich eine alleinerziehende Mutter mit ihrem anti-autoritär erzogenen Kind zwischen uns. Ich kannte beide aus dem rituellen Redekreis.

„Hallo Säääääm, die Ananda-Delphine würde gern mal deine Klangschalenbehandlung in Anspruch nehmen. Nicht wahr, Ananda-Delphine?"

Ananda-Delphine sah bitterbös beleidigt auf das große Scheunentor hinter Sam und sagte: „Nein!" Sam sah auch nicht begeistert aus.

„Nun, wann hättest du denn mal einen Termin frei?", fragte die doch nicht so antiautoritäre Mutter und lächelte Sam erwartungsvoll an.

„Ich will nicht!", schrie Ananda-Delphine.

Sam sah kurz auf das kleine Mädchen, das ihn keines Blickes würdigte.

„Eigentlich behandle ich keine Kinder."

Muttis Mimik wechselte von strahlender Erwartung zu einem schlecht gelaunten Schmollgesicht: „Oh, das ist aber schade."

Ananda-Delphine schien indes nichts gegen eine nicht stattfindende Klangschalenbehandlung zu haben.

„Du hast mir versprochen, dass ich nach Onkel Sam auf einem Pony reiten darf", quiekte sie und zeigte auf … Adashina?

Onkel Sam?!?

Bevor ich mir weitere Gedanken machen konnte, rannte die Kleine zielsicher auf das sich zersetzende Pferd zu. Gottseidank rannte ihre aufgelöste Mutter sofort hinterher. Ich sah ihnen noch nach, als Sam neben mir meinte: „In einem Monat hätte ich wieder ein paar Termine frei."

„Aber ich …"

„Dein Sicherheitsdenken", unterbrach mich Sam und seine durchdringenden Augen erhöhten meinen Pulsschlag, „tut dir nicht gut, Lisa. Es schadet dir auf Dauer sogar."

„Aber es spricht doch nichts dagegen, dass mir *Sicherheiten* nun einmal wichtig sind", rechtfertigte ich mich wie ein kleines Mädchen. Meine Güte, der Mann tat ja so, als sei ich nicht ganz normal. In dem Fall müsste jeder Besitzer einer Alarmanlage, einer Allzweckversicherung oder einer sicheren Anstellung an der eigenen Psyche zweifeln.

„Doch, Lisa. Deine *Sicherheiten* engen dich ein." Sams Ton war ungewohnt ernst. „Du sitzt in einem Kasten, einem Kasten aus Angst, der dich nicht freilässt."

Esoterische Bildersprache war auf Dauer auch nicht das Gelbe vom Ei. Ich versuchte es auf die pragmatische Art:

„Was genau schadet mir jetzt? Sicherheiten oder Angst?"

„Das ist in deinem Fall das Gleiche. Wärst du nicht dermaßen angstgesteuert, dann wären dir Sicherheiten auch nicht so wichtig."

Ach herrje, das klang ja, als sei ich nicht ich selbst.

„Dabei sehnst du dich danach, endlich du selbst zu sein", schon wieder sah er mir tief in die Augen. „Dein Innerstes schreit nach Freiheit, nach Abenteuer, nach Leben und nach Lust."

Prompt kam mir Solaria in den Sinn. Nicht, dass die wieder einen Grund zur nicht vorhandenen Eifersucht bekäme. Ich erspähte sie abseits des Getümmels. Sie trug die Wetterhenne im Arm und unterhielt sich mit einem älteren Herrn, der ein wenig wie ein veralteter Indianer aussah.

„Und dein Körper schreit nach Zuneigung, nach menschlicher Wärme und Nähe", sprach Sam und da musste ich ihm zwangsweise in die Augen sehen. Sie durchbohrten mich geradezu. Vielleicht konnte dieser Mann tatsächlich in mein Innerstes schauen. Und jetzt strich er mir auch noch mit seinem Zeigefinger über die Wange. Ich bekam das Gefühl, ein Stromschlag jage durch meinen Körper.

Prompt lief Solaria an uns vorbei und reflexartig sprang ich einen Schritt zurück. Die Bestimmerin hatte Sams Geste mitbekommen. Ganz sicher. Nun trug sie das Huhn in die Scheune und ihre Schneidezähne wieder auf der Unterlippe.

Auweia …

„Gleich geht das Feuer los", bemerkte Sam und zog mich an der Hand hinter sich her. Kurz darauf saß ich auf einem Baumstumpf, neben Sam und vielen anderen spirituellen Schülern. Solaria stand im Kreis und hielt eine kurze, knackige Rede über Pferde, Feuer und Freiheit. Das konnte sie wirklich gut. Ein jeder lauschte gebannt ihren wohlformulierten Worten.

Dann wurden die beiden Feuerstellen entzündet und ich rückte mit meinem Stumpf ein gutes Stück zurück, während die ersten Esoteriker schon glücksbegeistert durch die längliche Feuerstelle sprangen.

Nie und nimmer, sagte ich mir leise, als ich Egon erspähte, der sich gerade einen Weg zu mir bahnte.

„Lisa-Herz, habe ich etwas verpasst?"

„Es hat gerade erst angefangen", antwortete ich.

„Verdammt, das Holz reicht nicht aus", rief da plötzlich Solaria mit einer Mischung aus Wut und Verzweiflung in der Stimme. Natürlich sah sie dabei nur in mein Gesicht. Und ich hielt entsprechend hilflos Ausschau nach der Frau in Lila, während ich mich gleichzeitig fragte, was neuerdings mit meinem Verstand nicht stimmte. Hatte ich allen Ernstes den Worten einer Bekifften blind vertraut, anstatt mich persönlich abzusichern?

„Kein Problem", sagte Egon, „ich gehe mit dem Bollerwagen zu Karl und hole welches."

„Und du springst jetzt mit mir durchs Feuer", sagte Sam und machte Anstalten, mich zum Scheiterhaufen zu zerren.

„Neiiiin!“, schrie ich mindestens so verzweifelt wie Solaria. Alle drei sahen mich entgeistert an.

„Ich meine, ich hole das Holz bei Karl“, sagte ich, denn mit Bollerwagen durch die Dunkelheit erschien mir doch weitaus ungefährlicher als zu Fuß durchs Feuer.

„Wie du willst, der Bollerwagen steht neben der Treppe“, entgegnete Solaria, schnappte sich beschwingt Sams Hand und zerrte den irritierten Klangschalenmeister hinter sich her.

In dem Fall gab ich mich dem Konkurrenzkampf freiwillig geschlagen. So glühend heiß meine Gefühle für Sam auch waren, verbrennen wollte ich dafür nicht. Zumindest nicht jetzt.

Ich holte meine Taschenlampe aus dem Haus, eilte die Treppen hinunter, griff nach der Deichsel des Bollerwagens und machte mich auf den Weg. Als Weg konnte man die knapp dreihundert Meter eigentlich nicht bezeichnen. Vielmehr als holprigen Schotterpfad. Dazu war die Strecke vollkommen unbeleuchtet und damit absolut unsicher. Beklommen zog ich mein Gefährt ins Tal hinab und versuchte, meine Ängste durch die Erleichterung zu neutralisieren, in diesem Moment nicht durchs Feuer springen zu müssen. Da mir trotzdem sehr mulmig zumute war, pfiff ich zur Beruhigung eine Melodie vor mich hin. Auf die Schnelle kam mir nur „Ein Männlein steht im Walde“ in den Sinn.

Als der Bollerwagen und ich schließlich vor meinem Traumhaus standen, fühlte ich mich wie Gretel bei ihrer Ankunft am Knusperhaus, nur dass ich statt meinem Hänsel den Bollerwagen bei mir hatte. Ehrfürchtig betrachtete ich das wunderschöne Häuschen. Selbst in der Dunkelheit versprühte es ein behagliches Ambiente, so als würde es mir sagen: „Bei mir bist du sicher.“

Bei mir bist du sicher?!?

Ging's noch? Ich sollte mich nicht zu oft in der unmittelbaren Umgebung von bekifften Hippies aufhalten, was in meiner Situation gar nicht möglich war. Denn Solaria brauchte ihre spirituellen Schüler, und ich brauchte dieses Zimmer in Solarias Haus. Ja, und ich brauchte Holz, das sollte ich an der Stelle auch nicht vergessen.

Ich rief ein zaghaftes: „Ka-harl?“ über den Hof. Daraufhin bellte irgendwo im Zuckerhaus ein Hund. Eine weitere Reaktion blieb allerdings aus. Also beschloss ich, nach Karl zu suchen. Ich ließ den Bollerwagen stehen und lief mit der Taschenlampe über den Hof. Alles war dunkel und ruhig, ganz anders als dreihundert Meter weiter oben, dort steppten die bärtigen Esoteriker. Ich betrat eine Garage, in der sich aber nur ein in die Jahre gekommener Passat und Karls Traktor befanden. Im Geräteschuppen nebenan war auch niemand. Das sehr große Gewächshaus war hingegen abgeschlossen. Ich leuchtete mit der Taschenlampe die unmittelbare Umgebung ab. Neben dem gigantischen Gewächshaus schien sich ein überdimensionales Gemüsebeet zu befinden, von dem ich allerdings im Moment nicht viel erkennen konnte. Dafür erkannte ich, dass Karl wohl nicht da war. Oder er war im Haus.

Auf diese wenig geistreiche Schlussfolgerung – mein Gehirn schien bereits haschischgeschädigt zu sein – lief ich zurück und klingelte an der Tür. Es bellte erneut. Dann öffnete mir eine Frau Anfang vierzig die Tür und konnte noch im letzten Augenblick einen großen schwarzen Hund am Halsband festhalten, bevor der mich zerfleischte. Das große, übergewichtige Tier bellte dermaßen laut, dass es mir in den Ohren wehtat. Und anstatt etwas dagegen zu unternehmen, sah mich die Frau bloß kritisch an.

„Guten Abend, ist Karl da?“, fragte ich eingeschüchtert.

„Können Sie mir bitte mal nicht so ins Gesicht leuchten!“

„Oh, Entschuldigung.“

Schnell schaltete ich meine Taschenlampe aus, woraufhin sich auch der Hund allmählich beruhigte.

„Was wollen Sie denn von ihm?“, fragte die Frau und bedachte mich eines misstrauischen Blicks. Sie war einer dieser dominanten Typen, die mich schon mit ihrem bloßen Augenaufschlag verunsicherten. Zudem war sie wohl Karls Frau. Oder Freundin. Sonst hätte sie bestimmt nicht gefragt, was ich von Karl wolle. Ja, und sonst hätte sie mir sicherlich auch nicht seine Tür geöffnet.

„Ich wollte eine Ladung Holz abholen. Für das Feuerfest auf dem Achtsamkeitshof.“

Ich zeigte auf die glühenden Punkte am Horizont, von denen schallendes Gelächter ausging. Dann leuchtete ich auf meinen Bollerwagen.

„Ach, kommen Sie von den Spiris?“, fragte sie, und ihr Gesicht erfüllte sich mit diesem Schmunzeln, das einen auch beim Schauen einer Sitcom überkam. Die pure Schadenfreude.

„Ja“, murmelte ich. Spiris, Esos, Depperte, Nackerte – ich hatte mir schon einige Begriffe und Belustigungen zu den Bewohnern meiner Bleibe anhören müssen. Auch der Bäcker oder die neugierige Verkäuferin vom Getränkeladen nahmen da kein Blatt vor den Mund.

„Karl ist im Stall“, sagte die Frau und zeigte auf das einzige Gebäude, in dem ich noch nicht nachgesehen hatte.

„Dankeschön, und einen schönen Abend“, sagte ich freundlich und zog meinen Bollerwagen hinter mir her in Richtung des Stalls. Dort angekommen, rief ich vorsichtig nach Karl.

„Servus Lisa“, begrüßte er mich wie selbstverständlich aus einer hinteren Ecke, die in schwaches Licht getaucht war. Und dann fügte er noch viel selbstverständlicher hinzu: „Guad, dass du do bisd. Konnst glei amol heifn.“

Für mich glich es schon einer Mutprobe, überhaupt einen Fuß in den Stall zu setzen. Neben Karl befanden sich hier nämlich auch noch Kühe, und die waren – genauso wie Solarias Pferde – weder eingepfercht noch angebunden.

„Du brachst koa Ongst ned zerhobn. De han olle ganz liab.“

Trotz des schwachen Lichts konnte ich erkennen, dass Karl vor einer Kuh kniete, die im Stroh lag, und ihr liebevoll den Kopf kraulte. Zwangsweise dachte ich an das Disneybild von Karl, Kuh und Katze, das ich in meinem Kopf unter der Rubrik „seltenes Ausnahmephänomen“ abgespeichert hatte. Nun schien sich diese Szene zu wiederholen, oder wurde gar aus einer Ausnahme die Regel?

„Irmi hod do a wunde Stäie am Nackn. Des mus i eicrema. Konnst du sie moi beruhign?“

Ich sollte eine Kuh beruhigen?

So zögernd wie zitternd betrat ich den Stall. Dass ich Angst hatte, lag auf der Hand. Ich hatte keinerlei Erfahrung mit derartig großen Tieren und es gab auch nur eine vegetarische Gemeinsamkeit. Selbst nach dem offiziellen Vorstellungsprogramm waren Solarias freilaufende Pferde für mich noch lange harter Tobak gewesen. Ich hatte sehr viel Zeit gebraucht, um diese Kolosse, die laut Solaria eher kleinwüchsig waren, nicht länger als Gefahr, sondern als Gefährten anzusehen. Anders als Karls Kühe waren Solarias Pferde jedoch nicht mit wikingermäßigen Hörnern ausgestattet. Mein Herz sank in die Hose, während ich mich langsam Meter für Meter vorarbeitete. Die Kühe hingegen beachteten mich überhaupt nicht. Ganz anders als die Pferde, die immer neugierig auf mich zukamen.

Karl bedeutete mir, neben ihm Platz zu nehmen. Kaum dass ich kniete, nahm er vorsichtig meine Hand und legte sie der Kuh auf die Stirn.

„De Irmi mog des."

Da lag nun also meine Hand auf Irmis tellergroßer Stirn und ich sah in ihre treuen Kulleraugen, wodurch sich der gefährliche Eindruck ihrer Hörner allmählich milderte. Karl verteilte indes ein wenig Creme auf ihrem Nacken.

„Beißen Kühe?", fragte ich, mich noch immer nicht wirklich sicher fühlend.

„Na", Karl schüttelte den Kopf, „meina Kia han besonders sanft. Schau, d'Irmi hod si do a bissarl verletzt. Scho guad, Madl, scho guad."

Diese Kuh war so ruhig und entspannt, die musste man gar nicht beruhigen. Das konnte an ihrem Wesen liegen, oder an Karl. Liebevoll verarztete der ihre kleine Wunde. Ich war richtig gerührt, wie fürsorglich Karl mit seinen Milchkühen umging.

„Des han koana Milchkia, woast? Des han Gnadnkia."

Hatte ich das richtig verstanden? Gnadenkühe?

„Du fütterst und pflegst sie? Du schlachtest sie nicht?"

Karl nickte. Dann erklärte er mir, dass weibliche Kühe nicht von vornherein und ohne Zutun Milch gaben. Erst nach dem Kalben war das der Fall. Und auch nur für die Dauer der Kälber-Kinderstube. Das wollte er seinen Kühen nicht fortdauernd zumuten, denn die Trennung von Mutter und Kind war nicht völlig problemlos.

„Außerdem han de Kia moan Nochlass."

„Du hast die Kühe geerbt?", fragte ich irritiert. Karl litt offensichtlich auch unter einer Mutter-Kind-Trennung.

Er nickte erneut: „Moa Voda un moa Muada han voa via Johrn verstoabn."

Und dann erzählte er mir vom Autounfall seiner Eltern, der ihn von heute auf morgen zum alleinigen Besitzer eines Bauernhofs gemacht hatte. Wie er das Milchgeschäft aufgegeben, in den Gemüsebereich investiert und es nicht übers Herz gebracht hatte, die treuen Tiere töten zu lassen.

„De Kia hobn so vui Guads getan. Und ois Dank soiad i sie tötn? Niemals!"

Ich klebte an seinen vollen Lippen, während meine Hand noch immer auf Irmis Stirn lag.

„So, Irmi, du hosd es gschofft. Ja, des is gscheit, guads Madl."

Er streichelte der Kuh sanft über den Schopf und dabei trafen sich zufällig unsere Hände. Ich zuckte ein wenig zusammen, aber das konnte auch an Egons Stimme liegen, die plötzlich unverhofft im Stall ertönte: „Karl? Lisa? Seid ihr hier?"

„Ja, hier, bei der Kuh", rief ich, als ich auch schon vom Licht seiner Taschenlampe getroffen wurde.

„Wir brauchen das Holz", sagte Egon, und da fiel auch mir wieder ein, weshalb ich überhaupt hergekommen war.

Ein paar Minuten darauf liefen Egon und ich nebst holzbefülltem Bollerwagen den Weg zum Achtsamkeitshof hinauf, und ich freute mich.

Darüber, dass ich nun nicht mehr allein zurücklaufen musste. Darüber, dass Karl solch ein großer Tierfreund war. Darüber, dass ich nun hoffentlich nicht mehr durch das Feuer springen musste.

„Das waren aber Funken", sagte Egon.

„Wo?", fragte ich und wurde von erneuter Feuer-Fuß-Furcht ergriffen.

„Na, im Stall, zwischen Karl und dir. Das Knistern habe ich doch bis in die entlegensten Zellen gespürt."

„Niemals“, konterte ich. „Karl hat doch … Karl ist doch …“
„Okay, okay“, unterbrach mich Egon. „Du bist wohl noch nicht so weit.“
Dieser Satz trieb mich so langsam, aber sicher in den Wahnsinn. Außerdem war Karl vergeben. Nein, verheiratet. Denn außer, dass mir eine Frau seine Haustür geöffnet hatte, schimmerte an seiner Hand noch ein goldener Ring, der mir ganz genau aufgefallen war. Ich würde keiner Frau den Ehemann ausspannen. Ja, eigentlich noch nicht einmal einer hochgradig Spirituellen den heimlichen Schwarm, auch wenn diese schwesterlich teilen wollte (ihre Schneidezähne aber das genaue Gegenteil verlauten ließen).
Womit wir wieder beim Thema waren: Vor mir stand Sam, hinter ihm stand Solaria, die damit beschäftigt war, eine lederne Kette mit kleinen Glöckchen um Sams Hals zu binden. Ein Geschenk, wie sie gerade erwähnte. Für mich sah es eher aus wie eine Besitzmarkierung. Der Glöckchenklang erinnerte mich zudem stark an meine Mutter, die mir in ihrer Einsamkeit so entsetzlich leidtat. Da fiel Solarias Blick auch schon auf mein bekümmertes Gesicht und sie sagte: „Ich muss mit dir reden, Lisa.“
„Ich auch“, ergänzte Sam.
Wieder fingen sie an, meinen übertriebenen Sicherheits-Tick zu betonen, der angeblich mein ganzes Leben blockiere. Ihnen sei durchaus aufgefallen, dass ich mich um meinen Sprung durchs Feuer gedrückt und mich freiwillig fürs Holzholen gemeldet hatte. Solaria scheute auch nicht davor zurück, mir sogleich ihre bunte Palette an Behandlungsmöglichkeiten anzupreisen. Als wir bei dem Punkt angelangt waren, dass Solaria für ihre Behandlung kein Bares von mir verlangte, meinte Sam urplötzlich, dass seine Klangschalen es doch eigentlich genauso täten wie Solarias Aufrichtung (oder sprach sie von einer Abrichtung?). Die Bestimmerin wurde daraufhin kreidebleich. Und dann, als Sam auch noch salopp sagte, dass er es mir ebenso umsonst machen würde, entglitten ihr völlig die Gesichtszüge. Sie sah aus, als wäre sie kurz davor, mich so zu zerfetzen, wie es wohl auch eine eifersüchtige Ehefrau mit dem Beweisfoto ihres fremdgehenden Gatten tat. Von wegen Polygamie! Sam bot mir doch nur eine Thera-

piestunde an, und bereits darauf reagierte Solaria wie eine Furie. Heftig widersprach sie meiner Behandlung durch Sams Klangschalen. Ihre Stimme überschlug sich beim Reden und wurde irgendwann so laut, dass immer mehr Besucher des Feuerfestes auf uns aufmerksam wurden. Ab da schaltete ich meine Ohren auf Durchzug, ganz so, wie ich es von Dienstwegen her gelernt hatte.

Fünf Minuten schaute ich teilnahmslos auf Solarias wilde Mundbewegungen, die in diesem Moment ähnlich unnötig waren wie das Ausräuchern eines ganzen Hauses wegen eines einzigen Karls. Letzterer hatte immerhin glückliche Kühe und damit irgendwo auch gute Energien (zumindest aus indischer Sicht). Solaria war immer noch nicht fertig, ihr Monolog schien kein Ende zu nehmen, also übernahm ich das nun. Mit einem Satz: „Vielen Dank, aber ich brauche *keine* Behandlung."

„Brauchst du doch!", sagte Sam.

„Aber ausschließlich von mir!", schrie Solaria.

„Okay okay!", sagte ich.

Eine Zusage war das natürlich nicht. Am liebsten hätte ich diese zwei Worte auch gleich wieder zurückgenommen. Denn plötzlich rief jemand: „Scheiße, es breeeeeennt!", und Solaria zeigte bloß lachend auf das Lagerfeuer und sagte: „Noch, ja, aber wir müssen dringend Holz nachlegen."

Zum Glück erkannten andere den Ernst der Lage. Es war nicht nur das Holz im Lagerfeuer, was brannte. Nein, das Feuer hatte auf die Hauswand übergegriffen.

„Ich rette das Huhn!", rief Egon und rannte in Richtung der Scheune.

„Hat jemand ein Handy?", rief Sam in die Menschenmenge.

Ich schaute auf das Flammenmeer an der Hauswand, während mein Herz erneut in die Hose sank. Da kehrte auch Solaria aus ihrem Friede-Freude-Feuerland zurück und quiekte ein „Hilfe!" über den Hof.

Einen Eins-Eins-Zwei-Anruf und einen Feuerwehreinsatz später war der Achtsamkeitshof ohne größeren Schaden davongekommen. Die Hauswand war nur an den hölzernen Verzierungen ein wenig angekokelt und verrußt.

„Aua!“, als Dank für ihre Rettung hackte Jörg in Egons Handrücken.

„Wie konnte das nur passieren?“, fragte sich Solaria und wirkte dabei wie ein unbeholfenes Kind, das soeben seine erste Erfahrung mit einem Feuerzeug gemacht hatte.

„Aus Unachtsamkeit!“, hätte ich ihr am liebsten entgegengerufen, tat es aber nicht. Zum einen, weil ich für so etwas viel zu feige war, und zum anderen, weil die Ursache weniger bei Solaria als beim Cannabis lag. Um noch mehr ins Detail zu gehen: Ein gewisser lilafarbener Sari hatte sich beim Feuertanz ein heißes Andenken mitgenommen und sich von der bekifften Trägerin zur Treppe bringen lassen. Dort wiederum hatte sich eine Efeuranke entzündet, die sich an der Hauswand emporschlängelte.

„So was hab ich in Indien auch mal gesehen“, sprach nun die Frau in Lila mit einem gleichgültigen Blick auf den gelöschten Brand. Sie schien sich absolut keiner Schuld bewusst zu sein. Wahrscheinlich hatte sie ihre Brandstiftung bis jetzt noch nicht bemerkt. Und das, obwohl ihr Egon zwischenzeitlich einen Eimer Wasser über den brennenden Sari gekippt hatte.

„Armer Efeu!“, sagte ich. Das verschmorte Grün hatte dem Achtsamkeitshof bis zu diesem Zeitpunkt einen märchenhaften Touch verliehen.

„Zum Glück ist nichts Schlimmeres passiert“, sagte Solaria und atmete hörbar erleichtert auf. Mit Sams nächstem Satz fiel sie dagegen fast ins Koma:

„So Lisa, ich habe jetzt beschlossen, dich bei einem Termin in vier Wochen aus deiner Sicherheitssklaverei zu befreien.“

Zugegeben, Sams Satz kam so unpassend wie ein Glückwunschschreiben auf einer Beerdigung.

„Meine Klangschalen schaffen das an einem Abend. Und als Beweis springe ich anschließend mit dir vom Hausdach. Das steht ja zum Glück noch.“

Ein Feuerwehrmann sah uns irritiert an. Sein Kollege war direkter: „Sie haben wirklich Glück, dass Ihr Dach kein Feuer gefangen hat.“

„Ich glaube, ich will mein Sicherheitsdenken gar nicht aufgeben", sagte ich, aber darüber ging Sam einfach hinweg.

„Eine Sache gibt es bei meiner Klangschalentherapie noch zu beachten, Lisa. Du musst während der gesamten Behandlungsdauer über nackt sein."

Noch ein Grund, dies nicht über mich ergehen zu lassen.

„Aber da du schon gestern so freizügig warst, ist das doch sicher kein Problem für dich, oder?"

Das war nicht nur ein Problem für mich, sondern vor allem auch für Solaria, die gerade ihr Veto einlegen wollte, als Sam sie mit seinem alles durchdringenden Blick durchbohrte. Da plötzlich verwandelte sie sich in eine stumme Statue, während die Feuerwehrmänner fassungslos ihre Köpfe schüttelten.

„Bekloppte Nackerte!", rief der Direktere von ihnen, dann verließen sie den Achtsamkeitshof.

Ich konnte ihnen nur beipflichten, gedanklich, denn Abhauen war in meinem Fall nicht drin. Dafür nahm ich mir ein Beispiel an der Direktheit des Feuerwehrmannes und entgegnete auf Sams Frage: „Doch, das ist ein Problem für mich."

Sam sah mir verblüfft ins Gesicht. Solaria hingegen tätschelte meine Schulter und diagnostizierte mir eine „schwere Verklemmung". Als exhibitionistische Expertin musste sie es ja wissen. Außerdem schien es, als ob ihr mit der Erkenntnis meiner schweren Verklemmung ein nicht minder schwerer Stein vom (verliebten) Herzen gefallen sei. Und weil ihr Herz dazu auch noch so *offen* war, konnte sie ihre herausragende Hilfsbereitschaft nicht mehr länger zurückhalten.

„Wie wäre es mit einer Lichtdusche deines Wurzelchakras, meine Liebe? Die könnte ich dir gleich morgen anbieten."

Wie klar musste ich mich eigentlich noch ausdrücken? Ich brauchte keinen Wurzelchakra-Voodoo-Zauber. Und auch keine Klangschalen. Zugegeben, so verlockend eine Privatbehandlung durch Sam auch sein mochte, so wenig glaubte ich an das Resultat. Ich meine, eine Stunde Gebimmel auf dem blanken Bauch, und alles wäre in Butter? So einfach konnte das doch nicht sein.

Und selbst wenn es so war und ich de facto zur Gattung der Sicherheits-Psychos gehörte, wofür gab es dann überhaupt noch Therapeuten? Nervenheilanstalten? Medikamente?

Ungläubig ließ ich meinen Blick von Solaria zu Sam springen.

„Tut mir leid, aber ich brauche keine Behandlung", sagte ich, woraufhin Sam bloß mit den Schultern zuckte und Solaria, der man eine kleine Prise Erleichterung ansehen konnte, sprach: „Sie ist eben noch nicht so weit."

„Möchtest du denn morgen Abend wieder an meinem rituellen Redekreis teilnehmen?", fragte Egon, und das klang wie eine Erlösung.

„Au ja!", rief ich begeistert, und da zwinkerte Solaria Egon verschwörerisch zu.

Der nächste Morgen verlief dann, allen elendigen Erwartungen zum Trotz, wie immer. Ich machte meine Arbeit so, wie ich es Rosi versprochen hatte, stellte meine Ohren auf Durchzug und meine Augen auf ... Durchblick?

„Griass di!"

Am Eingang stand Karl mit einem Stapel Papier und musterte mich von oben bis unten. Ich tat es ihm gleich, konzentrierte mich jedoch schnell auf seine rechte Hand, vielmehr auf den dort glänzenden Ring, der in der Tat ein Ehering war.

Langsam erhob ich mich und ging auf Karl zu. In dem Moment öffnete sich die Tür zum Büro meines Vorgesetzten und Rosis Stimme summte in meinem Kopf: „Mach in diesem Amt ausschließlich deine Arbeit."

Amtmann Eglmair schaute interessiert in meine Richtung, was mich doch sehr einschüchterte. Schnell huschte ich zurück an meinen Platz und ging meinen Schreibarbeiten nach.

„Habedehre", sagte mein Vorgesetzter freundlich zu Karl, doch bei dem war es mit der Freundlichkeit nicht so weit her. Er warf dem Eglmair wütend seinen Papierpacken vor die Füße und rief: „Fregga!"

Jetzt hatte ich niemanden mehr, der mir das übersetzte. Ich schrieb das Wort trotzdem in mein Vokabelheft. Vielleicht konnte mir Karl seine Schimpfwörter beizeiten selbst übersetzen.

Als ich nachmittags auf dem Achtsamkeitshof eintrudelte, tat ich das zeitgleich mit dem Abdecker, der kurz darauf Adashina mit einer laut brummenden Seilwinde in seinen LKW verlud. Ein skurriles Bild. Und dann ein geradezu geschmackloses Geräusch, als die „leere Hülle“ auf dem Boden des LKW aufschlug.

Solaria, mal wieder nackt, sprach ein paar Segnungen in Richtung des LKW, streute Sägespäne auf die Stelle, an der vorher noch das tote Pferd gelegen hatte, und drückte mir schließlich siebzig Euro in die Hand. „Kannst du die bitte Karl bringen? Sind für Heu und Holz.“

Ihre Bitte kam zwar etwas zusammenhanglos, aber ich nickte und machte mich sofort auf den Weg. Außeramts traf ich gern auf Karl. Er war eine willkommene Abwechslung zu all den Achtsamkeitshöflern. Ganz besonders nach der gestrigen Kuhaktion. Ich freute mich schon richtig auf ihn. Und ich musste auch nicht lange nach ihm suchen. Da es noch hell war, traf ich Karl auf seinem Gemüsebeet an. Er wühlte im Dreck, war gerade dabei, Kerbel und Radieschen auszusäen, wenn ich ihn richtig verstand, und wie zu erwarten, war er auch viel ruhiger und ausgeglichener als am Vormittag. Der Spruch, dass Gartenarbeit beruhigte, schien sich also zu bewahrheiten. Ich wollte Karl nicht auf seine Amtsausraster ansprechen, denn Rosis Warnung schwebte auch jetzt wie ein Damoklesschwert über dem Gemüsefeld. In manche Dinge sollte man seine Nase einfach nicht reinstecken.

„Riech amoi!“ Karl hielt mir einen Strauß frischen Grünzeugs unter die Nase. Es roch sehr frisch.

„Guad, oda? Zitronenminze“, sagte er und seine großen Augen strahlten. Fasziniert ließ ich mir von ihm seine Kräuterschnecke erklären.

Dann zeigte mir Karl sein Gemüse und schenkte mir eine Gurke, die jetzt im Juli Erntezeit hatte.

„Bevor ich es vergesse“, sagte ich und streckte ihm Solarias Geld entgegen.

Er winkte ab: „Na, lass dei Geid steckn.“

„Das ist von Solaria“, sagte ich und streckte es ihm aufs Neue hin, „für Heu und Holz.“

Karl nahm das Geld, zupfte den Fünfzigeuroschein heraus und steckte ihn in die Hosentasche seiner Latzhose.

„Des basst scho“, sagte er und gab mir den Zwanziger zurück. Dabei berührten sich abermals unsere Hände und ich zuckte unwillkürlich zusammen. Karl schien es genauso zu gehen. Ein wenig verloren sah er mich an. So verloren, wie ich mich fühlte, schließlich war der Mann verheiratet.

„Schöner Ring“, sagte ich geistesgegenwärtig und zeigte auf seine rechte Hand, an der sein Ehering wie ein „Besetzt-Schild“ prangte.

„Oh ja, des find i aa“, sagte Karl und zog ihn sich vom Finger. Dann legte er das Zeichen seiner ewigen Bindung in meine Hand.

Was sollte das denn jetzt?

Verwirrt betrachtete ich den Ring. Im Innern trug er eine Gravur. Nicht die Übliche mit Vornamen und Hochzeitsdatum, sondern bloß zwei Worte. Allerdings zwei Worte, die unter die Haut gingen.

„In Liebe“ stand da in geschwungener Schreibschrift und sagte mehr aus als so mancher Liebesroman.

Verträumt gab ich Karl seinen Ehering zurück. Er lächelte mich an, ich lächelte zurück.

Verdammt, das gehörte sich nicht!

Schnell änderte ich meinen Blickwinkel und schaute angestrengt über sein Feld. Karls Augen folgten meinem Blick. Dann wandte er mir unvermittelt seinen Rücken zu, lief über seinen Acker und ging irgendwo mitten auf dem Feld in die Hocke.

Ein wenig verloren stand ich am Rand, beschloss gerade, das besetzte Gemüsefeld zu räumen, als Karl rief: „Lisa, moagst a Erdbeern hobn? Dann kim her!“

Erdbeeren? Wer sagte denn dazu schon Nein!?

Kurz darauf durfte ich mich an den saftigsten und süßesten Erdbeeren meines Lebens satt essen. Sie schmeckten unglaublich gut, ganz anders als das, was ich vom Supermarkt gewohnt war. Überhaupt war bei Karl alles so idyllisch, so friedlich und dermaßen von der Natur beschenkt, dass ich am liebsten den ganzen Abend bei ihm auf dem Gemüse- und Obstfeld verbracht hätte. Doch das ging leider nicht, denn zum einen wollte ich den rituellen Redekreis nicht verpassen und zum anderen war Karl verheiratet.

„Kaaarl!“, brüllte in dem Moment passenderweise die Frauenstimme, deren Besitzerin ich am Vorabend bereits persönlich kennenlernen durfte. Bevor Karl oder ich reagieren konnten, kam der große schwarze Hund auf mich zugelaufen.

Ich bekam die totale Panik und rannte, so schnell ich nur konnte, in Richtung meines Zuhauses. Zwar konnte ich aus dem Augenwinkel sehen, dass Karl versuchte, die Bestie festzuhalten, doch sie riss sich los und nahm erneut meine Verfolgung auf. Zum Glück hatte ich einen Vorsprung. Zum Pech war der Hund, obwohl eindeutig überfüttert, sehr schnell. Hektisch öffnete ich das Hoftor, sprang hindurch und knallte es gerade noch rechtzeitig hinter mir zu. Da kam der Hund auch schon angelaufen. Aufgeregt galoppierte er von links nach rechts, aber das brachte ihm auch keinen Einlass.

„Ätsch!“, sagte ich, vollkommen außer Puste, aber da hatte ich das große Loch im Zaun noch nicht entdeckt, durch das sich der dicke Vierbeiner gerade hindurchquetschte.

Scheiße!

Schreiend lief ich über den Hof, als Jörg gackernd angestürmt kam. Das streitsüchtige Huhn fehlte mir gerade noch. Komischerweise lief es an mir vorbei und … ja, tatsächlich hatte es die wetternde Wetterhenne nicht auf mich, sondern, viel skurriler, auf den Hund abgesehen. Mit ausgebreiteten Flügeln rannte Jörg auf das große schwarze Ungetüm zu, und der Hund ergriff winselnd die Flucht.

Hätte ich es nicht mit eigenen Augen gesehen, ich hätte es nicht für möglich gehalten.

Das Huhn hatte den Hund vertrieben. Und vor allem hatte es *mich* gerettet. Ich konnte es nicht fassen.

Und jetzt? *Jetzt* machte Jörg kehrt und rannte auf mich zu. Kaum dass sie vor meinen Füßen haltmachte und sich ihr Schnabel meinen Schuhen gefährlich näherte, schrie ich: „Neeeeeiiiinn!“

Ich wusste gar nicht, dass ich so laut schreien konnte, dass ich überhaupt so impulsiv war. Karls „Fregga!“ von heute Morgen ging dagegen unter wie ein Steinchen im Bach. Und Jörg? Die blieb stehen, machte leise „Gog-gog-gog-gog-gog“ und sah zuckenden Kopfes von links nach rechts.

Zum zweiten Mal konnte ich es nicht glauben.

Ich hatte mich behauptet. Nicht unbedingt gegenüber einem Hund. Dafür aber gegen das Huhn, das es immerhin zuvor mit dem Hund aufgenommen hatte.

Stolz lief ich in mein Zimmer und ließ mich feierlich auf mein Bett fallen. Meine Zimmertür öffnete sich.

„Warum hast du denn so laut geschrien, Lisa?“, fragte Egon und ich berichtete von dem Hund, dem Loch im Zaun und dem mich rettenden Huhn, welchem ich wiederum zum ersten Mal die Stirn geboten hatte.

„Der Hund ist harmlos“, erwiderte Egon, und obwohl es sicher nicht seine Absicht gewesen war, ließ das meinen neuartigen Stolz in sich zusammenschrumpfen wie einen löchrigen Luftballon.

„Und das Huhn ist auch harmlos. Nur das Loch im Zaun ist nicht ohne. Das sollten wir wirklich mal reparieren“, sprach jetzt auch noch Solaria, die sich gerade zu uns gesellte, wohl in der Absicht, meinem frisch gewachsenen Selbstbewusstsein den obligatorischen Genickschlag zu verpassen.

Sahen sie denn gar nicht, dass ich meine Ängste und mein „Sicherheitsthema“ allein angegangen war? Dass ich dem Kampfhuhn von selbst gezeigt hatte, wo der Hammer hing? Musste ich es auch ihnen einhämmern? War Hammer nicht überdies ein perfektes Stichwort?

„Wollen wir den Zaun vielleicht zusammen reparieren?“, hörte ich mein neuartiges Selbstbewusstsein in die Runde fragen.

„Supi Idee, Lisa“, entgegnete Solaria begeistert, und ihre Brüste hüpften dabei euphorisch auf und nieder. „Lasst uns ein Happening daraus machen. Wir reparieren den Zaun gemeinsam. Am besten gleich morgen.“

Ja, warum eigentlich nicht? So könnte ich nach all der Theorie endlich mal etwas für die Praxis tun und zudem meine nicht vorhandenen Kenntnisse im Handwerksbereich auffrischen.

„Machst du auch mit, Sam?“, fragte Solaria in den Flur, und da trat Sam in mein Zimmer, zwinkerte mir zu und sagte: „Mal schauen.“

„Ich fahre in den Baumarkt und organisiere alles, was wir dafür brauchen“, sagte ich, an das Geben-und-Nehmen-Prinzip denkend. Und wahrscheinlich auch, weil ich diejenige war, die sich einen undurchlässigen Zaun am innigsten wünschte. Nicht nur wegen des Hundes, sondern auch wegen meiner Mutter, die beim Anblick des Lochs sicherlich in Ohnmacht fallen würde. Dass sie mich auf dem Achtsamkeitshof besuchen würde, war schließlich nur noch eine Frage der (Genesungs-)Zeit. Natürlich vermisste ich Mutter sehr und wünschte sie mir in meine Nähe. Trotzdem hatte ich ernsthafte Bedenken, dass sie einen Besuch auf diesem Hof nicht ohne bleibende Schäden überstehen würde.

„Der Redekreis geht gleich los“, riss mich Egon aus meinen Gedanken.

Beim heutigen Redekreis waren auch Solaria und Sam mit von der Partie. Und das Thema hieß: *Die Angst, die mich an meinem Vorwärtskommen hindert.*

Das ist jetzt nicht euer Ernst! dachte ich und griff nach dem Stein, sagte dann aber: „Angst ist ein natürlicher Schutzmechanismus, der mich seit jeher vor gefährlichen Aktionen oder Risiken bewahrt.“

„Hau.“

„*Früher* hatte Angst noch vielerlei Schutzfunktionen“, sagte Solaria, als sie an der Reihe war und direkt nach der dicken Frauenskulptur griff. „Heute haben wir es allerdings mit einer Massenangsthaltung zu tun, die den Menschen seiner Energie beraubt und ihn an seinem Leben hindert.“

Wenn er sich nicht selbst an seinem Leben hindern würde, indem er zum Beispiel den Menschen vor lauter Energien nicht sieht, dachte ich mir.

„Hau.“

Egon, der heute ohne Einstiegsrede durch die Runde führte, sagte nur zwei Sätze: „All das, was aus dem Gleichgewicht gekommen ist, all das, was ins Extreme umschlägt, ist nicht gut. Wenn wir uns beispielsweise urplötzlich vor unsagbar vielen Dingen fürchten, können wir all das Schöne daran oder um uns herum nicht mehr wirklich und wahrhaftig wahrnehmen."

„Hau."

Eine Sache, die mir am Redekreis bisher besonders positiv aufgefallen war, war, dass jeder Teilnehmer für sich persönlich sprach. Heute allerdings ging es äußerst allgemein zu, zumindest in Egons und Solarias Beiträgen.

„Ich habe Angst vor meiner Schwiegermutter", sprach eine korpulente Frau, die mir noch aus vorherigen Redekreisen bekannt war. „Ich wünschte, ich hätte diese Angst nicht, weil meine Schwiegermutter im Grunde ein netter Mensch ist, aber irgendwie schüchtert mich diese Person schon ein, wenn sie nur den Raum betritt. Das ist so unfair, und ich will diese Angst nicht haben. Aber ich werde sie einfach nicht los."

„Hau."

„Grundlose Angst kenne ich nicht", sagte ich und nahm der Korpulenten die Frauenskulptur ab. „Meine Ängste haben immer einen Grund, und bisher haben sie mich auch nie getäuscht. Ich habe zum Beispiel Angst vor der Wetterhenne, und vielleicht ist die Wetterhenne im Grunde ein nettes Huhn, heute zum Beispiel hat sie mich vor einem Hund beschützt, aber generell muss ich vor diesem Huhn auf der Hut sein, denn es hat mich in den letzten Wochen doch zu oft attackiert."

„Hau."

„Attacken", sprach Solaria und riss mir die Skulptur aus den Händen, „zeigen uns generell, dass etwas in unserem Leben nicht stimmt. Es geht hier nicht um den Attackierenden oder die daraus resultierenden Ängste, sondern darum, aus den Attacken zu lernen. Jedes Lebewesen, das unseren Weg kreuzt, trägt zu unserer Weiterentwicklung bei. Wir sollten es als Geschenk ansehen und uns entsprechend weiterentwickeln, anstatt Ängste und Ablehnungen zu entwickeln."

Spätestens jetzt war auch der Frau mit dem Schwiegermutter-Thema klar geworden, dass dieser Redekreis ausschließlich mir und meinen Ängsten galt.

„Hau."

Als Sam an der Reihe war, nahm er das Stück Seil in seine Hände, sah an uns allen vorbei aus dem Fenster und sagte: „Von der Angst habe ich mich vor langer Zeit befreit. Angst kann wie eine Fessel sein. Eine Fessel, die dich an den Stillstand bindet. Mit Angst bist du nicht frei."

„Hau."

Ich musste es einsehen: Mein geliebter Redekreis war einem Überredungskreis gewichen. Kaum, dass es endlich vorbei war, beeilte ich mich, den Raum zu verlassen, zusammen mit zwei weiteren äußerst irritierten Teilnehmern. Egon lief mir hinterher.

„Alles okay?", fragte er, während die Frau mit dem Schwiegermutter-Thema nur achselzuckend meinte: „Irgendwie waren die Energien heute nicht auf meiner Seite." Da hatte sie wohl recht.

Ich lief in mein Zimmer. Egon lief mir nach. Er schloss die Tür hinter sich und sah mich ratlos an. Ich sah bedrückt auf seine Kermitfüße.

„Ich fürchte, Solaria übertreibt es ein wenig mit ihrem Drang, dich auf den richtigen Weg zu bringen, nicht wahr?"

„Was ist denn bitte der *richtige* Weg?", wollte ich von ihm wissen, während mein Blick noch immer auf seinen Froschfüßen ruhte.

Egon kratzte sich nachdenklich am Kopf. Ich war mir sicher, dass er Solarias (und Sams) richtigen Weg ebenso anzweifelte wie ich.

„Nun, das kann ich so genau auch nicht sagen. Das Einzige, was mir auffällt, ist, dass du doch schon sehr sicherheitsbezogen bist und … ja … auch ziemlich ängstlich. Manchmal ist das gar nicht schlecht, denn …"

„So würde ich den Achtsamkeitshof niemals abfackeln", kicherte ich und Egon war froh, dass ich damit das Eis zwischen uns wieder ein wenig zum Schmelzen gebracht hatte.

„Ja, genau. Wo Solaria zu viele Risiken eingeht, bist du vielleicht ein wenig zu ängstlich. Trotzdem ergänzt ihr beide euch ganz wunderbar. Nur befürchtet Solaria, dass du das Spirituelle nicht annehmen kannst, solange du dermaßen von deinen Ängsten manipuliert wirst."

Und das gab ihr wiederum das Recht, den Redekreis zu manipulieren?

Egon sah so sorgenbeladen aus, dass ich mir eine diesbezügliche Anmerkung verkniff. Stattdessen fragte ich:

„Ist es das, was mir der Satz ‚Lisa ist noch nicht so weit' sagen soll: Dass meine Ängste mein spirituelles Vorankommen verhindern?"

„Kann sein", antwortete Egon. „Ach Lisa-Herz, ich will einfach nur vermitteln, damit hier ein harmonisches Miteinander herrscht."

Vielmehr, damit Egon seinen Fokus fortan von Solaria auf Stefan verlagern konnte. Das wollte ich ihm aber auch nicht vorwerfen, schließlich gab er sich wirklich größte Mühe mit seinen Vermittlungsversuchen. Zudem wünschte ich mir selbst, dass es zwischen mir und Solaria funktionierte, und strebte deshalb spirituelle Offenheit an. Doch da war nun einmal etwas, das zwischen mir und Solaria stand und nur am Rande mit Spiritualität zu tun hatte. Dieses Etwas war die Anziehungskraft, die Sam gleichermaßen auf uns beide ausübte.

Hätte es meine Ängste und mein Sicherheitsdenken nicht gegeben, wäre ich Sam sicherlich schon längst verfallen, inklusive der Konsequenz, von einer eifersüchtigen Solaria vor die Tür gesetzt zu werden. Kein Sicherheitsdenken bedeutete in meinem Fall also „obdachlos". Konnte es sein, dass Sam mir deshalb den Sicherheitszahn ziehen wollte? Weil es langweilig war, auf Dauer der einzige Wohnungslose zu sein?

„Ich gehe jetzt", sagte Egon und gab mir einen Kuss auf die Stirn. „Und nur du weißt, wohin."

Ich nickte.

„Einen schönen Abend euch beiden", sagte ich und zwinkerte ihm zu.

„Dir auch, liebe Lisa, und mach das Beste daraus."

An diesem Punkt bezweifelte ich ernsthaft, dass auch nur einer von uns wusste, was das Beste war.

Eigentlich ging es doch nur darum, dass sich Menschen behaupteten (Solaria, Sam), andere vermittelten (Egon) und wieder andere sich fügten (ich). Schön verpackt in esoterische Weisheiten klang das dann ganz fabelhaft. Ich sollte nicht einfach nur aufhören, ein elender Schisser zu sein, sondern mir opulent den Sicherheitszahn ziehen lassen, damit ich künftig *so weit* wäre, um spirituellen Zugang zu erhalten.

Blöd, dass man zu diesem Zweck auch noch zusätzliche Ängste in mir schürte, indem man die Sache mit Zahnarztatmosphäre versah: „Ich behandel dein Wurzelchakra", „Ich ziehe deinen Sicherheitszahn". Ich meine, wer sagte schon freiwillig und mit freudig geröteten Wangen einer Zahnarztbehandlung zu, wenn deren Notwendigkeit noch nicht einmal erwiesen war? Und das auch noch splitterfasernackt und mit anschließendem Sprung vom Dach?

Hatte ich mich nicht schon genug arrangiert? Anscheinend nicht, denn ich lief tatsächlich noch einmal ins Wohnzimmer, wo Sam und Solaria saßen. Nun ja, Sam saß im Schneidersitz auf dem Boden und trug nichts weiter als seine Jeans. Solaria kniete nackt hinter ihm und massierte seine Schultern, wodurch seine neue Glöckchenkette leise vor sich hin klimperte. Ich versuchte, eine gleichgültige Miene aufzusetzen, was mir angesichts dessen, was meine Augen und Ohren gerade ertragen mussten, nicht gelang. Und so witterten die Überredungskünstler ihre Chance. Der Überredungskreis ging in eine neue Runde und endete erst, als ich sagte, dass ich mir die Sache mit dem zu ziehenden Sicherheitszahn noch einmal in Ruhe überlegen würde.

„Hmm, sehr gut!", stöhnte Sam, und in dem Moment war nicht ganz klar, ob er damit meine Message oder Solarias Massage meinte. Seufzend lief ich in mein Zimmer und legte mich ins Bett.

Tags darauf wollte ich dann endlich mal handeln. Ich fuhr in den Baumarkt und stattete mich mit all dem aus, was man meiner Meinung nach für eine Zaunreparatur brauchte.

Als ich wieder auf den Hof kam, war es gespenstisch still. Egon schien seit gestern Abend nicht wieder auf den Achtsamkeitshof zurückgekehrt zu sein. Und auch von Sam fehlte jede Spur. Immerhin saß Solaria auf dem Wohnzimmerteppich. Ich fiel gleich mit der Tür ins Haus.

„Ich habe alles gekauft: zwei Holzplatten, Nägel, Draht. Sogar einen Hammer, falls es hier keinen geben sollte", sagte ich mit einem gewissen Tatenstolz in der Stimme.

„Ja, schön", entgegnete Solaria nicht wirklich euphorisch. Nach ihrem gestrigen „Supi" samt „Happening" hatte ich irgendwie mehr erwartet. Vielleicht wusste sie aber auch nicht mehr, worum es ging.

„Für die Zaunreparatur", ergänzte ich infolgedessen, und als sie auch darauf überhaupt nicht reagierte, fragte ich: „Wo sind denn die anderen?"

„Sam kommt erst in zwei Wochen wieder. Und Egon … tja, das wüsste ich auch gerne."

Ich ließ mich auf den Teppich sinken und überlegte, ob ich mich vielleicht mal wieder nicht richtig abgesichert hatte. Konnte hinkommen. Außerdem war Sam frei … und Egon verliebt. Ich wollte nicht nachtragend sein, schließlich waren ja nicht alle abwesend.

„*Supi*, dann machen wir beide eben ein reines Frauen-*Happening* aus der Zaunreparatur", sprach der Optimist aus mir.

„Oh, ich kann dir heute aber nicht dabei helfen", entgegnete Solaria. „Ich kämpfe mit einem Sonnensturm, weißt du?"

Wusste ich nicht. So meditativ, wie Solaria vor mir saß, sah es auch nicht nach einem Kampf aus.

Also fragte ich: „Wann kämpfst du?"

„Jetzt."

„Und mit wem?"

„Mit einem Sonnensturm."

Achtundzwanzig Grad, kein Lüftchen weit und breit. Parallelen zur wettervorhersagenden Henne taten sich auf. Wahrscheinlich war auf Solarias Aura ebenso wenig Verlass wie auf die von Jörg.

Ich atmete hörbar tief ein und aus.

„Es ist so“, erklärte Solaria auf meinen Seufzer hin. „Die Sonne hat heute eine extreme Energie auf die Erde geschleudert. Der stelle ich mich gerade.“

Sehr aktiv sah sie dabei ja nicht aus. Aber wie auch, wo ihr Gegner nicht einmal zu existieren schien? *Aus!* Ich erteilte meinem inneren Zyniker augenblicklich Redeverbot und hoffte, dass Solarias Kampf schon in der letzten Runde war.

„Und wie lange dauert dieser Kampf noch?“

„Sicherlich noch eine ganze Weile. Tut mir leid, Lisa, die Sache mit dem Zaun musst du wohl alleine bewerkstelligen.“

Wie bitte? Ich, jemand, der Glühbirnen wechseln und Linsensuppe kochen schon zu seinen ganz großen Taten zählte, sollte einen Zaun reparieren? In Eigenregie? Ernsthaft?

„Ah“, Solaria rieb sich mit schmerzverzerrtem Gesicht die Schläfen und ich beschloss, es auf einen Versuch ankommen zu lassen.

Bewaffnet mit meiner Baumarktausbeute näherte ich mich dem Loch im Jägerzaun. Eigentlich war es kein schwieriges Unterfangen, sofern man keinen großen Wert auf Schönheit legte. Ich würde einfach außen und innen eine Holzplatte an den Zaun nageln, das ganze Konstrukt mit Draht umwickeln und schon wäre das Loch Geschichte.

Ich machte mich sofort ans Werk. Erst ein wenig dusselig – schließlich war es ja auch nicht einfach, gleichzeitig eine Holzplatte zu halten und mit dem Hammer einen Nagel hindurchzuschlagen – aber bereits beim zweiten Nagel hatte ich mehr Geschick entwickelt, und nach einer guten Dreiviertelstunde war das Loch gestopft.

Wow!

Ich war stolz auf diesen Tag des Sonnensturms, an den mich mein eigens gestopftes Loch noch ewig erinnern würde.

„Ja woas is des etz’?“, fragte Karl von der anderen Seite des Zauns. Er zeigte irritiert auf meinen ganzen Stolz. Ein bisschen pikiert war ich schon darüber, dass er den Wert meines Werkes nicht erkannte.

„Ich habe das Loch in unserem Gartenzaun repariert."

Ich habe repariert. Diese drei Worte ließ ich mir beim Sprechen so richtig schön langsam auf der Zunge zergehen.

Yes, I can!

„Schee, aba dees is mei Zaun, woast?", sagte Karl, und mein Stolz machte Platz für ... Angst?

Wie jetzt?

Ich hatte doch nicht ernsthaft gerade eine Straftat begangen, indem ich fremden Besitz ohne vorherige Genehmigung bewerkelt hatte, oder? Die diesbezüglichen Rechtsgrundlagen waren mir aufgrund meiner Verwaltungslaufbahn durchaus bekannt. Wie blöd war ich gewesen, mich ausschließlich auf die Anwesenheit, oder in meinem Fall dann ja wohl eher auf die Abwesenheit von Happening-Helfern zu konzentrieren, anstatt den tatsächlichen Eigentümer des Zauns zu ermitteln?

„Warte hier, ich komme gleich wieder", rief ich dem verdutzten Vielleicht-Zaunbesitzer zu und rannte ins Haus.

Solaria saß noch immer im Wohnzimmer und rieb sich ihre Schläfen. Ich konnte darauf erneut keine Rücksicht nehmen.

„Solaria, kann es sein, dass der Gartenzaun dir gar nicht gehört?"

Solaria rieb unbeeindruckt weiter und meinte nur: „Hm."

„Hm – ja oder hm – nein?", fragte ich und staunte über meine – aus Panik resultierende – Direktheit.

„Weiß nicht", sagte Solaria. „Hab mir nie Gedanken darüber gemacht." Damit war ich dann wohl schuldig.

Schnell rannte ich wieder hinaus. Karl stand noch immer vorm Gartenzaun. Allerdings nicht mehr alleine. Seine Frau stand nun auch noch neben ihm und blickte auf meine angenagelten Platten.

„Es tut mir so leid", rief ich den beiden von Weitem zu. „Ich dachte, der Zaun gehört zum Achtsamkeitshof."

„Des is doch koa Problem ned", winkte Karl schief grinsend ab, und seine Frau, die sowohl des Hochdeutschen als auch des Bayrischen mächtig war, ergänzte:

„Mia san nehd so. Und der Karl is eh einfach zu liab."

Erleichtert atmete ich auf, während sie lächelnd das dichte Haar ihres Liebsten durchwuschelte. Ich hatte Glück gehabt. Und Karls Frau hatte recht und Glück zugleich. Karl war einfach nur *liab*!

Zudem hatte ich wieder eine Lektion für mein Leben auf dem Achtsamkeitshof gelernt: Entweder vorher noch mehr absichern oder gar nichts mehr machen.

Mit dieser Lektion fuhr ich auch beruflich auf der sicheren Schiene, was nicht hieß, dass ich nichts machte. Nein, meine Arbeit verrichtete ich schon. Nach Vorschrift und freundlich.

Wie es Rosi vorhergesagt hatte, bescherte mir die Ohren-auf-Durchzug-Augen-auf-Arbeit-Nummer keinerlei berufliche Probleme. Im Gegenteil. Herr Eglmair wurde von Tag zu Tag freundlicher. Eine Woche nach Rosis Reißaus schenkte er mir eine Packung Rocher. Kurz darauf belgische Schokolade. Entweder, weil ich meine Arbeiten zu seiner vollsten Zufriedenheit erfüllte, oder weil ich Karls Wutanfälle und mich ignorierende Landwirte ebenso ignorierte. Mein Gehalt kam pünktlich und sicher auf mein Konto, und das war alles, was für mich zählte.

Auf dem Hof begannen indes die aufwendigen Vorbereitungen für die Ankunft des thüringischen Schamanen. Solaria und Egon schmückten und dekorierten, als wäre der brasilianische Karneval nach Tuckenthal verlegt worden. Ihr Hauptaugenmerk lag auf der angekokelten Wand, die es jetzt, mit unzähligen Regenbogenaufklebern und tibetischen Gebetsfahnen dekoriert, locker mit einer übergroßen Tüte Smarties aufnehmen konnte. Solaria hängte noch ein großes Plakat mit der Aufschrift: „Lebenslust“ in die Mitte, und schon war von den Auswirkungen des Feuerabends kaum noch etwas zu sehen.

Auch Karl kam vorbei, staunte über die Farbenpracht und fragte, ob es in Ordnung sei, wenn er in dieser Woche sein nördliches Feld begüllte. Sein Güllefass sei voll und er müsse das jetzt irgendwann einmal loswerden. Wie nett. Schließlich hätte er gar nicht fragen müssen. Zumal sein nördliches Feld erst in einiger Entfernung vom Haus an das Grundstück des Achtsamkeitshofs grenzte. Anders als seine Streuobstwiese neben *seinem* Gartenzaun, die er ohnehin nie begüllte. Wirklich störend empfand ich nur das Feld, das sich unmittelbar gegenüber unserem Haus befand. Es gehörte leider nicht Karl und wurde ohne Vorankündigung so oft begüllt, dass es mehr braun als grün war.

Solaria, die seit ihrem Kampf mit dem Sonnensturm nur noch vom Schamanen sprach, sagte auch jetzt nichts weiter, als dass sie froh darüber wäre, wenn Karl seiner schlecht-energetischen Odelei noch vor Ankunft des Schamanen nachkommen könne, und Egon entgegnete daraufhin, dass Karl der Einzige sei, der seine Nachbarn überhaupt in seine Gülllepläne involvierte. Ich tat das aus meiner Sicht einzig Richtige: Schulterzucken und nicht weiter zuhören. Damit schien ich überall auf der sicheren Seite zu sein.

Und ich zog es knallhart durch, bis zu jenem Freitag, neun Tage vor Ankunft des Schamanen.

Das Wochenende stand bevor. Sam hatte sich nach zweiwöchiger Abwesenheit angekündigt. Ein vielversprechender Tag.

„Und Sissi, ist deine Mitbewohnerin wieder gesund?", fragte Mutter am Telefon, während ich zu meinem Auto lief. Es war acht Uhr morgens, und ich war ein bisschen spät dran. Solaria hatte mal wieder das Bad blockiert.

„Ja, ich denke noch ein paar Tage, dann ist ihr Esola nicht mehr ansteckend."

„Schön", sagte Mutter.

„*Hüüüü*", wieherte es. Da stand ein Pferd vor meinem Fahrzeug. Für mich nichts Ungewöhnliches, für Mutter …

„Huch, was war denn das?"

„Das Landleben", sagte ich, tippte mit dem Finger auf den Pferdepopo und wartete, bis das Pferd den Weg frei machte.

Das Antippen war ein erstklassiger Geheimtipp. Wie oft hatte ich zuvor versucht, die Pferde wegzuschieben? Es hatte nichts gebracht, die Tiere stemmten sich gegen meinen Druck. Tippte ich sie hingegen an, gingen sie ganz brav zur Seite.

„Hast du Angst vor den Tieren?", fragte Mutter.

„Nein", antwortete ich, „jetzt nicht mehr." In der Tat wurde mir das erst mit Aussprechen jenes Satzes klar. Ich hatte überhaupt keine Angst mehr vor diesen riesigen Pferden. Und auch nicht vor Karls Kühen. Dafür bereitete mir irgendetwas Angst vor meinem Amt, vielmehr vor meinem Vorgesetzten, den ich absolut nicht einschätzen konnte.

„Mama, ich muss aufhören, ich komme sonst zu spät ins Büro“, rief ich und legte auf.

Dabei gab sich mein Vorgesetzter wirklich größte Mühe. Immer wieder betonte er, froh über meine Leistungen zu sein. Nie rügte er mich. Nicht einmal, wenn ich – wie heute – ein paar Minuten zu spät bei der Arbeit erschien. Ich konnte mich also auf einen entspannten Arbeitstag freuen, und bis zu einem bestimmten Punkt hatte ich den auch.

In der Mittagszeit, just als sich mein Vorgesetzter mit einem Landwirt in seinem Zimmer verbarrikadiert hatte, betrat eine junge Frau die Verwaltung. An der Hand hielt sie ein kleines Mädchen, vielleicht drei oder vier Jahre alt. Sie seufzte und fragte mich, ob ich ihr helfen könne. Mein erster Fehler war, dass ich da schon „Ja“ sagte und das auch so meinte. Ich erfuhr, dass sie vor einem Jahr mit Mann und Tochter nach Tuckenthal gekommen sei. Die traumhafte Gegend und ein hübsches Reihenhäuschen am Feldrand hatten es ihnen angetan. Ja, das konnte ich gut nachempfinden. Der Mietvertrag war schnell unterschrieben. Mindestlaufzeit: vier Jahre. Nun sei schon ein Jahr um, und sie hielten es vor Hilflosigkeit einfach nicht mehr aus.

„Es tinkt“, jammerte die Kleine, und da kam auch ihre Mutter auf das eigentliche Thema.

„Das Feld vor unserer Haustür, das wird so oft begüllt. Das ist doch nicht normal! Und sicherlich auch nicht gesund“, sagte die Frau und ich machte eine Träne aus, die sie sich zu verkneifen versuchte. „Wissen Sie, wir haben Verantwortung für unser Kind zu tragen. Da ist ein kleiner Bach, direkt neben unserem Haus, der ist nur noch braun. Da ist kein Fisch mehr drin. Mein Mann ist Chemiker. Er hat eine Probe mit ins Labor genommen. Wissen Sie was? Der Bach ist verseucht! Ich kann Ihnen gerne die Unterlagen zeigen. Und es geht weiter und weiter. Wer kann uns jetzt noch versichern, dass nicht auch unser Trinkwasser bereits nitratverseucht ist? Ich meine, die güllen ja sogar dann, wenn es regnet, das dürfen die doch wegen des Grundwassers gar nicht. Von dem Gestank mal ganz abgesehen, sprechen wir hier doch von einer ernsthaften Gefahr. Hat Ihre Gemeinde denn da gar kein Auge drauf?“ Nach ihrem anfänglichen Zögern hatte sie sich jetzt ganz schön in Rage geredet.

„No freili hobn mia do a Auge drauf“, sprach plötzlich Amtmann Eglmair in übertrieben freundlichem Tonfall. Ich zuckte ein wenig zusammen, denn sein Auftritt kam doch recht unerwartet. Aus dem Augenwinkel sah ich seinen bäuerlichen Besucher lautlos aus dem Büro schleichen.

„So san's unbesoagt, unsa Leid odeln ned öffta, ois se dürffn.“

Damit schickte mein Vorgesetzter die Frau wieder fort. Sie ging zögerlich aus dem Raum und wäre das Kind nicht gewesen, ich schwöre, alles wäre daraufhin anders gekommen. Zum Beispiel gar nicht. Aber so, mit diesem Kind … so süß, unschuldig und ausgerechnet in dem Alter, in dem ich meinen Vater verloren hatte … ach, ich weiß es ja auch nicht.

Die Sache war jedenfalls so: Die Frau verließ das Büro, nicht ohne mir einen letzten flehenden Blick zuzuwerfen, den ich natürlich gekonnt zu ignorieren versuchte. Die Betonung liegt auf *versuchte*. Ein wenig schlecht fühlte ich mich dabei schon, denn ich wusste nun mit ziemlicher Sicherheit, dass in diesem Amt irgendetwas, was mit dem Thema Gülle zu tun hatte, „stank“ *(welch glorreiche Erkenntnis, ich weiß!)*.

Vorgesetzter Eglmair wandte sich mir zu und sah mich prüfend an. Mir wurde ganz mulmig, aber ich gab ihm dennoch mit einem kurzen Nicken zu verstehen, dass ich mich wie gehabt einer Meinung enthalten würde, und ließ mich wieder hinter meinem Schreibtisch nieder. Er ging zurück in sein Zimmer, schloss die Tür, und ich vermutete Frau und Kind bereits auf dem Heimweg, als ich unverhofft die Stimme des Kindes im Flur vernahm.

„Es tinkt so sahr, Mama, un die heifen uns nikt. Die sind bös, oda?“

Bös? Ja! Wir waren bös. Bitterbös. Ich war Teil des Bösen. Und wofür? Für mein Einkommen, meine *sichere* Bezahlung.

Meine Existenzgrundlage, mein wichtigstes Gut. Auf Grundlage des Bösen.

„Im Auftrag des Teufels, was?“, zischte mein angeblich nicht existierender Aberglaube, und diesmal wehrte ich mich zum ersten Mal nicht mehr vehement gegen seine Existenz.

In diesem Moment kam mir die Erleuchtung. Mir wurde klar, dass Karls Besuche einen ähnlichen Grund haben mussten. Mir wurde klar, warum sich die korrekte Rosi hatte versetzen lassen. Mir wurde klar, dass irgendetwas hier in diesem Amt dermaßen stank, dass die Gülle da draußen im Vergleich dazu nichts war.

Und irgendwo in mir keimte der Gedanke, dass ich dies eventuell beeinflussen konnte. Durch mein Handeln – oder mein Nichthandeln. Je nachdem.

Und da stand auf einmal dieses „Tu was“ über dem „Sei sicher“. Und ich war mir bewusst, dass alles, was ich von diesem Augenblick an tun würde, Konsequenzen nach sich zöge, die den Stützen meines bayrischen Lebens das Fundament entziehen könnten. Aber verdammt, ich hatte keine andere Wahl. Die Sache hier stank doch zum Himmel. Und da der Himmel nicht handelte, musste ich das nun eben tun.

An diesem Freitag machte ich nicht pünktlich Feierabend.

„Soa, Elisabeth, Feieromd“, rief mir mein Vorgesetzter zu, als er mit seiner Jacke überm Arm in Richtung Ausgang strebte.

„Ich habe noch zu tun“, sagte ich, und da verließ Amtmann Eglmair schulterzuckend und ohne einen weiteren Kommentar das Büro. Ich wartete, bis er vom Hof gefahren war, und schlich dann auf Zehenspitzen in sein Zimmer. Total unnötig, da ich ohnehin allein war, aber egal. Forsch durchstöberte ich alles, was mir unter die Finger kam. Jede Akte, jeden Ordner, den kompletten Schreibtisch, sämtliche Schubladen, Regale und Rollcontainer.

Ein Rollcontainer war jedoch abgeschlossen, und mein Gefühl verriet mir, dass die Antwort auf meine Fragen in diesem abgeschlossenem Rollcontainer lag. Ich durchforstete sämtliche Schubladen nach dem Schlüssel, als …

„Griaß di.“

Mir blieb das Herz stehen. Das kleine Putzfrauchen vor mir schaute ähnlich schockiert.

„Ich … ich … ich suche was“, stotterte ich.

„Guad, dann fang i drüb'n on“, sagte sie und zog ihren Wischmopp-Wagen hinter sich her.

Ich hatte kurzzeitig den Faden verloren. Dann fiel mein Blick auf das Schlüsselbrett.

Nach und nach probierte ich jeden Schlüssel aus, hatte aber mit keinem Erfolg. Und eigentlich war die Sache auch klar: Wenn mein Chef etwas zu verheimlichen hatte, dann würde er den Schlüssel zu seinem Geheimnis sicherlich nicht offen im Büro herumliegen lassen. Nein, den Schlüssel trug er mit Sicherheit am Körper. Meine Aufgabe war also klar.

Ich verließ sein Zimmer so, wie ich es vorgefunden hatte.

„Bisde fertig?“, fragte mich das Putzfrauchen. Ich nickte, nahm meine Tasche und ging.

Auf dem Weg zu meinem Auto wurde ich von Existenzängsten heimgesucht, die ich so noch nicht kannte. Was, wenn mein Chef eine geheime Kamera installiert hatte und meine erfolglose Schnüffelei bereits dem nächsten Polizeirevier als WMV-Datei vorlag? Was, wenn die Putzfrau petzte? Zusammen mit dem Bewerkeln von fremden Gartenzäunen könnte dies doch Haftstrafe bedeuten, oder? Was, wenn ich am Montag die Kündigung bekäme und von dort in den Knast wanderte? Verdammt, ich befand mich ja noch mitten in der Probezeit …

„Genau, und zwar in der *verflixten siebten* Arbeitswoche“, flüsterte mein Aberglaube, und da hätte ich ihm am liebsten in den Allerwertesten getreten. Parallel zweifelte ich in diesem Moment zum ersten Mal an meinem bisherigen Denken. Denn: Wäre ich nicht solch ein Sicherheitsfreak, dann müsste ich jetzt auch nicht leiden.

Mit klopfendem Herzen fuhr ich nach Hause und stellte mein Auto auf seinem Parkplatz ab. Das Klopfen wurde nicht weniger, als mir beim Aussteigen jemand von hinten die Augen zuhielt.

Eine altbekannte, männlich-raue Stimme sagte: „Rate mal, wer wieder da ist.“

„Saaaam!“, rief ich erlöst, und da drehte mich Sam beschwingt um hundertachtzig Grad, bis meine Stirn sein stoppeliges Kinn berührte. Ich war so erleichtert, dass ich Sam umarmen musste. Er presste meinen Körper daraufhin ganz fest an seinen und flüsterte in mein Ohr: „Ich habe viel an dich gedacht, Lisa.“

Er hatte viel an mich gedacht?

Ich sah ihn noch fragend an, da nahm er schon meinen Kopf in seine Hände, strich mir die Haare aus dem Gesicht und küsste mich. Ich war total überwältigt.

„Sorry, das musste jetzt einfach mal sein“, sagte Sam so, als habe er mir bloß ein Blümchen in die Hand gedrückt.

Anstatt mich zu freuen, sah ich mich ängstlich nach Solaria um. Nicht auszudenken, was mir schwante, wenn sie das mit angesehen hätte.

„Lisa? Du zitterst ja!“

Und da platzte es aus mir heraus. Ich erzählte Sam alles, von der versetzten Kollegin, dem Vorgesetzten, meinem Durchzugdasein, der Frau, dem Kind, der Gülle, dem fehlenden Schlüssel, der Putzfrau. Die Sätze schossen einfach nur so aus mir heraus. Sam war ganz geduldig, hörte sich alles in Ruhe an und fragte schließlich:

„Was sagt dir denn dein Gefühl, wenn du an deine Arbeit denkst?“

„Ich habe … Angst.“

„Und wenn du keine Angst hättest?“

„Dann wäre ich wahrscheinlich cooler, dann würde ich Dinge tun, die … ja … die wohl meine Entlassung nach sich zögen.“

„Warum solltest du entlassen werden?“

„Weil ich noch in der Probezeit bin. Da reicht eine Kleinigkeit und …“

Ich wollte den Satz nicht zu Ende bringen. Sam schon.

„Ja, und dann?“, fragte er.

„Dann hätte ich keine Arbeit mehr“, sagte ich und spürte den gewaltigen Kloß in meinem Hals.

„Und was wäre, wenn du keine Arbeit mehr hättest?“

„Dann wäre meine Existenz, mein sicheres …“

„Siehst du“, unterbrach mich Sam, „die Sicherheit war und ist dein *Problem*. Solaria hat es erkannt, ich kann es lösen. Und dann, Lisa, dann kannst du endlich leben. In Freiheit.“

In Armut traf es wohl eher. Sam hatte gut reden, schließlich hatte er keinen Job, den er aufs Spiel setzte, von seinen Klangschalenbehandlungen einmal abgesehen. Ich schüttelte den Kopf.

„Mir ist meine Arbeit, mein geregeltes Einkommen aber wichtig, sonst kann ich meine Miete nicht bezahlen und …“

„Ach Lisa, du machst doch nichts Falsches, wenn du einer Sache nachgehst, die zum Himmel stinkt. Vielleicht findest du sogar etwas, das dafür sorgt, dass es dein Chef ist, der seinen Posten bald los ist.“

Kam darauf an, *wie* ich es fand. Entweder, indem ich meine Existenz aufs Spiel setzte und mich selbst in die Höhle des Löwen begab. Oder, indem ich jemanden fand, der das bereits getan hatte. Und da fielen mir spontan zwei Menschen ein: Rosi und Karl. Von Rosi hatte ich keine Telefonnummer, keine Anschrift, nichts. Karl war hingegen immer präsent. Auch jetzt konnte ich ihn auf die Entfernung unten im Tal sehen. Er kniete auf seinem Feld und jätete Unkraut.

„Du hast recht, Sam“, rutschte es mir heraus. „Und ich glaube, Karl könnte mir weiterhelfen.“

„Karl???“ Sams Augen wurden größer. „Der Typ da unten?“ Er zeigte auf Karls Feld.

„Ja“, antwortete ich, „unser Nachbar Karl.“

„Den würde ich an deiner Stelle meiden“, sagte Sam und verschränkte die Arme.

„Warum?“

„Solaria hat dir doch schon gesagt, dass dieser Typ schlechte Energien hat. Der flippt andauernd aus.“

„Nein, eigentlich nur, wenn er wirklich einen Grund dazu hat.“

Und einmal, als er mich verwechselte …

„Davon mal abgesehen, güllt der Typ auch selber.“

Korrekt. Auf der anderen Seite übertrieb es Karl aber nicht

damit. Das Verseuchen eines Bachs traute ich ihm schon gar nicht zu. Ein paar Zweifel kamen mir dennoch.

„Glaub mir, Lisa“, Sam holte tief Luft, „der Typ hat den totalen Hau. Ich hab das schon am eigenen Leib erfahren. Er hat mir mal eine Frau in die Behandlung geschickt …“

„Seine Frau?“

„Frau oder Freundin … keine Ahnung. Auf jeden Fall habe ich sie behandelt. Sie ist zufrieden nach Hause gegangen und irgendwann stand plötzlich dieser Karl vor mir und schrie den ganzen Ort zusammen.“

„Warum?“

„Tja, keine Ahnung, ich hab ihn nicht verstanden. Aber seitdem nennen Solaria und ich diesen Typen nur noch ‚cholerischer Karl‘.“

„Aber Karl ist wirklich nicht verkehrt“, rechtfertigte ich den Held von Flora und Fauna. „Du solltest dir mal ansehen, wie lieb er zu seinen Tieren ist.“

„Ich war auch lieb zu seiner Freundin-Frau. Und der Typ ist trotzdem ausgeflippt.“

Sam schien sich bei dem, was er sagte, sehr sicher zu sein.

Meine Güte. Bald wusste ich gar nicht mehr, was ich noch denken, glauben oder fühlen sollte. Geschweige denn, wie handeln.

„Es ist doch ganz einfach“, sagte Sam. „Wenn du diesen Sicherheitszahn nicht mehr in dir hast, dann wirst du klarer denken können. Und dann kannst du die Menschen künftig auch viel besser selbst einschätzen. Im Moment wird dein Handeln hauptsächlich von deinen Ängsten gesteuert.“

Da konnte er recht haben.

„Sicher?“, fragte ich dennoch, quasi, um mich abzusichern. Und da erschauerte ich aufs Neue. Sicher sein, absichern – vielleicht lagen Sam und Solaria doch nicht so verkehrt?

„Sicher“, antwortete Sam. „Ich weiß, warum du lieber Holz geholt hast, anstatt mit mir durchs Feuer zu laufen.“

Dem konnte ich nichts entgegenbringen.

„Okay“, hörte ich mich selbst sagen, „dann zieh mir den Sicherheitszahn, damit ich künftig das Richtige tu.“

Ich erschrak. Sam lächelte.

„Gut, am nächsten Freitag …"

In sieben Tagen?

„Muss der Mond dafür günstig stehen?", fragte ich und Sam lachte.

„Nein, es geht vorher einfach nicht. Aber das hat auch seinen Vorteil. Bis Freitag könntest du dich ein wenig vorbereiten und selbst etwas gegen deine Ängste unternehmen."

Konnte ich? Und wie?

„Beispielsweise, indem du versuchst, der Gülle-Geschichte auf die Spur zu kommen."

Gut, dann würde ich eben vorher schon einmal das tun, was ich auch ohne gezogenen Sicherheitszahn tun konnte. Viel war das natürlich nicht. An Karl konnte ich mich schon einmal nicht wenden. Vielleicht hatte Sam recht, und Karl würde wieder ausflippen, und seine Frau gleich mit. Vielleicht hatten die Probleme zwischen Karl und meinem Vorgesetzten auch gar nichts mit Gülle zu tun, obwohl etwas in mir sich sicher war, dass es nichts anderes sein konnte. Ich musste auf eigene Faust recherchieren. Für das kleine Mädchen, das frei von Gülle wieder an das Gute glauben sollte. Und für mich, die ich nicht länger eine sicherheitsabhängige Sklavin meiner Ängste sein wollte. Huh, das war pathetisch, aber an der Stelle auch angebracht. Und es gab mir Kraft, das, was noch kommen sollte, durchzustehen.

Am Wochenende half ich Solaria und Egon dabei, den offenen Pferdestall und die Scheune mit Schamanenschmuck zu versehen, dann nahte der Wochenanfang, und ich schritt zur Tat: Ich begann meine Mission „Angstfrei".

Am Montag passierte nichts. Ich beobachtete nur und versuchte, nicht zu beklommen zu wirken. Ob mir das gelang, weiß ich nicht.

Am Dienstag konzentrierte ich mich auf den Schlüssel. Jenen vom Rollcontainer, den ich an Herrn Eglmairs Schlüsselbund vermutete. Dieser wiederum lag auf seinem Schreibtisch, und ich auf der Lauer. Als sich mein Vorgesetzter mit der Tageszeitung auf die Toilette verzog, nutzte ich meine zehnminütige Chance.

Ich rauschte in sein Büro und probierte alle kleinen Schlüssel seines Schlüsselbundes aus. Einen Plan B hatte ich bereits in der Tasche. Sollte ich von Kollegen oder Herrn Eglmair persönlich überrascht werden, so suchte ich bloß nach einem älteren Vorgang von Rosi, den ich zuvor unter ein paar Akten auf Eglmairs Schreibtisch geschoben hatte.

Mit klopfendem Herz probierte ich die Schlüssel aus. Der erste passte nicht. Der zweite auch nicht. Da es nur drei kleine Schlüssel waren, blieb nur noch einer übrig, und … der passte auch nicht. Verflixt! Wo konnte der Schlüssel noch sein?

Das würde ich wohl nur herausfinden, wenn ich meinen Chef beschattete.

Am Mittwoch also konzentrierte ich mich nicht mehr auf die Schlüssel, sondern auf den …

„Feieromd", rief mir Herr Eglmair um Punkt vier zu. Normalerweise ging er immer nach mir. Wenn ich ihn unauffällig beschatten wollte, musste ich auch heute vor ihm das Amt verlassen. Also schaltete ich schnell meinen Computer aus. Dann verabschiedete ich mich freundlich und ging. Ich fuhr mit dem Auto in eine Parallelstraße und startete meine Verwandlung. Solarias Sari lag auf der Rückbank – bereit, mir als Verkleidung zu dienen. Bei meiner jetzigen, nüchternen und neutralen Betrachtung schied er allerdings aus. Nein, mit solch einem auffälligen Kleidungsstück würde ich eher alle Blicke auf mich ziehen. Solarias übergroße Sonnenbrille war dagegen genau richtig, denn die verdeckte fast mein gesamtes Gesicht. Abgerundet wurde meine hornissenartige Erscheinung mit Egons Perücke (er hatte mir nicht verraten, warum er im Besitz einer blonden Langhaarperücke war, wollte im Gegenzug aber auch nicht meinen Ausleihgrund erfahren. Das war nur fair.). Im Kofferraum lag Vaters Mantel. Mutter hatte ihn einst dort hineingelegt, um ihn in den Altkleidercontainer zu befördern. Aber das hatten wir nie übers Herz gebracht. Ich entschied, den Mantel anzuziehen, und schon sah ich aus wie eine Agentin. Eigentlich ganz schick. Ich schob die Perücke zurecht, schlüpfte in meine hochhakigsten Schuhe und stieg aus dem Auto. Mein Look sah gar nicht so bekloppt aus, wie ich erwartet hatte. Eher cool. Ganz anders, als es in meinem Innern aussah, da regierte nämlich mal wieder die Angst. Aber gut, ich hatte mich bereits gegen ein Huhn behauptet, in der Finsternis Holz geholt, mein Auto an eine Vielleicht-Führerscheinlose verliehen und den Nachbarzaun ohne Genehmigung repariert, ich konnte verdammt noch mal meinen Chef beschatten.

Langsam lief ich die Straße entlang, bis ich ein paar Minuten später vor unserem Steingebäude zum Stehen kam. Ich holte den Prospekt der Gemeinde Tuckenthal, den ich mir zu diesem Zweck mitgenommen hatte, aus meiner Manteltasche und faltete ihn fein säuberlich auseinander, dann senkte ich meinen Kopf, schaute aber in Wahrheit durch meine übergroße Sonnenbrille und das Fenster geradewegs ins Büro meines Chefs. Er saß an seinem Schreibtisch und telefonierte. Leider waren die Fenster geschlossen und so hörte ich kein Wort. Dafür sah ich, dass ein einzelner Schlüssel im ominösen Rollcontainer steckte, die unterste Schublade geöffnet war und mein Chef in einem Ordner blätterte. Geschlagene zehn Minuten stand ich in meinem Agenten-Outfit vor dem Fenster, und es passierte überhaupt nichts, als dass mein Chef blätterte, notierte und gleichzeitig telefonierte. Ziemlich multitaskingfähig, der Mann.

„Griass eana."

Ich hätte fast aufgeschrien vor Schock.

Vor mir stand das Putzfrauchen.

„Bonjour", antwortete ich mit verstellter Stimme und schaute dann wieder in meinen Prospekt.

„Konn i Eana denn heifn?

„Non merci, mo-ah wahhhteeee", sagte ich und vergrub mein Gesicht so gut es ging im Prospekt.

„Okay", sagte sie und sah mich fragend an. Ich versuchte, sie zu ignorieren. Sie aber blieb einfach vor mir stehen.

„Wartns uf'n Eglmair?", sie zeigte zum Fenster.

Scheinheilig hob ich meinen Kopf.

„Wen? Non. Auf mon Cherie. Helmut Schmidt."

Helmut Schmidt? Wie bescheuert war ich denn?

Sie kniff ihre Augen zusammen und kam ein wenig näher. Ich vergrub mein Gesicht erneut im Prospekt.

„Guad, dann auf Wiederseng“, sprach die Putzfrau und lief in das Steinhaus.

Puh!

Ich schaute wieder durch das Fenster. Der Eglmair telefonierte noch immer. Dafür blätterte er nicht mehr, vom Ordner fehlte jede Spur und der Rollcontainer war wieder verschlossen. Und ich hatte nicht gesehen, wo er den Schlüssel hingetan hatte.

Mist, elendiger!

Und nun kam auch noch die Putzfrau in sein Büro, begann zu wischen und winkte mir plötzlich freundlich zu …

Scheiße!

Schnell wie der Wind rannte ich davon. Diese Aktion hatte gar nichts gebracht. Außer, dass ich meine demolierten Französischkenntnisse niemals wieder zum Besten geben würde und dass es mir schon jetzt vor dem nächsten Arbeitstag graute. Was, wenn mich die Putzfrau oder mein Chef trotz meiner Verkleidung erkannt hatten?

Ich hatte folglich allen Grund, am Donnerstag mit Herzrasen zur Arbeit zu kommen. Doch der Eglmair verhielt sich wie immer. Die Putzfrau hatte mich also nicht erkannt (sonst hätte sie mich schließlich auch nicht gesiezt, wie mir erst im Nachhinein einfiel), und entsprechend auch nicht verpetzt. Der Donnerstag war also in beruflicher Hinsicht ein Tag wie jeder andere. Auch Karl kam kurz vorbei. Diesmal notierte ich „Dragg“ und beschloss, Karl nach der Arbeit einen Besuch abzustatten, trotz unausgesprochenen Verbots meines Vorgesetzten, trotz Protests seitens Sam. Ich hatte keine andere Wahl, allein schon aus beruflichen Gründen, denn meine bisherigen Bemühungen, dem Eglmair'schen Geheimnis auf die Schliche zu kommen, waren allesamt für die Katz.

Ich fuhr nach Hause, parkte das Auto und lief über den bunt dekorierten Hof, als Egon mich abfing.

„Sag mal, Lisa, lässt du dich jetzt allen Ernstes vom Schmutzer behandeln?“

„Ja, morgen", sagte ich und wusste, dass Egon dies nicht gutheißen würde. Auf der anderen Seite hatte er selbst seinen Teil dazu beigetragen, dass ich mich nun endlich meinen Ängsten stellte, wenn auch nicht ausschließlich auf esoterischem Wege (von ihm war nämlich der Tipp mit dem Pferdepopo-Antippen gekommen).

„Nun ja, vielleicht gehört das zu deiner Entwicklung dazu", sagte Egon auch prompt, sah mich aber dennoch mitleidig an. „Versprich mir dann aber wenigstens, dass du zuvor noch dein Kindheitstrauma aufarbeitest, ja?"

„Mein Kindheitstrauma?"

„Du weißt schon, was ich meine", sagte Egon, aber ich wusste es nicht.

„Ich will nur, dass du diese Kindheitssache loslässt, bevor du dich in Schmutzers Klangschalenbehandlung begibst, okay?"

„Was hast du eigentlich gegen Sam?", fragte ich ihn.

Denn Egon kam schließlich sogar mit Karl und dessen schlechten Energien klar.

„Ein ganz ähnliches Problem, wie es auch Karl mit ihm hat", sagte Egon und seufzte. „Wolltest du nicht gerade zu ihm gehen? Er wird es dir sicherlich gerne erklären."

Karl hatte auch ein Problem mit Sam? So langsam wurde das ja richtig kompliziert. Wie in einer pubertierenden Mädchen-Clique. Aber gut, dann hatte ich noch einen Grund mehr, Karl zu besuchen.

Ich machte mich also auf den Weg hinunter zu Karls Hof. Von ihm fehlte allerdings jede Spur. Selbst im Stall war er nicht. Ich klingelte am Traumhaus. Kein Bellen ertönte, dafür öffnete auch nicht Karl, sondern seine Frau. Ich erwartete Eifersucht, schließlich kam ich überdurchschnittlich oft und zu den unmöglichsten Zeiten vorbei und verlangte ausschließlich nach ihrem Mann. Ich machte mich in der Folge auf einiges gefasst, nur nicht auf den Lachanfall, den sie nun bekam.

„Brennts wieder? Oder nicht genug? Braucht ihr mehr Holz? Oder hast du noch was Nettes an Karls Zaun genagelt?", fragte sie und konnte sich nicht mehr einkriegen.

Nicht gerade die ideale Voraussetzung, um nach den Problemen ihres Mannes zu fragen.

„Karl ist leider nicht da", sagte sie als Nächstes, ohne dass ich nachfragen musste.

Ich nahm trotzdem all meinen nicht vorhandenen Mut zusammen.

„Ähem, also ... vielleicht können auch Sie mir helfen ..."

„Ich?", fragte sie und schaute mich skeptisch an.

„Ja", sagte ich, „Ihr Mann ..."

„Ich bin nicht verheiratet", unterbrach sie mich.

Richtig. Jetzt sah auch ich, dass sie keinen Ehering trug.

„Ihr Freund ..."

„Ich bin Single."

„Also Karl ist Ihr ...?"

„Cousin."

Schwebte immer noch die Frage im Raum, warum Cousin und Cousine zusammenwohnten und wozu Karl dann einen Ehering trug. Aber gut. Karl hatte ja erzählt, dass seine Eltern vor vier Jahren bei einem Autounfall ums Leben gekommen waren, und vielleicht griff ihm die Cousine einfach nur unter die Arme, während seine Frau ... tja, wo war die eigentlich? Genauso nicht vorhanden wie ... überhaupt irgendwelche Freunde? Oje.

Schlechte Energien, Chamäleon, Gülle – all das schoss mir durch den Kopf.

Vielleicht war es doch keine so gute Idee, mit Karl über meine Arbeit und Sam zu sprechen. Nur weil er gut mit Tieren und Gemüse konnte, hieß das noch lange nicht, dass es auch zwischen ihm und den Menschen klappte.

„Ach, nichts", stammelte ich, „Entschuldigung ... auf Wiedersehen."

Ich drehte mich um und ging. Wenigstens in einer Sache hatte ich jetzt absolute Gewissheit: Karls Cousine hielt mich für einen hirnamputierten Holzkopf. Zum Glück würde Sam mir morgen den Sicherheitszahn ziehen, und dann wäre mir das so was von egal. Weniger egal war mir hingegen das Problem, das Egon und Karl mit dem Schmutzer alias Sam hatten. Vielleicht, weil mich diese gegenseitige Diskreditierung zusehends verwirrte. Ich beschloss, auf Egon zurückzugreifen, um wenigstens etwas Klarheit in die Anklagen zu bringen.

Daheim angekommen, stellte ich fest, dass Egon schon wieder gegangen war und dafür all meine Fragezeichen blieben.

Am nächsten Morgen krähte in aller Herrgottsfrühe die Wetterhenne, naja, sie gackerte. Es war Freitag, der Tag, an dem es meinem Sicherheitsdenken an die Wurzel ging. Und ich war so aufgeregt, dass ich schon lange vor dem Huhn wach war. In der Folge beschloss ich, früher zur Arbeit zu fahren. Vielleicht würde ich auf diese Weise endlich etwas herausfinden. Als ich durch das Tor fuhr, kam mir Karl entgegen. Er klopfte an meine Scheibe und ich kurbelte mein Fenster herunter, während ich betete, dass sein Erscheinen nichts mit meinem Auf… äh Abtritt vor seiner Cousine zu tun hatte. Doch Karl fiel sogleich mit der Tür ins Haus: „Wos woar des denn gstern fia a komischa Besuch von dia?“

Ha, das konnte ich ihn ja wohl jeden Tag fragen, wenn er mal wieder schimpfend aus dem Amt rauschte, aber gut. Jetzt musste ich irgendeine gute Lösung bringen, und so sagte ich:

„Ich wollte, dass du mir die beiden Wörter hier ins Hochdeutsche übersetzt. Weil meine Kollegin, die das sonst gemacht hat, nicht mehr da ist.“

Ich hielt ihm mein Vokabelheft unter die Nase. Er las die Zeilen und grinste amüsiert. Dann nahm er das Heft und lief einmal um mein Auto herum. Im Rückspiegel sah ich die Wetterhenne aus der Scheune treten. Gleich würde sie Karl attackieren. Tat sie seltsamerweise nicht. Seelenruhig stand sie vor der Scheune und schaute in unsere Richtung. Karl stieg indes auf der Beifahrerseite ein.

Ich tippte mit dem Finger auf „Fregga“ und Karl übersetzte: „A Verräta, a Schuft.“ Während ich die Worte aufschrieb, musste ich grinsen.

„Und das?“, ich zeigte auf „Dragg.“ Karl lachte: „Bösartigs, gemeins Wesn.“

Und da plötzlich sah er mir ganz tief in die Augen. Genauso, wie es Sam getan hatte, nur nicht so durchdringend. Karls Augen waren ganz warmherzig. Zwar hatte ich ihn nun schon öfter in Rage erlebt, aber Angst bereitete mir das nicht. Im Gegenteil: Karls Nähe, sein Blick, es fühlte sich einfach gut an, irgendwie geborgen. Und ich musste es jetzt einfach wissen:

„Wo ist deine Frau?"

„I hob koa Weib ned."

„Warum trägst du dann einen Ehering?"

Sein Blick fiel auf seine Hand.

„Der Ring is vom Vodder. Woar sei letzter Wunsch."

„Der letzte Wunsch deines Vaters war, dass du seinen Ring trägst?"

Wenn das stimmte, *ring*te Karl mit Mutters Schicksal.

„Freili, er hatten mia gebn, ois er in meim Oarm gstoabn is."

Oh! Mein! Gott!

Kein Wunder, dass mir Karl so sympathisch war. Wir waren verbunden, nicht nur durch vererbten Schmuck, sondern auch durch verstorbene Vä…

„Des is a Schicksoi, wos?!", sagte Karl und seufzte.

Da war es wieder, das Schicksal, an das ich bis zu diesem Zeitpunkt nicht glauben wollte. Doch Karl hatte recht. Wir waren schicksalhaft verbunden. Ich konnte nicht anders, als zu weinen. Aus tiefstem, innerem, ergriffenem Herzen. Karl schien damit überhaupt kein Problem zu haben. Er griff in seine Latzhose und holte ein Taschentuch heraus, mit dem er mir sanft die Tränen abtupfte.

„Pst, basst scho", sagte er, und wäre ich nicht so verknallt in Sam gewesen, dann hätte ich Karl in diesem Moment wohl geküsst. Denn da war sie wieder, die Vertrautheit, die mich auch schon zuvor an Olaf und Sam gebunden hatte. Obwohl? Nein. Das hier schien etwas ganz anderes zu sein. Etwas, das ich so noch nicht kannte. Und ich hatte es nur deshalb nicht zugelassen, weil es mir fremd war. Und weil zu viele äußere Umstände dagegen sprachen. Doch das schien jetzt zu kippen. Lange sahen wir uns in die Augen, ohne dass irgendetwas passierte.

„I wui di ned vo deina Orbeit obhoitn", sagte Karl plötzlich und machte Anstalten, mein Auto zu verlassen. Tatsächlich wirkte er auf einmal ein wenig verunsichert, aber das machte ihn nur noch sympathischer.

Ich konnte nicht anders, sagte erst „Warte“ und stellte dann die Frage, die schon so lange in mir brannte:

„Karl, was ist da los bei der Gemeinde? Warum gibt es immer wieder Probleme mit dir und meinem Vorgesetzten?“

„Oh nah“, sagte Karl, „des is nix, woarum du di kümmern soitst. Du hosd domit nix zum doa. Des is a Sach zwischn Eglmair und mia. Mach du nua dei Orbeit.“

Er sah mich an wie ein ehrlich besorgter Freund. Dann schaute er auf seine Uhr.

„Meina Kia braung mi.“

Unverhofft gab er mir einen Kuss auf die Stirn, stieg aus dem Auto und stiefelte in Richtung seines Stalls. Ich saß noch eine Weile im Auto und blickte ihm verträumt hinterher. War es möglich, dass ich mich in Sam *und* Karl verliebt hatte?

„Nur noch zweimal schlafen!“, jauchzte es neben meinem geöffneten Fenster. Solaria sprang nackt daran vorbei und steckte Fackeln in die Erde. Der Hof war mittlerweile so geschmückt, als erwarteten wir den Präsidenten der Vereinigten Staaten. Ich startete den Motor und fuhr zur Arbeit.

In unserer Verwaltung war – genauso wie an den Tagen zuvor – alles wie immer, alles beim Alten. Nur ich war nicht mehr die Alte. Meine Nervosität machte mich wahnsinnig, und ich zuckte bei jedem Ertönen der Eglmair’schen Stimme dermaßen zusammen, als litt ich unter motorischen Tics. Es fiel mir so schwer, mich zu konzentrieren, dass ich meine Arbeit nicht zeitgemäß erledigte. Kein Problem, meine Klangschalenbehandlung sollte erst um sieben Uhr abends beginnen. Nun war es …

„Feieromd! Na, so gengas doch hoam. Es is Wochenend“, sprach mein Vorgesetzter und tätschelte mir die Schulter.

„Ich … ich habe noch einiges zu tun“, entgegnete ich, während das Adrenalin durch meinen Körper schoss.

„Verstehe“, er ging wieder in sein Büro, schloss die Tür und telefonierte, was ich am roten Lämpchen auf meinem Apparat sehen konnte. Wenig später kam er mitsamt Aktenköfferchen heraus, um mir abermals einen schönen Feierabend zu wünschen.

Nun war ich allein. Wieder.

„Griass di."

Oder auch nicht. Vor mir stand die kleine Putzfrau und zog ihren Wischmopp-Wagen direkt ins Eglmair-Büro.

Ich erledigte meine Aufgaben und wollte gerade gehen, als sie aus dem gereinigten Büro schritt und fragte:

„Und, hosd noch gefundn, wos du gsucht hosd?"

„Äh … nein", sagte ich ehrlich und hoffte, dass sie mir nicht noch weitere Fragen stellte.

„War es des, wos du gsucht hosd?"

Sie wedelte mit einer Klarsichthülle, in der ein kleiner Schlüssel lag.

Woher wusste sie …? Wie kam sie überhaupt …? Ich konnte nicht mehr klar denken, nickte dafür umso intensiver.

„I hob doch gseng, dass du a bor Schlüssl ausprobiat hosd. Und heid beim Puhtzn hob i des unta am Schreibdisch gefundn. War mid Tesofilm vo untn drangeklebt."

„Haben Sie mit Herrn Eglmair darüber gesprochen?", fragte ich.

„Na, soiad i?"

„Auf keinen Fall", sagte ich.

„Guad, dann bleibt des unsa Geheimnis. I mog den Mo eh ned."

Ich war so erleichtert, dass ich mit drei Schritten bei ihr war und sie überschwänglich in meine Arme zog. Das zarte Putzfrauchen offenbarte plötzlich ungeahnte Bärenkräfte und presste mich ganz fest an ihren kleinen Körper. Dann gab sie mir einen Klaps auf den Po:

„Etz aba hopp. Mach se auf, dei Schublade."

Das machte ich, und natürlich passte der Schlüssel in das Schloss des Rollcontainers. Klar, sonst hätte der Eglmair ihn ja auch nicht in einer Klarsichthülle aufbewahrt, die er zu diesem Zweck unter den Schreibtisch geklebt hatte.

„I woass aa, warum da Eglmair den Schlüssl ned an seim Schlüsselbund hod. Da verliad und vergisst den nämli imma und übaoi“, sagte das Putzfrauchen, und ich schämte mich, sie dermaßen unterschätzt zu haben.

In der Schublade befand sich nichts außer einem Ordner. Doch dieser Ordner hatte es in sich. Seite für Seite standen dort gemeldete Verstöße gegen die Düngeordnung. Protokollierte Telefonate mit dem Kreisamt für Landwirtschaft, in denen Amtmann Eglmair stets versicherte, dass in Tuckenthal alles in geregelten Güllebahnen verlief und niemand Gesetze missachtete. Dann kam eine Art Wunschliste mit Gefälligkeiten, die sich mein Vorgesetzter von sämtlichen Landwirten erweisen ließ. Zum Beispiel „Milch frei Haus“, daneben der Zeitraum, noch eine Spalte weiter stand „Bauer Huber“ und am Ende ein Haken. Des Weiteren bezog der Eglmair kostenloses Brennholz, kostenloses Fleisch, kostenloses Gemüse, erhielt kostenlose Reparaturen an seinem Haus und sogar Bares. Im Gegenzug deckte er die Verstöße. Die wiederum waren ebenfalls gelistet, natürlich weitaus schlampiger als seine akkurat gepflegte Wunschliste.

Himmel, das nahm ja mafiose Züge an.

Und genau da dämmerte mir auch, auf was für einem Missverständnis sich meine erste Begegnung mit Karl begründete. Damals hatte er mich beschimpft, nachdem ihm mein Frankfurter Kennzeichen ins Auge gesprungen war. Frankfurt – die Bankenmetropole. Karl hatte wohl angenommen, ich sei ein Geldbote oder eine Geldwäscherin. Oder sonst irgendwer, der mit dem durchtriebenen Eglmair unter einer Decke steckte. „Un ihr Saupreiß’n mocht’s mit“, hatte Karl damals gesagt. Nun verstand ich, warum.

Aufseufzend blickte ich erneut in den Ordner. Auf Eglmairs „Wunschliste“ und die Verstöße folgten die ignorierten Beschwerden. Der Großteil stammte übrigens von Karl. Der hatte sich sogar die Mühe gemacht, das Güllen seiner Kollegen zu protokollieren, was der Eglmair nur mit einem Strichmännchen kommentiert hatte, das die Zunge herausstreckte. Unglaublich. Den Auftritt der aufgelösten Mutter mit Kind hatte er hingegen kurz auf einem Notizzettelchen notiert und mit der Info versehen, bei ihrem nächsten Besuch nach der familiären Anschrift zu fragen, um den jeweiligen Bauern zu informieren. Ich konnte es nicht fassen.

Ganz hinten befanden sich unzählige Bescheide aus Rosis Zeiten, die jeweils längs durchgestrichen waren. Mir war klar, dass es sich dabei um die „fehlenden Vorgänge" handelte, die Rosi mehrmals wöchentlich in eine tiefe Krise gestürzt hatten. Wie erlösend musste da ihre Versetzung in ein entferntes Landratsamt gewesen sein, die, wie ich nun lesen musste, auch von Eglmair persönlich in die Wege geleitet worden war.

Die einzige Gemeinsamkeit zwischen Rosi und meinem Chef schien ihre Genauigkeit zu sein. Seine Gefälligkeitsliste hatte Eglmair penibel geführt, sämtliche Telefonate inklusive Datum und Uhrzeit genauestens notiert. Sie hatten zum Großteil außerhalb der Arbeitszeit stattgefunden.

„Privatkram gehört in Feieromd", hatte er mal zu Rosi gesagt, als die sich telefonisch nach dem Gesundheitszustand ihrer Mutter erkundigt hatte. Das war wohl der einzige Bereich, in dem sich unser Vorgesetzter an die Regeln hielt. Freilich war es für ihn, als fünfundfünfzigjähriger Junggeselle ohne Anhang oder Familie, kein Problem, nach dem Dienst noch länger zu bleiben.

Ich war entsetzt.

Die ganze Sache war einfach unfassbar. Tuckenthals Landwirte konnten sich ausscheißen, wann, wo und so oft sie wollten, Eglmair deckte und kassierte – und ich sollte dicht halten, beziehungsweise einfach wegsehen?

Damit würde jetzt Schluss sein, sagte ich mir und schnippte mit dem Finger. Dann ließ ich meinen Kopf wieder hängen. Was sollte ich kleines Licht schon gegen einen wie meinen Vorgesetzten unternehmen? Selbst der bärenstarke Karl konnte sich nicht gegen den Eglmair behaupten. Er konnte ihn beschimpfen, ja, aber das war es auch schon. Zudem wusste ich doch gar nicht, welche weitreichenden Kontakte der Eglmair noch pflegte. Vielleicht hatte ich es wirklich mit dem Teufel zu tun, getarnt als Beamter einer bayrischen Behörde? Dazu war ich noch ärmer dran als Rosi, denn ich steckte in der Probezeit. Mit dem Luxus einer Zwangsversetzung durfte ich nicht einmal rechnen.

„Eis sog i dia: Pass ja uf", sprach plötzlich auch das Putzfrauchen, das sich nahezu geräuschlos vor mir aufgebaut hatte. Sie zeigte zum Fenster: „Hia laffa in letzta Zeit komische Gstaltn rum. Erst gesten war so a komischs Weib voam Fensta. Loss di ja ned erwischn."

Ich musste grinsen.

„Keine Angst, die Frau kenne ich."

Sie zwinkerte mir zu: „I woass, oda moanst, i häd di mid deina blonda Perüggen ned erkannt?"

Mir fiel die Kinnlade herunter, auch deshalb, weil mir ein Blick auf die Uhr zeigte, wie spät es bereits war, und zu allem Überfluss auch noch just in dem Moment das Auto vom Eglmair vorfuhr.

„Komm, i helf dia", sagte die Putzfrau und klebte die Klarsichtfolie unter den Schreibtisch, während ich den Ordner wieder im Rollcontainer einschloss und ihr den Schlüssel reichte, den sie in der Klarsichthülle verschwinden ließ. Ich stürzte aus Eglmairs Büro und ließ mich mit klopfendem Herzen auf meinen Platz fallen.

„Na, etz' wird aba Feieromd gemacht", sagte mein der Klüngelei schuldiger Vorgesetzter, als er durch die Tür trat und mich noch immer auf meinem Platz sitzen sah. Ich sah ihn nun mit ganz anderen Augen. Er bemerkte es genauso wenig wie meine Schnüffelaktion. Dem freundlich grüßenden Putzfrauchen sagte er noch nicht einmal Hallo, weshalb diese auch „aus Versehen" mit ihrem Wischmopp-Wagen über seinen Fuß rollte. Forsch verwies er sie seines Zimmers. Sie rollte ihren Wagen durch mein Büro und unsere Blicke trafen sich: tiefe Dankbarkeit und hohe Anerkennung, die keiner weiteren Worte bedurften. Ich packte meine Sachen zusammen, während mein geschätztes Putzfrauchen angewidert auf ihren Wischmopp schaute – oder auf die Tür meines Chefs. Die Message war für mich jedenfalls klar.

Ich fuhr so schnell nach Hause, wie ich nur konnte, denn ich wusste: Heute wird mir mein Sicherheitszahn gezogen, und dann würde ich diesem Schwein von Chef die Leviten lesen. Ganz sicher.

IM HIER UND JETZT

Alles ist gut, nur nicht überall,
nur nicht immer, nur nicht für alle.
(Novalis)

Und nun, unzählige Stunden später, bin ich meinen Sicherheitszahn noch immer nicht los. Dafür habe ich Sam nackt gesehen, mit ihm geknutscht, er hat den Hof verlassen, und ich bin auch noch im Evakostüm über Karl hergefallen – in dessen Traktor.

Ich habe an diesem Abend Dinge getan, die ich früher nicht einmal gedacht hätte.

Kein Wunder, dass ich mich furchtbar fühle, ja, fast wie ein Flittchen. Nie hätte ich gedacht, dass ich mal in die Rolle einer miesen Schlampe schlüpfen würde. Eine, die zwei Kerle an einem Abend ohne Scham und Kleidung abknutscht. Eine, die mit Sicherheit noch weiter gegangen wäre, wenn die wütende Vermieterin sie nicht daran gehindert hätte. Ob Solaria jemals wieder mit mir reden wird? Ob ich jemals wieder mit irgendjemandem reden sollte?

Noch immer weiß ich nicht, an wen ich mein Herz verschenkt habe. An Sam? Oder an Karl?

Eins aber weiß ich: Solaria hat nicht mal mehr ein klitzekleines Fünkchen Herz für mich übrig. Ob das wirklich nur an ihrem vergossenen Sonnenwurzel-Öl liegt? Diesbezüglich habe ich sogar versucht, ihr einen kleinen Rest aus meinen Haaren zu pressen, bin aber kläglich gescheitert. Egon hat indes einen Schlichtungsversuch nach dem anderen unternommen, ist dann aber irgendwann resigniert zu seinem Schatzi geflohen, und ich ins Bad. Es hat eine unbarmherzige Kalt-Dusche gebraucht, um das flammende Begehren restlos aus meinem Körper zu spülen. Ich hätte ja nie an so etwas geglaubt, aber verdammt, ich war wirklich so wild wie nie zuvor in meinem Leben. Aufgrund eines Stirngusses mit energetisiertem Sonnenwurzel-Öl, das muss man sich mal vorstellen. Oder doch aufgrund der Klangschalen? Ich weiß es nicht.

Ein heilloses Durcheinander war das heute. Und jetzt ist alles ruhig. Ich sitze allein in meinem Zimmer und schaue aus dem Fenster auf Karls Hof. Es ist schon weit nach Mitternacht und ich kann nicht schlafen. Vor zehn Minuten habe ich gedacht, Solaria weint. Ich bin in ihr Zimmer gestürzt, um sie zu trösten, musste dann aber feststellen, dass sie nur schief sang. Inzwischen scheint sie zu schlafen.

Vor mir liegt Egons Krafttierbuch. Ich habe mal wieder das Chamäleon nachgeschlagen und frage mich nun schon seit geraumer Zeit, ob wirklich einer meiner angeblichen Freunde ein Verräter ist. Oder ob ich am Ende gar selber der Verräter bin. Vielleicht hat Solaria recht, dass ich nur Unruhe auf den Hof bringe, nicht nur, weil mir diese gespenstische Stille unheimlich ist. Wegen mir hat Sam den Hof verlassen, und ich kann Karl nie wieder unter die Augen treten. Seit heute Abend hält er mich bestimmt für nicht mehr zurechnungsfähig. Seine Cousine denkt mit Sicherheit nicht anders. Wahrscheinlich sitzen die beiden jetzt im Traumhaus und lachen über die *depperte, notgoile Nackerte*. Die sexsüchtige Psychopathin. Schade. Karl kann so gut küssen. Viel zärtlicher als Sam. Dafür aber weiß Sam ganz genau, was er will. Das hat auch etwas.

Stopp! Bevor ich mir hier weitere Gedanken darüber mache, an wen ich mein Herz verschenkt habe, oder verschenken will, sollte ich lieber der Realität ins Auge sehen: Sie sind beide unerreichbar. An dieser Stelle wäre eher mal eine Tüte … Gras? … quatsch, Schlaf angebracht. Doch mein Hirn sieht es anders. Die Gedanken an diesen Abend lassen mich einfach nicht los. Nicht nur wegen Sam und Karl. Nein, nie hätte ich gedacht, dass an „diesem Esokram“ etwas dran sein könnte. Wie oft habe ich die Methoden meiner spirituellen Mitbewohner als hanebüchenen Humbug abgestempelt? Wie viel Unrecht habe ich damit Solaria und ihren skurrilen Aktionen getan? Was, bitte, weiß ich denn schon von dieser Welt?

Bis zum frühen Morgen wälze ich mich schlaflos hin und her. Dann beschließe ich, dass es keinen Sinn mehr hat, weiter auf Schlaf zu hoffen. Genauso gut kann ich auch mit dem Auto durch die schöne bayrische Landschaft kurven und mein neues Bewusstsein, meine neue Achtsamkeit, entfalten …

„Klar, denn jetzt bist du ja endlich so weit", kichert mein innerer Zynismus. „Was willst du da noch hier unten? Ab in den Himmel mit dir … zu Solarias scheinheiligen Engeln …"

Kann ich nicht einfach von jetzt auf gleich einen Sinneswandel erfahren und an solche Dinge glauben? Warum nur kommt immer wieder Zynismus in mir hoch? Vielleicht, weil …

„… ein Sonnensturm aus dem *Nichts* aufgetaucht ist und deiner Aura energetisierten Sand ins dritte Auge geblasen hat?"

Ich muss es wohl akzeptieren: Mein innerer Zynismus und mein neues Bewusstsein stehen auf Kriegsfuß.

Gut, dann statte ich eben ganz unspektakulär der Backstube in der Frohnatur einen Besuch ab. Schließlich hat Solaria noch immer eine unspirituelle Wut auf mich, die ich mit einem ebenso unspirituellen Friedensfrühstück eventuell beschwichtigen könnte. Liebe geht schließlich durch den Magen, und die ist – ganz pragmatisch gesehen – förderlich für unser künftiges, irdisches Zusammenleben.

Dieser beruhigende Gedanke lässt mich prompt wieder einschlafen. Leider nur für eine knappe Viertelstunde, dann gackert plötzlich Jörg unter meinem Fenster so laut, dass ich sofort senkrecht im Bett sitze. Okay, dann eben doch das Friedensfrühstück. Ich ziehe mich an und steige in mein Auto.

In der Frohnatur ist samstags um halb neun kaum etwas los. Während ich den klitzekleinen, grünen, wohl eigens für diesen Mini-Laden entworfenen Einkaufswagen an den Regalen vorbeischiebe, denke ich daran, wie hier alles begann. Wie ich zum ersten Mal in die Frohnatur kam, Pferdekäse probierte und Froschfüße erblickte. Den Pferdemilchkäse gibt es immer noch. Er scheint sich gut zu verkaufen, im Angebot ist er jedenfalls nie. Dafür schwärmen mir die Mitarbeiter stets von Egon, dem ersten Esoteriker Oberbayerns, vor. Egon ist zweifelsohne ein wunderbarer Mensch. Fast wie ein Vater, den ich nie hatte. Und doch ist er auch ein armes Wesen. So lange Zeit konnte er nicht er selbst sein. Auch jetzt muss er seinen Schatzi heimlich treffen, um Solaria nicht zu verletzen. Damit wird schon bald Schluss sein, denn morgen kommt der Schamane und dann will Egon mit Solaria Klarschiff machen. Das wird einiges auf dem Achtsamkeitshof verändern. Und wenn Sam mich auch noch von meinen Ängsten, Pardon, meinem Sicherheitszahn befreit, wird sich noch mehr verändern.

Ich kaufe Brötchen, Margarine, Marmelade, Tofuwurst und Seitanaufschnitt. So kann auch Egon mitfrühstücken.

Wieder auf dem Hof angekommen, sehe ich Sam und Egon ganz nah beieinanderstehen, was allein schon eine Ausnahme ist. Bei näherem Hinsehen mache ich dann jedoch einen unbekannten, schmächtigen Mann aus, der mutig wie ein Schiedsrichter zwischen den beiden steht. Kaum dass mich meine Neugier dazu nötigt, mir die Sache aus der Nähe anzusehen, winkt mich auch schon Egon in ihre Richtung. Überraschenderweise wirkt er völlig gelöst und fröhlich, als ich bei der Gruppe ankomme.

„Lisa, das ist mein Stefan“, stellt er mir den kleinen, schmächtigen und ebenso Kurta tragenden …

„Wir sind seit gestern verlobt.“

… seinen Verlobten vor.

„Wow, Glückwunsch“, sage ich und denke: „Wow, Stefan passt perfekt zu Egon.“

Sam sagt nichts. Er sieht ein wenig überfordert aus.

Und auch ich bin von alldem so überrascht, dass ich erst einmal meine Einkaufstüte fallen lasse. Egon und Stefan helfen mir sofort dabei, die herauskullernden Lebensmittel aufzuheben.

„Schön, dass ich dich endlich kennenlerne“, sagt Stefan, während er die Margarine zurück in die Tüte befördert und mich anschließend in seine Arme zieht. „Egon hat so viel von dir erzählt. Du hast recht, Schatz, sie ist ein Herzchen.“

Unnötig zu erwähnen, dass ich Stefan ebenfalls umgehend in mein Herz schließe.

„Ich habe uns ein Frühstück besorgt“, sage ich, mal wieder an das Prinzip des Nehmens und Gebens denkend.

„Lasst uns doch draußen frühstücken“, schlägt Egon vor und zeigt auf ein paar Bierbänke neben der Scheune.

„Wo ist Solaria?“, frage ich ihn, denn es interessiert mich natürlich ungemein, wie sie auf Egons Verlobten reagiert hat.

„Sie zieht sich gerade an.“

Habe ich mich *gerade* verhört? Wenn überhaupt, zieht sich Solaria doch immer nur *aus*.

Egon lächelt. Dann flüstert er in mein Ohr: „Ich habe es endlich hinter mich gebracht. Naja, um ehrlich zu sein, hat Stefan es mir abgenommen. Er hatte genug von meinem Zögern und ist mir heute Morgen einfach zum Yoga gefolgt. Solaria war zwar ein bisschen überrumpelt, aber die beiden haben sich dennoch auf Anhieb verstanden.“

Er seufzt befreit.

„Ich kümmer mich um das Geschirr“, teilt Sam uns mit, der wohl nicht mehr länger verloren neben uns stehen wollte und nun bereits die Treppe hinaufsprintet. Ehe ich mich versehe, ist er zurück und verteilt eine Ladung Teller auf dem Tisch.

„Jetzt fehlt nur noch Solaria“, meint Egon.

„Ich hole sie“, sage ich tapfer. Es hilft ja alles nichts. Irgendwann muss ich mich ihr stellen.

Klopfenden Herzens betrete ich das Haus und mache mich auf alles gefasst. Ob mich die Bestimmerin zum Frühstück verputzen oder ausräuchern wird?

„Solaria?“, rufe ich vorsichtig in den Flur. „Wo bist du?“

Kurzerhand springt neben mir die Badezimmertür auf und ein Traum in Gelb erscheint im Türrahmen. Eine sonnengelbe Tunika mit langen Trompetenärmeln und goldenen Stickereien bedeckt Solarias Körper vom Hals bis zu den gebräunten Oberschenkeln. Ihre langen blonden Haare fallen in glänzenden Wellen und werden von einem goldenen Stirnband ein wenig gezähmt. Solaria, die wandelnde Sonne – in diesem Moment trifft es kein Name besser.

Mit tellergroßen Augen starre ich sie an, und Solaria ... schreitet grinsend und in Zeitlupe an mir vorbei und fragt flötend – so, als sei gestern nichts gewesen: „Hier. Was gibt es denn bitte?"

„Also ... äh ... du siehst toll aus", gebe ich ebenso anerkennend wie verunsichert zu.

„Das sind nur Äußerlichkeiten", hält sie dagegen, dreht sich aber dennoch selbstgefällig vorm Spiegel hin und her.

„Draußen auf dem Hof wartet ein Frühstück", trage ich mein eigentliches Anliegen vor. „Es gibt auch frische Brötchen."

Ich schenke ihr meinen freundlichsten Blick.

„Mein erstes Frühstück gibt's auf dem Balkon", entgegnet sie.

„Lichtnahrung?", frage ich, denn auf dem Balkon habe ich Solaria bisher nur beim sogenannten Lichtessen angetroffen. Und mit oraler Nahrungsaufnahme hatte das weniger zu tun.

„Ja", sagt sie und ich seufze. Wahrscheinlich ist „Lichtnahrung" nur eine esoterische Umschreibung für „Ich will allein sein" oder „Ich bin auf Diät" oder „Ich will nicht mit dir an einem Tisch sitzen, du dämliche Schlampe".

„Komm, ich zeig's dir", sagt Solaria stattdessen unverhofft und greift sogar nach meiner Hand.

War das ein Friedensangebot? Oder will sie mich vom Balkon werfen?

„Heute frühstückst du mal mit mir Licht", sagt die Bestimmerin, öffnet die Balkontür und setzt sich auf eine dort ausgebreitete Yogamatte.

Ist das ihr Ernst? Trotz meiner Skepsis freue ich mich über Solarias Einladung und setze mich zu ihr auf den sonnigen Balkon.

„Richte deinen Kopf hoch zum Himmel", sagt die menschliche Sonne neben mir, während ich noch versuche, ihre Meditationshaltung nachzuahmen. Trotz neuartiger Gelenkigkeit bekomme ich den Lotussitz nicht so gut hin wie sie, zumindest nicht ohne schmerzhafte Überdehnung.

„Entspanne dich, Lisa. Atme tief ein ... ffffft ... und wieder aus ... wuuuuhhhh."

Okay, das bekomme ich hin. Ich gebe mir größte Mühe, ähnlich laut ein- und auszuatmen. Und tatsächlich überkommt mich kurz darauf ein dezentes Gefühl von Entspannung. Oder ist es Erleichterung, weil Solaria mir augenscheinlich verziehen hat?

„Und nun, Lisa, atme das Licht durch jede deiner Körperöffnungen, durch jede deiner Poren."

Toleranz! schreie ich meinem inneren Zyniker entgegen, der schon wieder kurz davor ist aufzubegehren. Schließlich hat Solaria mir verziehen. Dafür kann ich sie doch wenigstens einmal richtig ernst nehmen. Ich versuche mir also vorzustellen, wie Lichtstrahlen in meinen Körper strömen. Auch wenn der Zyniker in mir sich jetzt überhaupt nicht mehr einkriegt. Dabei ist diese Vorstellung gar nicht *so* verrückt. Zumindest nicht, wenn man bedenkt, dass unser Körper unter anderem auch Licht in Vitamin D umwandelt. Ganz zu schweigen von dem, was Pflanzen bei ihrer Fotosynthese bewerkstelligen.

„Ist das ein Grund, sich sogleich in ein glücklich-glühendes Gänseblümchen zu verwandeln?", fragt mich mein innerer Zyniker, aber darauf gehe ich nicht ein.

„Und nun wandeln deine Zellen dieses Licht in Liebe um, und die Liebe erfüllt dich mit allem, was du brauchst", säuselt Solaria, und mein innerer Zyniker kann das natürlich auch nicht unkommentiert stehen lassen.

„Und nun pups eine Portion Liebe in den Luftraum, meine kleine …"

„Ruhe!", denke ich meinem Zynismus entgegen und lenke meine gesamte Konzentration auf Solarias Worte. Ich stelle mir also vor, wie meine Zellen Sonnenlicht in Liebe umwandeln. Doch woher soll ich wissen, ob das gerade wirklich passiert? Ich kann weder Licht in meinen Zellen noch umgewandelte Liebe sehen. Das ist ja wohl auch mehr eine Sache des Fühlens. Also nichts für meinen Kopf.

„Den brauchst du auch gar nicht mehr, mein Pflänzchen", lacht mein Zyniker. „Statt eines Hirnes sehe ich dort ohnehin nur Holz …"

Und ich gebe es auch gerne zu: Das, was ich hier und jetzt tue, hätte ich wohl gestern noch nicht getan. Und doch kann ich die Glücksgefühle, die mich in diesem Moment überkommen, während ich hier das Licht der Sonne in mich aufnehme, nicht leugnen. Mit meinem Hirn scheint es wirklich nicht zum Besten zu stehen. Oder meine Erleichterung über Solarias Menschlichkeit lässt mich geradezu ekstatisch werden. Oder die Sonnenlicht-Synthese funktioniert halt doch.

Ein paar Minuten verbringen wir Sonnenlicht atmend und in Liebe umwandelnd auf dem Balkon. Abschließend sagt Solaria noch ein paar wunderbare Sätze über die Liebe wie: „Es ist so einfach: Tu all das, was dir im Leben vorschwebt, in Liebe, oder lass es bleiben. All das, was du in Liebe und aus reinem Herzen tust, kann nämlich niemals falsch sein."

Ich seufze noch glücksbeseelt vor mich hin, da springt Solaria urplötzlich auf und verkündet: „Und jetzt auf zu den frischen Brötchen. Liebe heißt nämlich auch Leben. Und Leben heißt auch Lust. Und ich hab hemmungslose Lust auf frisches Backwerk."

Nun können wir doch noch *richtig* frühstücken. Ich folge Solaria und freue mich, dass wir uns wieder angenähert haben. Ja, ich freue mich, dass wir uns wieder vertragen. Und dann freue ich mich nicht mehr, denn auch Sam ist von Solarias Aussehen angetan. Sein bewundernder Blick ist nicht zu übersehen, und ich versuche, das ungute Gefühl in meinem Innern zu verdrängen. Es gelingt mir überhaupt nicht.

Auch Stefan ist hin und weg. Von Solarias Tunika. Allerdings aus ganz eigenen Gründen. „Ich bin Schneider", teilt er uns mit.

„Meine Kurtas stammen aus Stefans Hand. Wir haben uns quasi über die Kleiderstange kennengelernt", lacht Egon und Stefan flüstert in mein Ohr: „Und über Umwege landeten wir dann beim Wäscheständer."

Kurz darauf verabschieden sich die zwei Turteltäuberiche, laufen Hand in Hand über den Hof, springen, ohne die Türen zu öffnen, beschwingt in Stefans Cabrio und brausen mit quietschenden Reifen davon.

Ich sehe ihnen verträumt bezüglich ihres offensichtlichen Glücks nach, bis ihr Auto am Horizont verschwindet. Dann landet mein Blick auf Sam, dessen Blick wiederum noch immer an Solaria haftet. Mist! Ich versuche aufs Neue die wärmenden Lichtstrahlen der Sonne durch jede meiner Poren zu inhalieren und meinen Zyniker weiterhin zu ignorieren, doch meine Gedanken sind gnadenlos. Solaria und Sam werden heute noch etwas miteinander haben, rufen sie mir zu.

„Sag mal, Sam, ziehst du mir denn nun heute Abend endlich den Sicherheitszahn?“, höre ich mich selbst fragen. Bin ich denn von allen guten Geistern verlassen? Ausgerechnet jetzt, wo Solaria und ich uns wieder angenähert haben? Die Bestimmerin spuckt auch prompt ihr Brötchen auf den Boden.

Sam jedoch sagt in aller Ruhe: „Na klar.“

„Heute Abend brauche ich dich aber auch noch“, kontert Solaria und das Ende ihrer Tunika rutscht noch ein Stückchen weiter nach oben.

Nachdem Sam und Solaria fertig gefrühstückt und geflirtet haben, widmet sich die Hofbesitzerin den wenigen übrig gebliebenen Quadratmetern ihres Eigentums, die bisher von Verzierungen verschont wurden, Sam kümmert sich um eine Klangschalenkundin und ich beschließe, vor meiner Sicherheitszahn-OP noch einmal im Ort spazieren zu gehen. Zuerst aber öffne ich die Beifahrertür meines Autos und hole das Hufeisen aus dem Handschuhfach hervor. Während meines Spaziergangs halte ich es in der Hand und sehe unentwegt hinunter ins Tal auf Karls Hof. Ich schaue auf mein Traumhaus, dann auf Karls Gewächshaus. Und schließlich schweift mein Blick über sein Gemüsefeld. Sein idyllisches Gemüsefeld. Ich sehe es genau vor mir: Ein Stück Boden, das Licht und Luft inhaliert und seinen Besitzer reich beschenkt. Während mein innerer Zyniker schon wieder einen Lachanfall bekommt und etwas von „Tomaten auf den Augen“ säuselt, spüre ich plötzlich das tiefe, innere Verlangen, ein eigenes Gemüsefeld anzulegen. Gut, für den Anfang reicht auch erst einmal nur ein kleines Beet.

Dieses Gefühl, mit den eigenen Händen eine kleine Pflanze in den schützenden Boden zu betten, ihr beim Wachsen und Gedeihen zuzusehen, sie zu gießen, zu düngen und schließlich von ihr mit Früchten beschenkt zu werden, ja dieses Gefühl des puren Glücks … große Güte. Ich denke schon so geschwollen daher wie meine Mitbewohner, was wohl bedeutet, dass ich meine spirituelle Empfänglichkeit nicht mehr länger leugnen kann. Nicht grundlos glaube ich neuerdings an das Schicksal. Nicht von ungefähr atme ich seit heute Licht und fühle mich dabei sehr gut. Nicht umsonst möchte ich mir freiwillig von Sam den Sicherheitszahn ziehen lassen. Und nicht zufällig halte ich einen Glücksbringer in meinen Händen, den ich jetzt ganz fest an meine Brust presse. Dazu habe ich in den letzten Wochen erkannt, dass es im Leben keine Garantien gibt. Wenn ich nicht bereit bin, endlich mal etwas zu riskieren, dann werde ich ewig vor mich hindümpeln. Es kommt wohl auf die Mischung an. Ich muss mir ja nicht gleich einen Bindfaden der Liebe um das Handgelenk knoten, nur noch Saris tragen und alles in Brand setzen. Oder gar meinen Beruf aufgeben. Ein neues Hobby, zum Beispiel meditatives Gärtnern, tut es für den Anfang auch. Denn die Erkenntnis lässt sich nicht mehr abschütteln: Das, was ich bisher „Leben“ genannt habe, wurde dem Begriff nicht gerecht. Ich meine, was haben meine Hände in all den Jahren schon geleistet? Wofür wurde ich bezahlt? Was habe ich bewirkt?

Kein Wunder, dass mich die Sache mit dem Garten, dem Säen und dem Ernten, anzieht. Ich müsste mal beizeiten mit Karl darüber sprechen, um die theoretischen Details zu klären, und natürlich auch mit Solaria, wegen der praktischen. Dann könnte ich vielleicht einen Teil des Hofes, der nicht Karl gehört, in ein Beet umfunktionieren. Aber erst, wenn etwas Gras über meine nackte Knutschaktion gewachsen ist.

Zurück auf dem Achtsamkeitshof, erblicke ich die goldene Solaria, die gerade damit beschäftigt ist, eine ebenso goldene Pferdeskulptur in den Boden zu rammen. Sie trägt noch immer ihre wunderschöne Tunika und im Hintergrund tummeln sich ihre Pferde wie auf einem Gemälde von Franz Marc. Diese Frau hat in ihrem Leben schon so viel erlebt. Und so viel getan. So viel gegeben. Für so viele Menschen und Tiere. Und ich trage einen Kampf mit ihr aus, wegen eines einzigen Mannes. Jammerschade.

Ich versuche, meine Eifersucht unter Kontrolle zu bekommen, und helfe Solaria bei den restlichen Vorbereitungen für die morgige Ankunft des Schamanen aus Thüringen.

„Wenn Don Heiko morgen kommt, musst du nicht zwangsweise anwesend sein“, sagt sie und ich versuche, auch das nicht persönlich zu nehmen.

Als es dämmert, pellt sich Solaria aus ihrer Tunika und auch ich lege meine Klamotten ab. Dann gehe ich mit eingezogenem Bauch und dem Hufeisen in das Behandlungszimmer, lege meinen Glücksbringer auf den Boden und mich selbst auf das Teddybärenfell, das von Sam bereits fein säuberlich auf Egons Esstisch drapiert wurde.

Jetzt heißt es: Warten auf Sam. Die Zeit vergeht. Sam kommt nicht. Nach einer halben Stunde, die ich nun schon sinnlos auf dem Esstisch liege, fange ich an zu zittern. Just, als ich aufstehen will, um mir Egons heuhaltige Decke überzuwerfen, erscheint Sam im Türrahmen. Er ist völlig außer Puste, atmet hörbar tief ein und aus.

„Puh … also … huh … Lisa, nun geht es los.“

Während er sich sein verschwitztes T-Shirt und seine Jeans auszieht, unter der er nicht einmal einen Slip trägt, versuche ich, mich gegen möglicherweise wieder aufflammendes sexuelles Verlangen zu wappnen. Ob mir das gelingt, wo Sam doch so schön und unverschämt sexy zugleich ist?

In der Tat, es gelingt mir. Und schon frage ich mich, warum. Ja, warum spüre ich diesmal kein Verlangen? Vielleicht, weil jemand, der so abgehetzt wirkt, nicht wirklich erotische Signale sendet? Oder weil das sexuell energetisierte, warme Sonnenwurzel-Öl leer ist? Wie soll Sam mir den Sicherheitszahn ziehen, wenn er bei mir urplötzlich keinerlei Gefühle mehr auslöst?

Ein schwieriges Unterfangen. Ich lenke meine Gedanken auf die Lebensqualität, die ich ohne Sicherheitszwang haben werde. Ich sehe auf meine Arme und denke an Licht, das durch meine Poren strömt. Und was macht meine Haut daraufhin? Statt sich mit der virtuellen Wärme und Wonne zu verwöhnen, überzieht sie sich mit einer Gänsehaut. Da, endlich, wird mir der Grund für mein Frösteln klar: Ich habe Angst. Richtiges Grauen, das meine Gedanken und meine Gefühle beeinflusst.

„Puuh … nun schließe bitte deine Augen“, sagt Sam. Er klingt noch immer ziemlich erschöpft. Bevor ich seiner Aufforderung nachkomme, sehe ich ihn mir noch ein letztes Mal an. Ganz in Weiß gekleidet steht er vor mir, so harmlos wie das Sahnehäubchen auf dem Supermarktpudding.

Wenn ich meine Augen das nächste Mal öffne, wird er mir geholfen haben, und ich werde niemals wieder Angst verspüren. Gut, das war jetzt vielleicht ein bisschen zu dick aufgetragen. Aber ich werde zumindest keine Angst mehr vor dem Risiko haben. Und dafür bin ich Sam schon jetzt sehr dankbar.

Ich schließe meine Augen und spüre, wie Sam seine Klangschalen auf meinem Körper platziert. Das Metall fühlt sich kalt an und schon überkommt mich die Angst aufs Neue. Was, wenn es nicht klappt? Was, wenn Sam mir nicht helfen kann? Was, wenn vorher alles besser war? Was, wenn nun alles schlimmer wird?

Kliiiinnnggggg …

Sam hat eine Schale angeschlagen, und sofort erfüllen mich Gedanken an Schmuck, Mutter, mein ehemals sicheres Leben …

Kliiiinnngggg …

Haben Sams Glöckchen gestern auch schon so penetrant gebimmelt, und hat Sam selbst auch ge… brummt? Oder summt er? Oder ist das ein Gesang? Eine Erkältung? Esola? Können meine Gedanken nicht mal stoppen?

Klinggggglongggggggg …

Ein tieferer Ton. Und wirklich: Dieser Ton geht in die Tiefe. Sosehr sich auch die Gedanken in meinem Kopf wehren wollen, der warme Klang durchdringt jede Faser meines Körpers, und ich spüre tatsächlich so etwas wie eine starke Vibration in all meinen Zellen. Als würde ich dezent durchgeschüttelt werden.

War das gestern auch schon so? Oder war ich da noch nicht … so weit?

Klingglonggggggg …

Allmählich kehrt Ruhe in meinem Kopf ein, dafür kribbelt mein Körper. Ich fühle mich leichter und leichter … habe kein

Gefühl mehr für Zeit und Raum. Vielleicht fliege ich … für immer und seit unendlich langer Zeit … alles ist so leicht und locker. Alles ist gut. Mir ist ganz warm. Wunderbar angenehm. Und die Zeit scheint stehen geblieben zu sein …

Glongggggggg …

Ich bin entspannt, zutiefst entspannt.

„Er ist weg!", ruft Sam plötzlich.

Himmel, was? Wer?

Erschrocken reiße ich die Augen auf.

„Wer ist weg, Sam?"

„Na, dein Sicherheitszahn. Er ist weg. Du bist frei!"

Zufrieden lächelt er mich an.

Ich richte mich auf. Mehr enttäuscht als erleichtert. Bekomme ich denn heute gar keinen warmen Stirnguss? Von mir aus auch mit ranzigem Sesamöl.

„Wir sind doch noch nicht fertig", stelle ich klar.

„Doch, du bist frei!", wiederholt Sam und ich erkenne, dass allein schon wegen seiner Erschöpfung kein Stirnguss mehr drin ist. Trotzdem ging das doch ziemlich …

„So schnell?", hake ich nach. Parallel fällt mein Blick auf die Uhr. Es ist neun. Ich habe zwei Stunden auf dem Esstisch verbracht? Von den ersten vierzig Warteminuten abgesehen kam es mir nicht so lang vor.

„Du hast dich fallen lassen. Dabei geht schon einmal das Zeitgefühl flöten", antwortet Sam lächelnd.

Ach so. Ja, und es gab auch gar keine Unterbrechung. Komisch.

„Oje, Solaria braucht dich doch auch noch", fällt es mir plötzlich siedend heiß ein.

„Das habe ich vorher erledigt", winkt Sam ab. „Damit ich mich ausreichend lang einzig um dich kümmern kann."

„Danke", sage ich, auch wenn sich mir bei seinem unbeabsichtigten Reim die Nackenhaare aufstellen.

„Gern geschehen", sagt Sam und sein Gesicht kommt meinem ganz nah. Einen Kuss hat er sich nun wirklich verdient. Als wüsste er das auch selbst, schließt er seine Augen und öffnet seinen Mund. Ich tue es ihm gleich … und genau da ruft Solaria durch das ganze Haus:

„Saaam! Lisaaa! Kommt schnell!"

Darauf habe ich ja nur gewartet. Solaria klingt jedoch ernsthaft verzweifelt, nicht so, als habe sie bloß den Zimmerbrunnen umgestoßen. Also werfe ich mir schnell meine Klamotten über, Sam springt in seine Jeans und dann rennen wir ins Wohnzimmer.

Solaria ist bereits auf halbem Wege nach draußen. „Schnell! Jemand hat Karls Kühe aus dem Stall gejagt, während er auf dem Wochenmarkt war. Wir müssen sie einfangen, die armen Mädchen."

Die armen MÄDCHEN?

„Mensch Lisa, jetzt kannst du gleich zeigen, wie es sich ohne Sicherheitszahn anfühlt", ruft mir Sam zu, während wir aus dem Haus laufen.

Doch als wir draußen ankommen, sind Kühe und Pferde das Einzige, was ich wahrnehmen kann. Sie stehen auf dem Hof verteilt. Fast reflexartig zähle ich die Kühe nach.

„Wie viele Kühe hat Karl denn?", rufe ich in Solarias Richtung.

„Laut seiner Cousine sind es achtzehn", tönt es zurück.

„Hier sind siebzehn", antworte ich und eile zum Ausgang. Im letzten Augenblick schließe ich das nur leicht angelehnte Hoftor, bevor die erste Kuh wieder Reißaus nimmt.

„Dann fehlt nur noch eine", ruft Solaria zurück, während sie ihre Pferde mit Sams Hilfe in den Offenstall treibt.

Mir ist klar, dass jemand Karls Kühe auf unseren Hof getrieben hat. Und wo Nummer achtzehn ist, weiß ich auch.

Schnell sprinte ich hinab ins Tal.

„Ihr Sicherheitszahn ist wirklich weg", ertönt Sams stolze Stimme. Ich muss ein wenig grinsen.

An Karls Hof angekommen, betrete ich direkt den Stall. Und richtig. Kuh Nummer achtzehn, Irmi, liegt in ihrer hinteren Ecke und kuriert noch immer ihre Wunde aus.

„Du hast dich nicht vertreiben lassen, guades Madl", sage ich, knie mich vor sie und streichel über ihren Schopf. Karl hatte erwähnt, dass Irmi seit jeher die Ruhe weghatte. Warum sollte sie sich da grundlos aus dem Stall bequemen?

„Ach … hallo …“, Karls Cousine betritt den Stall. Sie ist völlig außer Puste. „Puhhhh … ich … musste die Kühe von der Straße treiben … und, tja, wusste mir nicht anders zu helfen … pffft … als euer Hoftor zu öffnen … weil euer Hof umzäunt ist … puhhhh, ja, denn … nicht auszudenken, was passiert wäre, wenn eine von denen in ein Auto gerannt wäre … aber … puhhhh, der Großteil von ihnen ist jetzt auf eurem Hof … pfffft …“

„Wenn es insgesamt achtzehn sind, dann sind sie vollzählig“, sage ich und sehe wieder in Irmis braune Augen. Dieses Tier strahlt wahrhaftig eine unvorstellbare Ruhe aus.

Anders als Karls Cousine.

„Oh nein, oh nein … ich habe vergessen, euer Hoftor zu schließen … ich …“

„Es ist zu“, beruhige ich sie.

„Puh. Ja, dann haben wir wirklich Glück im Unglück gehabt. Karl ist schon auf dem Rückweg … er kommt von München … das kann noch dauern.“

„Kein Problem. Alles gut“, sagen mir Irmis Augen und ich spreche es aus.

„Ja, Glück im Unglück“, wiederholt Karls Cousine, boxt dann aber wütend gegen den Verschlag. „Das war übrigens kein Unfall. Der Stall war zu, und die Kühe verlassen ihn auch nicht freiwillig. Dieses Schwein aus der Gemeindeverwaltung muss das arrangiert haben. Da bin ich mir ganz sicher.“

„Dieses Schwein aus der Tuckenthaler Gemeindeverwaltung?“, frage ich perplex.

„Ja, der Eglmair“, entgegnet Karls Cousine.

„Mein *fieser* Chef“, murmel ich in mich hinein. Wohl einen Ticken zu laut.

„Wie – dein Chef?“, fragt sie zurück.

Und so erfährt Karls Cousine von meinem absolut nicht esoterischen Beruf und ich von ihrem bis dato unerwähnten Sitz im bayrischen Landtag. Jeweils das, was keiner vom anderen erwartet hätte.

„Ich heiße übrigens Käthe“, sagt Karls Cousine.

„Lisa“, sage ich. „Wenn du im Landtag sitzt, dann müsstest du doch etwas gegen den Eglmair unternehmen können, oder etwa nicht?“

„Könnte ich. Aber mir fehlen leider die Beweise. Dieses Schwein macht sich ja die Hände nicht selber schmutzig, er hat seine Handlanger.“

Beweise? Die habe ich. Nun ja, die hat der Rollcontainer in Eglmairs Büro. Ich müsste bloß den Ordner entwenden und Karls Cousine übergeben – dann wäre der Eglmair überführt.

Bloß?

Immerhin wäre ich dann ein Dieb. Ein fristlos gekündigter Dieb mit zusätzlichem Fleck im beruflichen Führungszeugnis, denn ich habe eine Verschwiegenheitserklärung unterzeichnet, der ich damit eindeutig widersprechen würde.

Der Sekretär der Kanzlerin kann doch auch nicht deren Notizbuch an das Kabinett weiterleiten, nur weil die hier und da mal die Kraftfahrzeugsteuer anhebt und einen selbst gebackenen Kuchen annimmt; schlimm genug, wenn er heimlich darin blättert.

Auch wenn mir Sam meinen Sicherheitszahn gezogen hat (die Betonung liegt auf dem *Wenn*), so ginge dieses Wagnis eindeutig zu weit. Ich habe Grauen vor dem Klauen. Und wegen eines kleinen Ordners mit Beweisen kann ich nicht auf meine Existenz scheißen. Und ich reime schon wieder, das ist ein noch eindeutigeres Zeichen.

Ich bin noch immer in meine Gedanken vertieft, als Solaria splitterfasernackt den Stall betritt, im Schlepptau eine Kuh, der sie auf die Schnelle ein Seil umgebunden hat.

„Hier ist die Leitkuh“, sagt Solaria, löst das Seil und schickt das Tier auf seinen Platz. Nach und nach folgen die anderen Kühe.

„Sie sind alle wohlauf. Keiner fehlt etwas. Aber ihr müsst schon ein bisschen besser auf eure Tiere achtgeben“, tadelt sie Käthe, die mit offenem Mund empört auf Solarias blanken Busen blickt.

„Vielen Dank für deine Hilfe, Solaria“, sage ich anerkennend.

Meine Vermieterin zuckt nur mit den Schultern, macht kehrt und verlässt Karls Hof. Käthe starrt ihr sprachlos hinterher.

Ich zähle die Kühe noch einmal nach. Wirklich. Alle da. Alles gut.

„Lisa, kommst du?“, ruft Sam von der Straße aus.

„Ja, gleich“, antworte ich.

Dann helfe ich Käthe dabei, den Stall zu schließen. Sie unternimmt indes einen weiteren Versuch:

„Wegen dem Eglmair …“, sagt sie und da ertönt zum Glück Sams Stimme aufs Neue.

„Ich muss gehen“, entschuldige ich mich.

Bedröppelt sieht mir Karls Cousine ins Gesicht. Mir tut es leid, den beiden nicht weiterhelfen zu können. Doch Karl hat selbst gesagt, dass ich in dieser Angelegenheit lieber einfach „mei Orbeit“ machen sollte und mich auf keinen Fall einmischen darf. Würde Käthe das genauso sehen, wenn ich mich überwinden könnte, es ihr zu sagen? Aber dann würde ich auch gleich all ihre Hoffnungen zerstören.

Bevor ich es mir vor Schuldgefühlen doch noch anders überlege, Käthe vom Beweisordner berichte und meinen Beruf aufs Spiel setze, laufe ich so schnell ich kann zu meiner bayrischen Wohngemeinschaft. Oder sollte ich sagen: meiner spirituellen Familie?

Zurück im Achtsamkeitshaus drückt mir Solaria ein Kräuterkundebuch in die Hand, und ich mache mich augenblicklich auf eine neue Ausräucherung gefasst. Doch sie fragt stattdessen:

„Hast du vielleicht Lust, morgen ein paar Kräuter in den Bergen zu sammeln, damit Don Heiko alles bekommt, was er für das Mondfest braucht?“

„Das machen wir“, sagt Sam, und während ich das für eine vorzügliche Idee halte, hält Solaria natürlich dagegen: „Das kann Lisa auch alleine.“

„Sie war noch nie in den Bergen“, erwidert Sam und sieht Solaria mit seinem alles durchdringenden Blick an. Diese reicht mir daraufhin seufzend eine Liste: „Na schön, aber kümmert euch bitte wirklich ausschließlich um die Kräuter. Sie sind unentbehrlich für Don Heikos Ritual."

Was bitte denkt Solaria denn von mir? Von uns? Wie auch immer. Morgen geht es in die Alpen. Darüber freue ich mich und blättere begeistert im Kräuterkundebuch. Natürlich handelt es sich um eine esoterische Version, mit Erzengeln und Energiespiralen, aber zum Glück auch mit fotografischen Abbildungen, denn allein schon unter dem Begriff „Blutwurz" würde ich mir etwas ganz anderes vorstellen.

Am nächsten Morgen fahren wir also in die Berge. Kaum sitzen wir im Auto, legt Sam seine Hand auf mein Bein. Kaum erreichen wir die erste Serpentine, lässt er es los und krallt sich beidhändig an den Haltegriff.

„Mir ist schlecht."

„Echt?"

„Schon wieder ein Reim", denke ich, als Sam auch schon die Tür öffnet und aus dem fahrenden Auto reihert.

„Geht's wieder?", frage ich ihn.

„Ja. Konzentrier du dich bitte auf die Straße."

So schlecht gelaunt habe ich Sam auch noch nicht erlebt, aber da es ihm tatsächlich *schlecht* geht, habe ich Verständnis. Ich konzentriere mich also auf die Straße und merke, dass die schwindelerregende Höhe absolut nicht zu unterschätzen ist. Ein falscher Griff am Lenkrad und wir stürzen in die Tiefe. Stürzen? Und war das eben nicht ein Reim? Stopp! Ich halte das Lenkrad fest im Griff. Uns wird schon nichts passieren. Dennoch freue ich mich wie ein kleines Kind, als endlich das erlösende blaue „P" auftaucht und uns auf den Parkplatz hinweist. Ich stelle das Auto ab und atme einmal tief ein und aus. Nun sind wir wirklich an einem Ort, an dem andere ihren Jahresurlaub verbringen. Wir haben uns für einen kleineren Berg entschieden. Obwohl die Größe für mich keine große Rolle spielt, denn ich befinde mich heute zum ersten Mal in den Alpen. Ja, ich bin Bergjungfrau.

„Das ist ja wie beim *Bergdoktor*", sage ich, während ich das uns umgebende Panorama traumhaft grüner Kuppen bewundere. Es ist jetzt nicht so, dass ich mich mit dieser Vorabendserie auskenne oder sie sehe. Im Gegensatz zu meiner Mutter, die seit meinem Auszug keine Folge verpasst und kürzlich sogar darauf beharrte, Tuckenthal in einer Folge gesehen zu haben. Auch wenn ich das bezweifle, ließ ich sie in dem Glauben, denn so hat sie wenigstens das Gefühl, mir über den Fernseher näher zu sein.

Sam sieht mich fragend an. Klar, *er* kennt den *Bergdoktor* nicht. Ich staune noch ein wenig durch die Windschutzscheibe, dann seufze ich: „Traumhaft, einfach nur traumhaft."

Gleichzeitig finde ich es ein wenig befremdlich, dass ich erst heute zu meiner ersten Bergtour aufgebrochen bin, wo ich doch schon seit zwei Monaten quasi um die Ecke wohne.

„Tja, das ist wie am Meer zu wohnen", sagt Sam. „Kaum lebst du dort, stürzt du dich nicht mehr in die Fluten."

„Gut, dann stürzen wir uns jetzt mal auf die Kräuter", lache ich.

„Und heute Abend springen wir vom Dach", lacht Sam und sofort vergeht mir das Lachen wieder.

Blöd, dass Sam solch ein gutes Gedächtnis hat. Noch blöder, dass es mir vor dem Sprung nach wie vor graut. Der Meister der Klangschalen ist noch immer so stolz über *seinen* angeblich gezogenen Sicherheitszahn, dass ich ihm gar nicht sagen kann, wie sehr mich allein schon die Vorstellung schockiert, von einem Hausdach zu springen. Aber gut. Noch ist es nicht so weit und so steige ich aus und schultere den Rucksack, der nur etwas Proviant, eine Tüte für die Kräuter, ein Fernglas, eine Wanderkarte, die handgeschriebene Liste und Solarias Kräuterkundebuch beherbergt.

Wir laufen los, und ich genieße den wunderschönen Sommertag in den Bergen. Sam trottet eher lustlos neben mir her. Vielleicht ist ihm seine Übelkeit aufs Gemüt geschlagen.

Am Wegesrand entdecke ich Unmengen *Echten Eisenkrauts*, das auch *Katzenblutkraut* genannt wird, weil es die Wahrnehmung spiritueller Energien verstärken soll. Während ich ein paar Stängel in die Tüte lege, finde ich, dass Solaria sich mal die Anschaffung einer Katze durch den Kopf gehen lassen sollte. Nicht, weil ich sie für eine Hexe halte, sondern weil ich glaube, dass Solaria das Gefühl von Zuneigung abhandengekommen ist. Eine anschmiegsame Katze auf ihrem Schoß würde da sicher mehr bringen als eine aggressive Wetterhenne in der Scheune.

Ich halte nach *Melisse* Ausschau, finde aber keine. Sofern wir über tausend Meter kommen, hat uns Solaria auch darum gebeten, etwas *Allermannsharnisch* mitzubringen. Diese Pflanze, so das esoterische Kräuterbuch, macht unverwundbar.

Ich beschließe, auf jeden Fall nach dem Unverwundbarkeitsmittel zu suchen. Nicht nur, weil ich seit dem sexuell energetisierten Sonnenwurzel-Öl solche Dinge nicht mehr unterschätze, sondern für den heutigen Sprung vom Dach sogar dringend benötige.

Das kann ich dem selbstsicheren Zahnzieher natürlich nicht sagen, und so dauert es auch gar nicht lange, bis er meint, dass ich es mit den Kräutern doch ziemlich übertreibe. Sam ist nicht wirklich an „Solarias Suppengrün“ interessiert, wie er es nennt. Ihn interessiert es mehr, dass Menschen an *ihm* interessiert sind, erklärt er mir gerade. In der freien Natur mit einem „Grünzeug-Freak“, wie er mich nun auch noch nennt, langweilt er sich doch sehr.

„Ohne Sicherheitssucht bist du ja schon sehr sexy, Lisalein. Nur hier oben scheinst du dich gerade in eine kompromisslose Kräuterhexe zu verwandeln.“

„Aber deshalb sind wir doch hier“, protestiere ich, während ich durch das Fernglas blicke. Kein Allermannsharnisch weit und breit.

„Tja, die Hexe von Hänsel und Gretel versackte wohl auch nicht grundlos im Wald“, kontert Sam und ist kurz davor, sich an Ort und Stelle lustlos auf die Wiese plumpsen zu lassen.

„Nicht!“, ich stoße ihn noch gerade so zur Seite, bevor er den Allermannsharnisch zerquetscht.

„Jetzt haben wir, was wir brauchen“, rufe ich triumphierend.

„Was du brauchst“, sagt Sam und schmollt ein wenig.

„Vielleicht finden wir auch Minze. Gegen deine Übelkeit", schlage ich vor, knie mich zu ihm und streichel sanft über seine Wange.

Sam gibt mir einen Schubser, und schon lande ich unsanft auf der Wiese. Ehe ich mich versehe, liegt er auf mir.

„Ich bräuchte jetzt etwas ganz anderes, Lisa", haucht er mir in mein Ohr und mein Körper beginnt zu kribbeln. Genau da kommt eine ältere Frau mit Walkingstöcken an unserer Wiese vorbei.

„Na na, habt's ihr denn kein Zuhaus, junge Loit?!", rügt sie.

Bei Sam hat sie damit den Nagel auf den Kopf getroffen. Ertappt dreinschauend lässt er von mir ab.

„Entschuldigung", rufe ich in Richtung der Frau, doch sie bleibt stehen und blickt uns so lange vorwurfsvoll an, bis Sam und ich uns aufgerappelt haben und nonnenkeusch nebeneinanderstehen. Da erst scheint sie beruhigt, dass diese Wiese heute nur im Pflanzenreich der Fortpflanzung dient. Unsere gerade noch sehr elektrisierte Stimmung ist nun jedenfalls hinüber. Wir klopfen uns wortlos das Grünzeug von der Kleidung und wandern ein Stück weiter.

Statt auf mich und meinen Körper, verlagert Sam seinen Fokus jetzt doch auf die Suche nach den Kräutern, natürlich nur, damit wir *schnell* wieder nach Hause kommen. Er ist so schlecht gelaunt, dass er nicht einmal davor zurückschreckt, Brennnesseln mit der bloßen Hand zu ernten. Dabei sieht das sehr schmerzhaft aus.

„Schmerzen muss MANN ertragen", meint Sam barsch. Da er auch kein Problem damit hat, seinen Kopf auf Beton zu betten, scheint das tatsächlich sein Motto zu sein und ich nicke verständnisvoll. Da setzt Sam endlich wieder ein Lächeln auf, greift nach ein paar gelb leuchtenden Blümchen und steckt sie sich in seine Hosentasche.

„Was ist das?", will ich von ihm wissen, er aber lächelt nur wortlos vor sich hin. Nach einigen Stunden treten wir wieder den Rückweg an. Kaum im Auto, konzentriere ich mich auf die unzähligen Kurven und Sam darauf, nicht schon wieder zu kotzen.

Als wir am Achtsamkeitshof ankommen, dämmert es bereits. Vom angekündigten Schamanen und seinen unzähligen Schülern ist jedoch nichts zu sehen. Seltsam.

„Nach all den Vorbereitungen und Verzierungen habe ich hier den Karneval von Rio erwartet – mindestens“, sage ich zu Sam.

„Nun ja, ich habe heute in den Bergen auch etwas *anderes* erwartet“, schmollt Sam zurück, und da landet mein Ellenbogen in seinen Rippen. Kichernd steigen wir aus dem Auto.

„Psssst! Leise“, zischt Solaria uns an, während sich ihre Silhouette aus der Dunkelheit auf uns zu bewegt.

Ich falle augenblicklich in eine Starre. Himmel! Die Frau sieht aus wie eine griechische Göttin. Ein weißes langes Kleid umschmeichelt ihre perfekte Figur. Ein goldener Gürtel betont ihre schmale Taille. Dazu die langen blonden Locken, in denen tatsächlich so etwas wie ein Krönchen prangt. Eine sensationelle Schönheit auf zwei sehr langen Beinen.

Auch Sam kann sich kaum an ihr sattsehen.

Anstatt wieder eifersüchtig zu werden, hoffe ich, dass sein Testosteronhaushalt jeden Gedanken an den bevorstehenden Hausdachsprung verdrängt. Vorsichtshalber umklammere ich dennoch den Allermannsharnisch, den ich vorsorglich bereits aus der Tüte geholt habe.

„Wo ist der Schamane?“, möchte ich von Solaria wissen.

„Er schläft“, lächelt sie. „Morgen wird ein harter Tag für ihn.“

„Und wo schläft er?“, frage ich, während ich insgeheim hoffe, dass Don Heiko dem armen Sam nicht auch noch das Behandlungszimmer streitig macht.

„In meinem Zimmer“, sagt die Göttin und ich verliere so langsam wieder den Glauben an ihre esoterischen Prinzipien.

„Was ist mit den sich überlappenden …“, ich komme nicht dazu „Energiefeldern“ auszusprechen, denn Solaria fällt mir ins Wort: „Sam, das Behandlungszimmer muss heute Nacht auch ‚frei‘ sein. Damit sich dort keine negativen Energien festsetzen.“

Jetzt hat Sam auf einmal negative Energien? Nur weil ein Schamane bei uns nächtigt?!

Solaria presst Sam aussagekräftig seinen Rucksack vor die Brust, dann wendet sie sich an mich: „Und Lisa, *Lappen* ist ein gutes Stichwort. Kannst du mir bitte helfen, die Tische abzuwischen?"

Ich bekomme ein abgenutztes Haushaltstuch in die Hand gedrückt.

Während wir die Tische polieren, schultert Sam seinen Rucksack. Ich bekomme den Eindruck, als sei er auf dem Sprung. Allerdings nicht auf jenem vom Dach.

„Wir sehen uns dann morgen. Tschüss ihr zwei."

Sam wird heute tatsächlich nicht mehr mit mir vom Dach springen. Mein Glück. Zu seinem Pech hat er für diese Nacht aber auch keines über dem Kopf. Bevor ich irgendetwas an diesem Zustand ändern und dem armen Sam ein Notquartier organisieren kann, hat ihn die Dunkelheit auch schon verschluckt. Armer, armer Klangschalenmeister, das hat er nicht verdient.

„Aber Solaria, Sam weiß doch gar nicht, wo er auf die Schnelle schlafen soll."

„Der findet immer etwas", antwortet die Bestimmerin, untermalt von gleichgültigem Schulterzucken.

„Aber …", will ich einwenden, als Solaria mir ins Wort fällt: „Im Moment sollte Don Heikos Schlaf das Wichtigste für uns alle sein."

Ich tue mal so, als hätte ich das überhört, konzentriere mich auf die Tische und eine Stunde später auf meinen eigenen Schlaf. Klappt nur bedingt. Zum einen, weil mir Sam noch immer so leidtut, zum anderen, weil ich auch Mitleid mit Karl, seiner Cousine und den unschuldigen Kühen habe. Und dann noch, weil aus Solarias Zimmer störende Pumuckl-Laute dringen.

Aaaaaahhh …

Nun habe ich etwas mit Sam gemeinsam, wir können heute beide nicht im Achtsamkeitshaus schlafen. Vielleicht ist eine Übernachtung unter freiem Himmel, frei von jeglichen Störungen, nicht die schlechteste Alternative?

Ich könnte es ja mal probieren, draußen auf der Wiese, mit meinem Kopfkissen und Egons Decke. Aber nein, die Gefahr, von einem freilaufenden Pferd über den Haufen getrampelt zu werden, ist dann doch zu groß. Und die Scheune ist bereits besetzt. Von einem einzelnen Huhn.

Zum Glück überkommt mich die Müdigkeit, noch bevor ich weitere alternative Schlafpläne schmieden kann. Mit dem Allermannsharnisch in der Hand schlafe ich zumindest sicher ein.

Am nächsten Morgen halte ich das wertvolle Gewächs noch immer fest im Griff. Und ich nehme es sogar mit zur Arbeit. Dort kann ein bisschen Unverwundbarkeit auch nicht schaden. Da es noch recht früh ist, bin ich die Erste im Amt. Und weil ich unverwundbar bin, betrete ich zitternd das verbotene Zimmer vom Eglmair. Ich lege den Allermannsharnisch auf den *Rollcontainer des Grauens* und überlege: Soll ich oder soll ich nicht?

Ein Blick aus dem Fenster, und die Entscheidung wird mir abgenommen. Eglmairs Mercedes fährt gerade vor. Schnell sprinte ich zurück an meinen Platz und lasse mich schnaufend auf meinen Stuhl fallen.

„Servus. Han Se an de Orbeit gelaffa?“, fragt mich mein Vorgesetzter.

„Nein“, schreie ich schon fast. Wie kommt der denn auf so was?

„Weil Sie völig außa Puste han.“

Ach so, stimmt. Ich kollabiere schon ein wenig. Wo ist mein Unverwundbarkeitskraut? Scheiße, im Chef-Büro vergessen.

„Ich … ich … irgendwie geht es mir heute nicht so gut“, sage ich, und das ist noch nicht einmal gelogen. Mein Chef hält den Grund für meine Angst, den Beweisordner, wie eine Art Schutzschild vor sich, und allein dieser Anblick jagt eine weitere Ladung Adrenalin durch meinen Körper. Hoffentlich bekommt mein Boss von meiner Panik genauso wenig mit wie von dem Allermannsharnisch auf seinem Rollcontainer.

Warum hat der den Ordner überhaupt mit nach Hause genommen? Hat er vielleicht etwas von meiner Schnüffelaktion mitbekommen? Hat er in der Folge alle Beweismittel vernichtet? Ist der Beweisordner jetzt vielleicht so leer und unbelastend wie

Karls Kuhstall am Samstagabend? Ist meine Kündigung bereits gedruckt? Gut, dass ich Karls Cousine nichts gesagt habe. Man stelle sich Käthes Gesicht vor, wenn ich ihr einen sogenannten Beweisordner geliefert hätte, in dem sich lediglich ein Prospekt von den Tuckenthaler Moorwiesen und eine Einladung zum Kesselfleischessen befindet. Depperte Nackerte. Den Stempel würde ich nie mehr loswerden.

„Ihna is aba ned schlehcht, oda?", der Eglmair sieht skeptisch in meine Richtung.

„Nein, wieso?", frage ich zurück.

„Woil Se hin und ha schwankn wia a Saufbaidl."

Ups, vor lauter Nervosität schuckele ich tatsächlich von einer Pobacke zur anderen.

„Es geht schon", versichere ich ihm.

„Guad, dann frohs Schoffa", sagt er und verschwindet in seinem Büro. Ich könnte an der Stelle erleichtert ausatmen, immerhin ist er jetzt weg. Das Problem ist nur, dass mein Allermannsharnisch das auch ist. Das Kraut, das unverwundbar macht, ist nun bei dem Mann, der sich sowieso schon dafür hält. Das ist kein Schicksal, das ist Scheiße. Große, verdammte Scheiße. Ich spüre die Anspannung und die Ängste in meinem Innern, sie nehmen gefährliche Ausmaße an. Mag sein, dass ich zwar keinen Sicherheitszahn mehr habe (ich tippe ja eher darauf, dass er nur verkleinert ist), aber das geheime Wissen, das ich mit mir herumtrage, nebst der Unangreifbarkeit, mit der mein Vorgesetzter im Gegenzug aufwartet, zerren an meinen Nerven wie ein hyperaktiver Hund an der Leine.

In der Mittagspause verlasse ich die Höhle des Löwen und steuere ziellos durch die frisch begüllten Felder. Der Gestank ist wirklich unerträglich. Durch die Wärme, die jetzt im Hochsommer herrscht, wird er noch verstärkt und lässt sich nicht mehr ignorieren. Ich beschließe, meine ehemalige Kollegin Karin anzurufen. Ich muss mich jetzt einfach mal aus... sprechen. Karin geht nicht ran. Ich lasse das Handy mit einem lauten Seufzer in meine Tasche gleiten, streiche mir eine Haarsträhne hinters Ohr und stelle fest, dass sie bereits den Jauchegeruch angenommen hat.

Jetzt stinkt es auch mir. Und wie.

Wütend trete ich gegen eine unschuldige Bank, die hier völlig verlassen in weiter Flur steht und auf der vermutlich schon lange niemand mehr gesessen hat … *Aua*, jetzt schmerzt auch noch mein Zeh. Ich kann nicht anders und fange an zu weinen.

Da klingelt mein Handy. Wenigstens kann ich mich jetzt mal aussprechen.

Aber nein. Es ist nicht Karin.

Es ist Mutter.

Auch das noch.

Ich habe die Frau, die mir das Leben geschenkt hat und mich für ihr größtes Geschenk hält, in den letzten Wochen nicht einfach nur vernachlässigt, nein, ich habe sie angelogen und abserviert. Permanent. Meine arme Mama muss sich fühlen wie ein treuer Hund, dessen Herrchen vom Chappikaufen niemals zurückkehrte. Verlassen, verloren und wahrscheinlich auch verwirrt.

In meiner Feigheit habe ich mir eingeredet, dies nur zu Mutters eigenem Schutz zu tun. Jetzt, da mein Sicherheitsdenken von Sams Klangschalen in die Schranken gewiesen wurde, wird mir klar, dass ich bloß den für mich bequemsten Weg gewählt habe. Ein Weg, der meiner Mutter sehr wehgetan haben muss.

„Die Seele will einfach nur verstehen", hat es Egon mal so schön ausgedrückt. Wahrscheinlich haben meine Mutter und die Seele das gleiche Anliegen. Blöd, dass sie damit an einen Menschen wie mich geraten sind.

Rinnnnngggggg …

Ich kann ihren Anruf nicht schon wieder ignorieren. Folglich betätige ich den grünen Knopf und unterdrücke einen Heulanfall.

„Sissi, mein Kind. Wie geht es dir?", tönt es aus dem Hörer.

„Mama", sage ich so gefasst wie möglich. „Mir geht es guhut."

Ich kann nicht anders. Was würde meiner Mutter auch die Info über einen fünfhundert Kilometer entfernten Gülleskandal bringen? Sie kann das ja weder physisch noch psychisch riechen, was mir gerade in die Nase steigt. Dennoch sagt sie: „Kind, ich merke doch, dass es dir *nicht* gut geht."

„Doch, doch. Es ist alles okay", beschwichtige ich sie.

„So? Und warum hast du dann am Freitag eine Therapie gemacht?"

„Woher weißt du das?", frage ich erschrocken.

„Weil ich deine Mutter bin. Und weil es der Mann im Hintergrund gesagt hat."

Ja, jetzt erinnere ich mich auch. Kurz bevor Sams erste Klangschalentherapie losging, hatte ich Mutter am Telefon abgewürgt. Wie so oft.

„Sissi. Eine Therapie macht man dann, wenn es einem schlecht geht. Wenn es dir nicht schlecht geht, dann mach bitte auch keine Therapie. Oder sag mir nicht, dass alles in Ordnung ist."

Nun habe ich den Salat.

„Mama, es tut mir so leid. Ich wollte dir keine Angst machen."

Jetzt muss ich mich wohl auf eine längere Aussprache gefasst machen.

„Gut, Sissi, ich muss jetzt sowieso auflegen. Im Fernsehen kommt *Der Bergdoktor*. Tschüss mein Schatz."

Und jetzt muss ich mich wohl verhört haben.

Bevor ich sie um eine Wiederholung ihrer Worte bitten kann, legt Mutter auch schon auf. Fassungslos starre ich auf das Display.

In dieser Situation ersetzt mich meine Mutter durch den Fernseher – durch die heile Welt des *Bergdoktors*? Habe ich sie vielleicht einmal zu oft abserviert? Ist unsere innige Beziehung vorbei? Und handelt es sich bei *dem Bergdoktor* nicht eigentlich um eine Abendserie?

Leider komme ich nicht dazu, mir weitere Gedanken zu machen, denn vor mir steht Herr Eglmair.

DER SCHEIN TRÜGT

Scheinheiligsprechungen sind gängiger als Heiligsprechungen.
(Erhard Horst Bellermann)

Dieses Schwein von Chef ist mir nicht nur gefolgt, nein, er hat auch noch mein Gespräch belauscht. Ich wiederum hatte Riesenschwein gehabt, nicht mit Karin, sondern mit Mutter telefoniert zu haben. Und dem *Bergdoktor* bin ich jetzt auch noch dankbar.

Die Situation ist dennoch grenzwertig. Ich sitze mit meinem miesen Boss auf einer morschen Bank. Entgegen meiner Hoffnung halten die brüchigen Bretter unseren Hintern stand, und das verleitet den Eglmair dazu, eine Laudatio auf die Loyalität zu halten, ungefähr so wie ein Rennfahrer, der seine Fans über die Gefährlichkeit rasanter Fahrweisen aufklärt. Einfach nur bescheuert.

„Hob i Ihna scho eimoi gsogt, wia froh mia san, Sie bei uns an Board z' wissn?"

Ich nicke. Er hat es gefühlte fünfzig Male erwähnt.

„Aba Sie komma aus da Stod, hia uf'm Land lefft's a weng anders."

Ich weiß, nein, ich rieche es sogar.

Und nun erzählt er mir, dass es Gründe für Rosis Weggang gab. Ich kaue auf meiner Unterlippe, denn die Gründe kenne ich im Detail – ordentlich abgeheftet im hinteren Ordnerbereich. Herr Eglmair aber spricht davon, dass Rosi sich nicht loyal verhalten habe. Welch Ironie.

Trotzdem atme ich erleichtert auf, denn mein Chef scheint tatsächlich keine Ahnung davon zu haben, dass ich den Inhalt seines Ordners kenne.

Stattdessen erzählt er mir, dass das Wichtigste in seinem Team Loyalität sei. Und dass ich nicht alles glauben darf, was andere – die Namen Rosi und Karl fallen – erzählen. Dann gibt er mir einen guten Tipp, als väterlicher Freund sozusagen, und da wird mir wirklich schlecht:

„Bleibn's wie Se sahn!"

Wieder fällt mir ein Satz von Egon ein: „Bleib auf keinen Fall, wie du bist. Entfalte dein Talent, entwickel dich weiter. Eigne dir so viel neues Wissen an wie möglich. Gib den Dingen, die dir passieren wollen, eine Chance. Wenn du nichts tust, dann lebst du auch nicht. Stillstand bedeutet Tod."

In diesem Moment sitze ich still und nahezu leblos neben meinem Vorgesetzten. Der redet und redet. Dann – endlich – schaut er auf die Uhr und entscheidet, dass unsere Mittagspause vorbei ist.

Ich folge ihm zurück in die Verwaltung wie ein treuer Hund seinem Herrn, und er betont seinen Stolz auf meine Loyalität, so wie Sam seinen Stolz auf meinen gezogenen Sicherheitszahn betont hat. Einmal mehr fühle ich mich wie ein Werkzeug, das mal hier, mal da geschliffen und benutzt wird. Zumindest fällt es meinem Chef auf, dass es mir nicht gut geht.

„Ihna gäds ja heid ned so guad. Se dürffa etz' gähn."

„Schmeißen Sie mich raus?", frage ich im Affekt, und da lacht er sich halb schlapp und sagt, dass ich nicht nur die loyalste, sondern auch die humorvollste Mitarbeiterin sei, die er je hatte. So oft wie Rosi in der Kaffeeküche heulte, kann das hinkommen.

Ich fahre also nach Hause, ohne Ordner, ohne Beweise und irgendwie auch ohne Würde. Ich bin wütend auf mich, und vor allem auf den Eglmair, und biege entsprechend schwungvoll auf meinen Parkplatz ein.

Und dort erwartet mich bereits die nächste Katastrophe. Gerade noch rechtzeitig kann ich in die Bremsen treten, sodass die Erdklumpen nur so fliegen. Einen Moment brauche ich, bis ich tatsächlich realisiere, was ich da sehe. Dann kann ich nicht anders und kreische lautstark, einem Herzkasper nah: „Ieehhhhhhhhhhhhhhhhhh!"

Auf meinem Parkplatz liegt diesmal kein totes Pferd. Es ist viel schlimmer. Vor mir liegt ein Kopf. Kein Tierkopf. Nein, ein Menschenkopf.

Ich wiederhole: ein MENSCHENKOPF!

Heiliges Horrorlädchen!

Einen kurzen Moment denke ich, ich werde verrückt, aber nein, das ist es nicht. Ich sehe wirklich einen Kopf. Er ist mir zwar äußerlich nicht bekannt, aber dennoch liegt er vor mir auf dem Boden, mitten auf meinem Parkplatz. Die Erde um ihn herum scheint leicht aufgelockert zu sein, nicht so festgefahren wie sonst, aber das ist mir in diesem Fall auch ziemlich egal. Verdammt, da liegt ein Kopf!!! Mitten auf dem Achtsamkeitshof!

Plötzlich ergreift mich die Panik. Was soll das? Ist es eine Warnung an mich? Aber von wem? Vom Eglmair? Oder seinen Handlangern, den odelnden Bauern? Ob die mit dem Kopf Fußball gespielt und ihn mir dann als mahnendes Andenken zurückgelassen haben? Und hat mir auch der Eglmair auf der einsamen Bank nur etwas vorgespielt?

Aber warum unternimmt niemand etwas? Es kann doch nicht sein, dass ich hier die Einzige bin, der so etwas auffällt.

Ich schaue mich um. Kein Mensch weit und breit.

In meinem Kopf höre ich schon die Sensationsmeldungen der Nachrichtensprecher: „Es handelt sich um ein am Hals abgetrenntes männliches Haupt. Das Opfer war circa sechsundvierzig Jahre alt und vermutlich von durchschnittlicher Statur. Der Tote trug schulterlanges rotes Haar und zeichnete sich durch eine blasse Hautfarbe aus …"

Konzentrier dich, Lisa! Vor dir liegt eine Leiche, du musst handeln. Sofort.

Und ich handle: Ich bleibe sitzen, aktiviere die Alarmanlage und verriegle die Autotüren von innen. Mein Herz rast und ich durchwühle panisch meine Handtasche. Kaum dass ich mein Handy herausgefischt habe, wähle ich den Polizeinotruf.

Es tutet zweimal, dann meldet sich eine Männerstimme: „Polizeistation Bezirk sieben, wie kann ich Ihnen helfen?"

„Guten Tag, hier spricht Lisa Hof. Ich bin gerade nach Hause gekommen und habe eine Leiche gefunden", sage ich und gebe mir Mühe, mit meiner lauten Atmung nicht meine Aussprache zu übertönen.

„Eine Leiche?", fragt der Mann zurück.

„Ja, einen Kopf."

Allmählich beruhige ich mich. Ich sitze immerhin in meinem alarmgesicherten Auto und habe einen Freund und Helfer an der Strippe.

„Einen Kopf?", fragt der Beamte.

Warum wiederholt der ständig meine Aussagen?

„Ja, *nur* den Kopf", antworte ich.

„Verstehe", sagt der Mann. „Von wo rufen Sie denn an? Am besten, Sie geben mir erst einmal Ihre Adresse durch."

Er klingt völlig gelassen. Keine Ahnung, wie er das in dieser Situation hinbekommt.

„Ich bin auf dem Achtsamkeitshof in Tuckenthal."

Entweder verhöre ich mich oder im Hintergrund erschallt plötzlich lautes Gelächter. Es knackt in der Leitung. Jetzt hat der Herr Kommissar wohl den Lautsprecherknopf betätigt.

„Wie wäre es, wenn Sie sich mal auf die Suche nach dem Rumpf begeben?", schlägt er mir vor.

„Bitte was? Ich soll den Rumpf suchen?", frage ich entsetzt zurück.

„Ja, und ein Tipp: Der ist bestimmt nackt", sagt er, und die ganze Abteilung verfällt in eine Lachsalve.

Da schwant es mir: Die Polizei nimmt Notrufe vom Achtsamkeitshof nicht ernst.

Was für ein Schlamassel!

„Hören Sie, hier liegt wirklich ein Kopf. Ich kann ihn mit eigenen Augen sehen", sage ich verzweifelt.

„Mit Ihren Augen? Oder mit den Augen des Kopfes? Oder gar mit dem dritten Auge?"

Schon wieder schallendes Gelächter.

„Bitte, es ist wahr", sage ich, während der Herr mich übertönt: „Wenn Sie den Kopf hochheben und schütteln, dann sagt er bestimmt ‚Ommm'. Probieren Sie's doch mal! Und noch ein Tipp: In jedem siebten Kopf steckt ein Happy Hippo."

Was für ein unlustiger Scherzkeks …

„Verdammt, hier liegt wirklich ein Kopf", schimpfe ich.

Wenn das heute so weitergeht, verliere ich noch den Verstand.

„Das glaube ich Ihnen. Glauben Sie mir im Gegenzug, dass wir viel zu tun haben?“

„Ja“, sage ich.

„Gut, dann unterstützen Sie bitte unsere Arbeit. Begeben Sie sich am besten jetzt gleich auf die Suche nach den restlichen Körperteilen. Laufen Sie einfach los und fragen Sie jeden, der Ihnen entgegenkommt, ob er vielleicht ein Bein oder einen Bauch entdeckt hat. Wir kommen natürlich auch gerne mal vorbei und halten Ausschau, aber das kann noch ein bisschen dauern.“

„Hören Sie, ich erzähle hier keinen Mist.“

„Ich weiß“, lacht der Polizist. „Ich würde ja gerne noch länger mit Ihnen plaudern, aber ich bekomme gerade einen *richtigen* Notruf herein.“

Es knackt erneut und er ist weg.

Wo bin ich nur gelandet? Keine Ahnung, wie oft ich mir diese Frage seit meinem Einzug schon gestellt habe. Sicherlich nicht oft genug.

Ratlos und wütend starre ich nach draußen. Was tue ich denn jetzt? Wahrscheinlich durchdrehen, denn auf einmal bilde ich mir ein, der abgetrennte Kopf würde husten. Ja, jetzt brauche ich wohl wirklich Hilfe.

Langsam steige ich aus dem Auto und der Kopf zwinkert mir zu. Das ist jetzt wahrlich genug.

Nein. Ist es scheinbar nicht.

„Güden Däach!“

Der Kopf spricht mit mir.

Ich rühre mich keinen Millimeter, starre nur in seine Richtung – und da endlich fällt der Groschen, und ich beginne zu verstehen.

„Nu, gomm doch mal nähör“, sächselt der Kopf.

„Don Heiko? Der Schamane?“, frage ich zaghaft.

„Nu gloar.“

„Was genau tun Sie denn hier?“, will ich als Erstes von Don Heiko wissen, den ich *vom Kopf her* auf Mitte vierzig schätze. Warum in aller Welt liegt er denn halsaufwärts auf meinem Parkplatz?

Der Schamane, der aus einem schönen Städtchen (seine Worte) namens „Heuchela" stammt, das idyllisch (auch seine Worte) in die thüringisch-sächsische Grenze eingebettet liegt, erzählt, dass er sich gerade mit Erdenergie auflade und sich zu diesem Zweck mit Solarias Hilfe eingegraben habe.

„Is ooch nüsch das ärschte Mal", versichert er mir und so verstehe ich zumindest, warum mein Notruf ignoriert wurde. Und weil ich in Plauderlaune bin – oder de facto am Durchdrehen –, erzähle ich Don Heiko ein bisschen was von mir. Und da es perfekt in den Rahmen passt, erwähne ich auch meinen mit Klangschalen gezogenen Sicherheitszahn. Don Heiko hört sich alles in Ruhe an und meint dann, dass er mir heute Abend auf dem legendären Mondfest ein paar „Määtschig Möschrühms" schenken werde, damit ich meine neuen Machtelemente fortan besser einsetzen könne.

Mondfest, Machtelemente, Määtschig Möschrühms – habe ich etwas anderes erwartet? Von jemandem, der sich auf meinem Parkplatz eingebuddelt hat?

Ich möchte wissen, wie es Don Heiko überhaupt zu dem Titel „Schamane" gebracht hat, und er östelt mir entgegen, dass ihm einst in der Nacht kleine, tanzende Wesen in einer Art Vision erschienen sind und ihm seine Berufung quasi zugeflüstert haben.

„Nu gloar", quakt mein innerer Zyniker, aber ich ignoriere das.

Damals war er noch als Kfz-Mechaniker aktiv, habe diesen Beruf jedoch zugunsten seiner Berufung aufgegeben. Er konnte sich fortan nicht mehr an Fahrzeuge verlieren, wo er doch so viel mehr zu geben hatte.

„So viel mehr?", frage ich, Don Heiko geht ein wenig ins Detail und ich erkenne, dass er im Grunde nichts anderes macht als Solaria. Nur dass diese auf den Titel „Schamanin" oder „Donna Solaria" verzichtet. Don Heiko hilft demzufolge spirituellen Schülern bei Problemen, Krankheiten und Konflikten. Meist durch zeremonielle Rituale. Allerdings fließen bei ihm generell auch pflanzliche oder anderweitig energetisierte Heilmittel mit ein. Und an der Stelle bedankt er sich auch ganz lieb für die gesammelten Bergkräuter.

„Gern geschehen“, sage ich und muss dann doch noch einmal nachhaken. „Eine Vision reicht, und schon ist man Schamane?“

„Nü, sö schnell ging dös ooch nisch.“

Auf Don Heikos Vision folgte eine Initiation, bei der ihm Einblicke in die wahre Natur der Dinge gegeben wurden, erzählt er weiter. Was das im Detail war, kann er mir leider gar nicht erklären. Er habe sich daraufhin aber einen Lehrmeister gesucht, der ihm innerhalb mehrerer Jahre all das beigebracht habe, was er heute selbst praktiziere. Zum Abschluss seiner Lehrzeit folgte eine bewusstseinserweiternde Phase, da habe ein sogenannter Machttransfer stattgefunden und Heiko habe mit dessen Abschluss den Titel „Don“ bekommen. Zehn Jahre liege dies nun schon zurück, und seitdem „praktiziere“ Don Heiko als Schamane.

Mein Blick fällt auf die Treppe, von welcher uns Solaria, immer noch in ihr Göttinnengewand gehüllt, entgegengeschwebt kommt. Ihr Lächeln verrät: Sie ist momentan der glücklichste Mensch dieser Welt. Ich gönne es ihr. Wirklich.

In ihren Händen hält sie ein großes Tuch, in das sich der Schamane nach seiner Aufladung einwickeln soll. Er dankt und zwinkert ihr zu. Solaria springt die Treppen wieder hinauf – wie ein verliebter Teenager.

Ich folge ihr, biege jedoch in mein Zimmer ab und ziehe mich dort um. Kein Göttinnenkostüm, dafür ein elegantes Kleid. Schließlich ist heute Mondfest und es gibt matschige Muscheln oder so. Ich habe keine Ahnung, weder vom Mondfest noch von den Muscheln. Aber da ich auch sonst nichts habe, schon gar nichts zu verlieren, werde ich der Sache beiwohnen, allein schon, um meine neuen *Machtelemente* fortan besser einzusetzen. Obwohl ich ehrlich gesagt auch keine Ahnung habe, was genau das sein soll.

Dafür scheint mein Kleid eine gute Wahl zu sein. Es sieht nicht schlecht aus. Viel hübscher, als ich es in Erinnerung hatte. Schnell findet sich auch ein erster Bewunderer.

„Hallo meine Schöne.“

Sam steht vor mir und lächelt mich an.

Ich lächele zurück, angesichts meiner Tageserlebnisse wirkt es wohl ein wenig gequält.

„Wo hast du geschlafen?“, will ich von ihm wissen. Als Antwort grinst Sam geheimnisvoll.

„Wo?“, frage ich mit Nachdruck.

„Unter den Sternen.“

Besser als neben den Störern. Sam macht einen sehr zufriedenen Eindruck. Den kann man wie es scheint auch ohne Dach überm Kopf haben. Zumindest in seinem Fall. Ich muss wohl akzeptieren, dass Sam und ich sehr unterschiedliche Ansichten haben.

„Und Engelchen, hast du dem Teufel von Chef heute schon das Handwerk gelegt?“

Traurig schüttele ich meinen Kopf. Dann erzähle ich Sam von meinem Versuch.

Ob Obdachlosigkeit optimistisch macht? Sam jedenfalls klopft mir anerkennend auf die Schulter und meint: „Der heutige Abend wird noch einen ganz besonderen Höhepunkt für dich haben, du wirst schon sehen.“

„Wird er das?“ Ich bin skeptisch.

„Ja. Entweder, weil wir gemeinsam vom Dach springen. Oder, weil … nun ja … auf einen Meilenstein in deiner persönlichen Entwicklung darfst du dich auf jeden Fall gefasst machen.“

Er grinst. Ich kaue auf meiner Unterlippe.

„Hü“, tönt es von draußen.

Ein Pferd? Don Heiko?

Egal, ich beschließe, an die frische Luft zu gehen (zum Glück sind die Felder, die den Achtsamkeitshof umgeben, derzeit nicht frisch gegüllt). Frische Luft habe ich auf die Nachricht von meinem bevorstehenden Höhepunkt dieses Horrortags auch bitter nötig. Ich tapse vor die Tür, bleibe auf der Treppe stehen und stelle fest: Ich lag mit dem Pferd und Don Heiko gar nicht so verkehrt. Der Schamane und Solaria reiten nackt wie Adam und Eva über den Hof. Zwischen Solaria und ihrem Pferd liegt lediglich der Waschlappen. Kürzlich erklärte mir die Bestimmerin, dass der Grund für diesen Waschlappen „Haarlinge“ heißt. Ihr genügte das als Erklärung. Mir erst, nachdem ich von Google über die Bedeutung eines Haarlings aufgeklärt wurde. Es handelt sich um ein kleines Tier, ähnlich einem Floh, nur dass der Haarling nicht hüpft und sich nicht von Blut, sondern von Hautschuppen ernährt.

Haarlinge wollte ich auch nicht im Intimbereich haben. Und erst recht nicht im Gesicht, weshalb ich fortan im Bad penibel darauf achtete, unsere Waschlappen bloß nicht zu verwechseln.

Von den Parasiten abgesehen glänzt Solaria auf ihrem Pferd durch Perfektion. Sie scheint regelrecht mit ihrer Stute verschmolzen zu sein. Elegant reitet sie über das Gelände. Ihr langes engelsgleiches Wallehaar und die Pferdemähne wehen synchron. Und auch die Bewegungen ihrer Sehnen und Muskeln passen sich denen des Pferdes an, als handele es sich bei den beiden um ein einziges Lebewesen. Dieses Miteinander ist so harmonisch, dass das berühmte Reiterbild von Napoleon dahinter verblasst wie Karottenflecken in der Sonne. Ich merke, dass Solaria in diesem Moment ganz nah bei sich selbst sein muss. Bewundernd sehe ich ihr hinterher, als mein Blick den Schamanen trifft. Der liebe Don Heiko gibt keine so glanzvolle Figur ab. Die Teile seiner Haut, die nicht mit Erdkrümeln bedeckt sind, wirken noch blasser als der Schimmel, auf dem er ein wenig wackelig sitzt. Ich lehne mich an das Treppengeländer, während Pferde und Reiter keine Notiz von mir nehmen. Vielleicht befinden sie sich in einer Art Trance. Das würde zumindest erklären, warum sie nicht miteinander sprechen, sondern nur stöhnende Laute von sich geben, während ihre Pferde schnaufend durchs Gelände galoppieren.

Was denke ich nur wieder? Trance, Taktik oder Trivialität – das ist an der Stelle doch egal. Verdammt, die machen da unten einfach, was sie wollen. Ganz anders als ich, die schon zusammenzuckt, wenn Sam nur einmal „Hausdach“ sagt. Von wegen gezogener Sicherheitszahn. Ich stecke zweifelsohne noch immer in der Angstschublade. Was für ein Dilemma. Und ich habe tatsächlich kurzzeitig daran geglaubt, geheilt zu sein.

Ich beschließe, wieder ins Haus zu gehen.

„Schdopp, Lisö, nisch sö schnell!", ruft plötzlich Don Heiko und fällt just in diesem Moment von seinem Pferd.

„Ach herrje!", rufe ich. Auch Solaria springt sofort ab und eilt ihrem Schamanen zu Hilfe.

„Alles güd. Nischt bössierd", erklärt der Don, steht auf und klopft seinem Schimmel wohlwollend den Hals. Solaria wirft mir einen weniger wohlwollenden Blick zu.

Ich unternehme einen zweiten Versuch, die Szenerie zu verlassen, als der Schamane aufs Neue nach mir ruft.

„Lisö, sö gömm döch mal ründa."

Zaghaft setze ich einen Fuß vor den anderen, bis ich das Treppenende erreiche und vor dem nackten Schamanen stehe, der indes beherzt in eine am Geländer hängende Tasche greift. Er fischt einen Aufkleber heraus und hält ihn mir freundlich hin. Irgendein Symbol aus Kreisen, Kreuzen und Kästchen.

„Ja, hübsch", sage ich und halte Ausschau nach Egon. Der wäre für so etwas mehr zu begeistern, scheint aber – wie so oft in letzter Zeit – nicht da zu sein.

„Dös is een Önergieuffgläba", sagt Don Heiko.

„Schön", sage ich – mal ehrlich, was soll ich zu einem Energieaufkleber auch anderes sagen?

„Brüste nua uff dän Audo gläb'n, aba uff da reschde Seide."

Sprichts und geht zu meinem Auto, löst den Energieaufkleber von der Folie und klebt ihn spontan über die Schramme, die mir vor einiger Zeit Karls Gülleanhänger hinterließ. Von nun an werde mein Auto mindestens drei Liter weniger verbrauchen, immer anspringen und niemals wieder eine Werkstatt von innen sehen müssen, versichert er mir. Ich bedanke mich für das großzügige Geschenk. Don Heiko klopft glücklich auf das Autodach und der Ka kreischt sogleich los, als würde er im ewigen Fegefeuer sitzen.

Diedeu – diedeu – diedeu – diedeu – diedeu …

Entsetzt springt Don Heiko ein Stück zurück, und seine Erdkrümel fliegen im hohen Bogen auf mein Kleid.

Schnell reiße ich die Fahrertür auf und entriegle die Alarmanlage, als auch schon Solaria ihrem Schamanen aufs Neue zu Hilfe eilt.

„Verdammt noch mal, Lisa, was ist hier los!?“, fährt sie mich aufgebracht an.

Eingeschüchtert entschuldige ich mich. Don Heiko aber winkt schmunzelnd ab. Dann spricht er wieder von seinen Määtschig Möschrühms, die ein viel größeres Geschenk als der Energieaufkleber seien.

Solaria nickt ihm zu: „Heute Abend werden wir alle unser Bewusstsein erweitern. Es wird ein unvergessliches Mondfest.“

„Das wird es“, sagt Sam, der sich nahezu lautlos (oder von der Alarmanlage übertönt) zu uns gesellt hat, „inklusive eines unvergesslichen Höhepunkts.“

Und der kommt immer näher, denn ein Blick auf mein Handgelenk zeigt, dass es bereits fünf Uhr ist.

Schon trudeln die ersten Mondfest-Gäste ein. Unter ihnen: Egon und Stefan. „Lisa-Herz!“, ruft Egon und begrüßt mich so überschwänglich wie eine verschollen geglaubte Tochter. Ich kann es verstehen. Einerseits sind gemeinsame Momente mit Egon wahrhaftig selten geworden, da er seine Anwesenheit auf dem Achtsamkeitshof seit meinem Einzug immer mehr zurückgeschraubt hat (habe ich nie persönlich genommen). Andererseits scheint ihm mit der Tatsache, dass er endlich Klarschiff mit Solaria und Stefan gemacht hat – beziehungsweise, dass Stefan zwischen sich und Solaria Klarschiff gemacht hat –, ein riesiger Stein vom Herzen gefallen zu sein. Nun lässt Egon seinen Glücksgefühlen freien Lauf und drückt mich, bis es in meinem Rücken knackt.

„Oh, Verzeihung.“ Vorsichtig lässt er von mir ab und hakt sich bei seinem Schatz unter. Dieser lächelt gut gelaunt in die Runde, bis sein Blick bei mir hängen bleibt. „Herzchen, was für ein harmonischer Schnitt.“ Stefan bewundert mein Kleid, seine vollendete Form. Dabei fällt mir auf, dass ich Egon schon lange nicht mehr über seine zweite große Leidenschaft habe reden hören: die Dreiecke. Und da ich ohnehin gerade mit Stefan über Formen spreche, frage ich ihn, ob er eine Ahnung hat, warum das so sein könnte.

„Seinen Dreiecks-Tic habe ich ihm ausgetrieben", erklärt mir Stefan.

„Wie hast du das denn geschafft?"

„Mit Liebe, mit gaaanz viel Liebe. Damit schafft man alles", meint Stefan liebevoll und gibt seinem Egon einen zärtlichen Kuss auf die Stirn.

Vielleicht hätte Sam meinen Sicherheits-Tic auch mit gaaanz viel Liebe eliminieren können? Nein, hätte er nicht. Sam macht nämlich überhaupt keinen verliebten Eindruck auf mich. Zumindest nicht solch einen wie Stefan. Oder Egon. Weder zuvor noch jetzt. Weder in Bezug auf mich noch in Bezug auf Solaria. In der Beziehung erinnert mich Sam doch stark an Olaf, von dem ich immer gedacht hatte, er könne seine Liebe einfach nicht zeigen. Sam aber kann sehr wohl Liebe zeigen. Und zwar dann, wenn es um seine Freiheit geht. Wenn er von seiner weltoffenen Existenz spricht, dann haben seine Augen diesen Glanz, den ich sonst an ihm vermisse. Tatsache! Und das fällt mir erst jetzt auf?

„Sind wir vollzählig?", fragt Solaria in die Runde.

Das glaube ich kaum. Auf dem Hof verteilt befinden sich höchstens zehn Personen, uns mit einbezogen. Beim Feuerfest waren es fünfmal so viele.

„Mehr als zehn Teilnehmer sollten es für die Bewusstseinserweiterung nicht sein", erklärt mir Egon, der meinen irritierten Blick richtig deutet. „Sonst wird es zu unübersichtlich."

„Oder zu übersinnlich", zwinkert mir Stefan zu.

Und während ich mich noch frage, ob ich in meinem Zustand überhaupt an etwas Übersinnlichem teilnehmen sollte, nehmen mich Egon und Stefan auch schon in ihre Mitte und führen mich zur Feuerstelle. Es scheint so, als könne ich mich der Bewusstseinserweiterung durch matschige Muscheln gar nicht entziehen. Ja, und es sind auch gar keine Muscheln. Egon ist so nett, und übersetzt mir Don Heikos Gesächsel ins Hochdeutsche, wobei es *deutsch* nicht einmal trifft. Gemeint sind Pilze. Magische Pilze, oder auch *Magic Mushrooms*, importiert aus Südamerika. Bei dem groß angekündigten Mondfest handelt es sich also um eine illegale Drogenparty.

„Drogen?“, ich bekomme Panik.

„Natürliche halluzinogene Substanzen“, höre ich Sams Stimme hinter mir sagen. Ich drehe mich um und sehe direkt in seine durchdringenden Augen. Da schaue ich doch gleich noch einmal genauer hin und es stimmt: Sam sieht nicht verliebt aus. Warum aber signalisiert er mir dann offensichtliches Interesse? Warum kommt er mir andauernd so nahe? Auch jetzt, in diesem Moment, passt zwischen unsere Körper nicht mehr als ein Blatt Papier. Und dann streicht Sam mir auch noch sanft mit seinem Finger über die Wange und murmelt etwas über meine Schönheit. Er wird doch nicht nur an meinem Äußeren oder gar ausschließlich an meinem Körper interessiert sein? Nein, das kann und will ich nicht glauben. So etwas machen spirituelle Menschen nicht. Bestimmt bin ich durch meine schäbigen Tageserlebnisse blockiert – den Stress mit meinem Chef, den Schock über Don Heikos einsamen Kopf auf meinem Parkplatz – und jetzt zu verwirrt, um alles, was hier passiert, noch richtig zu deuten. Aber eins weiß ich trotz aller Verwirrung:

„Ich möchte keine Drogen nehmen.“

„Möchtest du dein Bewusstsein nicht erweitern und damit deine endgültige Freiheit einläuten?“, fragt Sam und ich schüttle den Kopf, allein schon, weil mir diese illegale Drogenparty eher Gedanken an eine Gefängnisstrafe, ergo das Gegenteil von Freiheit, beschert.

„Bewusstseinsfreiheit für alle!“, ruft eine Frau in die Menge, während mir Handschellen, Gefängniszellen und Einträge im Führungszeugnis durch den Kopf schwirren. Verdammt, es gibt Dinge, die tut man einfach nicht. Pardon, die tue ich nicht. Prompt gießt Solaria auch noch Öl ins Feuer.

„Selbst zehn Teilnehmer sind schon grenzwertig. Wir müssen schließlich aufeinander achtgeben, denn so ganz ohne ist das mit den Pilzen auch wieder nicht.“

„Ich enthalte mich freiwillig“, platze ich ebenso selbstlos wie angsterfüllt hervor.

Solaria nickt daraufhin, und ich meine, so etwas wie Erleichterung in ihrem angespannten Gesicht auszumachen, aber vielleicht bilde ich mir das auch nur ein, weil es genau das ist, was ich selbst gerade fühle.

„Nein, Lisa“, hält Sam dagegen. „Gerade für dich ist das so wichtig. Du wirst heute Abend zum ersten Mal aus dir rausgehen können. Diese einmalige Chance kannst du dir nicht entgehen lassen!“

Rausgehen, entgehen – ich würde ja am liebsten *weg*gehen. Sam hingegen *ver*geht fast vor Vorfreude. Und auch Egon und Stefan gehen in ihrer Freude auf wie flügge Küken vor ihrem ersten Flug.

„Dann bekommt Lisa eben nur einen ganz, ganz kleinen Pilz“, knickt jetzt auch noch Solaria ein, die – genauso wie ich – nicht einen Funken Vorfreude versprüht. Vielleicht hadert sie nach dem letzten Hausbrand nun doch mit der Verantwortung, die man als Hausherrin trägt.

„Dös gömmd gornisch in dä Düdä“, widerspricht hingegen Don Heiko.

Huch, fast hätte ich den Schamanen nicht wiedererkannt. Er trägt lange hellbraune Chaps mit unendlich vielen Fransen an den Außenseiten, darunter eine Jeans. Seine Füße und sein Oberkörper sind nackt. Dafür ziert seinen Kopf etwas, dem der Begriff „Mütze“ nicht wirklich gerecht wird. Viel zu pompös. Eine Krone trifft es allerdings auch nicht, denn die ist im Regelfall nicht behaart. Ich belasse es mal bei dem, was es ist: ein Konstrukt aus Federn, Fell und den Resten eines männlichen Hirschs, mühsam auf – oder gar in? – das Haupt seines Trägers drapiert. Man könnte glatt denken, Don Heiko sei kopfüber in einen Tierfriedhof gefallen. Nachdem er sich zuvor in ein halbes Indianerkostüm gezwängt hat. Und nun fällt mein Blick auf *dä Düdä*. Don Heiko hält einen Gefrierbeutel mit unappetitlichen braunen Bröckchen darin in die Höhe. Mit einem gewissen Stolz in der Stimme verkündet er, dass ein jeder die Dosis bekommt, die er heute, im Hier und Jetzt, braucht.

Ich kann nicht anders, als Sam zu fragen, woher der Don denn nun wieder wissen will, was ich hier und jetzt brauche. Sam sagt, der Schamane erspüre das. Und zwar bei jedem persönlich.

Oha!

„Das ist fair, was?", meint Sam.

Wohl eher ge„fair"lich ... denke ich, behalte es aber lieber für mich und lasse meinen Blick stattdessen durch die Runde schweifen. Mit Ausnahme meines eigenen Gesichts, ja und dem von Solaria natürlich, sehe ich in ausnahmslos vorfreudige Visagen.

Ich versuche, optimistisch zu bleiben, doch das einzig Gute, was ich dieser Sache hier abgewinnen kann, ist, dass meine Mutter all das nicht mitbekommt. Vermutlich starrt sie daheim gebannt auf ihren Fernseher und fühlt sich ihrer Sissi durch *den Bergdoktor* ganz nahe.

„Wie schbähd hammorsn?", fragt Don Heiko und Solaria antwortet: „Fast sechs."

Egon und Sam entzünden das Feuer, die sogenannten *Teilnehmer* verteilen sich auf die Baumstümpfe und mit dem Erschallen von Solarias Stimme verstummen alle anderen. So weit, so gewöhnlich.

Neben dem Feuer stehend, begrüßt die Bestimmerin ihre spirituellen Schüler. Dann übergibt sie das Wort an den Schamanen und er beginnt seine Rede:

„Nu, schbärdst dä Leffl uff ..."

Ich lasse mich mehr verloren als vorfreudig auf einen Baumstumpf sinken und lausche der schamanischen Rede. Don Heiko erzählt, dass psychische und körperliche Krankheiten ihre Ursache immer auch auf seelischer Basis haben. Seelenverletzungen, die sich nicht anders äußern können als durch Schmerzen oder Depressionen. Er erwähnt die lange Tradition des Schamanismus, das uralte Wissen um rituelles Brauchtum. Dann folgt eine Lobeshymne auf die Liebe und die tiefe Verbundenheit zu Mutter Erde und Vater Himmel, den Elementen, den Tieren – deswegen wahrscheinlich das Gebilde auf seinem Kopf, viel stärker kann man ja nicht verbunden sein – und den Pflanzen. Bei Letzteren hält er erneut den Gefrierbeutel in die Höhe und upgradet seine magischen Pilze nun als *göttliche Gaben*.

„Lös gehds!"

Die mykologisch-göttlichen Gaben alias Drogen werden aufgeteilt. Natürlich nicht einfach so. Sondern esoterisch. Der Don wandert von Schüler zu Schüler. In jeden einzelnen spürt er in Ruhe hinein. Manchem schaut er dabei lange in die Augen, dem nächsten fühlt er andächtig den Puls. Und um einen Schüler tanzt er sogar herum und singt dazu: „Hei-ho-hei-ho-hei-ho." Zum Abschluss höre ich allerdings immer den gleichen Satz: „Scheen langsam gauen, mein/e Gudsde/r".

Jetzt steht er vor mir. Und ich habe Pech. Ich bekomme das volle Programm. Pulsfühlen, Augenstarren (unangenehm), Herumtanzen (noch unangenehmer, weil ich ihn absolut nicht ernst nehmen kann und einen Lachanfall nach dem anderen unterdrücken muss). Entsprechend erleichtert atme ich auf, als ich endlich ein braunes Bröckchen in die Hand gedrückt bekomme und der Don das langsame Kauen befiehlt. Ich habe das Gefühl, ich halte mein One-Way-Ticket zur Hölle in der Hand. Und das, obwohl es so harmlos aussieht wie ein gedörrtes Stück Gemüse aus dem *Edeka*-Markt.

„Tu's nicht, oder du verlierst echt alles", warnen mein innerer Aberglaube und mein Verstand gleichzeitig. Selten, dass die sich mal einig sind.

„Ich würd's auch nicht machen", sagt jetzt auch noch mein Zyniker – ohne erkennbaren Zynismus. Wow, das ist jetzt wirklich eine Seltenheit.

Egon klopft mir auf die Schulter und meint: „Weißt du, Lisa, manchmal muss man auch auf sein eigenes Gefühl hören. Kein Risiko einzugehen ist in diesem Fall auch …"

„Keine Lösung", unterbricht ihn Sam. Egon trollt sich daraufhin zu seinem Stefan. Und ich bin noch verwirrter. Wollte mich Egon jetzt auch noch warnen? Er bleibt mir die Antwort schuldig, steckt sich seinen eigenen Pilz allerdings voller Freude in den Mund.

„Hier spielt die Musik, meine Schöne“, Sam sieht mir entschlossen in die Augen und lässt ein paar gelbe, zum Teil rot getränkte Blüten zu dem Pilz in meine Hand fallen: „Kannst du dir einen Ruck geben?“

„Kannst du dich in mich verlieben?“, höre ich mich selbst fragen. Oha, das war aber mutig. Und direkt. Und ganz ohne (selbst-)bewusstseinserweiternde Drogen.

Während ich – über mich selbst staunend – auf Sams Antwort warte, kann Solaria das nicht mehr länger tun: „Mach dich endlich mal locker oder lass es ganz und geh, Lisa!“

Ausgerechnet jetzt. Ausgerechnet sie. Solaria ist so angespannt wie eine Starkstromleitung. Jedes weibliche Wesen, das länger als zwei Minuten mit ihrem Schamanen plaudert, bestraft sie mit einem Todesblick. Das sollte *sie* lassen, denn das ist *nicht* locker.

Hat Sam mir gerade geantwortet? Ich weiß es nicht. Ich höre nur noch sächsische Vokale.

„Föiar, Wässor, Lüft, Ördö“, Don Heiko beschwört die Elemente. Wie alle anderen starrt auch Sam auf den Schamanen. Grölend läuft der Don durchs Feuer, wirft ein paar Brocken Erde in die Luft und verwandelt sich nach einem ordentlichen Schluck aus der Wasserpulle (selbstverständlich mit Bergkristallen energetisiert) auch noch kurzzeitig in einen menschlichen Springbrunnen.

„Waldkindergarten“, höre ich meinen inneren Zyniker trotzig rufen.

Kaum ist die Elemente-Action vorbei, steht der Schamane vor dem Feuer und genießt die Verehrung durch seine spirituellen Schüler. Ganz besonders Solarias, die sich anbetend an ihn presst. Daneben schmusen Egon und Stefan. Und ich sitze ein wenig abseits, immerhin neben einem schönen Mann namens Sam, und sehe irritiert in meine Handfläche.

„Was sind das für gelb-rote Blüten?“, will ich von Sam wissen.

„Ich hatte oben auf dem Berg eine Eingebung“, flüstert er in mein Ohr, „da habe ich dir Johanniskraut gepflückt. Das beruhigt ja bekanntermaßen.“

Richtig. Dass Johanniskraut beruhigt, weiß ich auch von

Mutter, die in schlimmen Momenten stets auf ihre beruhigenden Johanniskraut-Dragees zurückgreift.

„Das mildert zudem die Wirkung. Dann merkst du kaum noch etwas von dem Pilz“, flüstert Sam und tätschelt mir wohlwollend die Schulter.

„Oh danke, das ist aber nett“, sage ich, starre aber trotzdem tatenlos auf Pilz und Blütenmeer in meiner Hand.

Sam lächelt. Ich lächle. Mehr passiert nicht. Meine Hand und deren Inhalt bewegen sich keinen Millimeter.

„Lisa“, meint da plötzlich die Bestimmerin, „die Wirkung sollte schon zeitgleich bei allen eintreten. Wenn du so viel Angst hast, dann gib Don Heiko einfach seinen Pilz zurück und enthalte dich. Du bist eben noch nicht so weit.“

Kann mich Solaria nicht endlich in Ruhe lassen? Und muss es jetzt auch noch dieser furchtbare Satz sein?

Du bist noch nicht so weit … du bist noch nicht so weit … du bist noch nicht so weit … Herrgott nochmal!

„Natürlich bin ich so weit!“, wettere ich und stecke mir trotzig den Inhalt meiner Hand in den Mund.

So, das hat Solaria jetzt davon. Von wegen noch nicht so weit. Wie ich diesen Satz hasse!

„Auweia“, sagt mein Verstand zu dieser Kurzschlussreaktion. Nicht nur der. Alles in mir sträubt sich gegen die Droge in meinem Mund. Kann ich das Zeug wieder ausspucken? Nicht möglich, meine Tat macht bereits die Runde.

„Klasse, Lisa ist mit von der Pilzpartie“, ruft Sam stolz und alle Anwesenden blicken zu mir herüber und nicken anerkennend. Nur Solaria sieht mich skeptisch an.

Ob es Eva damals ähnlich ging, als sie sich ein Stück Apfel in den Mund schob und das ganze Paradies zuschaute?

„Mein eigener Sündenfall“, murmel ich und kaue konsterniert die Pampe, deren Geschmack und Konsistenz stark an einen durchnässten Schuhkarton erinnern.

„Die Bibelgeschichte passt ganz gut“, meint Sam und offenbart mir, dass der einzig *wahre* Sündenfall aus seiner Sicht zwar Adam und Eva, aber keinen Apfel beinhaltet.

„In Wahrheit war es ein magischer Pilzzzzz", zischt er, und ich frage daraufhin panisch: „Und wer war dann die Schlange?"

Laut Krafttierbuch wäre das meine Mutter. Aber das ergibt in diesem Fall keinen Sinn, weil Mutter mir seit jeher von Drogen abrät.

„Vielleicht wirst du dir das nach heute Abend selbst beantworten können", raunt Sam in mystischem Tonfall.

Wenn ich es mir recht überlege, will ich das gar nicht. Genauso wenig, wie ich heute noch vom Hausdach in mein eigenes Grab springen möchte.

„Was du jetzt brauchst, ist Glück", sagt mein innerer Aberglaube.

„Vielleicht haben wir schon Glück, und es wird ein schmerzloser, schneller Drogentod", sagt mein innerer Zyniker.

Ich versuche meine Gedanken zu ignorieren und hoffe auf eine schnelle Wirkung. Beides bleibt aus. Die nächsten Minuten verbringen wir sitzend auf unseren Baumstümpfen, und obwohl mir allerhand Blödsinn durch den Kopf geht (das hat nichts mit den Drogen zu tun, das passiert mir andauernd), werde ich zunehmend ruhiger. Entweder, weil Don Heiko auf schamanische Weise sehr einschläfernd summt oder weil ich jetzt auch ein bisschen enttäuscht bin, dass überhaupt nichts passiert. Die ganze Aufregung für die Katz – Johanniskraut sei Dank. Ich gähne herzhaft. Eine Frau und zwei Männer tun es mir gleich. Hatten die etwa auch Johanniskraut als Beilage? Und wenn ja, wo um alles in der Welt liegt dann noch der Sinn dieser Pilzsession?

Immerhin leitet die Bestimmerin nun eine Beschäftigungsmaßnahme ein, bevor wir alle noch vor Langeweile einschlafen.

„Wir eröffnen jetzt den erweiterten Bewusstseinskreis", erklärt Solaria und schwingt einen mittelgroßen Stock in die Höhe. „Jeder erhält die Chance, uns von seiner emotionalen Entgiftung zu berichten."

Von einer emotionalen Entgiftung habe ich natürlich auch nichts mitbekommen. Ich bin vollkommen ruhig und bei klarem Verstand. Die psychedelische Bewusstseinserweiterung ist auf jeden Fall an mir vorbeigegangen.

Solaria reicht den Stock an einen Mann weiter, der zuvor die Schüchternheit in Person war. Bei ihm scheinen die Pilze tatsächlich etwas bewirkt zu haben, denn jetzt ist er ganz anders.

„Der Stock in seiner Hand war wohl vorher in seinem Hintern", wirft mein innerer Zyniker ein. Dann wird es still um ihn, und ich höre mir die Ausführungen des Mannes an. Bei jedem seiner Sätze kann ich nur nicken. Ich mache mir auch zu viele Gedanken um die Meinung der anderen. Ich richte mein Leben auch prinzipiell danach aus, was gesellschaftsfähig ist. Und ja, ich komme auch immer wieder an herrische Menschen, die über mich bestimmen, und lasse es mit mir machen.

Auch der nächsten Rednerin pflichte ich bei. Wir Menschen haben ein Ego-Problem. Bereits kleine Schulkinder grenzen sich voneinander ab, jeder will besser sein als der andere. In der Arbeitswelt der Erwachsenen sieht es nicht anders aus. Und auch im Privaten zählen meist nur noch Dinge, mit denen sich das eigene Ego über das der anderen erhebt.

„Und das, was am meisten zählen sollte, bleibt dabei auf der Strecke: die Liebe", beendet die Frau ihre emotionale Entgiftung.

Es wird nicht mehr lange dauern, bis ich an die Reihe komme. Hoffentlich blamiere ich mich dann nicht. Zum Beispiel, indem ich Sam aufs Neue frage, ob er mich liebt. Das ist nicht nur peinlich, sondern auch taktisch unklug. Schließlich sitzt Solaria mit im Kreis.

Jetzt spricht erst einmal Egon – über Tierschutz. Und es kommt mir so vor, als ob er dabei auch ein, zwei bedauerliche Blicke auf Don Heikos Kopfschmuck wirft. Egon erwähnt das große Ganze unserer Welt, zu dem auch die Tiere gehören, und die Abscheulichkeiten, die wir Menschen ihnen antun. Dann berichtet er vom Teufelskreis aus Tierfabriken, resistenten Keimen, der Arroganz und Ignoranz der Fleischesser bis hin zu deren Tod.

„Wir dürfen nicht länger Teil dieser Tragödie sein!", ruft er zum Schluss laut in die Runde und einige schrecken ein wenig auf.

Harter Tobak.

Trotzdem fängt irgendein Idiot an zu lachen. Schallend laut. Vollkommen unpassend. Pietätlos sondergleichen. Am schlimmsten aber ist: Der Idiot bin ich.

Hihihii … haaha … huhuhuuu

Wie ein kleines Kind gluckse ich auf albernste Art und Weise vor mich hin. Verdammt, ist mir das peinlich. Warum kann ich nicht damit aufhören? Mit einer Mischung aus Schieflachen und Verzweiflung sehe ich zu Sam.

„Ein Lachflash ist ganz normal", flüstert er mir zu, und ehe ich darauf reagieren kann, reicht mir jemand den Stock.

Wie? Jetzt soll ich auch noch reden? Wo ich doch nur noch lachen kann? Sieht denn keiner, dass mein Gehirn mir nicht mehr gehorcht?

„Leg los!", befiehlt mir jemand. Wobei Jemand eine nette Umschreibung für Solaria ist. „Kehre dein Innerstes nach außen oder lass es! Aber bitte entscheide dich jetzt."

Ich gehorche und versuche kurzzeitig, mein Inneres nach außen zu kehren. Wobei „kehren" es so ziemlich auf den Punkt bringt. In meinem Inneren sehe ich mich nämlich selbst, mit einem Besen in der Hand. Und ich bin reiner denn je.

„Die Putzfrau war hochspirituell", beginne ich meine Rede. „Sie hat mir all meine Blindheit aus den Augen gewischt, mit ihrem Wischmopp der Wahrheit."

In der Tat. Das hat sie getan. Mich überrascht das ehrlich. Zumal ich es erst drei Tage später merke. Aber gut. Mit dieser Eingebung – ach was, Erleuchtung! – erklärt sich mir auch, warum ich neuerdings Licht atme und das Bedürfnis habe, einen Garten anzulegen. Nun, da meine Seele gesäubert und meine verstopfte Spiritualität gespült ist, jetzt, wo meine ehemals verkehrten Gedanken ausgekehrt sind, sehe ich es endlich klar vor Augen: Ich habe eine zweite Chance auf Erden bekommen! Ich wurde neu geboren!

„Wie oft suchte ich im Außen nach etwas, das es nur im Inneren gibt? Mir half kein Desinfektionsspray und auch kein Ausräuchern meines Wohnraums. Alles, was ich brauchte, war eine Seelenreinigung, eine Gedankendusche, ein …"

Ich erzähle und erzähle. Auf einmal kann ich ohne Probleme reden. Sogar über Dinge, die mir vorher noch nicht einmal bewusst waren. Nun sind sie einfach da und sprudeln aus mir heraus. Mein Blick wandert währenddessen ins Feuer, das mich plötzlich ungemein blendet. Seit wann blendet Feuer?

Ich kann mir darüber keine Gedanken machen, denn unerwartet ertönt auch noch Engelsgesang. Ein weißer Lichtstrahl fällt vom Himmel und erleuchtet Sam. Entweder ist das ein Himmelszeichen, oder ich bin kurz nach meiner Neugeburt schon wieder gestorben.

Nein, es muss ein Himmelszeichen sein, denn mein Herz klopft nun auch noch wie verrückt. Das passiert vermutlich eher selten, wenn man tot ist.

Der schöne Klangschalenmeister hat auch nicht das Zeitliche gesegnet, denn er entledigt sich gerade *lebensfroh* seines T-Shirts. Wahrscheinlich, weil das Feuer so heiß ist. Auch ich spüre Hitze – in meinem gereinigten Inneren kocht die Leidenschaft hoch. Gebannt starre ich auf Sams Brust, seinen perfekten Körper. Sämtliche meiner Zellen verlangen danach, ihn zu berühren, ihn zu spüren, ihn …

„Bitte was?", meldet sich noch einmal meine Vernunft zu Wort.

ICH WILL SEX! verdammt, denke ich so undeutlich? Höchste Zeit, meine mich so hemmenden Moralgedanken in die Meldepause zu schicken und Platz für meine sexuellen Bedürfnisse zu schaffen. Mein neugeborenes Ich ist bereit, sich darauf einzulassen, und dieser obdachlose Schönling beschert mir schon jetzt einen optischen Orgasmus. So soll es auch sein, denn Sam ist mein persönlicher Penner zum Popp… herrje, trotz meiner Lüsternheit kann ich das Wort kaum zu Ende denken, vielleicht aber auch nur, weil mir klar wird, dass die Zeit gekommen ist, meine passive Zelle zu verlassen. Nun muss *ich* handeln. Gut, und wie stelle ich das an? Am besten arbeite ich mich strategisch vor, von Sams sinnlichen Lippen über seine adonische Brust, bis zu seiner Hose. Zwangsweise fällt mein Blick auf Sams Schritt. Auf seinen ausgebeulten Schritt. Sam scheint erregt zu sein – genauso wie ich.

Welch glückliche Fügung! Sam, die Freiheit in Person, und ich, ohne moralische Sicherheitsverwahrung ebenso frei, werden uns schneller vereinigen als gedacht. Und dann ... *bammmm* ... absolute Freiheit, absolute *sexuelle* Freiheit. Etwas, das ich bisher noch nie genossen habe. Mein Leben lang war ich verklemmt, verkrampft und versperrt in meiner eigenen Prüderie und meiner durch Sicherheit beschränkten Gedanken- und Lebenswelt. Kein Wunder, dass sich Olaf von mir befreien musste.

Heute aber werde ich *mich* befreien. Gemeinsam mit Sam.

„Spinnst du jetzt, oder willst du das wirklich? Dir ist doch unlängst klar geworden, dass Sam dich nicht liebt“, schreit mir meine Vernunft entgegen.

„Na und? Geht es jetzt nicht um etwas ganz anderes? Sollte man sich nicht davon bedienen, wenn einem etwas so Köstliches dargeboten wird?“, erwidert eine Stimme aus Sams Hose.

In diesem Moment erkenne ich es. Sam ist Herr der Schlange. Er trägt sie unter seiner ausgebeulten Jeans. Prompt spricht die Hosen-Schlange: „Hey Baby, die Frucht ist gesund. Lass es krachen!“

Die Frucht ist gesund, da hat sie recht. Während ich mir also vorstelle, wie ich es mit Sam und seiner Schlange krachen lasse, ziehen sich alle anderen aus und rufen plötzlich im Chor: „Die Frucht ist gesund! Die Frucht ist gesund!“

Woher wissen die, was ich denke?

Ich habe doch nicht etwa ... *laut* gedacht???

Ich sehe zu Sam. Er grinst und sagt: „Lass krachen, Baby.“

Ach du ... SCHEISSE!

Ich wünsche mir augenblicklich ein Loch im Boden, stattdessen lässt die Himmelspforte einen neuen Lichtstrahl niedersinken. Diesmal auf mich. Ein starker Schwindel überkommt mein Gehirn und wie Seifenblasen steigen alle meine Ängste, Schamgefühle und negativen Gedanken nach oben und zerplatzen. Eine nach der anderen: *Plopp ... plopp ... plopp ...*

In meinem entleerten Hirn bleibt nur noch Gleichgültigkeit zurück.

Egal. Einerlei. Belanglos. Unbedeutend. Mich juckt es nicht einmal, dass das Lagerfeuer vor mir zu einem gewaltigen Höllenschlund anschwillt. Und erst recht nicht, warum.

Wegen ein paar verruchten Fantasien erwartet mich jetzt also das ewige Fegefeuer, so what?!

„Fuck you, Fegefeuer!“, rufe ich, dann reiche ich den Stock weiter, lenke meinen Blick zum Haus und erkenne, dass sich meine Fantasien manifestieren zu einem ganz besonderen Spektakel: das Haus bekommt ein Obstgesicht. Die Fenster formen sich zu feucht-glänzenden Aug-Äpfeln. Die Glüh-Birne der Außenlampe wächst zu einer prallen Birnen-Nase heran. Und der Balkon krümmt sich zu einer sexy Banane. Derartig gebogen könnte ich den Balkon nicht mehr betreten. Darf ich auch nicht, denn das Haus braucht seinen neuen Mund nun selbst. Nicht etwa, um sich von Licht zu ernähren, sondern um mit mir zu sprechen …

„Hier kann man gut kommen … *ähem* … ankommen, was?“, offenbart mir das Achtsamkeitshaus und schaut verlegen von links nach rechts.

Herrgott, was für eine verklemmte Hütte. Dieses „Bloß-nicht-bei-anderen-anecken“ habe ich zum Glück hinter mich gebracht. Ich bin frei. Und für alle Schandtaten bereit. Da legt sich auch schon eine Hand auf meinen Oberarm.

Der Teufel? Nein, Sam. Mein Schlüssel zur Freiheit. Ich spüre die Pheromone, die er mir reikimäßig durch seine Hand in den Körper jagt. Und obwohl er noch immer seine Jeans trägt, können meine neuartigen Röntgenaugen schon jetzt unseren Höhepunkt erkennen.

„Ich will deine Schlange spüren!“, rufe ich ihm aufgeregt entgegen. Um das zu unterstreichen, ziehe ich mir mein Kleid über den Kopf und werfe es über meine Schultern in die Dunkelheit. Das war ohnehin längst überfällig, denn Sam und ich sind die Einzigen, die noch Klamotten tragen. Okay, Don Heiko trägt seinen Tierfriedhof auch noch auf dem Kopf, aber: „Das muss so“, sagt er gerade.

Was nicht mehr länger muss, ist mein lästiger BH. Ich ziehe ihn aus und werfe ihn mit aller Kraft ins Feuer. Soll er doch brennen, der Käfig meiner Brüste, denen ich hier und jetzt ebenfalls zu neuer Freiheit verhelfe. Fein, jetzt trage ich nur noch meinen Slip. Das fühlt sich schon mal gut an.

Aber ich will mehr fühlen.

Wo ist Sam denn nun? Wo wohl? Bei Solaria. Sie reden. Nein, so, wie es aussieht, diskutieren sie. Sam kann sich mal wieder nicht zwischen uns entscheiden. Egon geht dazwischen und tut das, was er immer tut: schlichten.

Schön, dass Egon nun auch nackt ist. Ihm gönne ich die sexuelle Freiheit ja aus vollstem Herzen. Nicht nur, weil Egon so ein lieber Mensch mit einem großen Herz ist, sondern ... och süß, jetzt lächelt er mich an. Hach, Egon sollte wirklich noch lernen, anderen seine Meinung zu sagen. Ich weiß, wie sich das anfühlt, *ich* habe diese Phase gerade hinter mir gelassen. Aber Egon bekommt das in diesem Leben gewiss nicht mehr hin. Jammerschade. Ich möchte es ihm am liebsten laut zurufen: „Auch wenn du wie ein unscheinbarer Harry Potter aussiehst, du bist kein Heulsusen-Harald Töpfer, der sich unter der Treppe verstecken muss! Tausch deine fliehenden Froschfüße endlich gegen einen Dick-Schädel. Und hör auf, dich wegen anderen vollzupinkeln ... piss ihnen stattdessen mal richtig ans Bein!"

Jetzt schaut Egon mit schreckgeweiteten Augen in meine Richtung.

Was ist denn? Habe ich meine Gedanken etwa schon wieder laut ausgesprochen? Aber eigentlich ist mir auch das egal.

Leicht und frei wie ein Schmetterling tanze ich um das Feuer. Frei sein ist wunderbar, und Nacktsein ist es auch.

Mit meiner neuen Gleichgültigkeit kann ich mich meiner Leidenschaft voll und ganz hingeben, hier im Freien, am Feuer, unter der unendlichen traumhaft tiefgründigen Weite des Sternenhimmels. Ein Körper reibt sich an meinem. Es ist nicht der Körper von Sam, meinem Tor zur Freiheit, sondern der einer älteren dürren Frau. Sie will mich. Das kann ich verstehen, ich bin schließlich wunderschön. Zaghaft versucht sie mich zu küssen. Und ihre knöchernen Hüften bitten um Einlass in mein sexuelles Revier.

„Liebe alte Frau, ich würde dir so gerne dabei helfen, deine eigene sexuelle Freiheit zu erlangen. Aber ich bin leider nicht lesbisch“, rufe ich ihr zu.

„Ich bin ein Mann!“, empört sich die Frau.

Egal.

Ich, Lisa, bin auf jeden Fall eine Frau. Und ich habe es verdient, begehrt zu werden. Ich verdiene Berührung. Ich verdiene Befriedigung. Meine nach Wollust schreiende Honighöhle verzehrt sich nach Sam und seiner Schl…

„Lisa! Wir wissen nun alle, dass du mit Sam schlafen willst. Wie oft möchtest du das eigentlich noch verkünden?“, fährt mich Solaria an.

Und da platzt die nächste Seifenblase in meinem Kopf. Mit einem satten *Plopp* ist es plötzlich aus mit der Gleichgültigkeit.

Beschämt lasse ich mich auf meinem Baumstumpf nieder und vermeide jeglichen Blickkontakt, insbesondere mit der Bestimmerin. Ich schaue stattdessen an mir herunter und frage mich, warum ich ausgerechnet heute zu meiner allerhässlichsten Frotteeunterhose gegriffen habe.

„Aussehen ist nebensächlich“, antwortet mein Slip, oder war das gar nicht mein Slip, sondern meine darunter liegende …

Wenn mich jetzt schon mein Geschlechtsorgan über Oberflächlichkeiten aufklärt, scheint es dringlicher mit meiner sexuellen Freiheit zu sein als angenommen. Also gut, wo ist Sam? Ich riskiere einen vorsichtigen Blick in die Runde. Sam und alle anderen starren auf den Boden. Nur Don Heiko schaut zu mir. Er zwinkert mir sogar zu. Seine toten Tiere … zwinkern ebenfalls? Und eigentlich sehen sie jetzt auch gar nicht mehr so tot aus.

„Was starrst du den Schamanen so an?“, ruft Solaria und wirft sich zwischen uns. Der Schamane packt sie daraufhin an ihren Hörnern (die waren mir vorher auch noch nicht aufgefallen) und tanzt mit ihr um das Feuer. Sieht irgendwie albern aus, weil ihre grauen Ziegenhörner und sein Hirschgeweih dazu im Takt rotieren … und röhren.

Ich weiß mittlerweile gar nicht mehr, was hier noch Realität und was Fiktion, was nur Gedanke und was auch Gerede ist. Außerdem ist es sehr … heiß.

„Neben dir brennt es ja auch“, sagt der Balkon.

Ich rücke mit meinem Baumstumpf ein wenig nach hinten. Nicht nur wegen des Feuers, sondern auch, weil Solaria nun an der Reihe ist, ihre Rede zu halten. Ich darf sie auf keinen Fall stören. Sonst wird mich die Bestimmerin auf ihre Hörner nehmen. Ganz sicher. Als zusätzliche Maßnahme halte ich mir auch noch den Mund zu. So bleiben meine Gedanken schön in meinem Kopf.

„Meine lieben spirituellen Schüler, ihr dürft euch an diesem heutigen Mondfest glücklich schätzen, denn ihr dürft eine Erfahrung machen, die nur den wenigsten zuteilwird. Wenn ihr es richtig angeht, wird diese Bewusstseinserweiterung euer Denken fortan auf ein Level bringen, das die meisten Menschen niemals erreichen.“

Solaria scheint Esoterik mit Egozentrik zu verwechseln. Da haben wir etwas gemeinsam. Ich bin auch mehr mit mir selbst als mit den anderen beschäftigt. Und geht es mir doch mal um die anderen, dann auch nur zu meinem eigenen Zweck. Weil ich mir Bestätigung und Anerkennung abhole, weil ich mich vergleiche. Und da haben wir es, das Hauptproblem. Dieses ewige miteinander Vergleichen: Ätsch, ich bin weiter als du … du bist leider noch nicht so weit wie ich …

„Freut euch, meine lieben spirituellen Schüler, zu den wenigen Auserwählten zu zählen, die nun einen Zugang haben, der anderen für immer verschlossen bleibt.“

Und das ist es jetzt also? Das Bewusstseinslevel, das die anderen niemals erreichen? Die Erkenntnis vom eigenen Egoismus? Na prima, da würde ich lieber mit den Unwissenden tauschen. Geht aber leider nicht. Dafür gehe *ich*. Denn ein Spaziergang an der frischen und vor allem kühlen Luft ist auch neutral betrachtet ergiebiger als Solarias Egoistengeschwafel.

„Egoisten-Geschwafel?“, schreit sie mir hinterher und ich schlage mir erneut auf den Mund.

Da kommt Solaria auch schon wutschnaubend angetrabt.

„Ich bin kein Egoist“, schimpft sie.

Noch eine Gemeinsamkeit. Ich hätte es auch nicht von mir gedacht. Der Unterschied ist nur: Ich bin mir meines Egoistendaseins bewusst. Heißt das im Umkehrschluss, dass ich ein Level erreicht habe, das Solaria noch nicht erreicht hat?

„Wäre ich ein Egoist, dann hätte ich dich schon längst rausgeschmissen. Stattdessen versuche ich es mit dir. Immer und immer wieder.“

Ich sehe sie entgeistert an, und Solaria sagt daraufhin: „Ich weiß, was du mit meinem Sonnenwurzel-Öl gemacht hast.“

Oha, das Öl! Ich dachte, diese Sache sei seit Samstag abgehakt, vergeben und vergessen. Anscheinend nicht.

„Du hast das Öl für deinen Egobedarf benutzt, obwohl dir Sam davon abgeraten hat, Lisa.“

Ich möchte Solaria überhaupt nicht weiter zuhören, denn irgendwie hinterlässt das grässliche Kratzer auf meinen gutartigen Gedanken, aber dann fällt mir auf: Das ist nicht meine Öl-Geschichte, die sie mir da auftischt. Und das liegt nicht an meiner bewusstseinserweiterten Wahrnehmung.

„Und als das Öl gänzlich leer war, hast du es durch ein billiges Placebo ersetzt. Sam hat mich gebeten, dir deine Fehler zu verzeihen. Und falls du es nicht bemerkt hast: Ich habe dir verziehen.“

„Äh, das hat sie, ich bin Zeuge“, ruft der Balkon.

Klar, dass der rückgratlose Hof zu seiner Herrin hält. Auf der anderen Seite scheint die fuchsteufelswilde Herrin nicht richtig im Bilde zu sein. Obschon ich es natürlich begrüße, dass sie mir verziehen hat. Bevor ich das erwähnen kann (oder habe ich es bereits erwähnt?), winkt Solaria ab: „Ach, vergiss es, Lisa!“

Sie wendet mir ihr Hinterteil zu und galoppiert zurück zum Feuer. Ich atme einmal tief durch. Dann tragen meine Beine mich wandelnde Fassungslosigkeit zur angrenzenden Wiese, in die ich mich fallen lasse. Warum lügt Sam Solaria dermaßen an?

Ich kann es mir nicht beantworten, beschließe aber, es dabei zu belassen und mir stattdessen die Sterne anzusehen. Wunderschön funkeln sie vom Himmel auf mich nieder. Wie ein nachtschwarzes Samttuch, bestickt mit abermillionen glasklaren Diamanten liegt der Himmel da, ich schwebe über ihm, blicke auf ihn hinab. Moment, nein, umgekehrt. Ach egal.

Unterhalb der Himmelspforte entdecke ich vereinzelte Lichter. Lichter in den Bergen. Hach, die Berge. Ich denke an meinen wunderbaren Tag in den Alpen und komme zu dem Schluss, dass es hier in Oberbayern so schön ist, dass es schon fast weh tut. Vor Ergriffenheit bekomme ich eine Gänsehaut und fange an zu zittern.

„Du frierst ja!“, sagt eine sexy Stimme neben mir.

„Sam, der schöne Lügner“, begrüße ich ihn, mittlerweile wieder erstaunlich klar im Kopf.

„Lügner?“, fragt er.

„Sonnenwurzel-Öl“, muss ihm als Erklärung genügen.

„Notlüge“, muss mir wohl als Antwort genügen.

Da fixiere ich doch lieber wieder die Berge bei Nacht. Insbesondere deren leuchtende, höchste Punkte. *Höchste Punkte?*

„Was ist denn jetzt mit meinem Höhepunkt?“, frage ich ihn.

Sam schenkt mir einen Dackelblick: „Komm mit, ich werde ihn dir zeigen.“

Einerseits bin ich ja gespannt auf diesen wahrhaftigen Höhepunkt, andererseits habe ich jetzt schon genug von seinen Lügen. Also zögere ich, bevor ich mich in seine Hände begebe.

Und dann habe ich auch noch ein Déjà-vu: „Gerade für dich ist das so wichtig, Lisa. Du wirst gleich vollkommen aus dir rausgehen können. Diese einmalige Chance kannst du dir nicht entgehen lassen!“

Sam kniet sich vor mich, umfasst sanft meinen Kopf und gibt mir einen phänomenalen Kuss. Einen elektrisierenden Kuss. Einen „egalisierenden“ Kuss. Einen sexuell befreiten Kuss.

„Lass mich nicht noch länger warten“, zischt die Schlange in seiner Hose.

Ihr und der verlockenden Frucht, die sie mir verspricht, kann ich nicht widerstehen. Also stehe ich auf und folge Sam, steuere mit ihm auf meinen, unseren Höhepunkt zu.

Irritierenderweise bleiben wir bereits vor der Scheune stehen. Sam öffnet ächzend das schwere Scheunentor, dann schiebt er mich sanft ins Innere.

„Hier sind wir ungestört", sagt er und es gackert.

„Jörg", schießt es mir durch den Kopf. „So ganz ungestört sind wir hier nicht. Vielleicht stören wir das Huhn. Und das wiederum stört …"

„Lisa, bitte rede doch nicht andauernd so viel", unterbricht mich Sam.

„Aber ich bin doch gerade so im Fluss. Es ist doch gut, im Fluss zu sein, oder nicht? Alle Dinge sind im Fluss. Die Gedanken, die Energie und … unsere Freiheit."

„Ruhe jetzt", lacht Sam, während er sich seiner Jeans und seines Slips entledigt. Kaum ist das geschehen, packt er mich an den Oberarmen, ein wenig grob für meinen Geschmack, und wirft mich wie einen plumpen Mehlsack ins Heu. Schade, in meiner Fantasie war unser Weg zum Höhepunkt prickelnder verlaufen. Das Einzige, was jetzt hier prickelt, oder besser gesagt pikt, ist das Heu auf meiner Haut. Nun ja, besser das Heu als das Huhn.

Der nackte Sam bettet sich längs neben mich wie ein liegender Buddha. Das passt irgendwie auch nicht. Ein liegender Buddha würde niemals lügen, schon gar nicht wegen einer Flasche Öl.

„Die Lüge mit dem Öl möchte ich jetzt gerne noch erklärt bekommen", sage ich und hebe rügend meinen Zeigefinger. Strafe muss sein.

„Das war doch nur eine Notlüge", schnurrt Sam und streichelt über meine Schenkel. Das kitzelt und ich muss kichern. Sam grinst, dann versucht er, mich zu küssen. Ich bin aber noch nicht fertig.

„Aus welcher Not?", will ich wissen.

„Lisaaa", stöhnt Sam, dann umfasst er meinen Kopf und küsst mich. Forsch und fordernd. Mit seiner rechten Hand streift er mir meinen Frotteeslip vom Körper. Danach umfasst er fest meinen Po. Ich mache mich ganz steif, Sam muss unbedingt noch meine Frage beantworten, vorher kann ich mich nicht fallen lassen. Schon gar nicht in diesen für mein Leben so wichtigen Höhepunkt.

„Ach, Lisa", seufzt Sam wieder, während er mit seinem Finger unschuldig meinen Bauchnabel umkreist. „Solaria hätte mich in Stücke gerissen. Ich musste irgendwas erzählen. Da habe ich das mit dem Öl ein wenig auf dich geschoben. Aber mal im Ernst: aphrodisierendes Öl war doch genau das, was du gebraucht hast, oder etwa nicht?"

„Ich glaube, eigentlich ist es Stefan, der weiß, was wir alle brauchen", sage ich.

Da lässt Sam für einen Moment von mir ab.

„Stefan? Der Liebhaber vom Egi?"

„Ja", sage ich.

„Und was soll das sein?", fragt Sam.

„Liebe!"

„Die sollst du kriegen", sagt Sam und drückt mir einen weiteren Kuss auf. Dann versucht er, seinen nackten Körper auf meinen nackten Körper zu legen. In dem Moment sehe ich ein immer größer werdendes Huhn hinter uns auftauchen, sich selbst aufblasend wie einen gigantischen Heißluftballon. Gegen dieses monströse Teil ist T-Rex ein Tierchen.

„Pass auf!", rufe ich.

„Was ist denn jetzt schon wieder?", fragt Sam und folgt meinem Blick. Er stöhnt genervt auf, fährt herum, und als hätte er mit einer Nadel hineingestochen, ist das Huhn plötzlich wieder klein.

„Wow, das war so Drei-D!", staune ich und stelle einen diffusen Bezug zur Dreifaltigkeit her (der Sam ... die Lisa ... das Huhn ... *Hurz!*) Ich muss kurz an Egons Dreiecks-Tic denken, während sich Sam das Huhn schnappt und es in Jörgs Kasten verfrachtet, den er anschließend äußerst akribisch verriegelt. Obwohl das vermutlich alles sehr schnell geht, fühlt es sich an, als würden Stunden vergehen. Regungslos liege ich indes im Heu und starre in die tangotanzenden Staubkörner. Irgendwie ist es nicht das, was ich erwartet habe, aber gut, alles besser als ein Sprung vom Hausdach.

„Natürlich habe ich den Sprung vom Hausdach nicht vergessen“, keucht Sam, „aber jetzt bekommst du erst einmal einen ganz anderen Höhepunkt …“

Mit diesen Worten springt er regelrecht auf mich. Knutscht und knetet wie ein … Wahnsinniger? Oha!

Gerade versucht er, mit mir zu verschmelzen, als Licht über uns strömt, das bei mir den Eindruck erweckt, als wolle es unbedingt von uns geatmet werden. Das kann ich mir natürlich nicht entgehen lassen und muss Sam von mir stoßen.

Allmählich öffnet sich das Scheunentor und die zuvor von Vater Himmel in zartes Mondlicht getauchte Scheune erstrahlt nun in grellem Feuerschein. Mutter Erde ruft: „Sissi, Kind, was tust *du* denn da?“

Mutter Erde hat recht. Was tue ich hier eigentlich? Ehrlich gesagt nichts. Sam ist es, der alles tut. Ich bin eher passiv. So passiv, dass es noch nicht einmal zum Sex gekommen ist, obwohl wir nackt und irgendwie auch sexuell befreit sind.

„Wie sexuell befreit? Hat das was mit deiner Therapie zu tun?“, fragt Mutter Erde und weint.

„Bitte weine nicht, lieber Planet“, versuche ich sie aufzumuntern. „All die Verschmutzungen und Verletzungen durch uns Menschen werden wieder vergehen. Und weißt du auch wie? Mit Liebe. Denn Liebe heilt.“

„Des nennst Liabe? Pah. Dassde dehn Duddnbaddscha on di no lässt … Herrschaftszeiten no’emoi!“

Das war jetzt aber nicht Vater Himmel, nein, das war …

Karl???

In meinem Hirn ist noch immer alles ziemlich schwammig. Dazu dieses grelle Flackern der Fackeln.

Plötzlich ist es, als würden ein paar klare Gedanken an mir rütteln, bis eine weitere, vermutlich die letzte Blase platzt.

Von jetzt auf gleich bin ich wieder in der Realität. Keine aufgeblasenen Hühner mehr, keine tanzenden Staubkörnchen …

Ach du meine Güte!

Ich liege entblößt in einem Berg Heu. Und hinter dem geöffneten Tor, also im Hof, stehen die ebenso entblößten spirituellen

Schüler mit brennenden Fackeln in den Händen. Eine Atmosphäre, als sei ich nicht in der Scheune, sondern bereits auf dem Scheiterhaufen. Schlimm!

Noch schlimmer ist allerdings, dass mein geliebter Karl wie ein Heerführer an der Spitze seiner Truppe steht und mich im nackten Angesicht seines Feindes – Sam – erblickt. Doch das Allerschlimmste kommt noch: Neben Karl steht meine Mutter.

Wie jetzt? Im Moment meiner sexuellen Befreiung mit einem Obdachlosen, unbekleidet und unter Drogeneinfluss, steht mir ausgerechnet meine Mutter gegenüber?

Ich möchte nur noch im Erdboden versinken.

Stattdessen sagt Sam: „Lisa wollte es genauso wie ich."

Ich wollte was? Ach so, ja, am Anfang vielleicht, aber jetzt? Außerdem stand ich unter Drogen. Nicht auszudenken, wie Solaria reagiert, wenn sie das mitbekommt.

„Ich hab genug", zischt die auch prompt, sie hat es also mitbekommen. „Du hast unser Mondfest energetisch verschmutzt. Ich kann nicht mehr, Lisa. Ich schmeiß dich hiermit raus!"

„Und i hoab dia Schmoasfliang ah satt", sagt Karl und geht.

Was für eine Katastrophe. Und falls ich es noch nicht erwähnt habe: Ich bin nackt!

Peinlich berührt renne ich an all den Menschen vorbei. Vollkommen aus der Puste erreiche ich das Haus und eile die Treppen hinauf, direkt in mein Zimmer. Dort krieche ich unter meine Decke und würde am liebsten nie wieder hervorkommen.

Muss ich aber, schließlich hat mich Solaria rausgeworfen. Ausgerechnet auf dem Höhepunkt der Peinlichkeiten meines bisherigen Lebens, der es mir eigentlich unmöglich macht, jemals wieder vor die Tür zu gehen. Aber immerhin, Sam hat mir einen Höhepunkt versprochen. Tadaaa, hier ist er.

„Sissi", Mutter steht im Türrahmen.

Ich stelle mich tot, Mutter kommt trotzdem näher. Und da wird mir auch noch schlecht. Kotzübel, um genau zu sein.

„Ach, Sissi", wiederholt Mutter und hält mir meinen Mülleimer unter das Kinn. Sie ist keine Sekunde zu spät, denn schon muss ich mich übergeben. Kaum habe ich das hinter mich gebracht, reicht sie mir ein Taschentuch.

„Hier, mein Schatz."

Ich schäme mich noch mehr. Dazu beginnt mein Kopf heftig zu schmerzen. Eine eindeutige Pilzvergiftung. Ich fühle mich, als müsste ich gleich sterben.

„Das sind die Nebenwirkungen", sagt Mutter.

Sie weiß also bereits von den Drogen. Oder ich habe mich mal wieder verplappert. Das wäre ja nicht das erste Mal heute Abend.

Es ist nicht zu fassen. Nie zuvor habe ich verrücktere Dinge getan. Nie zuvor habe ich mehr erlebt. Und nie zuvor habe ich mich dermaßen vor meiner eigenen Mutter geschämt.

Ich würde mich am liebsten auflösen, unsichtbar werden. Stattdessen weiß ich gar nicht, wo ich hinsehen soll. Auf jeden Fall nicht in Mutters Augen. Sie setzt sich gerade zu mir aufs Bett und macht dabei eine gute Figur. Kein Wunder, ist sie doch so adrett gekleidet und hübsch zurechtgemacht wie eh und je. Sie trägt ein leichtes Etuikleid in hellem Orange zu ihren offenen weißen Lieblingsschuhen. Seit unserem Abschied in Frankfurt Ende Mai hat sie sich kaum verändert. Obwohl – diese kleine Sorgenfalte, hatte sie die auch schon vor meinem Umzug?

„Mach dich ruhig erst einmal frisch, mein Kind."

Mutter steht auf, öffnet meinen Schrank und reicht mir ein frisches T-Shirt. Ich schlüpfe hinein. Danach schleppe ich meinen Körper, der sich noch immer sehr merkwürdig anfühlt, aus dem Bett ins Badezimmer. Der Blick in den Spiegel zeigt mir die vollkommene ungetrübte Realität: Ich sehe furchtbar aus. Das kann auf keinen Fall gesund sein. Für eine Erkenntnis meiner selbst habe ich mich so zugerichtet, dass mein Kopf neuerdings auffallende Ähnlichkeit zu dem Totenkopf aufweist, der als mahnendes Symbol vor dem Genuss von Frostschutzmitteln und Ähnlichem warnt. Hoffentlich ist das nur eine weitere Halluzination.

Ich stelle mich kurz unter die Dusche, putze mir die Zähne, ohne einen weiteren Blick in den Spiegel zu werfen, und schlurfe dann wieder zurück in mein Zimmer. Mutter steht vor meinem

Fenster. Strahlend schön. Und doch gibt es einen Punkt Abzug auf der Strahlenskala. Denn jetzt erst fällt es mir auf: Mutter glitzert nicht mehr, sie klirrt auch gar nicht.

„Wo … wo ist der Schmuck?“, stammele ich.

„Abgelegt“, sagt Mutter fast nebenbei, begleitet mich zum Bett und streichelt erneut über meinen Kopf.

Das kann eigentlich nicht sein. Meine Mutter und ihr Schmuck bilden doch seit jeher eine Einheit, so wie Mr T und sein A-Team.

„Erinnerst du dich an Mr T aus dieser Fernsehserie?“, fragt sie mich in dieser Sekunde, und ich kann das nur als hellseherische Fähigkeit deuten. Oder ich habe schon wieder laut gedacht.

„Den vom A-Team?“, frage ich zutiefst irritiert.

„Ja“, antwortet Mutter. „Ich habe gelesen, dass Mr T im Jahre 2005 all seinen Goldschmuck abgelegt hat.“

„Wirklich?“

„Ja. Nachdem Hurricane Katrina so vielen Menschen ihr Hab und Gut genommen hatte, empfand er es als Sünde vor Gott, sein Gold weiterhin zu tragen. Der Mann ist nämlich ein gläubiger Christ.“

„Das ist nicht wahr!“

„Doch, ich habe erst vor einer Weile wieder etwas darüber gelesen und es hat mir unwahrscheinlich dabei geholfen, es ihm endlich gleichzutun. Der Schmuck ist weg. Ich habe alles verkauft und den Großteil des Erlöses einem christlichen Kinderheim gespendet.“

Einen Moment bin ich platt. Dann drücke ich Mama ganz fest an meine Brust. Nun, wo sich der gigantische Goldklumpen gelöst hat, der ihr Herz so viele Jahre über blockierte, kann Mutter endlich mit Haut und Haaren lieben. Wie schön.

„Ich hab dich so lieb“, sage ich und vergrabe meine Nase an ihrem Hals.

„Ich dich auch, Sissi. Auch wenn es mir lieber gewesen wäre, dich in einem – *ähem* – normaleren Zustand anzutreffen.“

Meine erste Drogenparty, mit fast dreißig, und meine Mutter rettet mich.

Peinlich! Obwohl sie erstaunlich gefasst und cool reagiert. Auf der anderen Seite kann sie mich ja schlecht wie ein Wände bemalendes Kleinkind behandeln.

„Und morgen früh stellst du mir deinen Freund vor, ja?“

Sie kann es doch.

„Äh, welchen Freund?“, frage ich.

„Na, der junge Mann aus der Scheune, der war doch wohl dein Freund, oder?“

Ich muss ihr wohl noch einiges erklären. Umgekehrt allerdings genauso.

Zu meiner Erleichterung macht Mutter den Anfang und erzählt spontan und unaufgefordert, dass sie nach unserem Telefonat postwendend in den nächstbesten Zug gesprungen war, denn: Es habe keiner weiteren Worte bedurft, um zu wissen, dass es mir hier in Bayern nicht gut geht.

Ich lege meinen Kopf auf ihre Schulter.

„Was eine Mutter spürt, spürt eben nur eine Mutter“, sagt sie und streichelt über meinen Rücken.

„Aber wie hast du auf den Achtsamkeitshof gefunden, Mama?“

Ich hatte ihr bewusst nie eine Adresse gegeben. Alle Informationen, die Mutter bezüglich meiner neuen Heimat besaß, waren der Name Tuckenthal und ein Bild von Karls Haus (das allerdings als Erinnerung in ihrem Kopf, da ich es ihr schließlich nur auf meinem Handy gezeigt hatte).

„Ganz einfach“, entgegnet sie, „ich bin vom Bahnhof mit dem Taxi nach Tuckenthal gefahren. Dort habe ich mich von Haus zu Haus fahren lassen, bis ich endlich vor dem bayrischen Häusel stand, das du mir mal als dein neues Zuhause verkauft hast.“

Bevor ich mich auch dafür entschuldigen kann, erzählt Mutter, dass sie sehr erleichtert war, mich in dem kleinen Häusel zu wissen, und nicht etwa auf dem verrückten Hof oben drüber. Als ihr Taxi nämlich am Achtsamkeitshof vorbeifuhr, bekam sie erste ernsthafte Bayern-Bedenken.

Eben. Meine Sorgen waren nicht unbegründet gewesen, aber Mutters Nerven konnten doch weit mehr ertragen als von uns beiden angenommen. Fasziniert fixierte sie die nackten Gestalten, die sich um ein Feuer versammelt hatten wie eine Horde Rumpelstilzchen.

„Einer von ihnen trug sogar ein Hirschgeweih. Wie aus einem Gruselfilm."

Entsprechend erleichtert über meine Wohnortwahl stand sie schließlich auf dem idyllisch-friedlichen Nachbarhof. Sie klingelte an der hübschen Tür und statt mir öffnete ihr ein Kerl. Karl. Der Rest wird mir schon selbst klar. Mutter fragte nach Lisa und Karl begleitete sie zur Pilzparty.

„Nach unserem letzten Gespräch hatte ich mich ja auf einiges gefasst gemacht, Sissi, aber *das*?!"

Ihr Gesichtsausdruck zeigt mir eine Mischung aus Schock und … Humor?!

Mama unterdrückt augenscheinlich einen Lachanfall. So viel Situationskomik hätte ich ihr gar nicht zugetraut.

„Jetzt sieh mich doch nicht so erstaunt an. Ich habe heute auf der Fahrt schließlich auch schon einiges erlebt. Zwei meiner heutigen Haltestellen waren wirklich nicht ohne", kichert sie. „Auf einem Bahnhof stand eine Frau, die hat die Informationen des Fahrplanes in die Welt hinaus gebrüllt und jedem, der an ihr vorbeiging, einen Vogel gezeigt. Auf einem anderen Bahnhof blockierte ein Obdachloser die einzige Bank mit Rucksäcken, drei Kisten Schnaps und sich selbst und rief zu allem Überfluss ‚Ihr habt sie nicht mehr alle!'"

Und da erkenne ich: Spätestens wenn ich die Information über Sams Obdachlosendasein offenlege, wird es mit Mutters Humor auch schon wieder vorbei sein.

„Ich hätte nicht gedacht, dass solche Bahnhofsgestalten nichts gegen deine neuen Mitbewohner sind."

Unbewusst scheint sie es bereits zu ahnen. Mit ihren Zeigefingern formt sie zwei Hörner an ihrer Stirn und röhrt wie ein Hirsch.

„Ich meine, eine Horde nackter Menschen mit halluzinogenen Störungen sieht man ja auch nicht alle Tage. Und darunter dann …"

... die eigene Tochter. Ich seufze.

„... solch ein nettes Mädchen."

Hä? Mir ist klar, dass sie nicht mich meint,

„Die ältere Dürre?", frage ich konsterniert.

„Nein, die, die dich urplötzlich rausgeworfen hat", antwortet Mutter, „Solaria."

Ach du Sch...

„Ich habe dieses Mädchen sofort in mein Herz geschlossen."

Dieses *Mädchen*? Es ist schon unpassend, wenn Solaria Kühe als *Mädchen* bezeichnet, wenn meine Mutter hingegen Solaria als *Mädchen* bezeichnet, ist das noch viel unpassender. Aber das tut jetzt auch nichts zur Sache.

„Und irgendwie war ich auch erleichtert, dass du nicht unter den Nackten beim Feuer warst. Der nette Kerl von nebenan ..."

„Karl", werfe ich ein.

„Ja, Karl. Der hat sich eine Fackel genommen und spontan angeboten, nach dir zu suchen. Und dann wollten das Mädchen und ihre nackten Freunde auch mitkommen. Die haben sich so seltsam verhalten, dass mir klar wurde: Hier sind Drogen im Spiel. Aber ich kenn mich doch nicht aus mit so was. Wer weiß, was passiert, wenn man ihnen widerspricht? Deswegen habe ich einfach nur genickt.

Also sind wir losmarschiert und die ganze Nudisten-Gruppe hinter uns her. Erst liefen wir die Straße entlang, dann Richtung Tal, bis der Nackte mit dem Geweih meinte: ‚Nu, hot emol eenor in dör Schoine gegüggt?' – der scheint auch ein Zugezogener zu sein. Egal. Wir liefen also zurück bis zur Scheune ..."

Ich möchte es nicht noch einmal hören. Bitte!

Da plötzlich gackert es wie verrückt und Mutter springt auf.

„Himmel! Habt ihr auch noch Hühner?"

„Eins", sage ich und stelle gleichzeitig fest, dass mich Jörg nun schon zum dritten Mal gerettet hat. Das erste Mal vor dem harmlosen Hund, dann vor horny Sam und jetzt davor, den Horror dieses Abends eine zweite Runde ertragen zu müssen.

Im Flur schimpft indes Solaria mit Sam.

„Das war genau eine Lüge zu viel“, keift die Bestimmerin. „Ich habe die Nase endgültig voll von dir. Lass dich hier nie wieder blicken.“

Sams Stimme ertönt leise. Gedämpft. Gefasst.

Sollte ich Mitleid haben?

Unangenehmes Schweigen erfüllt die Atmosphäre. Ich sehe zu Mutter. Mutter sieht zu mir. Es klopft an meiner Tür.

„Hallo Lisa“, Sam steht im Türrahmen, zu Mutters Glück angezogen. „Können wir kurz reden?“

„Ich lass euch mal allein und kümmer mich um das Mädchen“, sagt Mutter und verlässt mein zukünftig-ehemaliges Zimmer.

Das Mädchen. Ich kann es immer noch nicht fassen, dass sie Solaria so nennt. Hat Mutter ihre Menschenkenntnis gegen Humor getauscht?

„Willst du mit mir gehen?“, fragt Sam. Nun bin ich restlos überfordert. Trotzdem ausgesprochen putzig, wie er das so fragt. Obwohl nicht ganz klar ist, was genau er damit meint. Will Sam jetzt etwa eine Beziehung? Mit mir?

„Du hast es doch heute Abend gesagt, Lisa.“

„Was?“, frage ich und bekomme wieder Panik, denn die Dinge, die ich heute Abend gesagt habe, haben unter anderem zu meiner Wohnungslosigkeit geführt.

„Dass du deinen Job nicht mehr machen willst, weil du zu anderem berufen bist. Dass dein Chef ein Schwein ist. Dass …“

„Okay okay“, sage ich, denn ich kann nicht noch mehr hören.

Trotz allem hat mir der bewusstseinserweiternde Abend tatsächlich die Augen geöffnet. Wie soll mein Leben auf Dauer funktionieren, wenn ich einem Job nachgehe, dessen stupide Tätigkeiten mir nicht gefallen? Mit einem Vorgesetzten, der mich missbraucht *(passiv!)*, und einem Background, der zum Himmel stinkt? Das würde mich auf Dauer verrückter machen als die esoterischen Egomanen. Mein monatliches Einkommen, meine sogenannte Existenz, müsste ich dann in eine – sagen wir mal *richtige* – Therapie stecken. Dann doch lieber ein abruptes Ende mit Arbeitslosigkeit und Auszug. Nach meinen Lebensabschnitten in Hessen und Bayern ergo alle Zeichen mal wieder auf Neuanfang stellen. Aller guten Dinge sind schließlich drei, würde zumindest Egon nun sagen (wenn er denn noch mit mir spricht).

Aber gleich alles stehen und liegen lassen und mit Sam mitziehen?

Ich sehe ihn fragend an, er aber sagt nur: „Schön, dann pack nur das Nötigste ein, und dann laufen wir morgen los."

„Wie? Wohin?", ich habe noch immer keine Ahnung, was Sam damit meint.

„Keine Ahnung, das ergibt sich spontan", antwortet er schnell, bevor er mir einen Kuss gibt und seinen Rucksack schultert. Ehe ich mich versehe, ist er auch schon weg. Hinaus in die Dunkelheit, an einen ungewissen Ort, der ihm als Nachtlager dienen wird.

In meinem schmerzenden Kopf dreht sich alles. Ich komme mit dem Denken nicht mehr hinterher. Will Sam mich jetzt wirklich an seiner obdachlosen Seite? Aber wie und warum? Werde ich mich jetzt auch daran gewöhnen müssen, stadtstreichermäßig durch mein künftiges Leben zu ziehen und nie zu wissen, wo ich meine müden Glieder niederlegen werde? Am besten ich versuche erst gar nicht, weiter darüber nachzudenken, das hat heute ohnehin keinen Sinn mehr.

Vielleicht sollte ich mich ein wenig ablenken. Ich würde gerne noch einmal mit Egon und Stefan reden, aber die Turteltäubchen haben sich in Egons Zimmer eingeschlossen. Klar, hier wollen zwei nicht dabei gestört werden, wenn sich ihre Energiefelder überlappen.

Also schlendere ich weiter durchs Haus und finde meine Mutter und Solaria auf dem Sofa sitzend. Meine – ich betone noch einmal: *meine* – Mama hat den Arm um die Frau gelegt, die mich obdachlos gemacht hat. Gerne würde ich dazwischengehen, aber Solaria weint, und da entschließe ich mich dazu, mein dämliches Ego jetzt mal hinten anzustellen und die beiden allein zu lassen.

Ich husche ins Bad und betrachte mein Spiegelbild. So furchtbar, wie ich mich fühle, sehe ich schon gar nicht mehr aus. Ein schwacher Trost. Leise schlurfe ich in mein Zimmer, lege mich ins Bett und schlafe auch bald darauf ein.

ALLES HAT EIN ENDE …

Zu Risiken und Nebenwirkungen befrage ich bestimmt nicht meine Mutter …

Als ich am nächsten Morgen meine Augen öffne, ist mein erster Gedanke: Mutter. Wo ist sie? Wo hat sie geschlafen? Kann ich sie ab heute tatsächlich stadtstreichermäßig im Stich lassen?

Vorsichtig schleiche ich ins Wohnzimmer. Da liegt sie schlafend auf dem Sofa.

Von Solaria hingegen fehlt jede Spur. Hoffentlich hat das „Mädchen“ meiner Mama nichts angetan und danach mit ihrem Besen die Flucht ergriffen.

„Guten Morgen, Sissi.“

Mutter lebt. Und damit sie das auch noch lange tut, bereite ich ihr prompt ein vollwertiges Frühstück zu.

„Musst du denn gar nicht an die Arbeit?“, will sie wissen, und ich denke, jetzt ist es an der Zeit, ihr zu erzählen, was bei meiner Arbeit falsch läuft, und da erwähne ich auch gleich noch Sams *laufende* Pläne mit mir.

„Bleib doch lieber hier“, sagt Mutter, die meinen wohnungstechnischen Rauswurf wohl nicht wahrhaben will, dafür aber einiges über meinen Freund zu wissen scheint, „dieser Sam ist nichts für dich.“

Ich wundere mich, wie sie zu dieser Erkenntnis kommt, und Mutter hält mit ihrer Antwort auch nicht hinterm Berg: „Solaria hat mir alles über ihn erzählt. Dieser Typ braucht Freiheit, übernimmt keine Verantwortung und denkt nur an sich. Er ist kein Mann für dich.“

Was hätte Solaria auch anderes sagen sollen?

„Das Mädchen hat kein leichtes Leben, so ganz allein auf diesem Hof, mit so viel Verantwortung und selbst niemandem, der ihr Herz erhört.“

Scheint so, als hätten sich Solaria und Mutter in der kurzen Zeit intensivst ausgetauscht.

„Auch wenn ich es zuvor nicht für möglich gehalten hätte, bin ich mir nach dem Gespräch mit Solaria ganz sicher, dass es hier besser für dich ist."

Und eine Kleinigkeit haben sie bei ihrem Gespräch auch noch außer Acht gelassen: meinen Rauswurf.

„Und Solaria nimmt das mit dem Rauswurf übrigens zurück. Du kannst gerne hier wohnen bleiben. Sie hat nur im Affekt gehandelt."

Ich beschließe, nun auch im Affekt zu handeln, laufe kommentarlos in mein Zimmer und packe meinen Koffer. Es klopft an meine Tür.

„Mama, bitte …", möchte ich gerade sagen, doch statt Mutter schiebt sich der Schamane in mein Zimmer.

„Brüstefleisch jömönd züm rödön?"

Ob ich vielleicht jemanden zum Reden brauche? Sicher nicht.

Ich schüttele bedrückt den Kopf. Don Heiko steht ein wenig ratlos vor mir. Zum Glück ist er angezogen. Wenn auch nur zum Teil. Er steckt in einer weißen Haremshose, die mich stark an eine überdimensionale Windel erinnert. Darunter blitzen Birkenstocksandalen hervor. Obenrum trägt er bloß ein weißes Stirnband und einen Energieaufkleber, den er mir nun gutmütig entgegenstreckt – für meinen Koffer. Ich klebe ihn auf, während Don Heiko davon spricht, dass ich gestern auf dem Mondfest mit meinen Machtelementen bei ihm gepunktet habe. Verwirrt sehe ich von meinem Koffer auf, er aber spricht mit zunehmender Begeisterung weiter: Noch nie habe er jemanden erlebt, der zu einer derartig phänomenalen Bewusstseinserweiterung gelangt sei.

„Dös gölingt nür eenem Ängöl."

Hoffentlich hat Solaria das nicht gehört. Ängstlich halte ich nach ihr Ausschau. Sie scheint mit Mutter nach draußen gegangen zu sein.

Don Heiko erwähnt, dass ich dem Achtsamkeitshof und seinen Gästen gestern gezeigt habe, auf was es „würglisch angömmt": auf Liebe.

Habe ich das? Ich nicke unbeteiligt, der Don aber kommt nun so richtig in Fahrt. Er meint, dass ich nicht nur ein Engel, sondern ein Quell der Liebe sei. Irritiert betrachte ich den Schamanen, der sich vor mir verneigt, ja, sich geradezu demütig vor mir auf den Boden wirft. Hoffentlich küsst er mir nicht auch noch die Füße. Das tut er nicht, stattdessen ist er sich sicher, dass meine göttliche Schaffenskraft, meine starke Lebensenergie und die wahrhaftige Liebe, die aus all meinen Poren ströme, die Teilnehmer des Mondfests mit endlosem Glück erfüllt habe. Ich sei wahrlich eine Heilige. Und ich halte den Schlüssel zu wahrer spiritueller Gemeinschaft in den Händen. Der Don küsst nun doch meinen Fuß. Ich lasse vom Kofferpacken ab und setze mich zu ihm auf den Boden. Er sagt, dass er schon viele spirituelle Schüler habe kommen und gehen sehen, aber nie sei solch ein mutiges Herz darunter gewesen, wie er es gestern bei mir habe erleben dürfen. Er sei von tiefer Dankbarkeit für unser Treffen erfüllt, und als Zeichen seiner Verbundenheit biete er mir nun eine Reiki-Behandlung an, bei der er Lebensenergie durch Handauflegen in meinen Körper bringen wolle, schließlich habe ich gestern so viel davon eingebüßt.

„Solaria flippt aus, wenn deine Hand mich berührt", entgegne ich, aber der Don winkt ab und meint, dass er dies schon mit ihr geklärt habe.

„Sicher?", frage ich mit Nachdruck und der Don nickt.

Warum also nicht? Ein Klecks Lebensenergie vor meiner zukünftigen Landstreicherei wird sicherlich nicht schädlich sein.

Ich folge dem Schamanen ins Ess-/Behandlungszimmer und lege mich aufs Teddyfell. Natürlich nicht nackt. So etwas würde der Don von einem Wesen wie mir auch nicht verlangen, sagt er. Nett. Und angebracht.

Ich schließe beruhigt die Augen und der Don legt seine Hand auf mein Schlüsselbein, dann auf meine Arme, meine Beine, meinen Bauch, mein Dekolleté, ganz kurz auf meine Brust, weshalb ich auch zusammenzucke, und dann passiert gefühlte sechzig Sekunden überhaupt nichts.

„Spüar nöach", sagt Don Heiko. Ich spüre nicht viel. Vielleicht wird mein Innerstes mal wieder von meinen Gedanken verdrängt. Letztere rufen „Vorsicht" in Endlosschleife.

Als ich gerade meine Augen öffnen möchte, spüre ich dann doch etwas.

Etwas Unangenehmes.

Etwas Ungutes.

Und vor allen Dingen etwas Unangebrachtes.

Don Heikos Lippen auf den meinen.

Heiliger Schmutzer!

„Verdammte SCHEISSE!!!“, bricht es einem tobenden Vulkan gleich aus mir heraus.

„Wösnlös?“, fragt Don Heiko ganz unschuldig, und da geh ich so richtig an die Decke, ähnlich wie Solaria (vielleicht sind wir Schwestern, zumindest im Geiste):

„IHR HEILIGEN ESOTERIKER SEID UNGEHOBELTE EGOTERIKER! DIE ANDEREN INTERESSIEREN EUCH EINEN SCHEISS! IHR SCHMORT IN EUREM EIGENEN SAFT, HABT NUR EUCH SELBST IM KOPF!!!“

Damit renne ich aus dem Behandlungszimmer.

„Sissi?“, höre ich Mutters fragende Stimme.

Ich steuere mein Zimmer an, werfe alles in den Koffer, dann renne ich ins Wohnzimmer und ziehe Mama hinter mir her.

„Was ist los, Sissi?“, fragt sie.

„Wir müssen weg hier“, keuche ich. „Zurück nach Frankfurt. Sofort!“

Schon baut sich Solaria wie eine Wand vor Mutter und mir auf: „Lisa, du kannst hierbleiben. Den Rauswurf habe ich zurückgenommen. Wirklich!“

„Ich WILL aber nicht! Und ich KANN auch nicht. NICHT MEHR!“, brülle ich.

„Sissi, so beruhige dich doch“, sagt Mutter, während Solaria als Reaktion auf meinen Ausbruch ins Behandlungszimmer läuft. Mir laufen inzwischen die Tränen. Ich kann sie nicht mehr aufhalten.

„Na, zum Glück ziehst du nicht mit Sam los“, resümiert Mutter. „Aber müssen wir denn deshalb gleich wieder nach Hause fahren? Ist das nicht ein wenig voreilig?“

Für mich nicht. Ich will nur noch weg. Weg aus diesem Irrenhaus. Weg von diesen lieblosen Eso-Egomanen. Die sind doch alle gleich. Zum Glück hab ich das noch kapiert, bevor Sam mich vom Hofe führt. Ein Reim? Ein Sturz! Ja, würde ich dem nicht verliebten Sam folgen, dann bloß in meinen persönlichen Absturz, in mein Verderben, in meine …

„Ich wäre gerne noch hiergeblieben“, sagt Mutter, und da werde ich plötzlich stutzig.

„Mama, warum willst *du* hierbleiben? Und …“, erst jetzt fällt es mir auf, „… warum trägst du Solarias Sari?“

Diese Situation wird ja immer absurder.

„Sie hat ihn mir geliehen, das liebe Mädchen. Ich habe doch nicht so viele Anziehsachen dabei, und als ich mir vorhin mein Kleid am Zaun zerrissen habe …“

Moment! Mutter zerreißt sich ihr Kleid an einem Zaun und ich bekomme nichts davon mit, weil sie es völlig gelassen hinnimmt? Kein Zusammenbruch, und sie kommt damit nicht einmal zu mir? Ich kann es nicht glauben.

„Was ist denn passiert?“, hake ich irritiert nach.

„Ich stand unten am Zaun und habe mir das wundervolle Alpenpanorama angesehen. Es ist so herrlich hier, Sissi. Und da plötzlich stupst mich etwas von hinten an. Ich dachte, du wärst es, deswegen habe ich mich ziemlich schwungvoll umgedreht. Aber nein, da stand auf einmal ein Pferd. Ein riesiges Pferd. Du kannst dir vorstellen, wie ich mich erschreckt habe. Völlig panisch bin ich über den Jägerzaun gesprungen. Naja, zumindest habe ich es versucht. Mein Kleid ist an einer Holzplatte hängen geblieben, die jemand dort ziemlich merkwürdig festgenagelt hat, und jetzt hat es einen ganz hässlichen Riss.“

Unschuldig sieht sie an sich herunter, während ich schuldbewusst auf meiner Unterlippe kaue.

„Tja, und dann stand ich da, am Jägerzaun hängend und bedrängt von einem Pferd, dessen Nüstern mir bedrohlich nahe kamen. Ich dachte, das war es jetzt. Ein Biss und das Pferd teilt mich in zwei Happen. Weißt du, ich habe meiner Angst noch nie so direkt ins Gesicht geschaut. Und dann – Pustekuchen – passierte nichts. Das Pferd sah mich einfach nur an. Ich atmete gerade erleichtert auf, als es noch ein Stück näher kam und … tja, mich anstupste, aber ganz sanft. Wusstest du, wie weich Pferdenüstern sind? Wie Samt. Dieses Tier war so vorsichtig und freundlich. Ich konnte nicht anders und musste es streicheln. Ganz behutsam habe ich meine Finger über seine Stirn gleiten lassen. Und das Pferd hat das genossen. Und ich auch, Sissi. Ja, und seitdem fühle ich mich wie ein neuer Mensch. Pferde sind nämlich überhaupt nicht gefährlich. Sie sind sehr kluge Tiere. Wusstest du das?"

Ich stehe da und bin sprachlos. Vermutlich sehe ich ziemlich bescheuert aus, wie ich meine Mutter so anstarre.

„Naja, und dann stand da hinter dem Zaun auch noch ein dicker schwarzer Hund, den hab ich dann auch gleich gestreichelt. Und zum ersten Mal habe ich mir keine Gedanken über Bakterien und Parasiten gemacht. Das ist ohnehin nur was für sterile Städter. Hier auf dem Land braucht's eine ordentliche Portion Dreck … zum Wachsen und zum Gedeihen, nicht wahr?"

Ich fasse es nicht. Dinge, für die ich Wochen, ach was, Monate brauchte, überwindet Mutter an einem Morgen.

„Ja, und dann kam auch schon Solaria und hat mich von dem Nagel befreit, an dem mein Kleid hing. Und dann hat sie mir verraten …"

Wem Mutter ihr zerrissenes Kleid zu verdanken hat.

„… dass das Pferd Madani heißt. Danach hat sie mich in ihr Zimmer geführt und mich in ihren Sari gesteckt. Ein tolles Tragegefühl. Dieser leichte Baumwollstoff ist bei dieser Wärme genau das Richtige …"

Okay, jetzt reicht es mir. Wir *müssen* hier weg. Ich habe das Gefühl, man hat meine Mutter einer Gehirnwäsche unterzogen. Ihre Verwandlung ist irreal.

„Meine Möbel holt dann eine Spedition!", rufe ich ins Haus und poltere mit den Koffern die Eingangstreppe hinunter, ohne weiter auf Mutters Erzählung einzugehen.

Während ich unser Gepäck im Kofferraum verstaue, erkläre ich Mutter noch einmal in bemühter Ruhe, dass ich hier nicht mehr länger bleiben kann und will.

„Es war eine Erfahrung und es ist gut, dass ich sie gemacht habe, aber jetzt reicht es. Ich brauche wieder mein geregeltes Leben“, sage ich und hake diese Episode auch als solche in meinem Hirn ab. Mutter seufzt, fügt sich dann aber meinem Wunsch, heute noch nach Frankfurt zurückzureisen.

Da ertönt Egons Stimme:

„Lisa, was ist passiert?“, er steht auf der Treppe hinter seinem Stefan, der sich wie ein Schutzschild vor ihm aufgebaut hat. „Was brüllst du denn so?“

„Es tut mir leid“, sage ich so leise, dass sie es wahrscheinlich nicht hören. Dann schließe ich den Kofferraum.

„Ach, du verreist? Wo geht es denn hin?“

Dass Egon überhaupt noch mit mir spricht, grenzt schon an ein Wunder. Den heulenden Harald Töpfer, der andere anpinkeln soll, habe selbst ich nicht vergessen. Kein Wunder, dass ich schon wieder rot anlaufe und ihm nur wortlos zunicken kann.

Stefan geht daraufhin zur Seite und Egon breitet plötzlich seine Arme aus: „Komm doch bitte noch einmal her“, ruft er.

Beschämt schlurfe ich zu ihm, werfe mich dann aber doch theatralisch in seine ausgebreiteten Arme. Schließlich ist es das letzte Mal, dass ich das tun kann.

„Du willst doch nicht etwa ausziehen?“, hakt Egon nach und da plätschert der ganze Frust abermals aus mir heraus. Geduldig hört sich Egon alles an.

„Du hast gestern Abend sehr wahre Dinge von dir gegeben“, resümiert er. „Dennoch war es *deine* Wahrheit, Lisa. Du kannst nicht davon ausgehen, dass andere die gleiche haben.“

„Dann sag mir jetzt bitte wenigstens die Wahrheit über Sam“, flehe ich schon fast.

Und dann, endlich, erzählt Egon mir von dem Problem, das er mit dem Schmutzer hat. Und natürlich auch, warum er Sam als solchen bezeichnet.

Ich erfahre, dass Sam Frauen häufiger wechselt als Unterhosen. Vor einem Jahr hat er Karl sogar die Freundin ausgespannt – während der Klangschalentherapie. Obschon es das nicht ganz trifft. Sam ging es weder um die Therapie noch um Karls Freundin. Er wollte nur das eine. Keine sexuelle Freiheit oder anderweitig verpackte Illusionen, sondern einfach nur schnellen Sex und das mit Karls zukünftiger Ex. Die aber wollte mehr. Sie verliebte sich bei dem flotten Stelldichein auf Egons Esstisch in den schönen Klangschalenmeister, verließ Karl und stand schließlich mit gepackten Koffern auf dem Achtsamkeitshof. Karl, der weder ihren schnellen Schlussstrich noch ihren abrupten Aufbruch verstehen konnte, folgte ihr natürlich. Und daraufhin wiederum folgte ein großes Theater zwischen Karl, Karls Ex und Sam. Das Ergebnis war, dass Solaria schlichten musste.

„Daher die schlechten Energien, die Karl hier angeblich verströmt?“, frage ich und erkenne: Wenn drei sich streiten, räuchert die Vierte.

„Genau“, seufzt Egon. „Solaria lässt nichts auf den Schmutzer kommen, obwohl der bloß mit allen in die Kiste springt und ihnen danach die kalte Schulter zeigt. Sie will das einfach nicht wahrhaben und ist in der Hinsicht blockiert. Deswegen mussten bei dem Streit auch Karls Energien herhalten.“

Karls Ex war Sam noch eine ganze Zeit hinterhergelaufen und hatte sogar all die „Nebenfrauen“ geduldet. Das wurde ironischerweise Sam zu viel und er servierte sie ab. Sie schränke ihn in seiner Freiheit ein, war die Erklärung, mit der er Karls Ex in die Wüste schickte.

„Diese arme Frau hatte alles für den Schmutzer aufgegeben, aber das kümmerte den nicht. *Ihm* ging es nur um seine Freiheit.“

Dass Sam nur seine Freiheit liebt, habe ich bereits am Tage zuvor gemerkt. Wie naiv ich selbst jedoch war, das merke ich erst jetzt. Und Solaria? Hat die etwa auch seit geraumer Zeit Klangschalen auf den Augen?

„Ja, in gewisser Weise schon. Solaria glaubte dem Schmutzer. Er versicherte ihr, dass neben all den anderen Frauen sie seine Königin sei. Und sie versuchte, in seiner Polygamie kein Problem zu sehen. Dann aber kamst du, und Solaria merkte, dass sie ihre Gefühle nicht länger unterdrücken konnte. Du warst einfach eine zu große, permanente Bedrohung für ihren Königinnenstatus.“

Zumindest verstehe ich nun, warum Solaria meine Klangschalenbehandlungen permanent zu *stören* wusste.

„Mit meinem Ex-Freund war der Schmutzer übrigens auch im Bett", fügt Egon jetzt an und ich schlucke trocken. „Dabei ist er noch nicht einmal bisexuell. Im Gegenteil. Der Schmutzer hoffte doch tatsächlich, ein gleichgeschlechtliches Schäferstündchen könne ihm bei seinem Trieb-Problem helfen. Ich weiß zwar nicht, wie er auf diese absurde Idee gekommen ist, aber grundsätzlich ist es mir auch egal, mit wem dieser Typ, aus welchem Grund auch immer, schläft. Allerdings musste er sich für sein Experiment ausgerechnet *meinen* damaligen Freund aussuchen. Und als alles, womit er hinterher mein gebrochenes Herz kommentierte, ein nichtssagendes ‚Ach Egi' war, war er bei mir endgültig unten durch. Seitdem kann ich in ihm nur noch den Schmutzer sehen. Und auch die Sache mit meinem Freund war damit passé."

Deshalb wohl auch Egons schroffe Reaktion auf Sams Stirnguss-Experiment. Apropos. Damit war Sams Notlüge bezüglich Solarias warmem Sonnenwurzel-Öl auch nur nötig gewesen … um Sams Trieb durchzubringen? In meinem Hals entsteht plötzlich ein gewaltiger Kloß.

„Tut mir leid, das so schroff sagen zu müssen, aber für mich ist ein Mensch, der sich seinen Trieben dermaßen unterordnet, dass auch seine Mitmenschen darunter leiden müssen, ein Schmutzer. Und dagegen hilft kein Ausräuchern, auch wenn Solaria anderer Meinung ist", erklärt Egon, und ich kann ihm nur beipflichten.

Trotzdem: Warum, verdammt noch mal, hat Egon mich nicht schon früher über Sams Trieb aufgeklärt? Ich war schließlich kurz davor gewesen, mit einem *Vielvögelei-süchtigen* Wohnungslosen durchzubrennen. „Ich glaube, ich wollte, dass du es selbst erkennst und dabei etwas lernst." Er ist sich also selbst nicht ganz sicher.

Aber gelernt habe ich tatsächlich etwas, und zwar, dass ich beim nächsten Mal nicht auf froschbefusste Dreiecksfans höre, die mich auf einen fragwürdigen Achtsamkeitshof entführen und mir ein ungewöhnlich günstiges Zimmer vermieten wollen. Letztendlich bestätigt mich das alles darin, meine Pläne unbedingt in Richtung Frankfurter Normalität zu verlagern. Nach diesen Erlebnissen würde ich mich sogar mit Freude auf eine Umschulung in Hamburg einlassen. Hauptsache, ich ziehe heute noch aus diesem Irrenhaus aus.

„Danke für das Lerngeschenk", knurre ich Egon an, der zuckt nur mit den Schultern und meint: „Ich habe ja gesagt, dass du zuerst deine Kindheit aufarbeiten solltest, bevor du dich in die Hände des Schmutzers begibst."

Noch so ein Ding, das ich bis jetzt nicht verstehe.

„Was ist denn mit meiner Kindheit?", will ich genervt von ihm wissen.

„Da haben du und Solaria ein ganz ähnliches Problem. Ich sag mal so: Was euch an väterlicher Liebe fehlt, wollt ihr mit Verehrern ausgleichen."

Das hat er jetzt nicht wirklich gesagt! Entsetzt sehe ich Egon an.

„Die Wahrheit tut weh, oder?", setzt er nach. „Wie gesagt, sieh das alles als Lerngeschenk."

„Welches Lerngeschenk?", fragt Sam, der gerade nichts ahnend mit geschultertem Rucksack auf den Hof geschlendert kommt.

„Eiverbibsch nochemal!", schallt es plötzlich lautstark aus dem Fenster ein Stockwerk weiter oben. Solaria und ihr Schamane streiten lautstark wie ein altes Ehepaar.

„Ich hab die Nase voll!", ruft Solaria erneut. Ach, sie also auch?!

Entweder ist die Bestimmerin seit gestern Abend erkältet oder Don Heiko wird gerade genauso von ihr hinausgeworfen wie Sam. Und meine Wenigkeit. Auch wenn unsere Rauswürfe nicht zu vergleichen sind. Und meiner mittlerweile wieder zurückgenommen wurde.

Durch das Gezeter aus dem Haus haben wir uns von Sam ablenken lassen. Jetzt fällt mir auf, dass Sam mich immer noch fragend ansieht. Tja, wie soll ich ihm das jetzt sagen?

Ich weiß, dass du ein sexsüchtiger Schmutzer bist und nicht mit mir ALLEIN gehen willst – äh kannst!

Sam lächelt und streckt seine Hand aus, um mir eine Haarsträhne hinters Ohr zu streichen, und auch das lässt mich völlig kalt. Puh, wie oft habe ich solche Szenen schon in Liebesromanen gelesen: *Er strich ihr eine Strähne hinters Ohr. Sie legte ihren Kopf schief und schmiegte ihre Wange in seine Hand.*

Ich schüttele meinen stattdessen, sodass uns sämtliche meiner Haarsträhnen nur so um die Ohren fliegen.

„Alles okay?“, fragt Sam.

Wieder ein Kopfschütteln von mir. Er sieht mich fragend an. Ich überlege kurz und beschränke mich dann auf einen Satz: „Du musst allein in die Welt ziehen, denn für mich wäre das der falsche Weg.“

Das klang jetzt ein bisschen nach Winnetou und Old Shatterhand.

Sam senkt auch prompt resigniert den Kopf wie ein Indianer, dem die weißen Siedler den Boden abgeluchst haben. Er schaut auf seine abgelatschten Treter oder auf meine zerhackten Turnschuhe. So oder so muss er das Gesagte offensichtlich erst einmal verdauen. Schließlich hatte er sich bereits darauf eingestellt und gehofft, dass er und ich gemeinsam …

„Find ich gut, Lisa.“

Bitte was?!

„Na, dass du jetzt endlich weißt, was du willst. Richtig so.“

Ich bin noch immer irritiert, dass ihn unsere zerbrochene Zukunft derartig wenig berührt, als Mutter an uns vorbeiläuft: „Also Sissi, wenn das jetzt doch noch länger dauert, kann ich ja auch noch einmal zu Solaria …“

Während Mutter zu ihrer *Zweittochter* eilt, verabschiede ich mich von Sam. Er nimmt mich ein letztes Mal in den Arm. Da ich nun weiß, dass er dies tagtäglich mit unzähligen Frauen tut, sehe ich die Sache entspannt. Nun ja, um ehrlich zu sein, bin ich jetzt noch angespannter als zuvor, nur aus anderen Gründen. Ich mag Sam eigentlich gar nicht mehr umarmen. Trotzdem, ein allerletztes Mal wird schon noch drin sein.

Immerhin weiß ich nun, wer es war, vor dem mich das Chamäleon in meinem Traum gewarnt hat. Sam war der Falsche unter meinen Freunden. Jetzt, da ich mehr Hintergrundinformation über den sexsüchtigen Klangschalenmeister habe, ist er auch gar kein Mann mehr, für den ich Gefühle hegen könnte. Obwohl es das nicht ganz trifft. Mein Mitleid hat er noch immer, als ich ihm beim Verlassen des Hofs ein „Pass auf dich auf!“ hinterherrufen will. Ich komme nicht dazu. Bevor ich richtig Luft holen kann, werde ich schon unterbrochen.

„Säääm, nü wadä möl!“, ruft Don Heiko, rennt mit seiner Umhängetasche an mir vorbei und fällt Sam in die Arme. Gemeinsam trotten die beiden vom Hof. Und während ich ihnen so nachsehe, stelle ich fest, dass sie ganz gut zusammenpassen. Ob sie auch aufeinander aufpassen, ist allerdings fraglich.

„Du ziehst also heute wirklich wieder aus“, stellt Egon noch einmal fest.

Ich nicke, dann verabschiede ich mich. Bei Egon fällt mir der Abschied besonders schwer. Vielleicht auch deshalb wirft Stefan ein: „Wir sehen uns bestimmt wieder, Lisa.“

Ich kommentiere das nicht, auch weil Egon mir just in diesem Moment einen Kuss auf die Stirn gibt: „Pass auf dich auf, Lisa-Herz. Und danke, dass du meinen Weg gekreuzt hast.“

Er lässt mich kommentarlos ziehen. Wie seit jeher beurteilt und wertet er nicht. Stattdessen dankt er mir für das, was war. Das nehme ich ihm fast ab, wäre sein Blick nicht, der eine ganz andere Sprache spricht. Schweigend sehen wir einander noch eine Weile an, während Stefan so lieb ist, Mutter aus dem Haus zu holen.

„Also, mach es gut …“, sage ich, hebe kurz die Hand zum Abschied und drehe mich dann in Richtung meines Parkplatzes. Bedrückt laufe ich zu meinem Auto. Mein Kopf schmerzt, als wolle er gleich platzen. Wahrscheinlich leide ich noch immer unter den Nachwirkungen des Pilzes. Oder der Abschied … nein, daran mag ich nicht denken. Und dann kommt auch noch hinzu, dass ich mir für die fünfstündige Rückfahrt ausgerechnet den wärmsten Sommertag ausgesucht habe. Ich kurbel die Fenster des Ka hinunter, um frische Luft hineinzulassen.

Die Beifahrertür öffnet sich, aber statt Mutter setzt sich Solaria hinein. In Jeans und T-Shirt.

Das muss ein erneuter Flash sein. Die Pilze haben scheinbar noch andere Nachwirkungen. Oder Mutter hat Solaria das Hirn gewaschen.

„Noch einmal“, sagt sie und sieht mir dabei tief in die Augen, „nehme ich den Rauswurf zurück. Ich habe gestern überreagiert. Ich würde mich ehrlich freuen, wenn ihr hier bleibt.“

„Ihr?“, frage ich verwundert.

„Deine Mutter Eleonore und du“, sagt meine Vielleicht-schwester und atmet tief ein.

„Ich kann nicht“, sage ich. Ehrlicher wäre *Ich kann nicht MEHR* gewesen, aber das ändert die Fakten auch nicht.

„Verzeihst du mir dann wenigstens?“, fragt Solaria.

„Was soll ich dir verzeihen?“, frage ich sie mit großen Augen. Eigentlich müsste ich mich doch entschuldigen.

„Sam hat mir gebeichtet, dass die Sache mit dem Öl ganz allein von ihm ausging. Auch, dass die Fälschung auf seinem Mist gewachsen war. Und auch, dass er dir zu dem Pilz Johanniskraut gegeben hat. Du wusstest sicher nicht, dass Johanniskraut die Wirkung der Pilze verstärkt.“

Nein, das wusste ich nicht. Im Gegenteil.

„Deshalb war dein Trip auch so viel intensiver als unserer. Das, was Sam damit erreichen wollte, hat aber zu seinem Pech trotzdem nicht geklappt.“

Schade, dass der Penner bereits vom Hof gelaufen ist, sonst würde ich ihn hier und jetzt auf der Stelle kastrieren.

„Hier“, sagt Solaria und reicht mir das Hufeisen, das seit meiner zweiten Klangschalentherapie im Behandlungszimmer lag. „Vergiss es nicht schon wieder.“

Dann drückt sie mich – und ich drücke zurück. Solaria schluchzt: „Wie so oft hat Egon recht. Es war eine wertvolle Erfahrung, dich hier zu haben. Dafür bin ich dankbar. Und ich freue mich, dass du einen Menschen wie deine Mutter hast. Sie wird gut auf dich achtgeben. Es scheint ihre Bestimmung zu sein, anderen Menschen Gutes zu tun.“

Da hat Solaria mindestens genauso recht wie Egon. Wenn ein Mensch wirklich ausnahms- und selbstlos gibt, dann meine Mutter.

Solaria wendet sich plötzlich ab und steigt aus dem Auto. Als sie meine Mutter noch einmal herzlich an sich drückt, sehe ich, dass Tränen von ihren Wangen tropfen. Dann steigt Mutter ein und ich starte den Motor.

Langsam fahren wir vom Hof und schauen mit Wehmut zurück. Mein Blick fällt hinab ins Tal, wo Karl mich hasst, und ich spüre erneut einen gewaltigen Kloß in meinem Hals. Mutter schaut stattdessen hinauf zu den Bergen. Kurz vorm Ortsschild bittet sie mich, auf die Bremse zu treten: „Sissi, lass mich *bitte, bitte* einmal noch das Bergpanorama bewundern."

Wenn es weiter nichts ist. Ich halte sofort an.

„Was für ein wunderschönes Fleckchen Erde", stellt Mutter ergriffen fest. Ich schäme mich. Meine mich stets umsorgende Mutter kommt für mich nach Bayern, mit einer kleinen Hoffnung auf ihren realen *Bergdoktor*, und außer einem Haufen nackter Esoteriker und einem *lieben Mädchen* wird ihr nichts geboten. Das ist unfair. Und was würde ich dafür geben, dies augenblicklich zu ändern. Doch leider kann ich heute unmöglich mit ihr durch die Berge wandern. Nicht nach diesem Pilzabend. Nicht in meinem Zustand. Ich bin bereits von der kurzen Strecke durch den Ort ziemlich erschöpft und bin mir ziemlich sicher, dass ich es nicht bis nach Frankfurt schaffen werde.

„Mama, könntest du vielleicht das Auto fahren?"

Es bedarf keiner weiteren Erklärungen. Mutter versteht … und nickt.

Wie eh und je kann ich auf sie zählen. Wir steigen aus und wechseln die Seiten, als ein Eglmairscher Handlanger-Landwirt mit seinem Gülleanhänger an uns vorbeifährt und eine ordentliche Güllefahne in unsere Nasen steigt.

„Meine Güte, das stinkt ja fürchterlich", bemerkt Mutter.

Prompt erinnere ich mich an den Tag, als ich mit nichts als der Hoffnung auf eine sichere Existenz nach Tuckenthal kam und auf Karl stieß, oder besser gesagt, sein Anhänger auf meinen

Ka. Ich hätte den Gülleklecks und die Schramme als Warnung sehen sollen.

Heute habe ich genauso wenig wie damals. Von Mutter einmal abgesehen. Ich bin wieder dabei, in mein altes Frankfurter Leben einzusteigen. Zurück in Hessen werde ich dem Eglmair eine Kündigung schreiben, und dann ist das Kapitel Bayern endgültig abgeschlossen. Ich bin mit nichts hierhergekommen, und ich gehe mit nichts zurück.

„Von nichts kommt nichts", spricht mein innerer Aberglaube. Und in diesem Moment, der mich an einen Punkt ohne Perspektive geführt hat, in einer Situation, in der ich überhaupt nichts mehr habe außer einer *kleinen*, aber entscheidenden Information, geht mir das gewaltigste aller Lichter auf.

„Lieber spät als nie", sagt der Aberglaube, aber das geht in dem „Mama!!!" unter, das ich durch das ganze Auto kreische. „Kannst du mir noch einen riesigen Gefallen tun? Obwohl der noch nicht einmal für mich ist ..."

Und dann erzähle ich ihr von meinem Plan.

Kurz darauf stellen wir das Auto in einer Nebenstraße zum Gemeindeamt ab. Mutter streicht ihren Sari glatt, den Solaria ihr zum Abschied geschenkt hat, dann betreten wir gemeinsam die Gemeindeverwaltung. In meinem Büro angekommen, trennen wir uns. Ich gehe an meinen Platz, fast so, als wäre nichts gewesen. Für meine Kollegen ist das ja auch so. Für sie bin ich nur später dran als sonst. In Wahrheit aber bin ich eine ganz andere Person als die Lisa, die gestern noch hier saß.

Mutter steuert direkt das Büro vom Eglmair an. Sie macht ihre Sache gut. Nahezu perfekt. Und sie ist wahnsinnig mutig. Ein paar Wortfetzen fliegen zu mir herüber. „... kleines Problemchen ... große Gefälligkeit ...". Ob er mal mit raus kommen könne, fragt sie jetzt und der Eglmair, ganz gespielter Gentleman, kann natürlich. Um Zuvorkommenheit bemüht, folgt er Mutter, die mir noch einmal zublinzelt. Mich begrüßt er noch nicht einmal.

Kaum sind die beiden außer Reichweite, schnappe ich mir einen Packen gelöchertes Kopierpapier und einen leeren Ordner.

Dann betrete ich das Büro meines Vorgesetzten. Trotz Anwesenheit der gesamten Verwaltung setze ich mich wie selbstverständlich an Eglmairs Platz, greife unter den Schreibtisch, fische den versteckten Schlüssel aus der Klarsichthülle und öffne damit den Rollcontainer.

Da liegt er: Der Ordner des Grauens. Ich hebe ihn vorsichtig heraus, durchblättere seinen Inhalt. Alles drin, alles dran. Dann geht alles ganz schnell. Ich schreibe, hefte, klicke, öffne und schließe. Kaum ist der Schlüssel wieder in seinem Versteck, verlasse ich das Zimmer meines Vorgesetzten, so wie ich es vorgefunden habe. Mit einem lauten Seufzer der Erleichterung lasse ich mich mitsamt dem Inhalt des Ordners auf meinem Platz nieder.

Das klingt jetzt cooler, als es ist. Mein Herz klopft so laut, dass ich das Gefühl bekomme, ganz Tuckenthal könne es hören. Vorsichtig sehe ich mich um, während ich die Unterlagen in Vaters Mantel wickel, den ich eigens aus diesem Grund mitgenommen habe.

Da kehren Mutter und der Eglmair auch schon von ihrem kurzen Ausflug zurück.

„I würd Ihna gern moane Numma gebn", tönt es aus meinem zukünftigen Ex-Boss.

„Nein, danke", winkt Mutter ab. „Mir sind loyale Menschen lieber als irgendwelche *Ekelmaiers.*"

Während meinem Vorgesetzten daraufhin die Gesichtszüge entgleiten, richtet Mutter ihren Blick auf mich: „Kommst du, Schätzchen?"

Ich lache über den *Ekelmaier*, nehme Vaters Mantel, sehe meinem Chef ein letztes Mal in die fragenden Augen und gebe dann den Satz zum Besten, den mir mein innerer Aberglaube soeben zuflüstert: „Im Leben kommt alles zurück!"

Dann verlasse ich mit Mutter die Verwaltung und den entsetzt dreinschauenden Eglmair.

„Jetzt aber schnell", sage ich, denn ich bin mir sicher, dass mein Chef in den nächsten Minuten seinen Rollcontainer öffnen wird. Dort wird er zwar seinen Ordner vorfinden, aber ohne eigentlichen Inhalt. Den habe ich durch den Packen Kopierpapier ersetzt. Klopapier wäre sinngemäßer gewesen, aber wie heftet man das bitte ab? Auch einen Mahntext habe ich ihm hinterlassen. Auf der ersten Seite steht in drohend roten Lettern: „Ich darf nicht illoyal sein!"

„Was macht Karl mit den Beweisen?", will Mutter wissen.

„Er wird sie seiner Cousine geben. Die ist Anwältin und sitzt auch noch im bayrischen Landtag."

„Würdest du mich vielleicht noch einmal kurz am Achtsamkeitshof rauslassen? Dann könntest du in Ruhe mit Karl sprechen und ich …"

Schon klar. Ich nicke.

„Aber nur kurz", muss ich leider noch einwerfen, denn meine Angst, heute noch als Dieb in Handschellen abgeführt zu werden, ist wirklich groß. „Wir müssen so schnell wie möglich das Land … äh das Bundesland verlassen."

Mit quietschenden Reifen fahre ich auf Karls Hof. Ich spüre mein pulsierendes Blut, während ich die Türklingel betätige. Niemand öffnet.

Verdammt, immer dann, wenn man es eilig hat!

Ich laufe über den Hof. Kein Karl im Kuhstall. Kein Karl im Gewächshaus. Da erblicke ich ihn auf seinem Gemüsebeet. Unsere Blicke treffen sich, doch Karl schaut sofort und demonstrativ in eine andere Richtung. Verständlich, aber leider auch zeitlich unpassend.

„Kaaarl!", rufe ich und laufe mit dem Papierpacken zu ihm.

„I hoab koa Zeit ned", versucht Karl mich abzuwimmeln.

„Ich habe auch keine Zeit", sage ich, und da sieht er mich endlich an. Recht irritiert allerdings.

„Hier!"

Ich drücke ihm die Beweisstücke in die Hand.

„Deine Cousine Käthe wollte Beweise gegen den Eglmair. Hier sind sie."

Ein wenig verlegen kratzt Karl sich am Kopf, dann wirft er einen Blick auf die Papiere … und beginnt sofort hastig darin zu blättern. „Dees is a … dees is a …“, mehr kann er nicht sagen. Gut, ein paar Schimpfwörter folgen noch, aber die tun jetzt auch nichts zur Sache.

Ich drücke ihm mein Handy in die Hand: „Ruf deine Cousine an. Schnell. Bevor der Eglmair oder seine Handlanger herkommen und dir die Unterlagen wieder abnehmen.“

Karl tut zwar sofort wie befohlen, doch leider ist Käthe in München und schafft es nicht vor heute Abend nach Tuckenthal zurück. Es gibt nur eine Lösung: Die Beweise müssen versteckt werden. Aber wo?

„Ich habe eine Idee“, sage ich, schnappe mir den Spaten, der zu Karls Füßen liegt, und laufe damit über das Gemüsefeld, bis ich circa die Mitte erreicht habe. Dort grabe ich ein Loch. Dann renne ich zurück zu meinem Auto und wühle eine Plastiktüte hervor. Seit Sam aus meinem Auto gekotzt hat, habe ich mir angewöhnt, ein paar Tüten im Handschuhfach parat zu halten. Ich nehme dem irritierten Karl die Beweisstücke aus den Händen und stülpe die Tüte darüber. Zu guter Letzt lasse ich sie vorsichtig in mein gebuddeltes Loch sinken. Karl, der nun weiß, um was es geht, schaufelt das Loch wieder zu. Er greift sich eine Gurke und ritzt ein „L“ hinein. Ich verstehe, ein „L“ wie Lösung.

„A ‚L‘ wia Lisa“, sagt Karl stattdessen – wie süß – und legt die Gurke obenauf. Die Beweise befinden sich nun also mitten auf dem Gemüsefeld. Die wird kein Eglmair so schnell finden.

„Ich war nicht mit Sam im Bett. Das wollte ich dir noch unbedingt sagen“, platze ich plötzlich ohne Vorwarnung hervor, dabei habe ich mir so fest vorgenommen, nicht davon zu sprechen.

Außerdem, was für ein Blödsinn: Natürlich war ich nicht mit Sam im Bett, ich war mit ihm im Stroh. Karl hat uns beide nackt gesehen und eins und eins zusammengezählt. Was will ich ihm da jetzt noch schönreden?

„Du woarst gstern ned du selbst, oda?“, erwidert Karl, und ich kann nicht einmal nicken, denn an diesem gestrigen Abend war ich zum ersten Mal wirklich ich selbst. Es hatte mir gutgetan, endlich aus mir herauszugehen. Das aber kann ich ihm wegen des missverständlichen Aufeinandertreffens unmöglich erklären, er würde es falsch verstehen. Wie so vieles andere auch. Also sage ich stattdessen: „Dafür weiß ich jetzt, wer ich bin und was ich will. Der Achtsamkeitshof ist nicht der richtige Ort für mich. Aber die Gemüsesache, die du mir beigebracht hast, die war das Richtige …“ Die Sätze sprudeln nur so aus mir heraus, denn die Zeit drängt. „Danke, dass du mir das alles gezeigt hast. Ich fahre heute noch zurück nach Frankfurt und überrede meinen Onkel, mir seinen ungenutzten Schrebergarten zu überlassen. Also … ich muss jetzt los. Mach es gut!“

Schnell hauche ich dem sichtlich überforderten Karl einen Kuss auf die Wange, lasse ihm ein: „Pass auf dich auf“ da, steige in mein Auto und fahre den Berg wieder hinauf Richtung Achtsamkeitshof. Mutter steht bereits an der Straße und jammert: „Ach, Sissi, hier wäre es wirklich schön gewesen.“

Tja, das kann ich nun nicht mehr ändern.

„Müssen wir noch einmal tanken?“, fragt sie, während sie sich ans Steuer setzt, einen Blick auf die im letzten Drittel befindliche Tanknadel wirft und dann ein letztes Mal ergriffen das Bergpanorama fixiert.

„Wenn der Energieaufkleber des Schamanen funktioniert, dann kommen wir mit dem Tank bis nach Hause“, sage ich mit vor Ironie triefender Stimme.

„An solch einen Humbug glaube ich nicht“, meint Mutter, „also auf zur nächsten Tankstelle.“

Wir fahren über die Landstraße, vorbei am Tuckenthaler Ortsschild, den Biergärten und den saftigen Wiesen. Im Rückspiegel kann ich das Bergpanorama dabei beobachten, wie es immer kleiner wird.

Nun geht es also nach Hause, beziehungsweise erst einmal zur nächsten Tankstelle.

„Bis München reicht der Tank auf jeden Fall noch“, stelle ich auch im Hinblick auf die drohende Gefahr durch Eglmairs Handlanger fest, doch Mutter schnalzt nur ungläubig mit der Zunge.

„Tse, als ob das Auto wegen eines Aufklebers weniger Benzin bräuchte."

Genau in diesem Moment beginnt es zu ruckeln.

Fährt Mutter dermaßen schlecht? Sind das schlechte Energien? Oder die Rache des Energieaufklebers? Nein, das Auto ruckelt einfach so, ohne erkennbaren Grund.

Ruckel … ruckel … ruckel

Wir werden langsamer und langsamer. Und schließlich bleiben wir ganz stehen. Nichts tut sich mehr. Das Auto lässt sich nicht einmal mehr starten.

„Das liegt nicht am Tank", sage ich mit Blick auf die Tanknadel, die noch nicht einmal den roten Bereich berührt.

„Eine Panne?", fragt Mutter ängstlich und ich nicke. Ausgerechnet jetzt, wo sicherlich bereits nach mir gefahndet wird.

Was sollen wir jetzt nur tun? Mutter für ihren Teil öffnet das Handschuhfach. Das ergibt in diesem Zusammenhang genauso wenig Sinn wie ein benzinsparender Aufkleber. Einen Kommentar spare ich mir jedoch und springe stattdessen aus dem Auto, um den *Önergieuffgläba* mit voller Wut und Wucht von der Stoßstange zu reißen und parallel über mein Handy bei Egon anzuklingeln. Gottseidank, er nimmt sofort ab und will uns auch so schnell wie möglich helfen. Allerdings nur passiv, denn Egon hat schließlich kein Auto. Dafür hat er einen Lebensgefährten, der zum Glück mit einem Auto ausgestattet ist.

„Hoffentlich kommt er so schnell er kann", wirft Mutter ein. Uns beiden steht die Panik ins Gesicht geschrieben. Nie zuvor gab es dafür einen passenderen Anlass.

„Jetzt sind wir wirklich hilflos", resümiere ich. „Ekelmaiers Handlanger werden leichtes Spiel mit uns haben."

Und ich bin mir fast sicher, dass sich diese bereits auf die Suche nach ihren Unterlagen und uns begeben haben.

Ängstlich drücke ich mich an meine Mama. Die kann mir jetzt allerdings auch nicht helfen. Ihr Herz schlägt sogar noch schneller als meines. Aber sie wäre nicht meine Mama, wenn sie nicht wenigstens versuchen würde, mich zu beruhigen:

„Nun ja, die sind bestimmt zuerst zum Achtsamkeitshof gefahren."

Ein schwacher Trost, denn der Achtsamkeitshof liegt in nicht einmal fünf Kilometern Entfernung.

„Oder sie graben gerade Karls Gemüsegarten um", überlege ich und da bekomme ich auch noch Angst um Karl. Wenn sie schon seine Kühe vom Hof jagen, was machen die dann erst mit ihm?

Mutter blickt auf das Maisfeld neben uns. „Hoffentlich gehört dieses Feld keinem Handlanger."

Ich beschließe, die Fakten auf den Tisch zu legen:

„Ich würde mal so sagen: Wenn ein Traktor kommt, sind wir geliefert."

Und genau in dem Moment erreicht das Rattern eines sich nähernden Traktors unsere geschärften Sinne.

„Oh mein Gott!", schreit Mutter, denn der Traktor kommt tatsächlich auf uns zu.

Nun ist es also amtlich: Wir sind geliefert. Ich habe meine Mutter mit ins Verderben gezogen. Und ich kann nichts mehr tun, weder für sie noch für mich.

Mutter ist indes aktiver. Hektisch öffnet sie ein weiteres Mal das Handschuhfach und holt das Desinfektionsmittel hervor, das seit seinem letzten Einsatz am Tage meines Vorstellungsgesprächs dort ein nutzloses Dasein fristet. Möchte sie die Handlanger etwa weg-desinfizieren?

„Zur Hölle damit!", ruft sie stattdessen und schleudert es in hohem Bogen davon. Ich sehe der fliegenden Flasche nach und bekomme die Idee, es ihr gleichzutun und ebenfalls zwischen den hohen Pflanzen im Feld zu verschwinden. Also packe ich Mutter am Ärmel und renne querfeldein. Mitten in das Maisfeld. Mutter ist leider nicht so gut zu Fuß, aber sie *muss*.

„Du weißt, was passiert, wenn du reimst", ruft mein innerer Aberglaube, aber für so etwas habe ich nun überhaupt keine Zeit. Schließlich geht es gerade um Leben und Tod.

„Sissi ... wohin?", Mutter ringt nach Luft.

„Keine Ahnung ... einfach weg!", rufe ich zurück.

Wir stolpern durch das Feld, fallen fast hin, können uns gerade noch so an Kolben, Stängeln oder den Armen der Anderen festhalten. Trotzdem zieht es uns immer tiefer in das Maisfeld hinein. Hauptsache weg von der Handlanger-Gefahr.

„Schneller, Mama!", versuche ich Mutter verzweifelt anzuspornen.

„Ich kann nicht mehr!", keucht sie kraftlos zurück. „Das ist einfach zu viel für mich. Verstehst du?"

Nein, das verstehe ich nicht. Schon gar nicht in dieser Situation.

„Ich habe keine Angst mehr vor Schmuckdieben, vor Tieren, vor Dreck und vor Krankheiten. Dafür aber soll ich jetzt Angst um mein Leben haben?"

Bevor ich etwas darauf erwidern kann, ertönt aus der Ferne mein Name.

Diese Stimme kenne ich doch, und so bleibe ich abrupt stehen. Alles kommt zurück, schießt es mir durch den Kopf. Ich drehe mich um und sehe in Richtung Straße. Dort, im Traktor, sitzt …

„Kaaarl!", rufe ich erleichtert.

„Welch ein Glück!", seufzt Mutter.

Wir laufen zurück. Nun ja, ich laufe. Mutter lässt sich Zeit. Am liebsten würde ich mich auf der Stelle in Karls starke Arme werfen, aber der öffnet bereits die Motorhaube des Ka und diagnostiziert innerhalb von Sekunden einen Riss im Kraftstoffschlauch.

„Des koann de Werkstatt repariern, aba des wird bis moagn dauern."

„Woher wusstest du, dass wir eine Panne haben?", will ich von ihm wissen.

„Egon hod mi ogruffa." Karl lächelt, und ich denke an den Abend des Feuerfests zurück, an dem Egon etwas von einem angeblichen Knistern zwischen mir und Karl verlauten ließ. Egon, der alte Kuppler, wollte es hier und jetzt wohl wirklich wissen.

Mutter lächelt nicht, sie fragt stattdessen: „Aber wenn das Auto bis morgen in der Werkstatt ist, wo verbringen wir dann den restlichen Tag?"

… und die restliche Nacht?

Auf dem Achtsamkeitshof würden uns Eglmairs Handlanger sofort finden. Bei Karl ebenso.

„I hoab do a Idä", meint Karl und holt sein Handy aus der Latzhose.

Eine gute Stunde später ruft Mutter nur noch „Herrlich! Herrlich!" und tanzt durch die saftige Wiese wie ein beglücktes Blumenkind.

Man könnte zwar den Eindruck gewinnen, doch nein, sie befindet sich nicht in einem Drogenrausch. Mutter wird gerade bloß von ihren Gefühlen übermannt. Jenen, die ansonsten nur *der Bergdoktor* in ihr auslöst.

Karl hat uns auf eine österreichische Alm, fernab der üblichen Straßen, gebracht. Das kleine Häusl, gut versteckt auf über tausend Höhenmetern, umgeben von Wiesen, Wäldern und einer kleinen Forststraße, gehört seinen Verwandten. Hier werden Mutter und ich den restlichen Tag und die folgende Nacht verbringen.

So hat sich zu guter Letzt auch noch Mutters größter Wunsch erfüllt. Sie ist in den Bergen, ihrem *Bergdoktor* so nah wie niemals zuvor.

„Sissi, das ist ein wahrer Traum."

Ich muss mir ehrlich eingestehen, meine Mutter noch nie so glücklich erlebt zu haben. Vor zwei Minuten hat sie ihre Hände unter die zur Alm gehörenden Quelle gehalten und vor Rührung geweint.

Ich setze mich ins Gras und inhaliere die Sommerluft. Mutter lässt sich beschwingt neben mich fallen.

„Danke, mein Kind."

„*Ich* muss mich bedanken", sage ich.

Aber Mutter bedankt sich trotzdem. Dafür, nach all den Jahren aus ihrer Wohnung gekommen zu sein. Dafür, kein wandelndes Bernsteinzimmer mehr sein zu müssen. Dafür, nach Jahrzehnten endlich mal wieder in einem Zug gesessen zu haben. Dafür, den Achtsamkeitshof kennenzulernen, auf Solaria zu treffen, einen Sari zu tragen und meinen Chef abzulenken. Und sogar dafür, sich mit mir gemeinsam in einem Maisfeld unseren

Ängsten zu stellen *(Hä? Wir sind doch geflohen ...)*. Und jetzt dankt sie mir auch noch dafür, dass sie anderen geholfen hat.

Und wie sie das hat. Mutters Rolle im Tuckenthaler Gülleskandal war entscheidend und wird sich hoffentlich bald bezahlt machen. Natürlich nicht finanziell.

„In der kurzen Zeit habe ich doch so einiges von dem Eglmair gelernt", sagt sie und ich schiele verwirrt zu ihr hinüber. Was kann sie denn von ihm gelernt haben? Etwas über wahre Loyalität?

„Tuckenthal befindet sich auf fünfhundertachtzig Metern über Normalnull. Das Bergpanorama vor Tuckenthal nennt sich ‚liegendes Huhn'. Und der Bach, der durch Tuckenthal plätschert, heißt ‚Gagg'."

„Dees stimmt", sagt Karl, der gerade vom Auto kommt und einen Korb mit Brot, Käse und Obst auf die liebevoll geschreinerte Bank stellt, die an der Hauswand steht.

Wir machen ein Picknick. Während ich genüsslich in einen Apfel beiße, kann es Mutter kaum noch abwarten, wieder über die Wiese zu hoppeln. Sie schlingt ihr Brot geradezu hinunter, springt auf und tanzt dann erneut über das satte Grün. Ich sehe ihr lächelnd nach, als wäre ich die stolze Mutter und sie meine Tochter.

„Lisa, verlass Bayern ned", bittet mich Karl plötzlich.

Ich schüttele den Kopf. Das kann ich nicht, was soll ich noch hier? Ich habe die ganze Zeit nicht erkannt, dass Karl es war, auf den man sich verlassen kann und in den ich mich tatsächlich verliebt habe, aber diese Chance habe ich wohl längst vertan. Plötzlich nimmt Karl mein Gesicht ganz vorsichtig in seine zitternden Hände, zwingt mich sanft, ihn anzusehen, und sagt: „Du doarfst ned gehn."

Ich *muss* sogar, denke ich.

„I hoab mi in di verliabt!"

Wirklich? Karl hat sich in mich verliebt?

„Bitte, bloib bei mia!"

Er möchte, dass ich hierbleibe? Bei *ihm* bleibe?

Ich schaue ihn schief an und merke, dass es ihm schwerfällt, den Blickkontakt zu halten, so verunsichert ist er. Aber ich bin es mindestens genauso sehr.

Karl scheint es auch zu spüren und taut ein wenig auf. Er erklärt mir, dass er sich wünscht, dass ich seine Gemüsepartnerin werde. Dass ich seine Leidenschaft und Liebe zur Natur mit ihm teile und mit ihm zusammen Gemüse, Kräuter und Obst anbaue.

Ich lächle verliebt und kann mein Glück noch gar nicht fassen. Da lächelt Karl zurück und gibt mir einen zarten, schüchternen Kuss.

Plötzlich schrecken wir beide zusammen, weil sein Handy klingelt. Es ist Käthe. „Lisa, bitte bleib in Tuckenthal!", ruft sie euphorisch durch die Hörmuschel. „Du bist das Beste, was meinem Cousin passieren konnte." Aha, sie weiß also bereits Bescheid, wie es um Karl steht.

„Und wenn du zu Karl auf den Hof ziehst, könnte ich guten Gewissens zurück nach München gehen. Danke übrigens, dass du den Mut aufgebracht hast, uns die Beweise zu beschaffen. Die Unterlagen sind jetzt gesichert. Der Eglmair und seine Handlanger können dir nichts mehr anhaben. Und du kannst sogar deinen Job in der Verwaltung behalten."

Sie redet so schnell, dass ich kaum alle Informationen aufnehmen kann, die in ihren Sätzen stecken. Aber sobald sie es ausgesprochen hat, ist mir klar: Den Job möchte ich gar nicht mehr. Was mich viel mehr beschäftigt, sind die Dinge, die mit Karl zu tun haben.

„I versprech dia aa, doss mia koa Pilze obaun", meint Karl jetzt mit einem hämischen Grinsen im Gesicht und gibt mir noch einen weiteren Kuss.

„Sissi, ich wusste, dass du deine Heimat auch für die Liebe verlassen musstest", sagt Mutter und lächelt uns beide vielsagend an.

Ich denke an ihren damaligen Satz vom fernen Franz, und mir wird klar, dass mein Entschluss eigentlich schon längst feststeht. Wer hätte gedacht, dass ich mir, innerhalb so kurzer Zeit, ein Leben in Frankfurt nicht mehr vorstellen könnte und mein Glück beim fernen Karl finde würde? In Tuckenthal.

Aber genau das ist ja das Gute, wir können nicht in die Zukunft sehen.

EIN JAHR DARAUF …

Ich hatte lange überlegen müssen, bis mir klar wurde, dass ich in Tuckenthal bleiben würde. Ich habe mich in diesen Ort verliebt, genauso wie in Karl … nur wusste ich das eben nicht sofort. Oder vielleicht wusste ich es schon längst, nur *war ich eben noch nicht so weit*. Nun lebe ich in meinem Traumort, bei meinem Traummann und in dem Traumhaus, das Karl nur noch „unsa Haisl" nennt.

Mit ihm zusammen ziehe ich Gemüse, Obst und Kräuter, welche meine Mutter anschließend verkauft.

Ja, Mutter ist auch in Tuckenthal geblieben. Sie wohnt auf dem Achtsamkeitshof, in meinem alten Zimmer. Allein ist sie jetzt wirklich nicht mehr. Im Gegenteil. Mutter ist Teil der spirituellen Wohngemeinschaft. Zusammen mit Egon, Stefan und Solaria, meiner Fastschwester, die seit Mutters Einzug niemals wieder nackt gesehen wurde, führt Mutter ein kunterbuntes Leben. *Das Mädchen* ist mir noch immer dankbar für meine Mutter, und ich teile sie wiederum gerne mit ihr. Ja, ich habe gelernt, Egomanie und Eifersucht aus meinem Leben zu verbannen, allerdings nicht auf esoterische Weise, sondern aus Überzeugung. So geht es mir besser. Solaria wiederum hat kürzlich eine Psychotherapie gemacht und dabei unter anderem erkannt, dass Karl keine schlechten Energien hat. Zu unser aller Glück. Seitdem kann ich meine ehemalige spirituelle Familie so oft besuchen, wie ich es mag, mit Karl. Mutter meint, Solarias Räucherzwang sei ebenfalls besser geworden. Sie räuchere *nur* noch einmal im Monat aus, und das sei absolut notwendig wegen all der spirituellen Schüler, an die sich Mutter noch immer nicht ganz gewöhnt hat. Ja, und vielleicht auch wegen der Kunden.

Solaria und Mutter haben nämlich einen Hofladen eröffnet, dessen Haupteinnahmequelle neben getöpferten Glücksbringern, Windspielen, Energieaufklebern und vielem mehr ihr Gemüsestand ist, in dem das angeboten wird, was Karl und ich ernten. Noch. Kürzlich habe ich Solaria trotz Sonnensturm geholfen, einen Bereich ihres Grundstücks einzuzäunen, der nicht

Karl gehört. Dort wird sie ihr eigenes Gemüse anbauen, zusammen mit Theresa, der Putzfrau aus der Gemeindeverwaltung, die mich so hilfreich unterstützt hat.

Nachdem die Sache mit dem Eglmair durch war, habe ich Theresa spontan angerufen und auf den Achtsamkeitshof eingeladen. Irgendwie wurde daraus gleich ein Vorstellungsgespräch für den Hofladen. Solaria und Mutter sind sehr froh, Theresa an ihrer Seite zu wissen, denn ihr Geschäft läuft richtig gut. Diesbezüglich hat sich auch Egons Freund Stefan etabliert. Neben dem Gemüse werden seine maßgeschneiderten indischen Gewänder im Hofladen angeboten, und sie verkaufen sich so gut, dass er mit der Produktion kaum noch hinterherkommt. Egon hat damit kein Problem, denn er kann die große Nachfrage nach seinem rituellen Redekreis ebenso wenig bewältigen.

Theresa hat angeboten, auch bei diesen beiden auszuhelfen, und da sie sehr flexibel ist, wird ihr das sicherlich auch gelingen. Gestern hat man sie gefragt, ob sie nicht auf den Achtsamkeitshof ziehen möchte, denn seit hier keine obdachlosen Besucher mehr verkehren, wäre ein Platz frei. Wenn Theresa zusagt, dann wären sie zu fünft. Die Zahl, für die der Achtsamkeitshof auch gebaut wurde. Für fünf Personen, dreizehn Pferde und ein Huhn, das mir erst an meinem letzten Abend auf dem Achtsamkeitshof ans Herz wuchs. Anders als Karls Hund, mit dem habe ich mich erst ein paar Monate nach meiner Mutter arrangieren können. Nun, ein Jahr später, begleitet er mich stets wie ein Beschützer, sei es, während ich die Kühe füttere oder im Gemüsebeet nach dem Rechten sehe. Unser großes schwarzes Kalb ist immer dabei – und auch gar nicht mehr so dick.

Karls Cousine Käthe wohnt nun wieder glücklich in München. Das Dorfleben in Tuckenthal ist einfach nicht ihr Ding. Meins schon.

Sam hat sich zusammen mit dem Schamanen nach Asien verzogen. Wenn es nach Sam gegangen wäre, dann wäre ihr Ziel Thailand gewesen, aber Don Heiko ist der Geldgeber der Reise, und er hat auf einer Sinnsuche in Indien bestanden. Meiner Meinung nach suchen die beiden auch dort nach etwas, das sie schon in Deutschland nicht finden konnten. Aber das geht mich auch nichts an.

Was aus dem Eglmair wurde, weiß ich nicht genau. Er wurde vom Dienst suspendiert und all seinen Anhängern wurden hohe Geldstrafen für ihre Vergehen auferlegt. Seitdem wird nicht mehr so oft gegüllt. Es ist eine Riesenerleichterung für den Ort und vor allem für mich, wo ich doch den lieben langen Tag draußen verbringe. Ich liebe die Arbeit an der frischen Luft. Und ich liebe es, etwas mit meinen Händen zu erschaffen.

Und habe ich schon erwähnt, dass ich Karl liebe?

DANKSAGUNG

Ohne viele fleißige Helfer hätte ich den Esohof niemals schreiben können. Das muss honoriert werden oder zumindest erwähnt.

An allerersterer Stelle danke ich daher meinen Eltern, die mir meinen Großen und meine Kleine abgenommen und sie mir auch nur zum Stillen (die Kleine) gebracht haben. Mama, Papa, ohne euch wären diese unglaublich vielen Seiten niemals zustande gekommen – oder vielleicht erst in ein paar Jahren.

Danke auch an Andy, der sich alle vier Tage in den Zug nach Nordhessen gesetzt hat, um meine Eltern und mich zu unterstützen. Vielen Dank, dass du so ein wunderbarer Vater und Ehemann bist.

Als Nächstes danke ich meinen beiden Testleserinnen. Anette Christl, die ein scharfes (drittes?) Auge auf all die Themen des Buches geworfen hat, stundenlang mit mir telefonierte und dank deren Hilfe Lisa so viel tougher geworden ist. Und natürlich auch vielen Dank an Petra Schweitzer, denn ohne dich würde die Frau in Lila noch heute brennen. Danke für eure Kritik und die vielen Anmerkungen. Natürlich danke ich auch Bettina Lahrs von Cora, ohne deren Überredungskünste diese Geschichte niemals entstanden wäre, die selbst meine „Still“ungsschwankungen locker sah und auch dann noch aufbauende Emails schickte, wenn ich die überhaupt nicht mehr verdient hatte. Mein weiterer Dank gilt Christiane Branscheid, die in der kurzen Zeit doch mit einem sehr intensiven Lektorat, tollen Ideen und viel guter Laune gepunktet hat und der Geschichte nicht zuletzt das gegeben hat, was sie wirklich am dringendsten brauchte: (höheren?) Sinn.

Als es in Richtung Abgabe ging: Danke, Franziska Tautz, dass du dich in der Endphase der Geschichte mit meinen Kindern in den Sandkasten gesetzt hast, und das, obwohl fünf Meter weiter gerade frisch gegüllt wurde.

Und wo wir gerade beim Thema Gülle und Gemeinde sind: Richtig. Eine Gemeindeverwaltung hat nichts mit der Düngeordnung zu tun, das gehört auf Kreisebene. Aber da wir uns hier nicht mit Gebietskörperschaften des Öffentlichen Rechts beschäftigen, sondern mit einer ausgedachten, unterhaltsamen Geschichte, bitte ich diesbezüglich um amtliche Nachsicht.

Und zu guter Letzt: Ich wohne selbst auf einem Achtsamkeitshof, ohne Egon und Solaria, dafür mit vielen lieben Menschen, Pferden, Hunden und Katzen und betone noch einmal, dass es sich bei diesem Roman um eine frei erfundene Geschichte handelt und jegliche Ähnlichkeit zu lebenden Personen rein zufällig und keinesfalls beabsichtigt ist.

Anna Gold im Mai 2015

„In Touch“ mit MIRA!
BESTSELLERLISTE
WIR ÜBER UNS
AUTOREN
HANDEL
PRESSE
NEWSLETTER
SERVICE
Robyn Carr: Hand in Hand in Virgin River
Facebook
MIRA Taschenbuch
Das MIRA VIDEO ARCHIV
Das Verlagsprogramm elektronisch abrufbar
Interaktiv dabei sein: Buchbesprechungen, Gewinnspiele, Aktionen, Leseproben und vieles mehr.
Folgen Sie uns auf Twitter, Facebook, Instagram, Pinterest und google+
www.mira-taschenbuch.de
MIRA TASCHENBUCH

Original-
ausgabe

Band-Nr. 25744
8,99 € (D)
ISBN: 978-3-95649-009-5
eBook: 978-3-95649-314-0
304 Seiten

Anna Gold
Verpissimo!

Italienische Sprachkenntnisse sind nur eine Frage der Einstellung!

Auswandern nach Italien! Nix hält Dana und ihre allerbeste Freundin Mel in Deutschland: Ihre Jobs sind ätzend, ihre Freunde (Käfer-Klaus und Mickey) betrügerisch beziehungsweise Muttersöhnchen. Kurzentschlossen investiert Mel in eine Villa im Piemont, die ihr der italienische Makler am Telefon ans Herz gelegt hat. Eine Frühstückspension ist angedacht. Nur: Der schrullige Vorbesitzer (Müll-Mastro, die Altlast) weigert sich auszuziehen. Zahlende Gäste kommen entweder gar nicht oder sind Rocker. Oder Grufties. Meer ist weniger, und was um alles in der Welt ist die Kottize Fischikale?

Die Freundinnen sind mittendrin im dolce vita für Hartgesottene inklusive italienischer (Alb-)Traummänner …

Band-Nr. 25838
9,99 € (D)
ISBN: 978-3-95649-181-8
eBook: 978-3-95649-436-9
304 Seiten

Tanja Janz
Strandperlen

Tschüss, St. Peter-Ording: Tante Lilo, nicht mehr ganz frische 70, muss aus Gesundheitsgründen in wärmere Gefilde ziehen. Aber was wird nun aus ihrer geliebten Strandperle? Entschlossen vermacht sie das Unternehmen ihren zwei Nichten Insa und Stephanie. Zwei gestandene Frauen, die sich nur vom Hörensagen kennen …

Für Insa ist der Nordseeort eine willkommene Abwechslung zum Schnellimbiss in Gelsenkirchen, für Stephanie die perfekte Fluchtmöglichkeit von ihrem betrügerischen Ehemann in Düsseldorf. Doch kaum erreichen sie ihr Erbe, knirscht der Sand im Getriebe ihrer Hoffnung! Denn statt einer schnuckligen Strandpension hat ihnen Tante Lilo einen heruntergewirtschafteten Campingplatz vermacht. Watt für ein Sommer am Meer?

Band-Nr. 25847
9,99 € (D)
ISBN: 978-3-95649-193-1
eBook: 978-3-95649-440-6
304 Seiten

Cathrin Moeller
Wolfgang muss weg!

Da liegt er nun, ganz friedlich – in der Tiefkühltruhe zwischen Erbsen und Möhrchen: Wolfgang, Annemies Gatte. Einst erfolgreicher Polizist, bekennender Macho, einfallsloser Liebhaber. Jetzt mausetot. Dass es nur ein Unfall war, dafür hat Annemie keine Zeugen. Zum Glück weiß sie als gute Hausfrau, wie man Blutflecken entfernt. Doch als sich plötzlich die anstrengende Schwiegermutter bei ihr einquartiert und Wolfgangs bester Freund beginnt herumzuschnüffeln, begreift Annemie, dass ihr Mann seinen Frieden nicht dauerhaft in der Tiefkühltruhe finden wird. Mit ihrer Schwiegermutter und ihrer besten Freundin Dörte begibt Annemie sich auf eine irrwitzige Odyssee. Vorbei an neugierigen Zöllnern, verzweifelten Ex-Geliebten und einem viel zu attraktiven Carabinieri – immer mit der Leiche im Gepäck.